DRAMATY ZEBRANE

COLLECTED PLAYS

► ▼ ◄

TOM 3
VOLUME 3

► ▼ ◄

TEATR ARTYSTEK

THEATRE OF WOMEN ARTISTS

DRAMATY ZEBRANE

COLLECTED PLAYS

▶ ▼ ◀

Kazimierz Braun

▶ ▼ ◀

TOM 3
VOLUME 3

TEATR ARTYSTEK

THEATRE OF WOMEN ARTISTS

▶ ▼ ◀

Moonrise Press, 2025

Copyright Information

DramatyZebrane. Collected Plays. Tom 3. Volume 3. Teatr Artystek. Theatre of Women Artists by Kazimierz Braun is a bilingual collection of plays published by Moonrise Press. P.O. Box 4288, Los Angeles – Sunland, CA 91041-4288, www.moonrisepress.com.

© Copyright 2025 by Kazimierz Braun.

All Rights Reserved 2025 by Moonrise Press for this collection only.

Cover design, layout and proof-reading by Maja Trochimczyk, Ph.D.. Fonts Book Antiqua and Times New Roman.

No part of this book may be reproduced or utilized in any form or by any means, electronic or mechanical, including photocopying and recording, or by any information storage and retrieval system, without permission in writing from the author and publisher.

Manufactured in the United States of America

The Library of Congress Publication Data:

Kazimierz Braun (b. 1936), author and translator.
  [Collected Plays, Polish and English.]

Dramaty Zebrane. Collected Plays. Tom 3. Volume 3. Teatr Artystek. Theatre of Women Artists / Kazimierz Braun, author and translator.

250 pages (vi pp. prefatory matter, and 244 pp.); 8.5 in x 11 in. Written in Polish and in English. With the authors' biographic notes.

ISBN 978-1-945938-68-9 (hardcover)

ISBN 978-1-945938-69-6 (paperback)

ISBN 978-1-945938-70-2 (eBook, PDF)

10 9 8 7 6 5 4 3 2 1

We Wstępie do swego dramatu *Pierścień Wielkiej-Damy* pisze
Cyprian Norwid: „…idzie dziś o dzieła dramatyczne, które by
nie mniejszy dla osobnego czytania i dla gry scenicznej
przedstawiały interes". Tak i ja myślę. Ofiarowuję te dramaty
zarówno czytelnikom, jak ludziom teatru: reżyserom, aktorom,
scenografom, producentom.

K.B.

In the Introduction to his drama *The Ring of a Great Lady*, Cyprian
Norwid writes: "... as I see it, today we're in need of dramatic
works that would be no less interesting for a private reading as
well as for a stage performance." So do I think. I am offering
these dramas both to readers and to people of the theater:
directors, actors, set designers, producers.

K.B.

▶ ▼ ◀

SPIS TREŚCI

CONTENTS

▶ ▼ ◀

► ▼ ◄

TOM 3.

TEATR ARTYSTEK

► ▼ ◄

▶ ▼ ◀

We Wstępie do swego dramatu *Pierścień Wielkiej-Damy* pisze Cyprian Norwid: „…idzie dziś o dzieła dramatyczne, które by nie mniejszy dla osobnego czytania i dla gry scenicznej przedstawiały interes." Tak i ja – ofiarowuję te dramaty zarówno czytelnikom, jak ludziom teatru: reżyserom, aktorom, scenografom, producentom.

Kazimierz Braun

▶ ▼ ◀

► TAMARA L. ◄

► DRAMAT ◄

► ▼ ◄

POSTACI

Malarka

Matka Przełożona

MIEJSCE AKCJI

Wirydarz klasztoru we Włoszech

CZAS AKCJI

Koniec lat 1930

UWAGI

Sztuka ta czerpie z życia i twórczości Tamary Łempickiej oraz wykorzystuje

jej obrazy — nie jest jednak sztuką biograficzną.

Pożądanym elementem akcji jest projekcja obrazów Tamary Łempickiej. W tekście zasugerowano
wprowadzenie konkretnych obrazów, a szczegółowe dane na ich temat znajdują się na końcu tekstu.

Wirydarz klasztoru Sióstr Karmelitanek gdzieś we Włoszech. Matka Przełożona siedzi na foteliku, a na przeciwko niej pracuje przy sztalugach Malarka; nie widzimy, co jest na obrazie. Malarka posługuje się pędzlami i paletą; farby i inne przybory ma rozłożone nieopodal na stoliku lub obmurówce fontanny. Z boku stoją sztalugi z czystym, dużym blejtramem, na którym będą wyświetlane obrazy pojawiające się w wyobraźni Malarki.

♪ *Włoska muzyka ludowa.*

MALARKA: Proszę się nie ruszać!

MATKA PRZEŁOŻONA: Przepraszam... zapomniałam...

MALARKA: Tylko jak powiem, że można...

MATKA PRZEŁOŻONA: Będę pamiętała...

♪ *Pauza. Malarka pracuje przy sztalugach.*

MALARKA: Włoskie słońce jest nieporównywalne z niczym. Nigdzie nie ma takiego światła. Tu można jak rok długi malować w plenerze. Ale siostry pewnie nie często oglądają słońce. Cele są małe i mają małe okienka, czy tak? W kościele byłam. Wieczny mrok. Nie tęskni się za światłem?

MATKA PRZEŁOŻONA: Najjaśniejsze jest światło tego nieba, które nosimy w duszach. Ale słońca też nam nie brakuje. Rekreację mamy w tym wirydarzu. Pracujemy w ogrodzie i w winnicy. Nieraz odmawiamy różaniec spacerując ścieżkami wśród pól. A mrok też jest nam przyjazny i pomocny. Pomaga się skupić na szukaniu wewnętrznego światła

MALARKA: Ja będąc we Włoszech cierpię we wszelkim zamknięciu. Żal mi każdej chwili odgrodzenia od nieba. W mojej paryskiej pracowni mam pełno światła z okien i z sufitu, cały sufit kazałam zrobić szklany, ale już od października i aż do marca zdarzają się strasznie ciemne dni, a noce są długie. Mam cały system lamp i reflektorów, ale to nie to samo. Elektryczność nie zastąpi słońca. Ludzie żyją dzięki tlenowi w atmosferze, prawda? Powietrze jest ich podstawowym pokarmem. Pokarmem malarza jest światło. A czym żyją zakonnice, Proszę Pani?

MATKA PRZEŁOŻONA: Proszę mówić do mnie matko, już prosiłam... Przepraszam... ale jesteśmy w klasztorze...

MALARKA: Przepraszam Panią... matkę... A dlaczego nie „siostro"? Przecież o zakonnicach mówi się siostry. Siostry Karmelitanki, Siostry Urszulanki... Nigdy nie słyszałam, żeby ktoś mówił na przykład Matki Klaryski... A może się po prostu na tym nie znam... Mówi się też „siostra zakonna" a nie „Matka zakonna..." Prawda? Ja się nie spieram, chciałabym tylko wiedzieć... W ogóle, mogę się od Pani... od Matki... wiele nauczyć w czasie naszych seansów... Och, Proszę się nie ruszać! Mówiłam przecież!

MATKA PRZEŁOŻONA: Przepraszam... Nie mam wprawy w pozowaniu...

MALARKA: Ja zawsze powiem kiedy Pani... kiedy Matka... może na chwilę zmienić pozycję... Jak będę mieszała farby, na przykład. A nie akurat wtedy kiedy pracuję na płótnie.

MATKA PRZEŁOŻONA: Jeszcze raz przepraszam. Ja, Proszę Pani, jestem siostrą zakonną. Jak wszystkie zakonnice. Ale ponieważ służę obecnie jako przełożona, więc nazywają mnie matką. Tak nakazuje reguła.

MALARKA: To chyba przyjemnie być przełożoną, co? Władza, urząd, na pewno najważniejsze miejsce w kościele, pierwsze miejsce przy stole, wszyscy słuchają rozkazów...

MATKA PRZEŁOŻONA: To jest służba, Proszę Pani, służba. To prawda, że z wypełnianiem każdej posługi łączą się pokusy. Ze służbą przełożonej na pewno też. Ale na każdym stanowisku otrzymuje się też specjalna łaskę stanu. Bez niej nie potrafiłabym nic zrobić, zdecydować, zarządzić, doradzić.

MALARKA: A stałe otoczenie kobiet, w tym młodych, pięknych, atrakcyjnych...? Niekiedy zastanawiałam się, widząc ładną buzię zakonnicy gdzieś na dworcu, czy w tłumie przechodniów, jak taka ładna dziewczyna może pójść do klasztoru i zmarnować swoją urodę...

MATKA PRZEŁOŻONA: Dobrze, że się Pani chociaż zastanawiała... Nie rozumie Pani dlaczego?

MALARKA: Nie rozumiem.

MATKA PRZEŁOŻONA: A to po prostu, tak jak w każdym innym wypadku. Z miłości.

MALARKA: Z miłosci? Co też Matka mówi?

MATKA PRZEŁOŻONA: Z miłości do Pana Jezusa.

MALARKA: Gadanie... Przepraszam. To miłość mistyczna, idealna, prawda? Ale na codzień, realnie i praktycznie — to te wszystkie panienki i panie mieszkają pod jednym dachem. To musi być czasem piekiełko, co? A Matkę nie kusi czasem, no, któraś z tych młodych... Muszą być bardzo apetyczne. Przecież Matka ma wstęp od ich cel, o każdej porze dnia i nocy...

MATKA PRZEŁOŻONA: Zapomina się Pani...

MALARKA: Jestem po prostu ciekawa... życia... Przepraszam jeśli uraziłam...

MATKA PRZEŁOŻONA: Pani jest artystką, a widzi Pani rzeczywistość jakoś jednowymiarowo...

MALARKA: Jednowymiarowo? Ma Matka na myśli wymiar zmysłów? Tak. Ale to ogromy wymiar. I ma wiele warstw. Tak, artysta właśnie zmysłami, uczuciami, nerwami, wrażliwością dotyka świata, wchłania świat, przetwarza go w sobie i ponownie wydobywa ze siebie jako dzieło sztuki, które ofiarowuje zmysłom widza. Od zmysłów do zmysłów. A czy te siostrzyczki, pytam tylko z ciekawości, czasem nie dobierają się jedna do drugiej?

MATKA PRZEŁOŻONA: Nie rozumie Pani, że takie pytania są obraźliwe? Dla nich i dla mnie też.

MALARKA: Przepraszam... Gadam byle co. Ale to taki mój nawyk przy malowaniu. Proszę się nie gniewać.

MATKA PRZEŁOŻONA: Nie gniewam się. Choć smucę się Panią.

MALARKA: To coś nowego. Ludzie mi zazdroszczą. Pożądają mnie. Nienawidzą. Ale żeby się ktoś mną smucił...? Już lepiej niech się Matka gniewa.

MATKA PRZEŁOŻONA: Na dowód, że się nie gniewam odpowiem na Pani pytanie bardzo poważnie. My wszystkie w tym klasztorze jesteśmy tylko kobietami i mamy te same trudności, te same problemy co wszyscy inni ludzie, a także zdarzają nam się upadki, nawet najbardziej banalne i trywialne. Istnieje jednak zasadnicza różnica między naszym życiem tutaj, a życiem w świecie. Każda z nas świadomie nad sobą pracuje i ma stałą, bardzo konkretną pomoc: mieszkamy pod jednym dachem z Panem Jezusem i zawsze można przyjść do niego i wszystko mu zwierzyć, prosić o światło i siłę. On żywi nas codziennie swoim chlebem; regularnie się modlimy i regularnie spowiadamy, mamy kierownictwo duchowe. A i przełożona stale jest do dyspozycji wszystkich sióstr. Wprawdzie zwracam się do nich per „siostro," a nie per „córko," to jednak wiem, że czasem szczególnie potrzebują matki. Tak... gdy to odczuwam, to mówię do nich „moje dziecko," a nawet „moja córko..."

MALARKA: Ja też mam córkę...

MATKA PRZEŁOŻONA: To Pani dobrze wie o czym mówię.

♪ *Ukazuje się seria obrazów córki: numery 1, 2, 3. Muzyka.*

MALARKA: Jak byłam mała to mówiłam z nią pacierz wieczorem. Przygotowywałam ją do egzaminu przed pierwszą Komunią. Sama jej uszyłam sukienkę z wielkim welonem. Teraz rzadko widuję córkę. Nie mam czasu. Ale zawsze z podróży jej coś przywożę. Jak jestem w domu to stale za mną biega. Nie wiem czemu.

MATKA PRZEŁOŻONA: Nie wie Pani?...

MALARKA: Jakby mnie stale chciała dogonić...

Ostatni obraz córki znika.

♪ *Koniec muzyki.*

MALARKA: A zakonnice mają zawsze matkę przy sobie... I nie boją się matki? Ja wobec mojej małej stosuję zimny wychów. Żadnych zbędnych roztkliwiań. Dystans i mores.

MATKA PRZEŁOŻONA: My tu się wszystkie nawzajem całe życie uczymy nie lękać się niczego poza obrazą Boską. Ale młode siostry zrazu, tak, pewnie trochę boją się matki przełożonej. Z czasem dochodzą jednak do zrozumienia, że nawet gdy przełożona je karci, to czyni to z miłości, a ta miłość też nie jest jej własna tylko Pana Jezusa. Sama przełożona nie potrafiłaby tyle miłości zgromadzić, aby obdzielić nią po równo całe zgromadzenie...

MALARKA: Po równo? Dla mnie miłość musi być wyłączna. Choć na chwilę. Ale na tę chwilę musi zogniskować się w jednym splocie miłosnym, w jednej barwie, w jednym przedmiocie — i wykluczyć cały świat.

MATKA PRZEŁOŻONA: Święty Paweł analizując miłość mówi, że obce jest jej samolubstwo.

MALARKA: Miłość zbiorowa? To mi pachnie haremem, albo łaźnią turecką...

MATKA PRZEŁOŻONA: Znowu się Pani zapomniała... prosiłam Panią o szacunek dla tego miejsca, jeżeli już nie dla mnie...

MALARKA: Och, przepraszam... matkę... Ja nie miałam dotąd nigdy okazji rozmawiać z osobami duchownymi, więc proszę mi wybaczyć, że czasem coś chlapnę, jakbym była w kafejce na Montmartre, w atelier, albo w łóżku... Och, znowu... Bardzo przepraszam...

MATKA PRZEŁOŻONA: Proszę... Ale cieszyłabym się, gdyby Pani wykorzystała ten czas kiedy przebywamy razem na oderwanie się od codziennego życia. Może Pani potraktować malowanie portretu zakonnicy jako rekolekcje.

MALARKA: Rekolekcje?

MATKA PRZEŁOŻONA: Pani przenosi na obraz moją twarz, prawda? To co Pani widzi. Ale przecież, stara się Pani odmalować także to czego Pani nie widzi — moje wnętrze... Tak czynią wszyscy portreciści. Więc nie tylko moją zewnętrzność, ale również moją duchowość. Prawda?

MALARKA: Aurę.

MATKA PRZEŁOŻONA: A więc malując zakonnicę, choć tak jak ja niedoskonałą, niegodną, niezdarną w dążeniu do Boga, może Pani to jej usilne dążenie namalować. Że niezdarne to pewne. Że usilne to niemniej pewne. Pani przecież na czas malowania portretu bierze model w siebie, wchłania go, przeżywa...

MALARKA: Skąd Matka wie?

MATKA PRZEŁOŻONA: A zatem, malując tę niezdarną, ale zdecydowaną na dążenie do świętości zakonnicę, Pani sama może, nawet Pani musi, choć przez czas tych naszych seansów, musi Pani sama dążyć do świętości.

MALARKA: Ja? Dążyć do świętości? Co też Pani mówi. Zabawne. Matka mnie zupełnie nie zna.

MATKA PRZEŁOŻONA: Znam.

MALARKA: Mnie? Mnie Matka zna?

MATKA PRZEŁOŻONA: Pani nazwisko nie było mi obce. Interesowałam się kiedyś sztuką. Gdy mnie Pani poprosiła o pozowanie, najpierw uznałam to za czystą stratę czasu, przeszkodę w codziennej posłudze zgromadzeniu, a nawet za pokusę świata. Obiecałam Pani odpowiedź do następnego dnia. Potem długo się modliłam o światło. I za Panią. A potem poszłam do museo communale. Dyrektor jest parafianinem naszego kościoła i dobroczyńcą naszego klasztoru. Pokazał mi reprodukcje Pani obrazów w różnych czasopismach. Recenzje z Pani wystaw, katalogi, albumy. Opowiadał mi o Pani. A potem jeszcze zatelefonowałam do znajomej matki przełożonej klasztoru naszego zgromadzenia w Paryżu...

MALARKA: Całe dochodzenie detektywistyczne!

MATKA PRZEŁOŻONA: Więc znam Panią—troszeczkę.

MALARKA: Co najwyżej oglądała Matka reprodukcje moich obrazów. Dowiedziała się Matka czegoś o ich recepcji w kręgach koneserów... Naczytała się Matka bzdurnych krytyk na mój temat. To wszystko jest dalekie od tego jaka jestem naprawdę.

MATKA PRZEŁOŻONA: Trochę Panią jednak poznałam. A zresztą, mam niejakie pojęcie o historii sztuki i o współczesnych prądach malarstwa też...

MALARKA: Poznała Matka moje odbicie w krzywym zwierciadle gazet i plotek — a nie mnie samą.

MATKA PRZEŁOŻONA: Panią. Pani przecież maluje stale siebie. I tylko siebie.

MALARKA: Maluję podobno wierne zewnętrznie oraz prawdziwe charakterologicznie portrety przeróżnych ludzi. Nie siebie. Bodaj tylko raz zrobiłam swój autoportret... za kierownicą samochodu...renault... to jest, bugatti... stał się dość znany... Poza tym co najwyżej jakieś szkice...

Ukazuje się autoportret Malarki w zielonym bugatti — numer 4, a potem autoportrety szkicowe — numery 5, 6. I znowu Malarka w zielonym bugatti.

♪ Muzyka jazzowa.

MATKA PRZEŁOŻONA: Znam ten obraz, o którym Pani mówi. Tamara w zielonym bugatti.

MALARKA: Zawsze byłam mitomanką. Namalowałam siebie w zielonym bugatti, a w rzeczywistości jeździłam wtedy małym, żółtym renaud. Podniecała mnie szybkość samochodów. Pęd. Ku ganicy szaleństwa. Oszałamiały wieczorne światła wielkich miast. Potrzebowałam alkoholu i seksu. W stan ekstazy wprawiały mnie zespoły jazzowe. Odurzały narkotyki…

MATKA PRZEŁOŻONA: Nie chcę tego słuchać.

MALARKA: Ale ja to muszę z siebie wyrzucić. Tak, muszę matce opowiedzieć prawdziwą historię mojego zielonego bugatti. Tak… tak… Pamiętam… Siedzieliśmy w La Coupole — z Marinettim, wielkim magiem futuryzmu, był tam jeszcze chyba André Gide, tak Gide był tam na pewno. Marc Chagall, oczywiście — stale mnie adorował. Kto jeszcze? Jean Cocteau, zwariowany poeta. I geniusz. James Joyce we własnej osobie, jak zwykle w kącie. Z dziewczyn była Marie Laurencin i hrabina de Noailles, jaka tam ona była hrabina, paryska ulicznica, jak my wszystkie, nawet ja, polska szlachcianka, jak się przedstawiałam.

Było dużo wina i dużo absyntu — piorunująca mieszanka. I Marinetti zaimprowizował kolejny manifest. Tym razem o konieczności zniszczenia całej dotychczasowej sztuki, wyzwolenia się więzów przeszłości, rozpoczęcia historii rodzaju ludzkiego od nowa. Podniecił się, wskoczył na stół, gestykulował, był porywający. „Zniszczyć przeszłość! Odważnie w przyszłość!" Klaskaliśmy i waliliśmy dłońmi w stoły. Tylko Joce protestował ze swego kąta.

Podciągając aż do majtek długą, ciasną, zieloną spódnicę, wdrapałam się na stół, stanęłam obok Marinettiego, objęliśmy się, najpierw głośnymi okrzykami potwierdzałam każde jego zdanie, a potem sama zawołałam „Marinetti ma rację! Trzeba spalić Louvre! Trzeba spalić Louvre! Teraz! Zaraz!" Marinetti był zachwycony. „Na Louvre! Spalić Louvre!" Zawołał. „Ale to daleko piechotą", zauważył trzeźwo któryś z otaczających stół malarzy, „a nie mamy chyba na taksówkę" — „Mistrzu", krzyknęłam, „przed kawiarnią jest mój samochód, zielony bugatti, zmieścimy się w nim wszyscy! Jedziemy spalić Louvre!" Zagalopowałam się. Przed La Coupole stał tylko mój mały, żółty, dwumiejscowy renault. Marinetti pocałował mnie w ust. Był w ekstazie. Pogryzł mi wargi, a potem rozdarł się na całe gardło: „Na Louvre! Bać pochdnie!" Zapłonęło kilka zapałek. „Jedziemy spalić sztukę przeszłości! Avanti! Avanti!"—wołał.

Wysypaliśmy się wszyscy z wyjątkiem Joyce'a na ulicę. Przed wejściem stał mój mały reanud. „Nie wiem jak zmieścimy się w tym małym samochodziku?!" Zawołał gorączkowo Marinetti. A ja się strasznie zawstydziłam. „To jest jakiś mały, stary, żółty renaud. To nie mój ogromny, nowy bugatti! Kradzież!"—„Skradziona ci samochód?" Wrzasnął Marinetti. „Musimy go koniecznie odnaleźć!" Zaczęliśmy myszkować po pobliskich przecznicach. W chłodzie poranka wszyscy trzeźwieli. Żadnego zielonego bugatti nigdzie nie było, oczywiście. Marinetti gdzieś się zapodział, pewnie go poderwała jakaś zapóźniona dziwka. Gdy zostałam sama wsiadłam do mego renaud i pojechałam prosto na cmentarz samochodów i sprzedałam go za bezcen. Tegoż dnia zastawiłam pierścionek z brylantem, diamentową kolię, trzy bransoletki i kupiłan nowiutkiego, zielonego bugatti. Louvre ocalał. Mój Bugatti wszedł do historii sztuki. Za mną przy kierownicy.

♪ *Obraz znika. Koniec muzyki.*

MALARKA: Ten autoportret bo był wyjątek. Z reguły maluję innych.

MATKA PRZEŁOŻONA: Siebie Pani maluje malując innych ludzi. Na portretach mogą mieć inne rysy niż Pani, ale to ciągle Pani sama.

MALARKA: Proszę, co za odkrywcza analiza mojego malarstwa!

MATKA PRZEŁOŻONA: Przypuszczam nawet, że dobiera Pani sobie modele jakoś do Pani podobne, fizycznie i psychicznie, a w każdym razie zbliża się Pani do nich w czasie malowania. Dlatego zgodziłam się pozować.

MALARKA: Pomyślała Matka, że jest Matka podobna do mnie? Absurd.

MATKA PRZEŁOŻONA: Nie. Pomyślałam, że to może się dziać na dwa sposoby. To upodabnianie. Albo Pani narzuca modelom siebie, albo się im Pani podporządkowuje, wchłania je w siebie. Tak czy inaczej wytwarza się silny związek. Czy mam rację?

MALARKA: Tak. Tak. I co z tego?

MATKA PRZEŁOŻONA: Pomyślałam sobie, że skoro Pan Jezus stawia mi Panią na drodze, to nie mogę przejść obojętnie i nie zatrzymać się. Tylko tyle.

MALARKA: A więc chce Matka narzucić mi siebie, swoją osobowość?

MATKA PRZEŁOŻONA: Nie... Podzielić się z Panią... Tym czego nie mam...

MALARKA: No, to się muszę pakować. I tak z tego portretu nic nie wychodzi.

Matka Przełożona wstaje.

Przepraszam. Proszę… Niech Matka jeszcze na chwilę usiądzie… I proszę nic nie mówić...

MATKA PRZEŁOŻONA: Dobrze.

Matka Przełożona siada. Pauza.

MALARKA: Dziękuję.

Maluje, mówi w trakcie pracy.

Ale przecież ja przyszłam tutaj... Szukając odmiany życia... Byłam śmiertelnie znudzona… Nie raczej śmiertelnie utrudzona, wręcz przerażona samą sobą. Nieustannym udawaniem… rozdwojeniem… Kim byłam? Malarką czy arystokratką? Malarką czy milionerką? Malarką czy monarchinią? Malarką czy ulicznicą? Arystokraci budzili moją zazdrość o tytuły. Stawałam się im równa malując ich. Finansiści napawali mnie złością, że ich pieniądze nie są moimi pieniędzmi. Rujnowałam ich malując ich portrety i tak wyrównywałam rachunki. Moje konto rosło. Faszyści włoscy imponowali mi dynamizmem i wizją nowego światowego ładu. In imponowało, że ja ich maluję. Byliśmy kwita. Nieustanna rywalizacją i nieugaszona ambicja nadawały intensywność moim kolorom, ciśnienie kompozycji, agresywność całego wyrazu.

Szłam w górę. Wyżej i wyżej. Wybuchały wokół mnie fajerwerki wspaniałych recenzji. Oszałamiały ceny oferowane za moje dzieła. Upajały nieustanne błagania o portretowanie. Zaczęłam się gubić. Zaczęłam gubić sobie samą siebie. Miałam myśli samobójcze. Prześladowała mnie chęć ucieczki. Przed modelami, przed krytykami, przede mną samą… Ale gdzie miałam uciec? Moja twarz była zbyt znana. Traciłam nadzieję na jakąś odmianę. Narastał we mnie, aż do histerii, strach. Wszystko zaczęło się we mnie załamywać, wygaszać, blaknąć, potwornieć…

Rzymscy faszyści, skarykaturowani przez germańskich hitlerowców, okazali się bandą megalomańskich terrorystów, a sami hitlerowcy gangiem zwyrodniałych morderców. Odkąd, po rozwodzie i drugim małżeństwie, zostałam baronową fascynacja heraldyką wydała mi się po prostu śmieszna. W znajomych gwiazdorach filmowych widziałam już tylko żałosnych komediantów. A ile razy można się upić, ile razy szczytować, ile razy wzlecieć w narkotyczne niebo? Jeśli kiedyś miałam duszę, to ona wyparowała z niedopitych kieliszków szampana, wyciekła ze mnie nadmiarem męskiego soku, rozwiała się w kurzu szos, skamieniała w zaschniętym oleju obrazów. Nie zostało nic. Tylko popiół.

MATKA PRZEŁOŻONA: Moje dziecko, jestem Pani modelką, a nie spowiednikiem. Czemu mi to wszystko mówisz?

MALARKA: Świat, do którego należałam zapadał się w pustkę. Ten świat, tak jak ja, tracił duszę. Bezduszne, upośledzone, krótkowzroczne, lekkomyślne pokolenie. Kto z nas malarzy — futurystów i surrealistów, mistrzów art deco i nowej rzeczowości lat trzydziestych, który z modnych poetów i powieściopisarzy mógł przewidzieć gdzie wiodą nasze eksperymenty artystyczne, żonglerka formą, erotyczne zabawy, salonowe gry, bezwstydne orgie, okrutne żarty i fantastyczne plany zbudowania nowego szczęśliwego świata? Jaką to przyszłość przygotowywaliśmy dla siebie samych i dla całej ludzkości? Nie wiem. Ale ogrania mnie przerażenie. Jestem winna temu, co się stanie.

MATKA PRZEŁOŻONA: Jesteś, córko, tylko artystką, a nie politykiem, generałem, uczonym, czy choćby inżynierem… Nie jesteś odpowiedzialna.

MALARKA: Jestem. Artystą jest odpowiedzialny za świat. Nie tylko za ten świat, który mieści się w kwadracie płótna. Za cały świat. Za późno to zrozumiałam. A gdy już zrozumiałam, to poczułam jaki to straszny ciężar. Nie do uniesienia. Zwłaszcza jak się jest tylko kobietą, i tylko malarką.

W czasie podróży po Italii zobaczyłam ten klasztor w świetle zachodzącego słońca... Mocno osadzona bryła nawy, cudowne, wyostrzone, niskie cienie przymurówek, delikatna koronka pilastrów, żywa siatka rzeźb, energia kolumn. Wieże szybujące w niebo. Portale ciążące ku ziemi. Budowla zakorzeniona, zakotwiczona w gruncie, a zarazem stale zrywająca się do lotu. Pomyślałam sobie, że ludzie, którzy tu mieszkają, we wnętrzu tej architektury, muszą w jakiś szczególny sposób przeżywać dramat istnienia, obezwładniającego ciężaru materii i porywającej aż na obłoki nadziei. To przecież jest mój dramat, napięty na każdym blejtramie. Dramat malarza, który pragnie się wyzwolić z ograniczeń koloru farb, z ziarna i szorstkości płótna, z napięć linii stale zaginających się tylko do dwóch najprostszych alternatyw poziomu i pionu. Dramat malarza, który kolorem, fakturą, napięciem, materią obrazu sięga ku tajemnicy usuwającej mu się spod każdego pociągnięcia pędzlem. I nigdy nie może jej dotknąć. Więc pomyślałam, że gdybym zamieszkała tutaj, zaczęła dzielić życie sióstr, każdego dnia lecieć z bryłą tego klasztoru ku niebu, to może udało by mi się ten lot zatrzymać — na płótnie.

Niech mi Matka powie, czy pasja, pożądanie, konieczność malowania to miłość samolubna, czy altruistyczna? Czyją energię artysta przelewa w obraz — swoją czy Stwórcy wszechrzeczy? Jak artysta zafascynowany barwami ziemi i nieba, natury i cywilizacji, pięknem ludzkiego ciała, może się wznieść ponad ziemię, sięgnąć nieba, ciało prześwietlić duchem? Jaka miłość? Jaka sztuka? Jakie malarstwo?

Nagle przerywa malowanie i krzyczy: Czemu się Matka nagle do cholery zaczęła wiercić i uśmiechać!? Przepraszam...

MATKA PRZEŁOŻONA: To ja przepraszam. Zapomniałam, że mam patrzeć w tę stronę i nie zmieniać wyrazu twarzy. Bardzo przepraszam. Doszłam w różańcu do tajemnic chwalebnych i ucieszyłam się ze zmartwychwstania Pana.

MALARKA: Co takiego?

MATKA PRZEŁOŻONA: Poprzednio odmawiałam tajemnice bolesne. Ostatnia z nich to Śmierć Pana Jezusa na krzyżu.

MALARKA: No i dobry był tamten wyraz twarzy. Proszę go nie zmieniać.

MATKA PRZEŁOŻONA: Skończyłam tamtą tajemnicę i przeszłam do tajemnicy Zmartwychwstania. Ale dobrze. Pozując Pani będę mówiła tylko tajemnice bolesne. Wracam do początku. Będzie Pani zadowolona. Czuwanie Pana Jezusa w Ogrójcu. Nigdy nie dość je rozważać.

Pauza.

MALARKA: …zostawiłam samochód na ulicy …zadzwoniłam do furty. Gdy powiedziałam młodej siostrzyczce, że chciałabym wstąpić do klasztoru najwyraźniej się przeraziła... Może to mój strój, dekolt? Powiedziała, że wezwie przełożoną... Czekałam długo w rozmównicy... modląc się... pierwszy raz od dawna... o to, abym została przyjęta... aby moje malarstwo wydobyło się z ograniczenia blejtramów i tubek, nici płótna i włosia pędzla... aby zaczęło szybować gdzieś tam.. gdzie porywali je dawni włoscy mistrzowie... gdzie... nie wiem... ale wiem, że istnieje taki wymiar malarstwa, do którego ciągle nie mam dostępu... choć przeczuwam jego istnienie...

A gdy drzwi się otwarły i furtianka zapowiedziała przybycie przełożonej — zobaczyłam starą zakonnicę wyłaniającą się z lasu renesansowych kolumn, pod bogato zdobionym barokowym sklepieniem, przechodzącą przez smugi intensywnego kolorowego światła witraży z bocznych, głębokich okienek korytarza, ze spojrzeniem spokojnie bolesnym i przetrawionym umartwieniem, o twarzy przeoranej wiedzą o potworności świata a zarazem wygładzonej tkliwym przebaczeniem światu... Bruzdy na policzkach rzeźbione jakimś otchłannym cierpieniem, które przeraża jak przepaść, a zarazem zdaje się koić wszelki lęk... Zobaczyłam matki oczy, a w nich tak tajemnicze, odległe i tak intensywne światło, jakiego jeszcze nigdy w życiu nie widziałam...

Zapomiałam z czym weszłam. Wiedziałam tylko, że muszę namalować to niesamowite światło w tych oczach i ten zawrotny rysunek zmarszczek. Wróciło malarskie pożądanie, głód malowania, stokroć bardziej dotkliwy niż głód pokarmu czy seksu. Tak. Poczułam, że muszę matkę namalować. Zaraz. Koniecznie. Zdaje się, że nawet nie powiedziałam, po co przyszłam... Zapomniałam... Zaczęłam tylko prosić matkę o pozowanie mi. Gdyby się Matka nie zgodziła, przestałabym wierzyć, że istnieje jeszcze w ogóle dobroć i wybaczenie.

MATKA PRZEŁOŻONA: Pan Bóg musi Pani wybaczyć, nie ja. Proszę wierzyć, że Jego miłosierdzie jest niewyczerpane. Trzeba jednak także pamiętać, że Jego sprawiedliwość nie jest ograniczona żadnymi ludzkimi miarami. Dlatego nawrócić się musimy sami. Z Jego pomocą i za Jego łaską. Ale sami. Aktem naszej wolnej woli.

MALARKA: Ja? Ja się mam nawrócić? Śmieszne...

MATKA PRZEŁOŻONA: Ma Pani tę szansę.

MALARKA: Mam szansę namalować dobrze matki portret. I tyle. Na tym muszę skupić całą moją wolę i umiejętność, spożytkować w tym obrazie cały swój talent, wykorzystać posiadaną technikę. Tylko to. Tyle. Nie ma we mnie miejsca na nic innego. W tej chwili Matka jest modelem a ja jestem malarką. I też tylko tyle. I tylko to nas łączy. O proszę, oczywiście, że ten brąz jest zły! Proszę mi nie zawracać głowy jakimi pouczeniami, morałami... Przepraszam...

MATKA PRZEŁOŻONA: To ja przepraszam. Wrócę do różańca i będę siedziała cicho. Ale rada bym więcej się o Pani dowiedzieć... Już, już nic nie mówię...

MALARKA: Najpierw jest ciemność. Potem ciemność przybiera różne gęstości. Nie, jeszcze nie barwy i nie odcienie. Gęstości. Bo jest cieczą. A więc dotykiem. Ono jeszcze nie wie, że to jest ciemność, że to jest ciecz, i że to jest dotyk. Nie wie także, że ciemność to czerń. Ale doświadcza tego i to doświadczenie pozostanie w nim na zawsze: ciemności można dotknąć.

Ciemność napełnia się dźwiękiem i ruchem. Ono i tego nie wie, ale i tego doświadcza: doświadcza dźwięku ciemności i ruchu ciemności. Dotyk, dźwięk i ruch są ciemne. Otulają coraz szczelniej, coraz bezpieczniej. Narastają. I nagle zaczynają dławić. W ciemności pojawia się jeszcze jedno doświadczenie ciemności: ból. Nowe, niezrozumiałe, nienawistne. Ciemny dźwięk jest bólem. Ciemny ruch jest bólem. Ciemny dotyk jest bólem. Ból narasta do szaleństwa. I nagle ciemność pęka. Szpara. Cięcie ciemności. Światło. Olśnienie. Straszliwe. Porażające. W jednym mgnieniu światło unicestwia ciemność. Światło atakuje ze wszystkich stron. Światło jest bólem, bólem dotyku, ruchu, dźwięku. Torturą. Rani jeszcze boleśniej niż ciemność. O wiele boleśniej. Nie do zniesienia. Ale to światło jest także doświadczeniem, a nie widzeniem. Wszystko jest światłem. Nie ma od niego ucieczki. Z bólu ciemności w ból światła. Uciec w ciemność! Ale już jej nie ma.

Tak trwa. To długotrwała walka. Nagle światło z doświadczenia staje się widzeniem. Oślepia! Oooo. Otwarte oczy. Zamyka oczy. Ciemność wraca. Czarna. Otwiera je. Światło. Znów zamyka i otwiera. Ach, więc to jest możliwe?! Wiec można samemu przechodzić ze światła w ciemność? I z ciemności w jasność? Dziecko zamyka i otwiera oczy. Obejmuje we władanie światło i ciemność. Panuje nad nimi. Rozdziela je od siebie.

MATKA PRZEŁOŻONA: *Podpowiada:* Jak Bóg, który oddzielił światłość od ciemności.

MALARKA: *Powtarza za nią nieświadoma, że powtarza*: Jak Bóg, który oddzielił światłość od ciemności.

Kontynuuje: Dziecko nauczyło się walczyć ze światłem. Posługiwać się światłem. Panować nad światłem. I ciemnością. Rozkazuje światłu pojawiać się i znikać.

MATKA PRZEŁOŻONA: *Podpowiada:* Jak Bóg, który zawiesił jedno światło nad dniem a inne nad nocą, nakazał im wschodzić i zachodzić.

MALARKA: *Powtarza za nią nieświadoma, że powtarza*: Jak Bóg, który zawiesił jedno światło nad dniem a inne nad nocą, nakazał im wschodzić i zachodzić. Dziecko stwarza światło. Ja.

MATKA PRZEŁOŻONA: *Podpowiada*: To Bóg stworzył światło.

MALARKA: *Tym razem słyszy to, co powiedziała Matka Przełożona i ciągnie dalej, nie zważając na nią.* Dziecko stwarza światło. Ja stwarzam światło. Gwałtownie. Zachłannie. Uzależniam je od swej woli. I światło jest mi posłuszne. I ciemność, która jest czarna. Nadałam jej barwę. To czerń. A światło jest jasnością. Jeszcze nie wiem, że jest biel. Mam władzę nad światłem i ciemnością. Świa]tło staje się za każdym razem kiedy otworzę oczy. Przybywa na każde skinienie moich powiek. Jeśli tak, to można się nim bawić. Można je zderzać gwałtownie. Można światło i ciemność powoli od siebie odcedzać.

MATKA PRZEŁOŻONA *podpowiada*: Jak Bóg, który oddzielił wody od ziemi.

MALARKA *powtarza, tym razem świadomie*: Jak Bóg, który oddzielił wody od ziemi.

Kontynuuje: Światło i ciemność można ze sobą mieszać o świcie i o zachodzie. Słońce przysłaniać chmurą. Księżyc powiększać od małego rożka, aż do ogromnej tarczy. Dziecko zaczyna wydobywać ze światła tęczę. Kolor po kolorze. Tworzy kolory. Nazywa je. Najpierw miała czerń i biel. Teraz czerń przetyka bielą i tworzy szarość. Szarość rozmywa pomiędzy rzęsami i znów przesącza ją w biel. A bieli nadaje różnorodne lsnienia i półtony kierując na nią promień słońca to poprzez rzęsy, to poprzez muślin zasłony łóżeczka. Już widzi różnicę pomiędzy różowo-biało-brązowo-zielono-szaro-czarnymi oczami i różowo-biało-niebiesko-czarno-szarymi oczami. Widzi tę różnicę, zanim dowiaduje się, że jedne to są oczy matki, a drugie ojca. I że to są oczy. Czerwieni i bieli uczy się z piersi matki. Żółci z bukietu słoneczników stojącego na komodzie. Ależ powyżej nich też jest żółć! Dziewczynka jeszcze nie wie, że to ta sama żółć, która oszołomiła van Gogha, i że ta wyblakła karta w ramce nad komodą to reprodukcja.

Bierze w palce kredkę, ale łamie ją wściekła, bo barwa wysączająca się z rdzenia kredki jest ospała, nijaka, umiera już w chwili postawienia pierwszej kreski, nie ma w niej życia, siły, pulsowania, których ona już oczekuje, a jeszcze nie potrafi ich wydobyć ani z kredki, ani ze szminki matki, ani z rozdeptanego na werandzie owada. No to już lepiej węgiel wygrzebany z kominka rozkruszać na szorstkich białych arkuszach i wyobrażać sobie różne fantastyczne kolory. Na złość starszym, którzy gniewają się za walanie węglem rękawów, włosów, nosa, policzków i nazywają kominiarzem. Coś leży na kanapie. Dorośli nazywają to poduszki. Ona widzi tam barwne plamy. Służąca poprawia fałdy portiery na drzwiach. To nie jest portiera. To jest wiązka strzelistych, miękkich linii, które wyczołgują się z podłogi, wspinają ku sufitowi, przebijają sufit, tryskają aż do nieba.

W czasie przyjęcia, siedząc na końcu długiego stołu widzi jak jeden z gości u jego szczytu wywraca kieliszek wina na obrus. Zrywa się zafascynowana. Patrzy na pełznącą po bieli plamę czerwieni. Potem biegnie do siedzącej na głównym miejscu babci i wywraca jej kieliszek na obrus, aż bryzga wino i szkło. Zanim ojciec zdążył ją powstrzymać przewraca jeszcze dwa sąsiednie kieliszki.

Ukarana, łkając histerycznie, domaga się farb i pędzla. Wszystkie jej zachcianki są spełniane. Ale akwarele doprowadzają ja do wymiotów swoją łagodnością, delikatnością, rozwodnieniem. Wściekła, wydłubuje je wszystkie z pudełka i wrzuca do akwarium ze złotymi rybkami. Rozpuszczają się na dnie i porywane strumykami bąbelków powietrza zasilającego zbiornik wydają ze siebie niepokojące sploty smug barw. Smugi tańczą. Wibrują. To już lepiej. Dziewczynka wydobywa oczka farbek z akwarium, przewracając je przy okazji, robiąc potop w salonie i nie dbając o zdychające na dywanie złote rybki, rzuca te nawilżone krążki akwareli na kartę bloku rysunkowego. Nie racząc głaskać ich pędzlem rozciera je przyciskając mocno palcami po powierzchni, brudząc się po pachy, w dwanaście różnych kolorów. Tym razem w kompozycji, która pojawiła się na papierze jest siła. Dobrze. Ale to jeszcze nie dosyć.

Domaga się farb olejnych. Sztalug. Blejtramów różnej wielkości. Płócien. Pędzli różnych rozmiarów. Szpachelek szerokich i szpachelek wąskich. Dostaje wszystko od rozpieszczających ją rodziców – jest jedynaczką. Dywan w jej pokoju ulega zniszczeniu w ciągu jednego poranka. Tupie na babcię, która zwraca jej uwagę. Zaczyna histerycznie wrzeszczeć na matkę, która ubiera ją w mundurek i wypycha do szkoły. Nie pójdzie, tylko będzie malować. Niech osły tam chodzą. Ona będzie artystką.

Niedziela? Do kościoła? Nie mam czasu! Muszę malować!

Wrony na śniegu w Parku Łazienkowskim napawają ją przerażeniem.

Przepycha się przez krąg tłumu otaczającego człowieka przejechanego przez automobil i zupełnie nieczuła na jego jęki odkrywa zafascynowana, że plama krwi na bruku wypełzająca spod jego brzucha wcale nie jest czerwona — jest ciemno bordowa, słońce dodaje do niej rude błyski. Po powrocie do domu ciężkim przyciskiem z biurka ojczyma uderza z całej siły w głowę łaszącego się do niej psa — oczywiście przeczytała uprzednio *Emancypantki*, *Demona ziemi*, *Dzieci szatana* — i jest zawiedziona, że pies rozpłaszcza się na dywanie, z pyska sączy mu się piana, ale nie widać krwi. Mimo to maluje tę pianę.

Nie wchodzić! Nie życzę sobie, żeby tu ktokolwiek wchodził kiedy maluję! Zwłaszcza ojczym! Won! Paszoł! W ogóle nie chcę cię znać. Ojczym? Nie potrzebuję żadnego ojczyma. Mam ojca. A że Matka się puściła z kimś innym, to mnie w ogóle nie obchodzi. A wyrażam się jak mi się podoba.

Nie będę w ogóle więcej chodziła do szkoły. Co? Do akademii mnie nie przyjmą bez matury? Gwiżdżę na to. To pójdę wprost do pracowni największego mistrza w stolicy, a ty, tak ty, mamo, będziesz płacić za lekcje, a jak nie będziesz chciała płacić to się rzucę pod pociąg, albo skoczę z mostu do Wisły.

Ubrana w kitel w pracowni mistrza i postawiona przed martwa naturą chłonie kolory z taką intensywnością, że dostaje zawrotu głowy. Gdy posadzono przed nia modelkę widzi wewnętrzne unerwienie jej ciała, jakby miała w gałkach ocznych rentgen, oblewa ją lepki pot, który wchłania wprost z mięśni nagiej kobiety, reaguje nieznanym dotąd mrowieniem na widok jej skóry, zagłębień ciała, owłosienia. Pracując przy sztalugach z wysiłkiem burłaka ciągnącego pod prąd wrzynające się w ramiona liny rzecznej barki, ciągnie pędzlem linie ostre, zdecydowane, napięte, które zdają się rozcinać nitki naciągu.

Barwy tłoczą się i napraszają, aby zechciała je przyjąć na paletę. Jest okrutnie i cynicznie wybredna. Ale gdy już którąś przyjmie, to gości ją jak królową, buduje dla niej trony i piedestały w coraz to innych odcieniach tego samego podstawowego koloru. A potem pozbywa się jej jak król błazna, któremu zabrakło dowcipu — jednym kopnięciem — wyrzuca tubkę. Jej obrazy mają siłę wybuchających wulkanów. Eksplodują na płótnie, aż rozpadają się blejtramy.

Galerie w stolicach świata ubiegają się o jej dzieła. Kolekcjonerzy licytują się o nie zawrotnymi sumami. Krytycy padają przed nią plackiem. Jurorzy obsypują nagrodami. Mężczyźni i kobiety błagają o sportretowanie. Przyjmuje tylko niektóre oferty: najbardziej lukratywne finansowo, najbardziej podniecające erotycznie, najwyżej windujące ją towarzysko.

Och, jeszcze: Wyszła za mąż młodo i rozwiodła się młodo, potem wyszła za milionera.

Jej paryskie atelier staje się sanktuarium, do którego wstęp jest łaską spływającą na nielicznych. Jej wernisaże przechodzą do legendy paryskiej Rive Gauche. Jej podboje miłosne do kronik high-lifu. Jej portrety do historii sztuki.

 Jej malarstwo tworzy styl, Art-Deco, jest jego arcykapłanką, zdobywa wyznawców, naśladowców i epigonów, ale przewodzi mu samotnie, tak bardzo wysforowała się przed innych.

Ciała jej aktów wibrują w pożądaniu. Oczy jej portretów rzucają zły urok. Barwy jej obrazów oszałamiają intensywnością. Ich linie są tak ostre jak klingi mieczy. Jest portrecistką książąt, arystokratów, poetów, bogaczy, kochanków i kochanek. Jest pożądaniem gwiazd ekranu, sama jest gwiazdą salonów i galerii, jej twarz spogląda z dziesiątków kolorowych okładek, to jej zenit.

♪ *Delikatna muzyka organowa.*

Pewnego dnia staje przypadkiem w świetle wieczornego niskiego słońca przed bramą kościoła. Z wnętrza słychać łagodny rytmiczny śpiew psalmu. Wchodzi. Siada w ławce z tyłu nawy. To zakonnice odprawiają nieszpory. Witraże zaczynają wokół niej wirować i powoli gasnąć wraz z zachodzącym słońcem. Śpiew się kończy. Kościół napełnia mrok.

Ogarnia ją nagle zwątpienie w wartość i sens tego wszystkiego: barw, orgazmów, sławy, pieniędzy. W jednej chwili postanawia zostać zakonnicą. Puka do klasztornej furty. Znika.

MATKA PRZEŁOŻONA: Pani jest naprawdę artystką… Cóż za fantazja... I co było dalej?

MALARKA: Artystką? Tak! A co dalej? Na próżno mąż poruszyłby Interpol całej Europy i wynajął prywatnych detektywów aby ją odnaleźli. Na nic zdałyby się poszukiwania matki, która pod jej nieobecność zaopiekowałaby się wnuczką, a teraz zostałyby obie samotne — jedna bez córki, druga bez matki. Ktoś twierdziłby, że jechał z nią pociągiem z Florencji do Parmy. Ktoś inny zaklinałby się, że widział ją na przystanku taksówek w Neapolu. Jeszcze ktoś przysięgałby, że klęczał jakoby obok niej w Bazylice świętego Franciszka w Asyżu. Ogromna nagroda za wskazanie miejsca jej pobytu ogłoszona w prasie paryskiej spowodowałaby telefon z Maroka, że podróżowała zakwefiona na wielbłądzie z karawaną Berberów przez zachodnią Saharę. Łowcy słoni donieśliby z Indii, że widzieli ją na polowaniu w towarzystwie Maharadży Madrasu. Wszystkie te doniesienia nie potwierdziłyby się, a ślady by się urwały. Nie pozostałoby nic innego jak uznać ją za zaginioną. I pierwszy i drugi mąż zostaliby sądownie uznani za wdowców, córka za sierotę. Wreszcie poszukiwania zostałyby zawieszone. Dochodzenia zamknięte.

♪ *Muzyka urywa się.*

MATKA PRZEŁOŻONA: Smutna pointa...

MALARKA: O nie. Triumfalna! Przepadła artystka, ale pozostały jej obrazy! Jej sensacyjne zniknięcie podbija ich ceny. Za zawrotne sumy wydzierają je sobie muzea i galerie całego globu. Nimb tajemnicy wzmaga jej sławę! Zostaje zaliczona do panteonu malarstwa XX wieku. Zostaje ubóstwiona przez krytyków! Zostaje uznana za największą kobietę-malarza wszechczasów! A ona tymczasem pędzi żywot skromnej zakonnicy...

MATKA PRZEŁOŻONA: Moje dziecko... Pani myśli, że mogłaby Pani być przyjęta do zgromadzenia bez rozliczenia się z więzów małżeńskich, z posiadania dziecka? Cóż za naiwność...

MALARKA: To jeszcze nie koniec... Po latach... Jakiś wścibski turysta rozpoznałby jej słynny profil w twarzy jednej z zakonnic śpiewających nieszpory za kratą chóru... Klasztor zostaje natychmiast oblężony przez dziennikarzy i fotoreporterów... Szmer przelatuje przez tłum jak elektryczna iskra i raptownie cichnie, gdy czarna sylwetka ukazuje się na progu. To ona! Eksplodują fajerwerki lamp fotografów, wybucha wrzawa nawoływania reporterów radiowych, wyciągają się do niej setki rąk, mężczyźni klaszczą, kobiety szlochają, biją dzwony, trąbią automobile, orkiestry jazowe ogłuszają w szalonym cerscendo...

MATKA PRZEŁOŻONA: A zatem jeszcze na dodatek triumfalny powrót do świata? Pani nie ma pojęcia o istocie życia w zakonie...

MALARKA: Nie zastanawiałam się nad tym... Przez chwilę intensywnie marzyłam o żywocie zakonnicy klauzurowej, o życiu tylko modlitwą i pracą, o uwolnieniu się od straszliwego ciężaru malowania. O sobie samej wyborem ubóstwa pozbawionej wciąż pchających do fanaberii pieniędzy. Klasztorną kratą odgrodzonej od pokus świata i okazji do grzechu...

MATKA PRZEŁOŻONA: Nie wystarczy wejść za klasztorną kratę. Trzeba ja zbudować w swym sercu...

MALARKA: A może zostałabym zakonnicą-malarką, która spaliła swe dawne grzeszne obrazy i odtąd maluje już tylko świętych, niebo, aniołów...?

MATKA PRZEŁOŻONA: Powołanie do życia zakonnego zdarza się tylko czasem w jednej chwili olśnienia łaską. Częściej wykluwa się powoli i w trudzie, jak pisklę z ciągle za twardej skorupy. Ale i w jednym i drugim wypadku musi objąć, przetrawić całe życie. To nie jest decyzja tylko co do przyszłości. W tej decyzji człowiek najpierw rozlicza się z przeszłością.

MALARKA: No właśnie. Zamknąć przeszłość.

MATKA PRZEŁOŻONA: Przeszłość nie należy do nas samych. Są w niej ludzie, z którymi jesteśmy związani nierozerwalnymi więzami. Są tam niespełnione obowiązki, niedokończone prace, uczynki wciąż powodujące określone skutki moralne, jak raz puszczony w ruch mechanizm. Trzeba najpierw zatrzymać te mechanizmy, wyleczyć i zabliźnić stare rany, wyprostować pokręcone ścieżki. Dopiero potem można wstąpić na nową drogę.

MALARKA: Z pierwszym mężem wzięłam rozwód cywilny, a on się zaraz ożenił ponownie, więc tak czy siak małżeństwo z nim jest nie od odbudowania. Z drugim nie wzięłam ślubu kościelnego, więc z punktu widzenia Kościoła nie jestem z nim w ogóle związana, czy tak? Córka mogłaby zostać z babcią...

MATKA PRZEŁOŻONA: Och, moje dziecko, rozumujesz jak poganin... Zdaje się, że w ogóle sama nie wiesz, o czym mówisz... Ja byłabym bardzo szczęśliwa gdybyś weszła na drogę cnoty prowadzącą ku życiu wiecznemu, ale najpierw musiałabyś się wewnętrznie nawrócić i o tę łaskę trzeba się modlić najpierw, a potem — porządkować swoją duszę.

MALARKA: To już nieważne... Zmieniłam zdanie. Nie porzuciłam malarstwa. Właśnie maluję. Dlaczego Matka zgodziła mi się pozować?

MATKA PRZEŁOŻONA: Kaprys. To był Pani kaprys. A ja siedzę tu po to, aby dać Pani szansę przetworzenia kaprysu w świadomy akt woli. Pomyślałam sobie, że jak Pani dla odmiany namaluje zakonnicę, to może i sama się Pani odmieni.

MALARKA: Dla odmiany? Nie rozumiem.

MATKA PRZEŁOŻONA: Bo najczęściej maluje Pani nagie kobiety i nagich mężczyzn...

MALARKA: A więc Matka widziała... i te moje obrazy? To jest — reprodukcje.

MATKA PRZEŁOŻONA: Widziałam.

MALARKA: I moje obrazy erotyczne?

MATKA PRZEŁOŻONA: Widziałam.

Ukazuje się szybko seria aktów: numery 7, 8, 9, 10.

MALARKA: A wie Matka, kto jest na tych obrazach?

MATKA PRZEŁOŻONA: Wiem. To niestety sieje podwójne zgorszenie. Bo wiadomo, że te kobiety, podobnie jak mężczyźni, nie tylko Pani pozują...

MALARKA: Zgorszyła się Matka?

MATKA PRZEŁOŻONA: Zasmuciłam.

MALARKA: Mimo to zgodziła się Matka pozować? W takim towarzystwie?

MATKA PRZEŁOŻONA: Jednak Pani się ciągle zapomina. Może zakończymy już ten seans? A może w ogóle nie trzeba kontynuować malowania portretu zakonnicy.

MALARKA: Przepraszam stokrotnie. Tak, zawsze musi ze mnie wyjść paryska ulicznica. Bo taka naprawdę jestem. Ale nie chciałam Matki urazić. Proszę, proszę jeszcze nie wstawać.

MATKA PRZEŁOŻONA: To ja proszę jednak się nie zapominać. Jesteśmy w klasztorze.

MALARKA: Obiecuję. Ale wie Matka co, proszę mi powiedzieć... Co Matka naprawdę o tym myśli... No, widziała Matka moje obrazy...

♪ *Ukazuje się obraz "Piękna Rafaela" -- nr. 11. Delikatna muzyka.*

MALARKA: Tak. Maluję najczęściej nagich ludzi... A gdy są ubrani, to ich nagość też przenika przez ubrania... Sutki kobiet zdają się dziurawić bluzki... Nie potrafię inaczej... Nieraz sprowadzam sama modele do pracowni. Zaczepiam na ulicy, jak ulicznica właśnie... Zaczepiam kobiety i mężczyzn... Proszę, aby mi pozowali... Rzadko kto odmawia... Przychodzą... Rozbierają się... Tak stają, siedzą, czy leżą... Maluję pożądając. Pożądam malując. Moje malowanie i moje pożądanie łączą się i sublimują zarazem w obraz.

♪ *Obraz znika. Muzyka się kończy.*

MALARKA: Czy w tym akcie twórczym życie poniża sztukę? Czy raczej sztuka podnosi życie? To są przecież te same energie twórcze. Nie wiem... Może Matka to wie?

MATKA PRZEŁOŻONA: A czy zastanowiła się Pani — czyje są te energie?

MALARKA: Moje! Człowieka, który żyje i tworzy. Żyje twórczo. Tworzy swoim życiem. Takie są moje obrazy, jaka jestem ja sama. To emanacja mojej twórczej energii. Nie tylko mojej. Energii modela też. Ja biorę energię modela w siebie, pomnażam do nieskończonej potęgi o swoją własną energię — i przenoszę tę straszliwą sumę energii na płótno. To twórcza ludzka energia.

MATKA PRZEŁOŻONA: Boża.

MALARKA: Co Matka powiedziała?

MATKA PRZEŁOŻONA: To Boża energia. On jest Twórcą wszechrzeczy. On jest początkiem. Jest punktem wyjścia i dojścia. Alfą i Omegą. To obieg Jego twórczej energii. A my tylko w niej uczestniczymy, otrzymujemy ją w darze. To Jego dar.

MALARKA: Abstrakcje! Teologia! Ja mówię o czymś bardzo konkretnym. O energii, która ma konsekwencje praktyczne. Ona prowadzi tak samo mój pędzel po płótnie gdy maluję, jak i moją rękę po skórze w czasie pieszczoty. Jej materialnym owocem jest warstwa farby, albo pot i skurcz mięśni, ludzkiego mięsa! Co Matka wie o tym?

Malarka nerwowo zapala papierosa. Prawie natychmiast odpala następny papieros od poprzedniego, a poprzedni ze złością rozgniata. Powtarza tę czynność kilka razy.

MATKA PRZEŁOŻONA: Ja też mówię o Kimś bardzo konkretnym, uchwytnym, dotykalnym. Cóż może być bardziej dotykalnego i żywego niż ciało konające na krzyżu? Tak, ciało ludzkie, rozszarpywane bólem. A każde drgnienie jego nerwów, pod wpływem ciosu bólu, to akt najwyższej miłości, dar najwyższej miłosci. A to miłość absolutnie altruistyczna, skierowana ku innym, ku Ojcu, który jej oczekuje, ku ludziom, którzy ją odrzucają. Ta miłość tam wciąż jest, jak niewyczerpane źródło i można do niego podejść i zaczerpnąć. Energia tej miłości promieniuje bezustannie i wystarczy się ku niej zwrócić, aby stać się zdolnym ją przyjąć. Myślę, że artyści w szczególny sposób mogą tę energię otrzymywać i uczestniczyć w jej przekazywaniu.

MALARKA: Nigdy o tym nie myślałam... Ale to porywająca perspektywa... Przecież twórca-człowiek w każdym swoim akcie tworzenia powtarza i kontynuuje dzieło Stwórcy. Może to jest nawet tak, że wprawdzie świat został kiedyś stworzony ręką Boga, to jego stwarzanie wciąż trwa. A kontynuowanie tego procesu Bóg powierzył artystom, wynalazcom, myślicielom?

MATKA PRZEŁOŻONA: Więc Pani o tym myśli! Pani to rozumie! Chwała Bogu Najwyższemu. Ale trzeba także rozumieć, że artyści mogą uczestniczyć w tym dziele pod jednym warunkiem. Jest nim miłość. Bóg stworzył świat z miłości i tylko te dzieła, które ludzie tworzą z miłości mogą mieć udział w Bożym tworzeniu.

MALARKA: Ależ artysta po pierwsze zawsze kocha siebie!

MATKA PRZEŁOŻONA: Pewnie nie zawsze... A zawsze może być medium miłości Bożej...

MALARKA: Zawiłe rozróżnienie.

MATKA PRZEŁOŻONA: Mówiąc zupełnie zwyczajnie — Pan Bóg błogosławi i ludzkie malowanie i ludzką miłość.

MALARKA: Czy błogosławi każdy obraz i każdy akt miłosny?

MATKA PRZEŁOŻONA: Nie każdy... Nie każdy.

MALARKA: Teraz to już Matka chce mnie po prostu umoralnić. A to groch o ścianę. Ja się do tego nie nadaję. Co Matka o mnie wie? Nic. Tyle, że tam jakieś nieprzyzwoite obrazki napacykowałam. Ja sama, cała, do szpiku kości jestem nieprzyzwoita... zepsuta... grzeszna...

MATKA PRZEŁOŻONA: Odwrotnie. W głębi duszy jest Pani dobra i szlachetna. Tęskni Pani do czystości.

MALARKA: Ja? Ja proszę Matki sypiam zarówno z mężczyznami jak z kobietami, ja przepadam za przyjemnościami — alkoholu, narkotyków, pędu jazdy samochodem, luksusowych hoteli... Ja się nie nadaję do żadnego umoralniania, ani naprawiania...

MATKA PRZEŁOŻONA: To wszystko jest już odkupione. I tylko od Pani zależy wybór...

MALARKA: Tak, właśnie! Ja wybieram takie życie jakie prowadzę.

MATKA PRZEŁOŻONA: Mogłaby Pani wybrać inne.

MALARKA: Ale z tym mi dobrze. Lubię je. Taka jestem i taka chcę być. Powiem matce coś więcej ja nawet...

MATKA PRZEŁOŻONA: Niech Pani nie mówi tego mnie. Jak Pani zechce to skontaktuję Panią ze spowiednikiem.

MALARKA: Bzdura. Przepraszam... To nie dla mnie. Z Matka mogę sobie pogadać, ale spowiednika to bym jeszcze uwiodła!

MATKA PRZEŁOŻONA Tyle razy Panią prosiłam...

MALARKA Przepraszam... Ale niech Matka mi powie... Zakonnice mają w pogardzie ciało? Tak?

MATKA PRZEŁOŻONA: Nie. Nie w pogardzie.

MALARKA: Ale też nie w estymie?

MATKA PRZEŁOŻONA: Przydaje się do tego aby je umartwiać, aby się nim posługiwać w pracy na chwałę Bożą. Także w modlitwie, gdy staje się znakiem.

MALARKA: Znakiem?

MATKA PRZEŁOŻONA: Pokory, uniżenia, uwielbienia.

MALARKA: Więc tylko jako znak, odniesienie, narzędzie — a nie takie jakie jest?

MATKA PRZEŁOŻONA: Jest takie jakie Pan Bóg stworzył.

MALARKA: Więc piękne, podniecające. Gdy je dobrze ubrać lub rozebrać. Gdy je namaścić, uszminkować, właściwie oświetlić, celowo upozować.

MATKA PRZEŁOŻONA: To są wszystko wartości samego ciała. Takie ciało jest klatką. A przecież człowiek ma także, a raczej nade wszystko, duszę.

MALARKA: A jednak malarze i rzeźbiarze od wieków malowali ciało. Znajdowali w nim piękno — fizyczne, biologiczne, gorące, dotykalne, kolorowe, kształtne. A nie abstrakcyjne pojęcia. Ja jestem malarką a nie kaznodzieją.

MATKA PRZEŁOŻONA: Byli także malarze-kaznodzieje. Malarze mistycy. Zna ich Pani. Braciszek Giovanni da Fiesole, którego malarstwo było tak święte, że współbracia nazwali go Brat Anielski, Fra Angelico. Ach, Duccio, który patrzącego jakby wręcz fizycznie podnosi z ziemi ku niebu. I Giotto, który na swoich płótnach ziemię przesyca niebem. Rembrandt zamyślony nad teologią powrotu syna marnotrawnego. Velasquez kontemplujący tajemnicę ludzkiej śmierci Nieśmiertelnego. Gotyccy rzeźbiarze i witrażyści, malarze ikon... Ach, kocham tych malarzy. Nie mogę bez wzruszenia mówić o ich dziełach. Oni odnawiali przymierze miedzy Stwórcą a stworzeniem. Oni prześwietlali ludzkie ciało, przebóstwiali je, sami się modlili swym malarstwem i pomagali innym się modlić. Pan Bóg stworzył człowieka na swoje podobieństwo. Dał mu ciało. Syn Boży żył na tym świecie w ciele. Pozostawił nam swoje ciało jako pokarm. Wierzymy w ciała zmartwychwstanie. To wszystko nadaje ludzkiemu ciału najwyższą godność.

MALARKA: Fra Giovanni Fiesole był dobrym mnichem, ale jego współczesny Fra Filippo Lippi wystapił z klasztoru i ożenił się! Z mniszką! Wiem. Nie nazywano go bratem aniołem!

MATKA PRZEŁOŻONA: Dostali dyspensę. *Ciągnie dalej swój wywód.* Uprawnione jest malarskie studium ciała. Tropienie w nim śladów nieśmiertelności, ukazywanie jego piękna, jako korony wszelkiego stworzonego piękna, ujawnianie doskonałej harmonii członków i wzorcowych proporcji, jako miary Bożego porządku. Ale gdy poprzez ciało artysta nie odnosi nas, patrzących, do jego Stwórcy, gdy przedstawia wyłącznie ciało, a co gorzej, tylko jego funkcje i potencje fizyczne, biologiczne, seksualne — to artysta staje się przeciwnikiem Stwórcy. Psuje i poniża jego dzieło. Niech Pani zauważy, że w dziełach wielu malarzy ciała ludzi są uduchowione, odnoszą do ducha i

niejako duchowość wzmacniają. Na innych natomiast obrazach ciało jest tak przedstawione, że zaprasza i wręcz popycha oglądającego do uczynków ciała. Wie Pani dobrze, że takie malowanie włączało się zawsze w zamknięty krąg zła, w szatański taniec: obraz ciała powstawał jako owoc niemoralnego posługiwania się swym własnym ciałem i ciałem innych przez artystę, a zarazem powodował zepsucie, siał zgorszenie i prowadził do nadużyć, do grzechu.

MALARKA: Czy to się da tak łatwo pooddzielać? Tu dobre ciało, tam złe. Ciało to ciało. Tu zła czerń, tam dobra biel? Tu zła czerwień, a tam dobra zieleń? I czerń, i biel, i czerwień, i zieleń to są kolory. Tylko kolory. Wszystkie dobre!

MATKA PRZEŁOŻONA: Jako kolory! Ale to artysta posługuje się kolorem. A widz odbiera kolor. Kolor na płótnie nie należy więc tylko do porządku estetyki. Kolor łączy artystę z widzem. Więc ma konotacje etyczne. Wchodzi w porządek życia ludzi! I nie tylko kolor. Napięcie, linia…

MALARKA: Właśnie! Michał Anioł na plafonie Kaplicy Sykstyńskiej wymieszał Biblię z grecką mitologią, a świętych starców z rozpustnymi młodzieńcami. Patrząc na to kłębowisko nagich ciał zwiedzający niekoniecznie mają pobożne mysli...

MATKA PRZEŁOŻONA: To jest wielkie i potężne malarstwo. Ale, prawda, tkwi w nim jakaś groźna przestroga dla wszystkich malarzy. Dla Pani też...

MALARKA: Więc zgadza się Matka ze mną? Są, te obrazy, które w nikim nie wywołują pobożnych myśli. Taka Matka opatrzona w malarstwie, to na pewno Matka pamięta jak Mantegna obnażył świętego Sebastiana, jak Bosch namalował niebo i piekło jako zbiorową orgię. A te wszystkie perwersyjne Ewy w raju, które malowali bracia Van Eyck, Massacio, Dürrer i oczywiście Michelangelo także? Co Matka o tym powie?

MATKA PRZEŁOŻONA: Oczywiście, że wielu malarzy posługiwało się świętymi postaciami i symbolami lekkomyślnie, nieuczciwie, a nawet cynicznie. To były nadużycia, czasem nawet świętokradztwa. Lecz to nie kwestionuje ani nie umniejsza tej najgłębszej i najpotężniejszej potencji sztuki: podnoszenia człowieka do Boga. Otóż, ja w Pani obrazach tylko z trudem tego się doszukuję, a czasem na próżno... Może warto to przemyśleć?

MALARKA: Niech Matka nie sądzi, że nigdy o tych sprawach nie myślałam. Myślałam i to dużo. I zawsze wychodziło z tego, że po prostu mam malować najlepiej jak potrafię, i tyle. A potrafiłam dobierać się do moich modeli właśnie przez skórę, przez ciało.

MATKA PRZEŁOŻONA: Ukazując ich dusze?

MALARKA: Ukazując drzemiącą w nich bestię. Dlatego malowałam tak wiele aktów — i kobiet i mężczyzn. Czy widziała Matka także moje... no... sceny zbiorowe...

Ukazuje się seria aktów zbiorowych: numery 12, 13, 14, 15.

MALARKA: Mam na myśli moje sceny miłosne... kuszenia... oczekiwania... Choć nigdy nie posuwałam się do pornografii...

MATKA PRZEŁOŻONA: Ale perwersyjnie się Pani o nią ocierała. Maluje Pani ludzi zaangażowanych w czyny niemoralne. W grzech.

MALARKA: Ja jestem malarką. Ja nie rozumuję w tych kategoriach. Ja poruszam się w rejonach piękna, estetyki, stylu, formy, ekspresji.

MATKA PRZEŁOŻONA: Będąc malarką nie przestaje być Pani człowiekiem. A jako człowiek obdarzony darem wolnej woli, a zatem i obarczony odpowiedzialnością za jej używanie, dokonuje Pani nieustannie wyborów. Pani ich dokonuje malując. Za każdym pociągnięciem pędzla wybiera Pani dobro lub zło.

MALARKA: Wybieram barwy i kształty. Nie dobro i zło!

MATKA PRZEŁOŻONA: Obawiam się o Pani wybory... A czy myślała Pani na jakie wybory naprowadzają ludzi Pani obrazy?

MALARKA: Oczywiście, że się zastanawiałam! To jest kwestia rynku, mody, trafiania w pragnienia, pożądania i tęsknoty marszandów, krytyków, publiczności. Ludzie stają przed wyborem: podoba mi się to, albo nie. Kupić albo nie kupić. Mam jakiś zmysł, który mówi mi czy pomiędzy moim obrazem a widzem przeleci iskra. Jeśli tej iskry nie będzie — nie nastąpi wybuch. Jak w motorze spalinowym. Wybuch w cylindrze. Eksplozja!

MATKA PRZEŁOŻONA A nie zaduma? Kontemplacja?

MALARKA: Nie! Deszcz ognisty! Wybuch wulkanu!

MATKA PRZEŁOŻONA: Ja nie to miałam na myśli... Nie siłę działania sztuki, ale sposób jej działania... Przecież sztuka może gorszyć i może uszlachetniać...

MALARKA: Nie jestem tu na rekolekcjach, proszę Matki!

MATKA PRZEŁOŻONA: Z pewnością zna Pani traktat opata Sugera o zasadach przebudowy klasztornego kościoła Saint Denis w Paryżu w latach 1140-1144. Mądry opat pisze, że sztuka powinna służyć mistycznemu objawieniu Bożego ducha.

MALARKA: Nie, nigdy nie czytałam opata Sugera... Matka jest bardzo uczona...

MATKA PRZEŁOŻONA: Dziwi Panią, że zakonnica zna historię sztuki? Że jest wykształcona? Pewnie Pani myśli, że jak zakonnica, to prostaczka, co? Wcale nie takie rzadkie jest spotkać w klasztorze lekarkę, nauczycielkę, filozofkę. Doktoryzowałam się z zasad konstrukcji wczesnogotyckich technik sklepieniowych. To fascynujące zagadnienie. Można wręcz dotykać aktu przemiany spontanicznej i dziecięcej wiary w surowy rygor wyliczeń wymiaru łuków i żebrowań, osadzania się miłości do Boga w ciężarze cegły i kamienia, transformacji teologii w matematykę.

MALARKA: Matka ma doktorat? To co Pani Doktor robi w klasztorze?

MATKA PRZEŁOŻONA: Tak, mam doktorat. Byłam profesorem. A w klasztorze robię teraz rzeczy ważniejsze niż poprzednio na uniwersytecie.

MALARKA: Niesamowite... I zna Matka najnowsze prądy w sztuce? Art Deco? Styl, który ja wymyśliłam?

MATKA PRZEŁOŻONA: O, tak. Znam. Choć Pani sama nie wymyśliła Art Deco. Jej początki dał Bakst i inni malarze zaproszeni przez Diagilewa do *Ballets Russes*. Ten styl zawdzięczał swoją dekoracyjność wiedeńskiej Secesji, zwłaszcza Klimtowi, ornamentalność wpływom właśnie odkrytej przez Europejczyków sztuki japońskiej, agresywność koloru Gauguinowi, a linii Munchowi. Elementy Art-Deco pojawiały się już w obrazach Braque'a, Deraina, Grisa, Matisse'a i Picassa, chociaż sztuka tego ostatniego zawierała więcej destrukcji niż nowych syntez. Wywarł na Panią także wpływ Ingres, który malował swoje obrazy tak jakby kopiował oleodruki; dlatego też potem, jako oleodruki, miały tak wielkie powodzenie. Nie bez znaczenia dla ukształtowania się Art Deco był też geometryzm Mondriana i ekspresjonizm Kokoschki, epatującego brzydotą. Ale Pani obca była destrukcja Picassa i brzydota Kokoschki, Pani to wszystko oswoiła, ogładziła, oczyściła, ożeniła z neo-klasycyzmem i monumentalizmem lat trzydziestych. Pani wykorzystała też doświadczenia kubizmu syntetycznego, post-kubizmu i neo-kubizmu.

Pani nadała tej mieszance ogromną siłę stosując kolory czyste i zdecydowane, rysunek ostry i skomprymowany, a zdeformowany tylko o tyle, o ile wzmagało to ekspresję i nie rozmywało się w abstrakcji. Pani stosowała fakturę gładką, bez ziarna płótna i śladu pędzla w oleju. Powstał w rezultacie styl szalenie agresywny, atrakcyjny, apelujący do mieszczańskiej wrażliwości i snobizmu, styl, który się podobał i cieszył oko. Art Deco sprzedawała się łatwo, bo doskonale się nadawała do dekorowania — właśnie „de-co" — wnętrz bogatych siedzib bogatych ludzi. Pani wprowadziła w obrazy już nie tylko szybkość automobilu i aeroplanu, jak włoscy futuryści, ale pęd samego życia, podnieconego, pospiesznego, zdyszanego, pulsującego łomotem tętna w żyłach i światłami wielkich miast, życia powierzchownego, łatwego, cynicznego, amoralnego. Pani obrazy zniewalają swoją bezczelną arogancją, jest w nich wyzwanie wobec uznanych norm, zachęta do użycia i kuszenie do grzechu.

Pani maluje ludzi jak archetypy, co jest wielką umiejętnością artysty i stanowi wyszukany komplement dla modela. Ale przy tym, gdy się dobrze przyjrzeć, to widzi się, że z oczu Pani modeli wyziera dojmująca pustka, ich źrenice odbijają nicość i dają wgląd w nicość. Zapowiadają jakąś straszną katastrofę rodzaju ludzkiego. Łącznie z katastrofą malarstwa.

MALARKA: Niewiarygodne. Cóż za wykład! Uczona w habicie. Więc Matka była profesorem? A potem klasztor? Dlaczego? Wszystko rzucić. Karierę, środowisko, zarobki, rozgłos, satysfakcję?

MATKA PRZEŁOŻONA: Pani patrzy na to negatywnie, od strony świata: rzucić… Ale aby mnie zrozumieć, i inne osoby takie jak ja, bo przecież nie jestem żadnym wyjątkiem, trzeba na to spojrzeć od drugiej strony, pozytywnie. Ja nie rzuciłam czegoś, tylko coś wybrałam. A zresztą, muszę powiedzieć, oczywiście, z całą pokorą, że to nie był mój własny wybór, tylko wybranie mnie. Zostałam powołana. Otrzymałam dar powołania.

MALARKA: A malarstwo to nie powołanie?

MATKA PRZEŁOŻONA: Oczywiście, że to jest powołanie. I to powołanie niezwykłe, szczególne. Tym bardziej zobowiązujace do przyjęcia go i do życia wedle niego. Przyjęcie powołania to jednak dopiero pierwszy krok.

MALARKA: A następny?

MATKA PRZEŁOŻONA: Pielęgnowanie go.

MALARKA: Przez pracę nad nim?

MATKA PRZEŁOŻONA: Tak.

MALARKA: Tak też robiłam. Pewnie Matka nie zdaje sobie sprawy jaka to jest praca: żmudna, ciężka, czasochłonna, pełna napięcia aż do szaleństwa... Pełna zwątpień, rozterek, zniechęceń. Przedtem wieloletnie studia. Ćwiczenia, kopiowanie... Potem niewolnicza, katorżnicza orka przy sztalugach po kilka, po kilkanaście godzin na dobę...

MATKA PRZEŁOŻONA: Wiem. Szanuję to w artystach, w Pani. Ale jest jeszcze jeden krok. Powołanie trzeba nieustannie oczyszczać.

MALARKA: Oczyszczać?

MATKA PRZEŁOŻONA: To paradoks: powołaniu trzeba się poddać bez reszty i bez zastrzeżeń, jak wielkiej, zatapiającej fali, a zarazem trzeba się stale wydobywać z jej wiru ku coraz większemu ograniczeniu i skupieniu, nieustannie prostować swoje drogi.

MALARKA: I mnie tego brakuje? Bo ja tak właśnie rozumiem swoje powołanie: bez ograniczeń, bez zastrzeżeń, hamulców, wstydów, filtrów, zahamowań — przekazywać w obrazach tę energię, która płynie do mnie z widzialnego świata. Nie moge jej opanować inaczej niż przez całkowite poddanie się jej. Tak, płynę porwana falą kolorów, kształtów, grubości, cieni...

MATKA PRZEŁOŻONA: Ta fala niesie także męty, brudy...

MALARKA: Maluję to co widzę!

MATKA PRZEŁOŻONA: Jest Pani pewna?

MALARKA: Jak tego, że tęcza ma siedemdziesiąt siedem kolorów. Och, nie wychodzi mi ta ręka! Nie będę jej dalej malować. Może jej wcale nie domaluję. Już raz tak się stało: zostawiłam niedomalowaną rękę... Mimo to obraz się sprzedał. Tak, tak, tak, muszę zacieśnić kadr, będzie tylko twarz, kawałki bieli stroika głowy, czerni welonu i habitu.

W ogóle gadanie matki mi przeszkadza! Nie mogę się skupić. Matka prowadzi mnie gdzieś po za blejtram. A moim światem jest tylko to płótno. Tylko ono. W tej chwili, w tym akcie malowania. Nic po za nim. Nic więcej. Proszę mnie nie odrywać od obrazu, Proszę mnie nie wypędzać z niego. Matka oglądała moje obrazy, no, reprodukcje.... Ich barwy są ostre, intensywne, nachalne, podniecone, stale w ataku. Ich kompozycje znajdują sie pod wielkim ciśnieniem. Postaci wciskam na siłę w format, ugniatam je kolanem jak nadmiar garderoby w neseserze. Zatrzymuję je w prostokącie blejtramu gwałtem, obcinając modelom czubki głów, palce stóp, ramiona, łokcie. Jak Holbein swego chlebodawcę Heryka VIII — za dużego króla celowo wtłoczył w za małe płótno. Jestem okrutnym Prokustem, a moje modele są ofiarami mojego szaleństwa. Moje obrazy sa gęste. Moje kompozycje są ciasne. Muszę tak malować, aby stale trzymać je pod napięciem, wciąż gorące, wezbrane jak lawa w głębi wulkanu tuż przed apokaliptyczną eksplozją. Jest w nich zakodowany oślepiający błysk tworzącej się nowej gwiazdy. Pod wpływem czyjegoś spojrzenia mój obraz wybucha. Prosto w oczy widza, pęka...

MATKA PRZEŁOŻONA: Ja to rozumiem, ale…

MALARKA: Chwileczkę! Proszę teraz nie mówić! Maluję usta. Dziękuję. Teraz może Matka znów przez jakiś czas mówić, to jest poruszać ustami, tylko proszę nie gestykulować. Będę teraz pracować nad dłonią... Więc na jaki temat było to ostatnie kazanie?

MATKA PRZEŁOŻONA: Nie chcę prawić Pani kazań. Ale skoro już siedzę tak przed Panią godzinami, to może mogę się przydać do czegoś więcej niż do pozowania. Malując zakonnicę...

MALARKA: Kobietę... kobietę!

MATKA PRZEŁOŻONA: Niech Pani na mnie nie krzyczy...

MALARKA: Pardon...

MATKA PRZEŁOŻONA: Maluje Pani moją osobowość, oczywiście. To jest trudne, przypuszczam, bo jestem przecież kimś, kto świadomą decyzją wyrzekł się swego ja. Oddał je — ślubem czystości, podporządkował — ślubem posłuszeństwa, unicestwił — ślubem ubóstwa. A zatem malując zakonnicę nie maluje Pani jej samej. Jeśli chce ją Pani namalować wiernie musi Pani namalować nie ją... A tego, któremu ona oddała swoje ja. Malowanie zakonnicy to nie jest zatem przypadkowe spotkanie z jeszcze jednym modelem, z którym połączyła Panią fascynacja. Jest to, a w każdym razie może być, zamierzona przez Opatrzność okazja do spotkania z Nim. Stara zakonnica w tym spotkaniu zupełnie się nie liczy. Jest co najwyżej sługą nieudolnym, naczyniem niedoskonałym, znakiem niewyraźnym. Ale o nią w ogóle tu nie chodzi. Niech Pani nie maluje jej...

MALARKA: Matka rozprawia jak paryski krytyk przy kawie w La Coupole. Uczona w habicie. To może i artystka w habicie by się przydała?

MATKA PRZEŁOŻONA: Ja już nie jestem uczoną. A gdyby jakaś artystka chciała habit przywdziać, to pewnie najpierw odłożyłaby paletę.

MALARKA: Ja właśnie o tym myślałam przychodząc tutaj, czekając na matkę w rozmównicy. Ja naprawdę chciałam wstąpić do klasztoru... Ale potem zapomniałam. Z całej siły wrócił głód kolorów, konieczność malowania. Chyba bym zwariowała, gdyby się Matka nie zgodziła mi pozować.

MATKA PRZEŁOŻONA: Tak się złożyło, że poprosiła Pani o pozowanie kogoś nie obojętnego na sprawy sztuki... Tak widać chciał Pan Jezus...

MALARKA: Bzdura. Ja tak chciałam.

MATKA PRZEŁOŻONA: Pani egocentryzm jest wręcz zniewalający... a także niebezpieczny...

MALARKA: Miałam na myśli to, że konieczność malowania jest we mnie siłą, której nie można się oprzeć. To jest silniejsze od wszystkiego. Czasem się zastanawiam co się ze mną stanie, gdy ta siła się wyczerpie. Pewnie w tym właśnie momencie malarz umiera. Och, może pewnie potem jeszcze wegetować biologicznie... Ja żyję naprawdę tylko biorąc w siebie i wydobywając ze siebie kolory i linie, uderzenia i pociągnięcia pędzla.

MATKA PRZEŁOŻONA: To są wielkie dary. Tym bardziej trzeba by ich bardziej rozważnie udzielać...

♪ *Nagle rozlega się dzwonek sygnaturki kościelnej. Matka odruchowo wstaje i szybkim krokiem wychodzi z wirydarza, co zupełnie zaskakuje Malarkę.*

MALARKA: Co się stało? Gdzie Pani idzie? Psuje mi Pani robotę!

MATKA PRZEŁOŻONA *zatrzymuje się przy wyjściu:*
Och, strasznie przepraszam. Dzwonią na sekstę. To jest na południową liturgię. Wstałam odruchowo, jak zawsze, i nie pomyślałam, że mogę Pani przeszkodzić w pracy. Serdecznie przepraszam. Proszę mi wybaczyć. Ale muszę iść do kościoła. To nie potrwa długo. Wrócę.

Wychodzi.

MALARKA: Stara czarownica.

Malarka została sama. Chwilę jeszcze maluje. Siada przed obrazem. Poprawia coś. Znów siada. Zrywa się i ciska obraz na ziemię. Coś mamrocze.

MALARKA: *Merdre*, jak mówił król Ubu. *Merdre! Merdre*! Nic mi nie wychodzi. To jest do niczego.

Podnosi obraz i znów mu się przygląda.

MALARKA: Zmarszczki tej twarzy są puste, a przecież widzę w nich przepaście, jakby ta twarz wzięła w siebie cierpienie całego świata, całej ludzkości. To nie są zmarszczki. To są świeże rany i stare blizny. Przez nie trzeba się wdzierać w głąb, do wnętrza tej baby. A gdy już mi się wydaje, że się przebijam, że otwieram te rany, to nagle wszystko się zabliźnia, goi, wygładza, wpadam w otchłań dobroci, topię się w niej, nie potrafię unieruchomić jej falowania, ustalić jej barwy. Oblepiają mnie współczucie, przebaczenie i miłosierdzie, jakie emanuje ku mnie ta kobieta. Jest w niej jakieś tajemnicze złożenie, którego nie rozumiem i nie jestem w stanie namalować. Jest w niej jakaś bezgraniczna miłość i postawa bezwarunkowego daru, a zarazem ściśle obwarowana surowość. Jest w niej ucieczka od świata i wychylenie się ku niemu. W stosunku do mnie wyczuwam w niej zarazem odrzucenie i akceptację. Nigdy z niczym takim się nie spotkałam, nie miał tego żaden z moich modeli. Co to jest? Czy to ona wymyka się mojej sztuce, czy moja sztuka w zetknięciu z nią wymyka się mnie? Zrezygnować? Dać sobie spokój? Nigdy jeszcze nie poddałam się modelowi, nie ogłosiłam bankructwa mojej palety. Wiec nie! — Muszę się do niej dobrać. Merdre! Zapomniałabym o mojej własnej południowej liturgii.

Wyjmuje z torebki jakieś pudełko, rozgląda się, idzie gdzieś w kąt i — zapewne — robi sobie zastrzyk dożylny.

MALARKA: Merdre! Złamałam igłę! Merdre! Merdre! Chyba ta czarownica rzuciła na mnie urok, czy co...

Malarka ponawia swoje zabiegi. Siada potem na krześle, na którym w czasie pozowania siedziała Matka Przełożona.

♪ *Odzywa się cicha, ale gwałtowna muzyka jazzowa.*

MALARKA:

— Moje dziecko powinnaś przestać się puszczać i przestać malować nagie modele. Moje dziecko, powinnaś mieszkać w skromniejszych hotelach i pić mniej wina, już nie mówiąc o absyncie, a swoje zarobki oddawać na biednych… Córko, nie powinnaś tak szybko prowadzić samochodu. Zacznij, córko, pościć w piątki — o chlebie i wodzie. Zaraz jutro idź do spowiedzi — nie uwiedź tylko spowiednika.

— Umyj się, uczesz się, kogo chcesz tego bierz...

— Nie! Nie bierz każdego, na kogo masz chętkę! A już szczególnie nie dobieraj się do kobiet! Rzuć palenie! Odstaw narkotyki!

— Pozbędę się, proszę matki łapczywości, zachłanności i pożądliwości artystycznej, erotycznej i finansowej.

— Ogranicz się, uskromnij się, utemperuj się.

— Ale co z moim malowaniem, proszę matki przełożonej?

— To ty jesteś malarką?

— Dobrze, już dobrze, przerzucę się na malowanie pobożnych obrazów.

— Tylko żadnych mi tam gołych świętych Sebastianów!

— To nie ja, to Mantegna!

— Żadnych Adamów wychodzących z raju jak ich Pan Bóg stworzył, nawet bez kawałka listka figowego!

— To nie ja, to Massacio!

— Cicho! A już zwłaszcza żadnych wydekoltowanych Marii Magdalen!

— A jeśli ja tego nie potrafię? Jeśli potrafię malować tylko ludzi nieświętych, grzesznych, zepsutych, jak ja sama? Jeśli jestem zdolna oddawać na płótnie tylko wrażenia zmysłowe?

— To przestań w ogóle malować, córko. Byli już malarze, ktorzy połamali pędzle. Poeci, którzy przestali pisać wiersze. Śpiewacy, którzy podarli nuty swoich arii. Po to, by malować już tylko dobrymi uczynkami, pisać już tylko opowiadając ewangelię, śpiewać już tylko na chwałę Bożą. Nie własną. Lepiej jest wejść do królestwa bez oka, które wchłania obrazy gorszące niż przenikliwym wzrokiem rozpoznawać tysiączne odcienie jednego koloru. Lepiej jest wejść do królestwa bez ręki, która maluje obrazy nieprzyzwoite, niż prowadzić po płótnie nieskazitelnie czystą i wyrazistą kreskę, niż mocno trzymać nią kierownicę zielonego bugatti i z bagażnikiem pełnym obrazów rozjeżdżać od galerii do galerii, od miasta do miasta, od pędu do oszołomienia, od bieli do czerni, od ciemności ku światłu i znów ku ciemności. Coraz ciemniejszej.

— Ale ja potrafię samym spojrzeniem detonować tubki z farbą, siłą woli powodować wybuchy na słońcu, przeczuciem wydobywać żarzącą się lawę z nocnych wulkanów, wyobraźnią rozbijać tęcze, intuicją łamać szyfry praw optyki, talentem tworzyć nowe zasady kompozycji. Ja mam władzę nad pędzlem, nad paletą, nad płótnem. Jestem dyktatorem modeli. Jestem złotą kurką marszandów. Jestem arcykapłanką sztuki deco, jestem boginią sztuki deco, mnie kult, mnie cześć, mnie deco, ja deco, mną deco, tu deco, tam deco, w głąb deco, wzwyż deco, my deco, wy deco, si deco, non deco, moi deco, nous deco, elle deco, merdre deco, o deco, a-deco, be-deco, ce-deco, de-deco, ach-deco, ko-ko-ko, art-de-co, ko-ko-ko, art-de-co...

♪ W czasie ostatnich słów Malarka wstaja i zaczna tańczyć klaszcząc dłońmi nad głową. W tańcu zrzuca buty, zostając boso, zrzucia też kitel, rozpina bluzkę, rozsypuje włosy.

♪ Wchodzi Matka Przełożona. Muzyka urywa się.

MALARKA: Ach, to Matka Przełożona? Już matki nie potrzebuję, sama sobie jestem modelką, to będzie autoportret z deco. Przydałoby się tylko jakieś lustro. Nie ma tu jakiegoś lustra? Ach, to klasztor i zakonnice nie używają luster. Żeby nie zobaczyć w nich diabła, wiem... A ja chcę się przejrzeć, wejść w zwierciadło, wzwierciadlić się, chcę namalować samą siebie zwierciadlaną... W uścisku z diabłem, który czeka na mnie w głębi lustra! No co? Nie ma tu żadnego zwierciadełka?

Zatrzymuje się i powoli wraca do rzeczywistości. Zbiera kitel, buty i kapelusz z ziemi. Mówi zmienionym głosem, niechętnie i ponuro.

MALARKA: No co? Już się Matka pomodliła? Ja też. Już Matka odprawiła swoją południową liturgię? Ja też. Chce Matka jeszcze pozować? Ale mnie się już nie chce malować. To na nic.

MATKA PRZEŁOŻONA: Czy mogłabym zobaczyć jak mnie Pani namalowała?

MALARKA: Nie!

Spiesznie nakrywa obraz kitlem.

MALARKA: Nie można patrzeć zanim obraz nie jest skończony. To zresztą jest złe, nieudane... Wyrzucę ten blejtram.

MATKA PRZEŁOŻONA: Tym bardziej chciałabym zobaczyć. Ostatecznie coś mi się należy za tyle godzin pozowania.

MALARKA: Zgodziła się Matka za darmo, prawda? Nigdy nie płacę modelom.

MATKA PRZEŁOŻONA: Nie zrozumiała mnie Pani. Nie chodzi mi o wynagrodzenie. Ale prawda... Ciekawość pierwszy stopień do piekła. Już nie chcę patrzeć. To co? Jutro już Pani nie przyjdzie?

MALARKA: A proszę, niech Matka patrzy... Czynię to wbrew zasadom. Może spojrzenie matki coś doda temu bohomazowi?

Ukazuje się obraz -- twarz Matki Przełożonej: numer 16.

MATKA PRZEŁOŻONA *ogląda obraz.* To ja taka jestem? A skąd te łzy? Przecież nie płakałam.

MALARKA: Licentia artistica. Wydawało mi się, że Matka płacze. Nad światem. Nade mną. Ale mnie się też teraz te łzy nie podobają. Trzeba je będzie wyskrobać. Całość jest do wyrzucenia.

MATKA PRZEŁOŻONA: Prawdę mówiąc to Pani sama jest na tym potrecie… nie ja… Może to nie moje łzy? Może to Pani płacze nad sobą i nad światem. Może to Pani łzy… Artysta może być narzędziem w ręku Pana Boga nawet nieświadomie… Może to On wzbudza w Pani ten płacz… Płacz bywa łaską…

MALARKA: Mój płacz? *Pakuje swoje przybory do wielkiej torby.* Ten obraz nie jest jeszcze skończony… Sama uważam, że się nie udał. Nie potrzebujemy się już więcej umawiać na pozowanie. Wykończę w atelier. Albo wyrzucę. Jeszcze nie wiem. Już idę. Zabieram swoje graty.

Kieruje się ku wyjściu. Jest obładowana -- dźwiga torbę, sztalugi, obraz owinięty kitlem.

MATKA PRZEŁOŻONA: Pozostanie tu Pani… W mojej modlitwie.

MALARKA: A gdybym tak Matkę zapytała… Nie… To nie ma sensu… Ja… Ja chciałabym malować inaczej… Nie potrafię…

MATKA PRZEŁOŻONA: Nie dam Pani recepty artystycznej. Mogę powiedzieć tylko jedno: aby zmienić swoją sztukę artysta musi zmienić samego siebie.

Pauza.

MALARKA: Mam do matki prośbę...

MATKA PRZEŁOŻONA: Proszę powiedzieć.

MALARKA: To może śmieszne, zabobonne...

MATKA PRZEŁOŻONA: Pani potrzeba wiary nie zabobonów.

MALARKA: Czy Matka mogłaby... mnie... pobłogosławić...?

Bez słowa Matka Przełożona wyciąga ramiona do Malarki. Malarka podchodzi do niej i całuje ją w rękę. Matka Przełożona zamyka ją w ramionach. Kreśli jej na czole znak krzyża.

MATKA PRZEŁOŻONA: Będę się za Panią modliła. Teraz odprowadzę Panią do furty.

MALARKA: Dziękuję, znam drogę.

MATKA PRZEŁOŻONA: Taka jest reguła. Bierze torbę od Malarki. Pomogę Pani.

MALARKA: O nie, dziękuję, dam sobie sama radę.

MATKA PRZEŁOŻONA: Niech Pani pozwoli, dużo tego, ciężkie.

MALARKA: Czy taka jest reguła?

MATKA PRZEŁOŻONA: Nie. Taka jest Ewangelia. Chodźmy.

Obie kobiety wychodzą.

Ukazuje się obraz matki z córką.

► ▼ ◄

► **KONIEC** ◄

Buffalo —Nowy Jork 2001

► ▼ ◄

ŹRÓDŁA DO OBRAZÓW TAMARY ŁEMPICKIEJ WSKAZANYCH W TEKŚCIE:

A. *Passion by Design: The Art and Times of Tamara de Lempicka,* By Baroness Kizette de Lempicka-foxal as Told to Charles Philips. New York: Abbeville Press Publishers, 1987. W książce tej zawarte jest 15 reproducji obrazów wymienionych w tekście. Adres wydawcy: Abberville Press, Inc., 488 Madison Avenue, New York, NY 10022, USA.

B. Gilles Néret. *Tamara de Lempicka. 1898-1980,* Köln: Benedict Taschen Verlag, 1992. W albumie tym zawarte są 34 reproducje obrazów wymienionych w tekście. Adres wydawcy: Benedict Taschen Verlag GmbH, Hohenzollernring 53, D-5000 Köln 1, Niemcy

W poniższym wykazie podano odniesienia do tych źródeł w języku angielskim.

NUMER	TYTUŁ	ŹRÓDŁO	STRONA
1	Kizette in Pink	B	17
2	Kizette on the Balcony	B	16
3	Kizette, First Communion	A	79
4	Autoportrait -- Green Bugatti	B	6
5	Self-portrait	A	104
6	Self-portrait	A	126
7	The Model	B	14
8	Seated Nude	B	22
9	Nude with Sails	A	114
10	Reclining Nude	B	49
11	Beautiful Rafaela	B	45
12	The Two Friends	B	15
13	Group of Four Nudes	B	24
14	Woman Bathing	B	35
15	Adam and Eve	B	25
16	Mother Superior	B	64
17	Red haired Mother with child – w Internecie		

UWAGA: Prawa autorskie do reprodukowania wymienionych wyżej obrazów winny być respektowane przez ewentualnego producenta tej sztuki zgodnie z obowiązującymi normami prawnymi. Autor wskazuje jedynie źródła, w których oglądał reprodukcje, ale nie bierze odpowiedzialności za ich wykorzystanie w przedstawieniu.

K. B.

▶ OPOWIEŚCI POLI NEGRI ◀

▶ DRAMAT ◀

POSTACI

Pola Negri

Eleonora Chałupiec, matka Poli

Pasażerowie na statku – tylko głosy

CZAS

Rok 1940 i retrospekcje

MIEJSCE

Garderoba Poli Negri w Hollywood oraz miejsca retrospekcji

▶ ▼ ◀

► CZĘŚĆ I ◄

*Na wejście widzów: Na kurtynie **portret Poli Negri pędzla Tadeusza Styki** (projekcja).*

♪ *Ściemnienie. Znika obraz Poli Negri. W ciemności odzywa się skoczna muzyka fortepianowa z epoki filmu niemego i otwiera się kurtyna.*

Na ekranie pojawiają się kolejne napisy (białe litery na czarnym tle – liternictwo jak w starym kinie):

Kazimierz Braun

OPOWIEŚCI POLI NEGRI

Następny napis:
W roli Poli Negri: ....

Następny napis:
Reżyseria: ....

Następny napis:
AKT 1. Powrót do domu

Następny napis:
**Na jesieni 1940
Pola Negri
wróciła do swojej starej garderoby w Hollywood
Nie była tu już od pięciu lat**

W smudze światła ukazuje się Pola. Jest w płaszczu i kapeluszu. Trzyma walizkę i parasol. Rozgląda się.

POLA: Moja stara garderoba...

Światło wydobywa garderobę Poli w studio filmowym w Hollywood: toaletka z lustrem, na niej miniaturowy projektor filmowy (przykryty na razie jakąś materią), fotografie, zeschnięty bukiet, kieliszek do szampana; kanapka; w głębi ekran, na którym będą ukazywały się fragmenty filmów Poli — ten ekran pełni także funkcję parawanu; za ekranem wieszak z kostiumami; przed ekranem fotelik. Przez całą głębokość sceny, od ekranu w głębi do proscenium biegnie na ukos czerwony dywan, który w głębi wspina się aż na ekran, a z przodu znacznie się rozszerza.

♪ *Muzyka cichnie.*

POLA: Moja stara garderoba... Moja. Gdy zdecydowałam się już na wyjazd... Gdy musiałam wyjechać z Ameryki... Musiałam? Może o tym jeszcze kiedyś opowiem. A może nie.

Więc gdy musiałam wyjechać z Hollywood, bo nie było tu już dla mnie miejsca... Gdy postanowiłam pojechać do Europy... Studio zażądało, abym opróżniła moją garderobę, bo będzie potrzebna dla kogoś innego. Dla Marleny, czy Grety, nie pamiętam. Cóż za impertynencja. Moją garderobę dać komuś innemu! Moją garderobę – za małą i za ciasną dla wielkiej gwiazdy, ale taką dostałam na samym początku mojej hollywoodzkiej drogi, taką polubiłam, oswoiłam, nie chciałam się potem nigdzie przeprowadzać.

Zdejmuje płaszcz i rzuca go na fotelik. Odkłada parasol. Stawia walizkę na podłodze. Zrywa pokrowiec z toaletki. Siada przed lustrem.

Nie! Nie oddam mojej garderoby! Wprawdzie teraz wyjeżdżam, ale wkrótce wrócę! Niedługo! Garderoba ma na mnie czekać.

„Czekać? Nie używana? Pani wie ile kosztuje roczny czynsz za taki pokój?” – obruszył się David Warner.

Ile? – zapytałam niedbale.

Warner zacukał się, coś liczył po cichu. „No” – powiedział z namysłem – „nie wiem dokładnie. Pewnie z tysiąc dolarów.”

Dam panu pięć tysięcy z góry, a pan zatrzyma tę garderobę dla mnie, na najbliższe pięć lat. Zresztą, wrócę za rok, czy dwa.

„Inflacja!” – od razu zaczął się targować, jak zawsze przy podpisywaniu nowego kontraktu. „Ceny wynajmu na pewno wzrosną z powodu inflacji. Bardzo wzrosną. Bardzo. Mogą się nawet podwoić. Inflacja!”

 Dobrze. Dam panu dziesięć tysięcy. Proszę przygotować umowę. Zapłacę z góry. I żeby mi nikt tutaj nie wchodził, poza sprzątaczką. Nie mówmy już o tym więcej. Klucz i umowę najmu proszę mi przesłać do pałacu.

No, i jestem z powrotem.

Daleka droga. Z Europy aż tu. Z płonącej, wojennej Europy... Z mojej willi w St. Jean-Cap-Ferat... Mama została sama...

Wyjmuje z walizki mały obrazek Matki Boskiej Częstochowskiej.

Dziękuję za ten obrazek, mamo. *Stawia obrazek na toaletce.*

Więc z St. Jean-Cap-Ferat samochodem do Nicei, pod groźbą włoskich bombardowań. Dalej pociągiem. Podbita przez Niemców Francja, z kontrolami na każdej stacji. Ponura Hiszpania, w gruzach po wojnie domowej. Nerwowa, niepewna swego losu Portugalia. Wreszcie Lizbona – słoneczna, spokojna, jakby po za wojną, po za czasem. Statkiem do Nowego Jorku. Wolny świat. Normalne życie. Sleepingiem do Los Angeles... Nikt na mnie nie czekał na dworcu, nie było orkiestry, baloników, fajerwerków, reporterów, fotografów, tłumów... Więc jeszcze taksówka do Hollywood. Nie było czerwonego dywanu. Moja stara garderoba.

Z pod podwiązki do pończochy wydobywa mały pistolet i kładzie go na stole. Trzeba się było zabezpieczyć na drogę... Od złych ludzi... *Z pasa-torebki zapiętego pod biustem wyjmuje portfel i saszetkę z biżuterią.* Od złodziei... *Wysypuje biżuterię na stolik. Zaczyna się nią bawić. Coś wkłada na siebie.*

Zawsze lubiłam błyskotki... Złoto... Kamyczki...

Wróciłam do mojej starej garderoby. Ale kłopot z tym, że nie czeka tu na mnie żaden nowy kostium do nowej roli. Nie czeka na mnie żadna nowa rola. Więc tylko na chwilę... Żeby sprawdzić, czy kurze są wytarte, czy wszystko jest w porządku, czy coś nie zginęło. I teraz trzeba się będzie jednak wyprowadzić. Wynajem upływa za kilka tygodni. Dobrze, że zdążyłam przed upływem pięciu lat. Będę musiała kazać to wszystko spakować, gdzieś przenieść... Część spalić.

Ogląda meble, przedmioty, bibeloty.

Z Warnerem wolałam się nie spotkać, dlatego przyszłam wieczorem. Nie chcę, żeby mnie ktoś tu zobaczył... bezrobotną... Tylko stary portier... Popłakał się na mój widok... Zaraz sobie pójdę.

Ogląda dalej garderobę. Zatrzymuje się przy miniaturce projektora filmowego. Zrywa z niego pokrowiec.

Mój projektor. Ernst Lubitsch ofiarował mi go na dwudzieste pierwsze urodziny. Dokładna miniatura tego, z którego odbyła się pierwsza projekcja *Madame du Barry* w kinie Metropol w Berlinie...

♪ *Na ekranie ukazuje się fragment filmu* **Madame du Barry***. Towarzyszy mu muzyka ze starego kina. Pola go ogląda.*

Mój największy triumf tamtych lat. Fenomenalny sukces w Niemczech. Oszałamiający sukces w Ameryce. Katapulta do Hollywood...

Ogląda fotografie rozstawione na toaletce i wrzuca je do walizki.

Kazimierz Hulewicz... Trumna... Rudolf Valentino... Trumna... Glen... Trumna. Serge... Trumna.

♪ *Pola wychodzi. Odzywa się muzyka ze starego kina. Na ekranie ukazuje się napis:*

AKT 2. Królowa Hollywood

Następny napis:
Pola Negri przybyła po raz pierwszy do Ameryki
w roku 1923
Szybko osiągnęła szalone sukcesy
i stała się królową Hollywood
Zawarła znajomość z Charliem Chaplinem

Pola, w luźnym jasnym szlafroku, zwraca się do Charliego, który — w jej wobraźni-pamięci — siedzi na kanapce.

♪ *Muzyka cichnie.*

Charlie! Wyjdź! Tak. Wyjdź natychmiast. Wyjdź z mego domu! Już cię nie kocham. Nie chwytaj mnie za słowa. To, że cię teraz nie kocham wcale nie znaczy, że kiedyś cię kochałam. No, dobrze. Kochałam cię. Nie. Nie dobrze. Nie kochałam cię. Wydawało mi się tylko, że cię kocham. Idź sobie!

Do publiczności:

Wydawało mi się... że w Hollywood... w świecie... w którym się znalazłam... W świecie nowym, nieznanym, tajemniczym, zatrważającym, w świecie przemysłu filmowego... Co to był za świat?

Już go trochę znałam z Berlina, ale tu wszystko było w skali monstrualnie większej. Był to świat przerażający swym ogromem... Bałam się go... Świat wielkich pieniędzy, agresywnej reklamy, sezonowej sławy, nieustających intryg... I nieludzko ciężkiej pracy... Rządzili nim producenci, reżyserzy, właściciele studiów filmowych i kino-teatrów, dziennikarze, recenzenci, publiczność... Wzięcie u publiczności było najważniejsze. Od niego zależały wysokości kontraktów, obsady, pozycja... I w tym wszystkim ja, mała Pola, Apolonia Chałupiec z Lipna... Pod Toruniem...

Wydało mi się, że aby zagłuszyć strach małej Poli, aby przeżyć w tym świecie, nie obsunąć się gdzieś w nicość ze szczytu, na którym się od razu znalazłam, nie wrócić do chałupy w Lipnie, czy na poddasze na Powiślu...

Wydawało mi się... że w tym świecie... obowiązują pewne, nie znane mi dotąd, reguły gry, zachowania, postępowania, że muszę spełnić pewne oczekiwania... Należało do nich nieustanne skupianie na sobie zainteresowania publiczności i prasy, publiczności za pomocą prasy... Manipulowanie prasą, aby manipulować publicznością... Karmienie reporterów, którzy wciąż tłoczyli się wokół, kąskami wiadomości, plotek, zwierzeń, uśmiechem, strojem, zachowaniem, skandalem. Sobą, po prostu. Stylem życia.

Stąd ten pałacyk, który zaraz wybudowałem w Beverly Hills. Stąd te pudła biżuterii. Zastępy służby — służące, garderobiane, fryzjerki, masażystki, manicurzystki, pedicurzystki, i jeszcze – lokaje, stajenni, ogrodnicy, szoferzy. Kochałam te wszystkie moje samochody. Cała flotylla – cadillaki, buicki, bentleye, mercedesy. Nieustanne rauty, bankiety, przyjęcia, bale, konferencje prasowe, sesje zdjęciowe... No, nieustanne, poza godzinami pracy w studiach.

Taki był styl życia gwiazd. Sama przyczyniłam się do jego wykreowania. Egoistyczny styl życia... Pozbawiony skrupułów, całkowicie materialistyczny i do gruntu niemoralny...

Do tego potrzebny był jeszcze kochanek... Tak. Myślałam, że to wszystko należy do stylu życia gwiazdy, że to zapewnia gwieździe blask. A im więcej samochodów, służby, brylantów, artykułów prasowych, im bardziej znany kochanek, tym blask większy.

Do Charliego:

Ty, Charlie, nadawałeś się świetnie do tej roli. Zresztą, sam się w niej obsadziłeś. A ja obsadziłam się w roli twojej kochanki.

Nie było to zresztą z mojej strony wyrachowanie, świadomie dokonana obsada. Na to byłam za głupia. Działał instynkt. Prowadziło mnie oszołomienie. Kierowała mną fascynacja. A przy tym, tak, przyznaję, byłam łasa na mężczyzn. Wiesz o tym.

Więc dla mnie to najpierw była rola w wielo obsadowej sztuce. Protagonistami była para kochanków. Pola i Charlie. Drugoplanowe role grali moi i jego znajomi producenci, reżyserzy, partnerzy, rywalki i rywale. Ta sztuka grana była przez dwadzieścia cztery godziny na dobę dla kilku setek dziennikarzy, dla czytelników gazet, dla wielomilionowej publiczności kinowych widzów. Ale gra, niepostrzeżenie dla mnie samej, przekształciła się w rzeczywistość. Pozór miłości w miłość.

Do Charliego:

A ty? Charlie? Jak to było z tobą? Kochałeś się we mnie. To – tak. To znaczy, aby postawić sprawę jasno: kochałeś siebie we mnie. Kochałeś się w sobie – kochając się we mnie. Traktowałeś mnie jako rekwizyt w grze o sławę, o sławę zresztą bardzo ściśle przeliczaną na pieniądze, na wysokość kontraktów proponowanych ci przez wytwórnie. Świetnie grałeś w tę grę. Teraz nawet myślę, że wręcz to ukartowałeś – romans ze mną, najbardziej intrygującą gwiazdą na filmowym firmamencie. Obwołano mnie przecież już „królową Hollywood." Byłam Europejką, na dodatek Polką, więc przybywałam z jakiegoś dalekiego kraju pełnego bizonów przechadzających się po puszczach, a może i po ulicach tego jakiegoś miasta, o którym mówiłam w wywiadach, tej jakiejś Warszawy. Pisano więc o mnie także „Polska królowa Hollywood" i brzmiało to tajemniczo, egzotycznie, podniecająco...

Nie, pewnie tego nie ukartowałeś, byłeś na to zbyt spontaniczny, gwałtowny, nastrojowy. Ale gdy znalazłeś sie w sytuacji gracza w tę hazardowa grę to uruchomiłeś cały swój kunszt! Kunszt uwodziciela, talent aktora, oraz umiejętności agenta od reklamy, aby tej grze nadać wymiar głośnego, publicznego dramatu w wielu aktach. Zachowywałeś się jak modelowy kochanek rozgrywający wielką miłosną partię. Podbijałeś swoją własną cenę odgrywaniem roli kochanka Poli Negri.

Może także, chwilami – bo twoje nastroje zmieniały się z minuty na minutę – może nawet chwilami kochałeś mnie naprawdę?

Więc powiedz, Charlie, przyznaj się teraz, teraz kiedy wszystko się pomiędzy nami już skończyło — czy ty mnie choć przez chwilę kochałeś? Czy kochałeś mnie taką, jaką byłam, kim byłam, a nie taką, jaka była ci potrzebna do budowania swojego własnego mitu? No, powiedz, Charlie!

Mówi do siebie samej widzianej w lustrze:

Kim byłam? Aktorką. Gwiazdą. Niczym więcej. Niczym mniej. Tyle. Co to znaczy – aktorką, gwiazdą?

Do Charliego:

Ty mnie o to pytasz, Charlie? Spytaj sam siebie. Sam jesteś aktorem, gwiazdorem. Powinieneś wiedzieć kim jesteś. Zastanów się. Nie graj tego. Nie rób min. Nie przewracaj oczami. I nie rozpłacz się, proszę! Nie potrafisz nie grać? Ja też.

To nas upodabniało. Nasze coraz częstsze kłótnie wybuchały w gruncie rzeczy właśnie o to: uświadamialiśmy sobie jak bardzo jesteśmy do siebie podobni i coraz bardziej rozpaczliwie staraliśmy to przed sobą nawzajem ukryć.

Było tych podobieństw mnóstwo.

Oboje pochodziliśmy z nizin społecznych, a teraz staliśmy na szczycie.

Oboje byliśmy bogaci, bogaci aż do obrzydliwości.

Oboje byliśmy parweniuszami. I oboje zachowywaliśmy się jakbyśmy byli od zawsze członkami arystokracji. Nie rodowej zresztą, ale finansowej. To w Ameryce jeszcze więcej znaczy.

Oboje byliśmy w Ameryce przybyszami, cudzoziemcami. Przy czym akurat to, że on mówił świetnie po angielsku, a ja okropnie, nie miało znaczenia, bowiem przed kamerą mogliśmy mówić w jakimkolwiek języku, byle przekonująco. Bo przecież widać było, że mówię, ale nie było słychać, co mówię. Resztę załatwiały napisy. Tak, kręcąc nieme filmy w Hollywood mówiłam przeważnie po polsku, czasem po niemiecku.

Oboje byliśmy też zawodowcami. On przeszedł kolejne szczeble nauki i praktyki clowna, mima, tancerza, wreszcie aktora. Ja miałam za sobą swietną warszawską szkołę baletową i świetną warszawską szkołę aktorską. I jeszcze szkołę filmową Lubitscha, to znaczy pracy pod jego reżyserską batutą. Też świetna szkoła.

Oboje byliśmy rozwodnikami. Więc wolni. Wolni, od poprzednich małżonków. Nie od siebie samych. Wolni w zbliżeniu się do siebie. I wolni w odrzuceniu się.

Do Charliego:

Tak, Charlie. Mówię o odrzuceniu. Zrozum. To jest ostateczne. Wyjdź. Tak, wyrzucam cię. Wyjdź. Ja nie wyjdę. To mój dom. Precz. Och, jak to po polsku zabrzmiało: „precz!” Po angielsku to by było po prostu: „Get out!”

No, dobrze. Usiądź jeszcze na chwilę. Tylko nie płacz. Postaraj się zrozumieć. To jest koniec. Między mną a tobą. Koniec. Och, proszę cię, nie płacz! Uspokój się. No, już dobrze... Pola opowie ci bajkę na dobranoc... Prześliczną bajeczkę...

Poznali się w Berlinie. Młodzi. Piękni. Sławni. Bogaci. To było przed wiekami... Chyba rok 1922....

Awantura przy drzwiach salonu restauracji, w którym ona biesiadowała i brylowała.

♪ *Muzyka taneczna. Gwar sali restauracyjnej.*

Tak, ta znajomość zaczęła się od awantury. Tak, to było w restauracji Palais Heinroth. Jedno z tych wspaniałych przyjęć po niesamowitym sukcesie *Madame du Barry*. Ona — u szczytu stołu, obok Lubitsch, jej reżyser, z drugiej strony Schleber, jej kochanek, naprzeciwko Kaufman, jej producent, dalej Blumenthal, Amerykanin, właściciel agencji handlu filmami. Już jej napomknął, że kupuje *Du Barry* do Stanów. Jacyś właściciele kin. Producenci i ich flamy. Jacyś magnaci prasowi. Wszystkie spojrzenia na nią. Szampan. Szampan. Szampan z Polą. Szampan z gwiazdą.

Ktoś nagle gwałtem wpycha się do salonu. Kelnerzy go nie wpuszczają. Jakieś zamieszanie. Krzyki. Awantura.

Ona skinęła na szefa sali: Czy nie można mieć u pana chwili spokoju? Proszę wyrzucić tego awanturnika.

Kaufman pochylił się do niej: „Pola, to Charlie Chaplin.” Spojrzała: z trudem go poznała, bo ten niski człowiek z ogromną głową nie miał znanego jej z ekranu wąsika i był lekko siwy. Zaczął znowu coś wykrzykiwać i gestykulować. „On tłumaczy kelnerom, że dowiedział się o twojej obecności i koniecznie chce cię poznać” – wyjaśnił Kaufman.

Wtedy ona powiedziała: Każ go wpuścić.

Do publiczności:

To stało się wtedy. Właśnie wtedy. Jego spojrzenie na mnie. Moje spojrzenie na niego. Iskra.

Pola przebiera się za parawanem w kostium Kleopatry. Nadal opowiada publiczności:

Potem, natychmiast, bez żadnych wstępów, zaczął mnie adorować, prawić mi komplementy — przez cały wieczór. To samo powtórzyło się nazajutrz na kolejnym przyjęciu, tym razem w hotelu Aldon. Pożeranie mnie wzrokiem. Niby przypadkowe dotknięcia mojej ręki. Znów szampan. Szampan. Gdy po powrocie do Ameryki jakiś reporter zapytał go co mu się najbardziej podobało w Europie, odpowiedział krótko i z zachwytem: „Pola Negri!” Po raz drugi spotkaliśmy się także gwałtownie. Podjeżdżałam właśnie do Hollywood Bowl na bal kostiumowy. Poproszono, aby wielkie gwiazdy wystąpiły w kostiumach postaci ze sztuk Szekspira.

♪ *Pola ukazuje się w stroju Kleopatry. Towarzyszy jej muzyka „orientalna”.*

Wybrałam kostium Kleopatry.

♪ *Muzyka cichnie.*

Gdy moja limuzyna była już na podjeździe, nagle stojący tam czarny ogromny bentely cofnął się gwałtownie. Zderzenie. Huk. Brzęk. Bang. Walę głową w szybę odgradzającą mnie od szofera. Potłuczone reflektory. Z rozbitej chłodnicy mego wozu strzela pióropusz pary. Z samochodu, który spowodował wypadek, wyłania się jakiś niski mężczyzna. Podbiega zdenerwowany.

„Najmocniej przepraszam! Czy nikomu się nic nie stało? Czy nikt nie zginął?”

To Charlie. Poznał mnie...

„Pola!? Miss Negri, it's you!? Co za cudowny zbieg okoliczności! Jakże jestem szczęśliwy!”

Ta jego gwałtowna zmiana nastrojów. Od przerażenia do radości. Od krańcowego zdenerwowania do uśmiechniętego rozbawienia.

Doprawdy najlepszy sposób odnowienia znajomości. Najechać kogoś samochodem.

„Najlepszy! Najszczęśliwszy! Jesteś jeszcze piękniejsza! Jesteś najpiękniejszą kobietą na świecie. Jesteś najjaśniejszą z gwiazd!”

Potem, na balu, opuścił swoje towarzystwo i przysiadł się do mojego stolika. Znów komplementy, wypowiadane głośno, tak, aby ludzie słyszeli:

„Najpiękniejsza, najinteligentniejsza, najbardziej błyskotliwa, najcudowniejsze maniery....”

Intrygowało mnie to. Ostatecznie to był sam Charlie Chaplin.

Na ekranie ukazują się szybko kolejne fotografie przedstawiające Charliego Chaplina.

Był pełen uroku. Jego uśmiech rozbrajał. Jego palce nieustannie dopowiadały w powietrzu dodatkowe znaczenia słów, płynących potokiem z jego zmysłowych ust. Jego oczy wciągały w jakieś nieogarnione tafle głębokich, falujących wód. Jego głos łagodnie przenosił się płynnie z oktawy w oktawę, to wysoki, to niski, to słodki, to stanowczy. Był fascynującym biesiadnikiem, uroczym causerem. Zaczęłam się obawiać, że ulegnę jego czarowi. Ogarnęła mnie złość. Nie pozwoliłam mu się odwieźć do domu, co, coraz natarczywiej, proponował.

„Pani limuzyna jest uszkodzona. Odwiozę...”

Dziękuję. Wezmę taksówkę. Dobranoc.

♪ *Pola wychodzi za parawan. Odzywa się meksykańska orkiestra. Za parawanem Pola narzuca na siebie szlafrok i wbiega na scenę.*

Nagle, w środku nocy... Budzi mnie hałas na trawniku przed domem.... Podchodzę do okna. Meksykańska orkiestra w ogromnych sombreros: trąbki, gitary, skrzypce, bęben. Widzą mnie. Przerywają granie i skandują: *Muzyka ustaje na chwilę.* „From Char-lie-to-Po-la-with-love!-From Char-lie-to-Po-la-with-love!” *Muzyka odzywa się znowu.* I zaraz znów zaczynają grać. Skrzypce ciągną długie nici melodii, przecinane pospiesznymi akordami gitar. Co jakiś czas odzywa się łkanie trąbki, jakby pękały gdzieś wysoko pąki ogromnych kwiatów, albo jakby odzywał się górski nocny ptak. Bęben pulsuje namiętnym rytmem. Słuchałam ich do białego rana.

♪ *Koniec muzyki.*

Rano – ogromny kosz kwiatów. Gorący liścik. Akurat nie miałam zdjęć i zostałam w domu. Przed obiadem – nowy kosz. „Pan Chaplin przy telefonie” – anonsuje służąca. Nie ma mnie. Jeszcze jeden kosz kwiatów. W wydrążonym kwiecie róży pudełko. W nim ogromny brylant. „Pan Chaplin znów dzwoni.” – Tak, Charlie, tak, przyjedź na kolację.

Nie mogłam go nie zaprosić. Nie mogłam nie pozwolić mu pójść ze mną do sypialni. Nie mogłam go nie wpuścić do łóżka.

Oczywiście, zaraz nazajutrz, w brukowcach sensacyjna wiadomość: „Wóz Charliego Chaplina stał całą noc na podjeździe pałacyku Poli Negri.”

Każdy nasz krok śledziła prasa. Każdą naszą ucieczkę z Hollywood do jakiegoś ustronnego hotelu, reporterzy potrafili wytropić. Zresztą, jak się okazało, nie przychodziło im to trudno. Sam dawał im znać, za moimi plecami, o naszych tajemnych schadzkach. Takie też one były tajemne! Zamiast samotności we dwoje – oblężenie przez tłum z notesami i kamerami. Zamiast ciszy – zgiełk rzucanych ku nam pytań. Zamiast łagodnie zapadającego zmroku w hotelowym pokoju – oślepiające wybuchy lamp błyskowych na korytarzu, w hallu, na schodach. Zamiast delikatnego zbliżenia policzków, rąk, ciał – przyjmowane na rozkaz fotografów pozy. Na plaży. W samochodzie. Na tarasie z widokiem na ocean. Na polu golfowym... Wszędzie...

Na ekranie ukazuje się na chwilę fotografia Negri z Chaplinem na polu golfowym.

Doprowadzało mnie to obłędu. Szarpało nerwy. Nawet gdy jednak zostawaliśmy na chwilę sami, to cały czas nie opuszczał mnie lęk, że spod łóżka wyczołga się nagle reporter, że za oknem błyśnie żarówka fotografa, że padną z trzaskiem wyłamane drzwi i do sypialni wedrze się gromada dziennikarzy. Całowałam się z nim oczekując podświadomie na głos reżysera rzucającego przez tubę uwagi: „Mocniej! Odchyl głowę! Zanurz mu palce we włosy!” W najintymniejszych momentach łapałam się na myśli jak to wygląda w kamerze? Może moje usta są za szeroko otwarte? A może właśnie za mocno zaciśnięte? Pośpiech momentów sam na sam pomiędzy zdjęciami. Pośpiech w dzień i w nocy. Z pośpiechu w pośpiech. Nic dziwnego, że z kłótni w kłótnię. Tak nie da się żyć. Tak nie da się kochać. To w ogóle nie jest miłość. To jest awantura. To jest katastrofa.

Do Charliego:

Więc taki jest rachunek, Charlie. Spotkaliśmy się po raz pierwszy dzięki awanturze w restauracji, po raz drugi, w wyniku zderzenia samochodów. Tak samo musiało się to zakończyć – zderzeniem, awanturą, katastrofą.

Musiałam cię wyrzucić z sypialni, z domu. Z serca?

Teraz myślę, że nigdy cię nie kochałam. Myślę, że tylko odegraliśmy dla prasy, dla fotografów, dla gawiedzi burzliwy romans Charliego Chaplina z Polą Negri.

Idź sobie. Nic już nie mów. Nie płacz.

Siada przed lustrem.

Wróć!

Pauza.

Czy ja płaczę? Czy to ja płaczę?

♪ *Odzywa się muzyka ze starego kina. Ukazuje się napis:*

AKT 3. Pamiętnik Gwiazdy

Następny napis:
**Pola Negri od dzieciństwa
prowadziła pamiętnik**

♪ *Zaraz po napisie na ekranie ukazuje się sekwencja z filmu **Sumurun**. Towarzyszy mu nadal muzyka ze starego kina. W czasie filmu Pola wraca przebrana znów w strój podróżny, w którym pojawiła się na początku. Ogląda film.*

Sumurun. Jakiż stary wydaje się dziś ten film... A to był mój pierwszy wielki sukces. Najpierw na scenie w Warszawie. Potem na scenie w Berlinie. I zaraz potem na ekranie. A jak to się wszystko zaczęło?

Pola sięga po gruby zeszyt – pamiętnik. Otwiera.

Od dzieciństwa lubiłam coś bazgrać, notować. Pamiętniczki, pamiętniki, sztambuchy... Gdy siedziałam uwięziona na kilka miesięcy w sanatorium przeciwgruźliczym w Zakopanem myślałam nawet, że zostanę pisarką. Pisałam wiersze... Zaczytywałam się wtedy w Adzie Negri, włoskiej poetce, co mi się przydało, gdy musiałam na prędce wymyślić sceniczny pseudonim. I proszę, już od lat nie jestem Chałupiec tylko Negri.

Wkłada okulary. Kartkuje pamiętnik.

Więc jak to się wszystko zaczęło? Bardzo pobożnie. Zaraz na pierwszych kartkach wyruszam z mamą na pielgrzymkę do Częstochowy, na Jasną Górę.

Czyta:

Pola, Pola, czas wstawać. Musimy się pospieszyć. Już prawie piąta. Wychodzimy na pielgrzymkę. Ręką matki potrząsa mną delikatnie. Otwieram oczy na szarość wczesnego świtu. Mrugam powiekami i widzę piękną twarz matki.

Odzywa sie motyw muzyczny „Matki".

Widzę uśmiech na jej twarzy. Jej dobry, promienny uśmiech, który tyle razy w życiu koił, uspakajał, pocieszał, dodawał odwagi. W jej oczach palą się złote ogniki – to odbicia świecy wotywnej palącej się cały czas przed obrazem Matki Boskiej Częstochowskiej. Jakież piękne są oczy matki... – Dobra, kochana mama...

♪ Koniec muzyki.

Zrywam się i myję w zimnej wodzie, przyniesionej już przez matkę z pompy na podwórku. Nie ma czasu jej ogrzać. Ubieram się pospiesznie, sięgając po sukienkę wiszącą na haku wbitym w ścianę. Na naszym biednym poddaszu nie ma szaf ani komód...

Biedne poddasze... Nie bieda, ale nędza. Skrajna nędza. Jeśli kiedyś ktoś przeczyta mój pamiętnik to zrozumie, że gdy z tej nędzy wychynęłam na wielkie sceny, gdy zobaczyłam w kontraktach sumy, jakie mi proponowali producenci, to... To nie tylko stałam się „niewolnicą zmysłów" – taki tytuł miał mój pierwszy film – „ale i niewolnicą złota"...

Czyta dalej:

Już kilka razy odbywałyśmy z mamą pielgrzymkę do Częstochowy, aby błagać o cud uwolnienia ojca z carskiego więzienia. Teraz wybieramy się znowu. Znów zabolą nogi. Dziesięć dni na piechotę z Warszawy do Częstochowy, przez pola i lasy, piaszczystymi drogami, aby zdążyć na wielkie święto 26 sierpnia.

♪ Kartkuje pamiętnik. Odzywają się dzwony.

Wyruszamy z naszego Powiśla... Plac Zamkowy.... Tłum ludzi pod kolumną Króla Zygmunta... Majestatycznie biją dzwony z kościoła Świętej Anny. Ogromne wrota kościoła otwierają się. Ukazuje się dostojny arcybiskup w złoconej szacie, wielkiej infule, z pastorałem w dłoni. Wszyscy padają na kolana. Drżącą ręką książę Kościoła błogosławi pątników. Rozpoczyna się pielgrzymka...

Kartkuje pamiętnik.

I oto Jasna Góra. Uroczysta msza przed cudownym obrazem Matki Bożej... Matka rzuca się na kolana. Przyciąga mnie do siebie. Módl się, maleńka, módl się o wolność tatusia, o wolność Polski...

♪ Koniec muzyki.

Wiesz co, mamo... Jeśli zobaczymy się znowu, jeśli przeżyjemy tę wojnę, to ślubuję uroczyście wybudować kościół... W Hollywood...

Znów kartkuje zeszyt gdzieś dalej.

Potem już nie było w moim życiu tak pobożnie... Kochankowie... Zdrady... Rozwody... Pycha... Wszystkie siedem grzechów głównych...

Wraca do początku zeszytu.

Cud się nie zdarzył. Ojca już nigdy nie zobaczyłam... Wcześnie zostałam półsierotą... Nauka nie szła mi do głowy, więc szkoła baletowa była dla mnie wybawieniem. Mama stale się nade mną użalała: więcej w nogach niż w głowie.

Znów kartkuje zeszyt.

Gruźlica... Leczenie w Zakopanem... Wyleczenie... Ale zakaz powrotu do sali ćwiczeń... Bakcyl teatru już nie do wyleczenia... Więc szkoła aktorska... Z tej gruźlicy aktorką zostałam... Nie baleriną...

Zamyka zeszyt.

 Smutne losy dziecka... Dziwne losy dziewczyny... Jeszcze dziwniejsze kobiety... Niezwykłe losy światowej damy... Zagrałam taką rolę... I stałam się światową damą... Światowa dama! Ja? Ten szkrab z Lipna... Ta mała dziewczynka z Powiśla.... Ten rozmodlony pielgrzym na Jasnej Górze... Ta niedoszła tancerka – światową damą. Gwiazdą filmową. Ludzie...

♪ Odzywa się muzyka fortepianowa ze starego kina.

Na ekranie ukazuje się scena z filmu „Światowa dama."

Pola w tym czasie przebiera sie w kolorowy szlafrok.

Na ekranie ukazuje się napis:

AKT 4. Miłość gwiazd

Następny napis:
Orbita największej gwiazdy Hollywood
Poli Negri
musiała się przeciąć z orbitą
największego gwiazdora — był nim
Rudolf Valentino

♪ Muzyka cichnie. Pola siedzi na kanapce w kolorowym szlafroku.

 Jak to było z Rudim?

Czy to była miłość czy tylko zmysły? Tylko?

Czy to można tak rozdzielać?

Bo jeśli mówię o zmysłach, myśląc o Rudolfie, to chodzi mi o jakiś zmysłów wymiar ogromny, monstrualny, ponadnaturalny...

♪ Odzywa się muzyka „Valentino" – zmysłowa, powolna.

Jakby ziemia usuwała się spode mnie. Jakbym spadała w niezgłębioną otchłań. Spadaliśmy tam razem, we wspólnym rytmie ruchu i oddechu, spychając siebie nawzajem poza skraj odczuwania i zarazem je potęgując.

> I, och, rozpoczynała się walka na finiszu,
> o jeszcze jeden centymetr tej mozolnej drogi,
> i, och, już brzmiała struna szaleństwa,

i, och, podpełzały ku nam jakieś fantastyczne zwierzęta,
i, och, orkiestry taneczne wprawiały parkiety w wir,
coraz szybszy, coraz szybszy, coraz szybszy,
i, och, już wzlatywaliśmy w nocne niebo wśród rozprysków fajerwerków,
setki kolorowych baloników zrywały się w rozżarzone słońce,
pryskały rozgniatane stosy przejrzałych owoców,
pękały oślepiające żarówki aparatów fotograficznych,
pochylały się nad nami napuchłe pąki egzotycznych kwiatów,
chłostały nasze skóry rozdygotane na wietrze wysokie trawy,
odurzały nas jakieś oszałamiające napary.

♪ *Koniec muzyki „Valentino".*

W następnej chwili staczaliśmy się w wilgotny mech,
opieraliśmy się o zacienione ściany zielonych altan,
zanurzaliśmy się w zalewanym chłodną pianą piasku plaży.

Pola wstaje z kanapki, mówi do widzów:

To było niedługo po zerwaniu z Charlim. Miesiące? Tygodnie? Lata? Żyłam wtedy tak szybko...

Wkłada okulary. Znajduje gdzieś stertę starych gazet. Przenosi ją na proscenium. Przerzuca gazety. Czyta nagłówki.

„Valentino wraca." – „Valentino znów w Hollywood." – „Entuzjastyczne powitanie Valentino na dworcu w Passadenie." – „Valentino rozpoczyna zdjęcia do *Syna szejka*."

Pożądały go tysiące, nie, miliony kobiet. Jego filmy gromadziły nieprzeliczone tłumy.

Znów przerzuca stare gazety.

„Najpiękniejszy mężczyzna wszechczasów rozgląda się za nowym podbojem." – „Rozwód Valentino z Rambową zadecydowany." – „Valentino znów do wzięcia."

Do wzięcia? Przestraszyłam się tego nagłówka jakby był listem do mnie. Dlaczego się przestraszyłam? A kogóż mam się bać? Jakiegoś Włocha?

Znów przerzuca gazety.

„Polowanie na Valentino otwarte." – „Valentino poluje."

Nie będę ani myśliwym ani zwierzyną na tym polowaniu.

Nie znałam go. Gdy przyjechałam do Hollywood on akurat był na toruné z wielką rewią. Oczywiście znałam jego twarz, jego filmy, jego sławę, jego romanse. Postanowiłam go unikać. Rudolf Valentino, to byłoby jednak za dużo dla Apolonii Chałupiec. Gdy wrócił, z premedytacją omijałam bale, na których mógł się pojawić. Choć, oczywiście, bardzo pragnęłam go poznać. Ale jakoś zabobonnie bałam się, że gdy się z nim zetknę, to on uzna mnie za zwierzynę, a ja... ja dam się upolować. Zaczęłam grać z nim w chowanego. Ale w Hollywood nie da się długo grać w taką grę. Tu wszyscy wszystkich znają. Moje unikanie go zaczęło być przedmiotem plotek. A on, o czym dowiedziałam się od przyjaciół, bardzo chciał mnie poznać – ostatecznie to właśnie ja, już nie Gloria Swanson, i nawet nie on sam, byłam ośrodkiem najwyższego zainteresowania publiczności. Aby nasze spotkanie przyspieszyć, dziennikarze zaczęli rozpuszczać plotki o naszym tajemnym romansie, całkowicie nieprawdziwe. Zaczęły się nawet pojawiać na ten temat artykuły.

Jeszcze raz sięga do gazet.

„Romans Negri z Valentino."— „Valentino łowi Negri." – „Negri kryje swe zainteresowanie Valentino" – „Tajemny romans N & V." — „Negri i Valentino: największe gwiazdy łączą swój blask."

Moja wstrzemięźliwość podbijała zresztą zainteresowanie mną, a w konsekwencji moją cenę. Nie można jednak było przeciągnąć struny. Kolejne zaproszenie. Bal kostiumowy u Hearstów. Pójdę!

Pola idzie za parawan i przebiera się w kostium Carycy.

Na ekranie ukazują się kolejne fotografie Rudolfa Valentino.

♪ *Towarzyszy im muzyka „ Valentino".*

♪ *Pola wchodzi w mundurze Carycy (jest to długi czerwony płaszcz i futrzana czapa). Odzywa się muzyka rosyjska.*

Wybrałam mundur huzarski carycy Katarzyny, którą niedawno grałam.

Salutuje.

Zabójczy widok.

♪ *Muzyka cichnie.*

U wejścia do pałacu powitała mnie gospodyni. Przedstawiła mi uderzająco przystojnego mężczyznę w stroju torreadora: „Rudolf Valentio."

Naturalnie – to on. Bicie serca. Przyspieszenie oddechu. Dreszcz kręgosłupa. Pocałował mnie w rękę. Europejczyk. Dobrze wychowany.

Mówił cicho i melodyjnie. Jego oczy były wielkie i smutne. Wzbudzały raczej czułość niż namiętność. Ja jednak odczułam od razu ostre pożądanie.

♪ *Odzywa sie tango. Pola tańczy.*

Już po chwili tańczyliśmy. Jego ruchy były miękkie, ale zdecydowane. Był cudownie rytmiczny. Reagował na różne instrumenty orkiestry, na sciszenia i wybuchy dźwięku, na różne rytmy, od *lento* to *presto,* od *andante* do *alla Marcia.*

Dałam się wciągnąć muzyce, rytmowi, jemu.

♪ *Muzyka cichnie.*

Tak. To stało się zaraz pierwszej nocy. Właśnie to, czego się obawiałam i to, do czego dążyłam. Czego nie chciałam i czego pragnęłam. Czego sobie zakazywałam wiele razy i czego nie byłam w stanie sobie zakazać, gdy przyszła chwila próby. Bo gdy szepnął mi w tańcu, że mnie zawiezie do domu, to po prostu wyszeptałam – „tak."

Po drodze zatrzymał się przed nocną kwiaciarnią i kupił bukiet z siedemdziesięciu siedmiu czerwonych róż.

Pola zdejmuje czapę i płaszcz mundurowy. Zostaje tylko w koszulce.

Potem, bez żadnych zahamowań, oporów, czy ociągań rozbierałam się powoli, patrząc jak on systematycznie obrywa płatki z tych róż i posypuje nimi prześcieradło.

Pola siada na stercie gazet blisko widowni.

W następne noce witały nas szorstkie włosy skóry lamparta na podłodze jego sypialni. Dnie zastawały nas na gorących deszczułkach jego jachtu *Feniks,* którym włóczyliśmy się wzdłuż wybrzeża Kalifornii. Od Santa Monica na północ, aż do Malibu, i znów na południe, przesuwając się koło Venice, Playa del Rey, by wylądować na kolację w Manhattan Beach, spędzić tam noc w kabinie i wracać następnego dnia znów w górę. Było to zresztą możliwe tylko w weekendy, gdy ustawała praca w wytwórniach. Pokład jachtu kołysał nasze kołysanie, a może to my wprawialiśmy w kołysanie jacht. Moja Polita. Mój Rudi. Byliśmy wciąż razem, jeśli nie fizycznie, to w myślach, mimo długich dni pracy w studiach i na planach w plenerze, kiedy byliśmy przecież osobno. On kręcił swój film. Ja swój. Pozostawaliśmy razem mimo jego zdrad. Tak, wiedziałam o nich. I wiedziałem, że zawsze do mnie wróci. Cierpiałam. Ale jemu nie dawałam poznać mego cierpienia.

Akurat wtedy Rudi otrzymał, no, opłacił jakąś bajońską sumą, kolejny rozwód i prostą drogą, w szybkim tempie, zmierzaliśmy do ślubu. Wybudował dla nas nowy dom – pałac na wzgórzu i nazwał go *Sokole gniazdo.*

Na ekranie pojawia się fotografia Negri i Valentino.

Jeszcze tylko ja skończę zdjęcia do *Hotelu Imperial.* Jeszcze tylko on wróci z Nowego Jorku, z pokazu *Syna szejka,* który po triumfalnej premierze w Los Angeles święcił sukcesy w całym kraju. Jeszcze tylko ja wynegocjuję nowy kontrakt. Jeszcze tylko on...

Zachorował? W szpitalu? Zmarł?

♪ Odzywa się poważna muzyka.

Pola wkłada długi, czarny płaszcz.

Opowiadam to teraz, po latach, spokojnie. Ale wtedy ja sama umarłam. W nim. Bo on żył we mnie nadal. Wstrząs. Rozpacz. Zapaść. Tygodniami myślałam, że to koniec – nie tylko jego, ale i mojego życia, mojej kariery, wszystkiego. Przerwane zdjęcia. Zapuszczone rolety. Gęsta woalka na pogrzebie. Bolesna pustka. Jakieś oszołomienie, rozkojarzenie.

♪ Pola siada przed lustrem. Muzyka cichnie.

Jeszcze nawet teraz dziwię się, że to przetrwałam. Jak mogłam wrócić przed kamerę? Jak mogłam wyjść za mąż za Sergieja? Ludzie sądzili, że aby łatwiej zapomnieć. Nie. Aby tym silniej pamiętać! Wyszłam za Siergieja z miłości do Rudolfa! Nikt tego nie zrozumiał.

Zwraca się do widzów:

Publiczność, która z uwielbieniem towarzyszyła mnie i Rudolfowi, która już szykowała się do uczestnictwa w naszym ślubie – setki osobiście, a miliony przez prasę i radio, a miał to być hollywoodzki ślub stulecia – na wiadomość o moich zaręczynach z księciem Sergiejem Mdivani odwróciła się ode mnie. Uznano to za zdradę Rudolfa. Wielbicielki Rudolfa, które, tak jak ja przybrały żałobę, uznały, że ja muszę ją nosić już wiecznie, że aż do mojej własnej śmierci muszę pozostać wdową po Valentino. Choć nie zdążyliśmy wziąć ślubu.

Zostałam więc skazana przez publiczność za zdradę!

Frekwencja na moich filmach spadła. Wyrok publiczności przełożył się na wyrok producentów. Przestałam otrzymywać nowe propozycje. Dla gwiazdy filmowej – nieszczęście. Może to była kara za nadmiar szczęścia z Rudolfem?

♪ *Odzywa się muzyka ze starego kina i na małym ekranie ukazuje się fragment* **„Hiszpańskiej tancerki.”**

Rudolf opowiedział mi kiedyś, że taką zobaczył mnie po raz pierwszy — w roli hiszpańskiej tancerki. Jego ulubioną rolą był hiszpański torreador. Odczuł, że między tymi dwoma postaciami istnieje jakaś tajemnicza więź... Zapragnął mnie poznać. Więc najpierw to był związek między dwiema postaciami z ekranu. Dopiero potem między mężczyzną a kobietą. Bo kiedy mnie zobaczył po raz pierwszy, już nie – jako czarno-białą zjawę, ale jako kobietę – natychmiast się zakochał. *Odzywa się muzyka finału I części.* A potem już kochał mnie zawsze. I ja kocham go zawsze. Od zawsze do zawsze.

Ukazuje się napis:

PRZERWA

Zapalają się światła na widowni. Muzyka cichnie.

► CZĘŚĆ II ◄

♪ *Ściemnienie. Muzyka ze starego kina. Na ekranie napis:*

AKT 5. Największa gwiazda filmowa Niemiec

Następny napis:
W latach 1935-1939
Pola Negri
grała w filmach produkowanych
w Niemczech

♪ *Ciemno. Muzyka cichnie.*

♪ *Pola wchodzi w smudze światła punktowego reflektora. Jest w czarnej, wąskiej, długiej sukni. Pola śpiewa po niemiecku* **„Tango Notturno”**. *(Tekst niemiecki oraz tekst polski „Tango Notturno” zamieszczone są po tekście dramatu.)*

♪ *Po zakończeniu śpiewu odzywają się huczne oklaski. Pola kłania się. Podejmuje bukiet zasuszonych kwiatów stojący gdzieś w garderobie.*

Pan Ambasador Lipski? Dziękuję, dziękuję za tak miłe gratulacje. Naprawdę podobał się panu mój śpiew? Dziękuję, dziękuję bardzo. Wiedziałam, że pan jest na widowni i śpiewałam specjalnie dla pana. Nie dla tej hitlerowskiej hałastry. Oczywiście, tu w Berlinie, muszę śpiewać po niemiecku. Ale my możemy sobie teraz swobodnie porozmawiać po polsku. Doprawdy, mam już dość robienia dobrej miny do tej złej gry – gry z tą bandą...

Ach, rozumiem, Pan jest dyplomatą... Powiedział do mnie półgłosem:

„Nie możemy zapominać, że pan Hitler doszedł do władzy w wyniku demokratycznych i wolnych wyborów. Poparła go większość narodu niemieckiego. Rzeczpospolita Polska utrzymuje z Trzecią Rzeszą stosunki dyplomatyczne. Mamy traktat o nieagresji. Cała cywilizowana Europa utrzymuje stosunki dyplomatyczne z Niemcami Kanclerza Hitlera. Podobnie jak Stany Zjednoczone. Doradzam pani również dyplomację...”

Będę dyplomatką, będę dla nich grzeczna, Panie Ambasadorze. Obiecuję. Nie narobię panu kłopotu. Zresztą, jako aktorka, umiem grać grzeczność. Jako największa gwiazda filmu niemieckiego mam obowiązki reprezentacyjne i muszę bywać na oficjalnych przyjęciach dla niemieckich elit. Elit? No, takich jakie są: dygnitarze partyjni, a, mówiąc między nami, męty z rynsztoka, bandyci, mordercy, lumpenproletariat w ociekających złotem i srebrem czarnych, zielonych i brązowych mundurach z tymi wstrętnymi swastykami w białym kole na czerwonej opasce na ramieniu.

Och, przepraszam, znów mi się coś wyrwało. Poprawię się. O czym to mówiłam? Ach tak, przyjęcia... Więc muszę spotykać się z nimi – z Goebbelsem, wszechwładnym szefem propagandy o oczach oszalałego fanatyka, przepraszam, mówię to tylko panu. Z obwieszonym jak choinka orderami Göringiem – po prostu zapasiony wieprz w galowym mundurze, wiecznie pijany albo na narkotykach. Z ponurym Bormanem, z ascetycznym Himlerem i z całą resztą tej czeredy. Więc ci wszyscy partyjniacy, a obok nich wysługujący się nowemu reżimowi profesorowie, intelektualiści, pisarze, reżyserzy i aktorzy... Wśrod nich – ja...

„Ich, eine Hauptstar des Deutches Film!” Z kanclerzem Hitlerem, na szczęście, osobiście się nigdy nie zetknęłam. Choć on oglądał mnie na ekranie w *Mazurce*... Widział pan ten film, prawda? Naturalnie, pamiętam, urządziliśmy specjalny pokaz w ambasadzie...

♪ Na ekranie sekwencja z filmu „Mazurka” – jest to film dźwiękowy.

W trakcie projekcji Pola mówi do widzów komentując film:

To był łzawy melodramat, w którym mieszały się elementy polskie, rosyjskie i niemieckie; miłość, zazdrość, zdrada i zemsta. Niedobry film. Jego akcja działa się w Warszawie pod zaborem rosyjskim przed Wielką Wojną, a potem w Berlinie, po wojnie. Ale Hitler, który absolutnie nie znał się na sztuce, ani nie znał historii, wziął go za arcydzieło. Film był zły, ale moja rola świetna.

♪ Koniec projekcji.

 Hitler kazał sobie wyświetlać *Mazurkę* czasem po kilka razy w bezsenne noce. Tak, spędzał ze mną noce... Plotka uczyniła mnie jego kochanką. To potwarz. Kłamstwo. Pan dobrze wie, Panie Ambasadorze, że wygrałam proces z dziennikiem francuskim, który te bzdury opublikował.

Zresztą, *Mazurki* mogłam w ogóle nie zagrać. Hitler nie miałby swego ulubionego filmu. I swojej ulubionej gwiazdy. Byłoby lepiej dla mnie...

Gdy powiedzieli mi, że produkcja *Mazurki* została wstrzymana — natychmiast pojechałam do Ambasadora Lipskiego, wściekła.

Pan wie, co oni wymyślili, Panie Ambasadorze? Że jestem Żydówką! Geobbels zakazał mi wstępu do wytwórni. Zerwał produkcję *Mazurki*. Tuż przed rozpoczęciem zdjęć. Bo jestem Żydówką. Nie jestem Żydówką! Gdybym była, to bym tego zresztą nie ukrywała. Ale kiedyś dawno zagrałam w filmie *Żóły paszport* rolę młodej Żydówki. Podobno bardzo przekonująco. Goebbelsowi o tym doniesiono. „Żydówka na ekranie – to na pewno Żydówka w życiu." Może zrobili to moi byli koledzy z kraju? Pewnie raczej zazdrosne koleżanki – krowięta! Powtórzono mi słowa Goebbelsa: „Halt die production der Film mit die Jude Pola Negri!" Zatrzymać produkcję filmu z Żydówką Polą Negri! Zerwać kontrakt z Żydówką Polą Negri! „Wiedrrufung! Das is der Befehl! Jude raus!" I kto to jest ten Goebbels? Żeby mi zakazywał grać w kinie? Pokręcony kuternoga! Pajacowaty mówca! Niewydarzony dramatopisarz, któremu żaden teatr nie chciał nigdy wystawić żadnej sztuki, a teraz uzurpuje sobie prawo zarządzania wszystkimi scenami i wytwórniami filmowymi w całych Niemczech! A kto to jest ten Hitler? Austryjacki lump! Malarz pokojowy! Kapral, który się sam awansował na wodza! Fürher! Śmiechu warte. Mój ojciec był Cyganem! Nie Żydem. Cyganem ze Słowacji. I jestem z tego dumna. A moja matka jest polską szlachcianką. I z tego też jestem dumna! Nazywa się z domu Kiełczewska. Barbarzyńcy! Troglodyci!

Ambasador powiedział: „Jak Pani tu źle, to czemu nie wróci Pani do Warszawy?"

Do Warszawy? Przecież tam nie ma żadnej wytwórni z prawdziwego zdarzenia. A przy tym, jakie honoraria mogłabym tam otrzymać? Pan wie, ile mi tutaj płacą za jeden film? Nawet więcej niż w Hollywood.

„A może byłby jakiś inny powód powrotu do kraju?"

Jaki?

On się tylko zamyślił i milczał. Po wrześniu 1939 zrozumiałam, co miał na myśli. Kraj... Polska...

Ambasador Lipski sprowadził z Polski ekspresowo, pocztą dyplomatyczną, odpowiednie papiery. Byłam Polką. Byłam Aryjką. Podobno obejrzał je sam Hitler i nakazał Goebbelsowi natychmiast zaprosić mnie do studia. Goebbels osobiście zarządził rozpoczęcie zdjęć. Przeprosił. „Ich muß leider sagen... To była pomyłka. Der Fehler!"

Byłam im potrzebna... Tym zbirom. Wpływy z moich filmów w markach i dewizach zasilały ich stale pustą kasę. Wszystkie pieniądze wydawali na zbrojenia. Potrzebowali także gwiazdy o światowej sławie dla splendoru i legitymizacji swego reżimu. Mnie oni też byli potrzebni, przyznaję. Tak. Honoraria... Ale potem zaczęli mi ciąć scenariusze. Potem w ogóle odrzucać te, w których chciałam grać. Wreszcie przysłali mi do hotelu scenariusz z rolą Niemki prześladowanej przez polskich sąsiadów w Bydgoszczy. Tego już było za dużo.

Uciekłam. Uciekłam z Niemiec! Udałam chorobę. Poinformowałam studio, że musiałam wyjechać na leczenie do Francji. Bombardowali mnie depeszami żądając natychmiastowego powrotu. Nie odpowiadałam. Zapowiedzieli swój przyjazd.

Pola narzuca na siebie białe futro, kładzie się na leżance.

Och, ileż razy grałam te sceny omdleń, zasłabnięć, ataków bólu. Gdy panowie z wytwórni DEFA, czy UFA, nie ważne, przyjechali do mnie na Rivierę, to zastali mnie na tarasie mej willi St. Jean-Cap-Ferrat na leżaku, otuloną futrem. Futrem w lipcu! Pod prażącym słońcem. Przyszło ich dwóch.

Jeden po cywilnemu, a drugi w mundurze partyjnym. „Heil Hitler!" Udałam, że nie mam siły odwzajemnić ich pozdrowienia. Łamiącym się szeptem oświadczyłam, że jestem ciężko chora... Nie będę mogła wrócić do studia. Grozili mi karami za zerwanie kontraktu. „Strafe! Strafe! Wir strafen werden!" W odpowiedzi zagrałam zemdlenie. Wyjechali z niczym.

Pola zdejmuje futro.

O mało naprawdę się nie pochorowałam. Po zrzuceniu futra lał się ze mnie strumieniami pot, a tu akurat powiał gwałtowny, chłodny Mistral. Udało się! Na zawsze zerwałam z niemieckim kinem!

♪ *Odzywa się muzyka fortepianowa ze starego kina. Ukazuje się napis:*

AKT 6. Koniec balu

Następny napis:
1 września 1939 roku

zastał Polę Negri we Francji
w kurorcie St. Jean-Cap-Ferat
na Lazurowym Wybrzeżu

♪ *W czasie wyświetlania napisów Pola przebiera się. Muzyka ze starego kina przechodzi w muzykę taneczną – to duża orkiestra jazzowa z lat 1930.*

Ukazuje się Pola. Jest we wspaniałej, białej kreacji. Przyjmuje pozę do fotografii. Błyskają lampy aparatów fotograficznych. Pola uśmiecha się. Obejmuje ją wąski reflektor punktowy.

Wojna przerwała bal. Ostatniego dnia sierpnia 1939 roku moja dobra przyjaciółka, baronowa Beatrycze Rotschild, wydała wielkie party w swoich ogrodach w pałacu nad zatoką.

Pola idzie do toaletki i stroi się w biżuterię.

Włożyłam na tę okazję tę wspaniałą kolekcję Hohenzolernów, którą zakupiłam jeszcze w 1919 w Berlinie. Hohenzolernowie, zubożali przez wojnę, musieli sprzedać rodową biżuterię. Ja, wstępująca gwiazda filmowa, byłam już na tyle bogata, że mogłam ją kupić. Diadem, kolia, naszyjnik, bransoleta, pierścionki razem około miliona dolarów, ach, co tam... Kochałam te wszystkie moje klejnoty...

Pola idzie na taras swej willi.

Cóż za widok... Słońce topiło się na zachodzie w złocisto-pomarańczowym morzu, tam, po stronie Nicei, gdy od wchodu, od Cannes, plaże pokrywały się już filetowym mrokiem. Ostatni kąpiący się wychodzili z fal. Służący zamykali kolorowe parasole jakby wielkie motyle składały skrzydła.

Pola bierze kieliszek z toaletki i przechadza się po ogrodzie.

Beatrycze zaprosiła całą śmietankę towarzyską Riviery. Przechadzając się po ogrodzie z kieliszkiem szampana w palcach, zawsze otoczona wianuszkiem wielbicieli i ciekawskich, i, oczywiście, reporterów i fotografów, zrobiłam sobie taką zabawę: starałam się policzyć ile warta jest biżuteria dam, które mijałam. Diamentowe kolie, perłowe naszyjniki, szmaragdy i rubiny kolczyków, topazy broszek, i złoto, złoto, złoto – łańcuchy, bransolety, pierścionki, pierścienie, obrączki. Na dodatek spinki i sygnety panów. Gdy doszłam do kilkudziesięciu milionów zakręciło mi się w głowie. Choć liczyć zawsze umiałam dobrze.

Wyobraziłam sobie, że te wszystkie panie, panny, matrony, damy ci wszyscy wysmukli amanci i brzuchaci bogacze nie są obwieszeni biżuterią, ale papierowymi banknotami. Falowały na biustach ladies. Wylewały się z protfeli na wykrochmalone torsy gentelmanów. Różowe stufrankówki, zielone dolary, brązowe marki, niebieskie liry... Z nad morza nadleciał nagle wiatr i zaczął zrywać banknoty, jak liście, jak liście... Stop. To ta moja wyobraźnia. Nagle poczułam, że i ze mnie wiatr zrywa, nie, nie kolorowe papierki, ale moje perły, moje brylanty, moje... Stop. Stop.

Wieczorem naprawdę zerwała się burza. Musieliśmy się ratować ucieczką do wnętrza pałacu, klucząc wśród łamiących się pod naporem wiatru pergoli, uchylając się od spadających z hukiem lampionów. W pałacu było zacisznie. Olbrzymie amfilady. Sala balowa. Wystawna kolacja. Tańce do białego rana. I już rankiem...

Zwróciła moją uwagę pobladła twarz Beatrycze, której lokaj szeptał coś do ucha. Dała znak orkiestrze.

♪ *Muzyka urywa się.*

Muzykanci natychmiast ucichli. Weszła na podwyższenie obok dyrygenta.

Pola wchodzi na stojący w głębi fotelik.

„Proszę państwa, właśnie radio podało, Niemcy zaatakowali Polskę, to wojna...” Rozległy się śmiechy: „Co nas to obchodzi!” – „Nikt z nas nie będzie umierał za Gdańsk!” I histeryczne szlochy: –„Pożoga ogarnie całą Europę!” – „Trzeba stąd uciekać!” Jacyś panowie wołali: – „Francja natychmiast wypowie wojnę Niemcom!” – „Nie opuścimy alianckiej Polski w potrzebie!” – „Zgnieciemy Hitlera z dwóch stron w ciągu tygodnia!”

♪ *Dźwięk syreny alarmowej. Pola schodzi z fotelika. Biegnie ku widzom.*

Wojna w Polsce!

♪ *Odzywa się nerwowy głos speakera radiowego – w języku francuskim, podczas gdy nadal słychać syreny .*

UWAGA: *Tekst komunikatów radiowych, które winny być podawane w języku francuskim znajduje się na końcu sztuki.*

Radio donosi o ciężkich walkach... O polskich aktach bohaterstwa i niemieckich aktach barbarzyństwa... Anglia i Francja wypowiedziały wojnę Niemcom. Wojna we Francji! Wojenne przepisy, restrykcje, a na pomoc Polsce nikt nie spieszy. Nowa straszna wiadomość: Sowiety wbiły Polsce nóż w plecy. Moja Warszawa zburzona..

♪ *Efekty dźwiękowe cichną.*

Polska padła. To wszystko daleko od mojej pięknej willi... Fale morskie u stóp tarasu są takie spokojne...

♪ *Efekty dźwiękowe (syreny i radio) znów wybuchają z wielką silą.*

Znów groza! Niemcy zaatakowały Francję! Nowy grom. Włochy zaatakowały Francję!

♪ *Słychać warkot nadlatującego samolotu – jest to bombowiec śmigłowy – samolotów jest coraz więcej..*

Czy to są niemieckie samoloty? Niemcy? Nie! To Włosi! Italiani! Italiani!

♪ *Pada bomba, gdzieś bardzo blisko. Następnie słychać nieco dalsze wybuchy.*

 Idioci! Bombardować kurort! Ja wam pokażę!

♪ *Wśród huku motorów i bomb Pola zaczyna nagle wygrażać ku niebu i strzelać ze swej parasolki jakby z karabinu maszynowego, woła:*

Vieni! Vieni! Qua! Bellissima! Bellisima mia! Cara mia! Carissima! Subbito! Presto! Presto! Carissima! Zabij mnie ty durny Włochu... Stupido Italiano! *Jej głos gaśnie.* Ty durny Włochu! Durny Włochu? Co ja gadam? *Warkot samolotów oddala się i wkrótce cichnie.*

Co ja gadam... Powtarzam bez sensu włoskie słowa, których nauczył mnie Rudi...

Już po nalocie. Przestraszyli się mnie... Mamo...

Mamo, gdzie jesteś?

Trzeba stąd jechać. Mamo! Pakujemy się! Wyjeżdżamy do Ameryki. Tu zaraz będą Niemcy. Albo Włosi. Jest wojna, mamo...

Mamo, słyszysz mnie?

Wrócimy do Hollywood.

♪ *Odzywa się muzyka ze starego kina.*

Na ekranie ukazuje się scena z filmu „Z rozkazu kobiety." *W tym czasie Pola przebiera się za parawanem w strój podróżny – płaszcz, kapelusz.*

♪ *Muzyka trwa nadal podczas gdy na ekranie ukazuje się napis:*

AKT 7. Kim Pani jest, Pani Negri?

Następny napis:
Na statku pasażerskim „Excalibur"
uwożącym uciekinierów
z Europy do Ameryki
na jesieni 1940 roku

Natępny napis:
W czasie zaimprowizowanej konferencji prasowej
Pola odpowiada na pytania współpasażerów

♪ *Muzyka kończy się i odzywa się dźwięk podróży morskiej: fale, mewy, stłumiony łomot silnika okrętu. Pola wchodzi i siada na foteliku na środku sceny. Trzyma w palcach otwartą. parasolkę.*

(UWAGA: *głosy pasażerów winny być uprzednio nagrane i podawane z głośnika.*)

Płyniemy razem do Ameryki na tym statku, *Excalibur.* Dziwna nazwa... Łączy nas wspólny los – uchodźców w Europy. Łączy nas troska o tych, których zostawiliśmy w Europie. I nadzieja na spotkanie tych, którzy czekają nas w Ameryce.

Nie udało mi się zachować incognito... Ostatecznie, moją twarz znają miliony ludzi na obu

51.

kontynentach. Proszono mnie, poprosili mnie państwo, aby odpowiedziała na parę pytań. Podróż zajmie nam jeszcze parę dni, więc, czemu nie, zgodziłam się... Proszę mi zadawać pytania, a ja postaram się odpowiadać... Chociaż uprzedzam, że są sprawy, otórych nie lubię mówić...

GŁOS MĘSKI 1: Pani Negri, czemu Pani nigdy nie wróciła do Polski?

POLA: Czemu nie wróciłam do Polski.... Nie miałam do kogo. Ojciec umarł gdy byłam dzieckiem. Matka mieszkała ze mną za granicą. Rodzeństwo zmarło. Nikogo z rodziny już nie było na świecie. Nie miałam do czego. Polska nie miała przemysłu filmowego, wytwórni, urządzeń w jakimkolwiek stopniu porównywalnych z tym, czym dysponował Hollywood. Berlin był niewiele gorszy. Nie... Z zawodowego punktu widzenia powrót do kraju w ogóle nie wchodził w grę.

GŁOS MĘSKI 1: Chyba w grę wchodziły też pieniądze, prawda?

POLA: Oczywiście, że w grę wchodziły też pieniądze! Aktorom warszawskim w ogóle nie śniły się honoraria jakie dostawałam za granicą.

GŁOS MĘSKI 1: Czy mogłyby być jeszcze inne powody Pani powrotu do kraju?

POLA: Jakie?

GŁOS MĘSKI 1: No, miłość ojczyzny... na przykład.

POLA: Jestem ciągle obywatelką polską. Mam stałą wizę amerykańską, ale jestem Polką. Każdy o tym wie.

GŁOS MĘSKI 1: Czy na pewno każdy?

POLA: Ja w każdym razie nigdy nie ukrywałam swego pochodzenia, narodowości. Nigdy nie przestałam czuć się Polką! Może dopuścimy kogoś innego do głosu?!

GŁOS KOBIECY 1: Pisano, że była Pani typowym „wampem"... Co to jest „wamp," Pani Negri?

POLA: Po pierwsze, niech Pani zauważy, że ja nie wpisałam się w ten jakiś typ, typ „wampa." Ja go sama stworzyłam. Ja dałam mu początek. Potem wiele aktorek próbowało naśladować ten typ. Nie opatentowałam go, ale tylko ja jedna spełniałam wszystkie jego warunki.

POLA: Wamp to była kobieta wyzwolona, kierująca swoim losem, biorąca pełną odpowiedzialność za swoje postępowanie. To była kobieta silna, dominująca, rozstawiająca mężczyzn po kątach, narzucająca im swoją wolę, miłość, namiętność. Wamp był kobietą, która uwodziła. Często przyprawiała mężczyzn o szaleństwo, nieszczęście. Była mrocznym przedmiotem pożądania. Zabijała z miłości. Potrafiła zabić i siebie.

GŁOS MĘSKI 2: Pani Negri, grała Pani najczęściej kobiety rozwiązłe, upadłe, po prostu, kurtyzany i prostytutki. Dlaczego grała Pani „takie" kobiety?

POLA: Podsuwa mi pan odpowiedź. Tak? Sugeruje pan, że po prostu taka byłam. Tak? A przecież grałam także kobiety dobre, miłe, nieszczęśliwe, skrzywdzone, szlachetne, wspaniałomyślne. Taka też nie byłam. A grając role „takich" kobiet – jak pan mówi – zawsze broniłam ich człowieczeństwa, ich godności. Więc jaka byłam naprawdę?

GŁOS MĘSKI 3: Była Pani, za przeproszeniem, bardzo „sexy"! Miała Pani zabójczy „sex appeal"! Mężczyźni tłoczyli się, aby oglądać Pani sceny łóżkowe.

POLA Proszę, proszę...   Wreszcie wyjaśniła się tajemnica kasowych sukcesów moich filmów. Ale mówiąc poważnie... To prawda, że ja pierwsza wprowadziłam tak ostry seks na ekrany, ale był to seks utrzymany zawsze w dobrym guście. Uruchamiał tylko wyobraźnię widza. Nie był dosłowny.

GŁOS MĘSKI 3: No, ale rozbierać się to Pani lubiła... na ekranie... Często chodziła Pani nieubrana...

POLA: Powiedzmy inaczej: występowałam czasem w strojach bardzo śmiałych. A po za tym, sądzę, że kobieta nie powinna ukrywać swej piękności do tego stopnia, by utracić ludzki wygląd.

GŁOS MĘSKI 3: Mężczyźni to lubili, oj lubili.

POLA: Może zmienimy temat...

GŁOS KOBIECY 2: Pani Polu, jestem Pani wielbicielką...

POLA: Dziękuję...

GŁOS KOBIECY 2: Pani Polu, jak Pani chce aby Panią pamiętano?

POLA: Film się starzeje. Ludzie starzeją się jeszcze szybciej. Chciałabym, aby mnie pamiętano jako młodą dziewczynę, no, młodą kobietę. Nie przyjmę nigdy roli starej kobiety – gdy już nią będę. Legenda zoobowiązuje.

GŁOS KOBIECY 3: Czym jest dla Pani aktorstwo, Pani Negri?

POLA: Aktorstwo... Aktorstwo to zawód. Zawsze profesjonalnie podchodziłam do studiowania ról, do prób, do zdjęć, a także profesjonalnie wykonywałam obowiązki wynikające ze statusu gwiazdy – pozowanie do fotografii, wywiady, udział w premierach, w przyjęciach.

Aktorstwo to transformacja. Człowieka w postać. Ale nie tylko. Raczej człowieka w bestię. Grając rolę czułam jakby pożerało mnie stopniowo, od środka, jakieś zwierzę.

Aktorstwo to narkotyk. Uzależnia. Nie można się bez niego obyć.

Aktorstwo to spazm szczęścia, kiedy wiem na pewno, że zagrałam tę scenę, ten moment do końca prawdziwie i do głębi osobiście.

Aktorstwo to skurcz rozpaczy. Odczuwałam go, gdy rola wymykała mi się, gdy lont nie chciał się zapalić.

Aktorstwo to namiętność, która opanowuje bez reszty, przysłania horyzont, wprawia w stan stałego podniecenia.

Aktorstwo to choroba. Nieuleczalna. Ta choroba stopniowo opanowuje cały organizm, w tym system nerwowy, trawienny, immunologiczny, tak, immunologiczny, czyni bezbronnym.

Aktorstwo to tajemnica...

GŁOS MĘSKI 4: Przedstawię się od razu jako Pani wielbiciel. Nazywam się Kazimierz Barski, jestem z Buffalo w stanie Nowy Jork. Zachwycały mnie szczególne cechy Pani gry – spontaniczność...

POLA: Dziękuję!

GŁOS MĘSKI 4: Naturalność...

POLA: Jakiż pan miły...

GŁOS MĘSKI 4: Lekkość ruchu...

POLA: Dziękuję bardzo!

GŁOS MĘSKI 4: Filuterność...

POLA: Proszę, proszę...

GŁOS MĘSKI 4: To Pani puszczanie oczka...

POLA: I to pan zauważył!

GŁOS MĘSKI 4: Inne gwiazdy tego nie miały...

POLA: Panie Kazimierzu, za bardzo mnie pan chwali... Zdecydowanie za bardzo... Ale ma pan rację, ja byłam inna... Różniłam się od innych amerykańskich, czy zamerykanizowanych gwiazd. Tak, byłam naturalna, prosta, spontaniczna. Nie bałam się ustawić plecami do kamery, nie bałam się pokazać na planie nieuczesana... Widzi pan, taka byłam, tak mnie prowadził instynkt aktorski. A zarazem to wszystko był rezultat świadomej pracy. Pisano o moim talencie. Nie podważam tego. O mojej naturalności. To prawda. Jednak talent i naturalność trzeba wyzwolić a zarazem oszlifować. Do tego potrzebna jest technika. Technika aktorska. Aby w sposób naturalny i spontaniczny – w odbiorze widza – grać określoną postać, trzeba ją wystudiować od strony ruchu, obyczaju, zachowania zewnętrznego i trzeba też zgłębić jej wnętrze. Trzeba odkryć jak wyraża radość i smutek, jak pęta ją nienawiść i jak rozkwita w miłości.

GŁOS MĘSKI 5: Pani Negri, jestem Amerykaninem, nazywam się Andrew Henderson. Jestem lekarzem. Laryngologiem. Mam klinikę w San Francisco. Wojna zastała mnie w Europie na wakacjach. Teraz wracam. Czytałem o Pani w Ameryce — o Pani filmach, o Pani, przepraszam, romansach, też. Nie czytałem jednak wiele o Pani karierze w Europie. Proszę mi coś o tym powiedzieć. Z góry dziękuję.

POLA: I ja dziękuję, Panie doktorze, za ciekawe pytanie. Widzi pan, w Ameryce liczy się tylko to co amerykańskie, dla Amerykanów w biografii człowieka ważny jest tylko amerykański rozdział. A ja przecież przebyłam daleką drogę, zamin dotarłam do Ameryki. Najpierw były lata nauki tańca i aktorstwa w Warszawie. Debiutowałam jako baletnica w Teatrze Wielkim, a jako aktorka Teatrze Rozmaitości, to znaczy w polskim Teatrze Narodowym. Zaraz zaczęłam być angażowana do filmu. Prędko stałam się polską gwiazdą filmową... Potem był Berlin. Grałam w Deutches Theater pod batutą Reinhardta. Wkrótce zostałam gwiazdą kina niemieckiego. Mój film *Madame du Barry* zakupiono do Stanów. Przyniósł wielkie pieniądze. Hollywood postanowiło więc zakupić i mnie.... Moją karierę amerykańską pan zna, prawda?

GŁOS MĘSKI 5: Znam doskonale. Dziękuję Pani bardzo za ciekawą odpowiedź.

GŁOS MĘSKI 6: Czego się Pani spodziewa po tej wizycie w Ameryce?

POLA: To nie wizyta, to powrót.

GŁOS KOBIECY 4: Teraz mamy rok 1940. Jedzie Pani do Hollywood, jak rozumiem, po raz drugi. A kiedy się Pani znalazła w Ameryce po raz pierwszy?

POLA: Moja pierwsza Ameryka? Byłam pierwszą europejską gwiazdą, która przybyła do Hollywood. Pierwszą aktorką. Bo aktorzy – mężczyźni już tam się pojawili: Chaplin, Valentino, La Rocque. Ale ja byłam pierwszą aktorką z Europy. Dopiero później przyjechały, w moje ślady, Vilma Banky z Węgier, Greta Garbo ze Szwecji, Marlene Dietrich z Niemiec... Przywiozłam ze sobą starą europejską kulturę, gust, maniery. Hollywoodzkie kino było wtedy nastawione prawie wyłącznie na rozrywkę. Ja zaproponowałam coś więcej: tworzyłam postaci, które mają problemy, które myślą, cierpią, które coś autentycznie czują.

GŁOS KOBIECY 5: Czy Pani wierzy w Boga?

POLA: Tak. Jestem katoliczką. Gdy byłam mała chodziłam z matką na piesze pielgrzymki z Warszawy do Częstochowy, do Czarnej Madonny. Dziesięć dni pieszo. Modlę się. Spowiadam.

GŁOS KOBIECY 6 Czy to się nie kłóciło z Pani romansami?

POLA: Kłóciło się. Już powiedziałam: chodziłam do spowiedzi. Widzi Pani, wierzę, że religia pomaga żyć. Pomaga też przygotować się do śmierci....

GŁOS KOBIECY 7: Jeszcze jedno pytanie. Czy nie miała Pani trudności z przejściem z filmu niemego do dźwiękowego?

POLA: Nie miałam. To przejście nie było łatwe, ani dla aktorów ani dla reżyserów, nie mówiąc o producentach. Wielu aktorów stając przed mikrofonem załamywało się. Załamywały się ich kariery. Mówiąc po raz pierwszy do mikrofonu miałam wielką tremę. Ale przeszłam tę próbę pomyślnie. Zagrałam potem w wielu filmach dźwiękowych. Okazało się, że mikrofon kocha mój głos. Dziękuję państwu...

GŁOS KOBIECY 7: Jeszcze ja, jeszcze raz ja... Pani Polu, czy było warto wszystko poświęcić karierze aktorki?

POLA: Czy było warto?... Czy było warto poświęcić wszystko karierze aktorki?... Kraj, małżeństwo, rodzinę, miłość? Sama o tym nieraz myślę...

GŁOS POLI NEGRI: Kim Pani jest, Pani Negri? Kim Pani jest?

POLA: Kim Pani jest Pani Negri...?

♪ *Muzyka ze starego kina. Ukazuje się napis:*

AKT 8. Pożegnanie

Następny napis:
Po przybyciu do Ameryki
Pola stale myślała o matce,
którą pozostawiła we Francji,
wracała myślą do chwili rozstania

Pola siedzi przed toaletką. Woła cicho: Mamo! Mamo... Mamo gdzie jesteś?

Woła głośno: Mamo! Pakujemy się! Wyjeżdżamy do Ameryki. Tu, we Francji, zaraz będą Niemcy. Albo Włosi. Jest wojna. Mamo, słyszysz?!

♪ *Ukazuje się matka Poli, Eleonora Chałupiec. Towarzyszy jej motyw muzyczny.*

POLA: Mamo...

ELEONORA: Wiem, że jest wojna.

POLA: Pakujemy się. Wyjeżdżamy.

ELEONORA: Gdzie?

POLA: Do Ameryki.

ELEONORA: Nigdzie nie pojadę. I ty nie jedź. Już tyle razy zostawiałaś mnie samą. W Warszawie, w Hollywood, w Paryżu...

POLA: Niemcy nie wybaczą mi zerwania kontraktu. I tego co mówiłam o Hitlerze, Goebelsie... Włosi nie wybaczą mi zdrady Rudolfa. Muszę uciekać... Muszę jechać...

ELEONORA: Wiem dlaczego chcesz jechać. Tu już nie zagrasz w żadnym filmie. Tu już nie będzie w ogóle ani studiów filmowych ani kinoteatrów. Ale tam cię nie chcą. Nie jedź.

POLA: Nie broń mi drogi przed kamerę.

ELEONORA: Bronię cię przed tobą samą. A żadna kamera już na ciebie nie czeka. Zrozum.

POLA: Jesteś okrutna.

ELEONORA: Ktoś ci musi powiedzieć prawdę. Już nie możesz wrócić na ekran.

POLA: Mogę. Zobaczysz. Obsypią mnie nowymi propozycjami. Nowymi rolami. Muszę tylko tam się znaleźć...

ELEONORA: To jedź... Może ci się uda... Choć wątpię...

POLA: Do Hollywood!

ELEONORA: Nigdy mnie nie słuchałaś.

POLA: Nigdy cię nie lekceważyłam. A gdybym się nie upierała, to bym do końca życia została w Warszawie.

ELEONORA: Może tam byłoby ci lepiej. A teraz byłoby ci lepiej we Francji. Nie w Ameryce.

POLA: Jadę, mamo.

ELEONORA: Jak zawsze. Postawisz na swoim. Może się już nigdy nie zobaczymy.

POLA: Zawsze tak mówisz, jak gdzieś wyjeżdżam.

ELEONORA: Jest wojna. Teraz naprawdę możemy się już nie zobaczyć na tym świecie. Więc chciałabym cię zobaczyć ponownie w niebie.

♪ *Eleonora powoli wychodzi. Koniec motywu muzycznego Eleonory.*

POLA: Zobaczymy się wkrótce.... Mamo… Miałam taki sen... Szłam do nieba....

Szłam jakąś szeroką drogą. Wiedziałam, że prowadzi do nieba. Droga była piaszczysta i pełna kurzu. Wiła się aż po horyzont, właśnie tak, jak na naszych pielgrzymkach do Częstochowy.

Stopniowo teren zaczynał falować. Teraz droga prowadziła pod górę. Wokół były skały. Bo to było nagle w górach. Droga zwężała się, stawała się coraz bardziej stroma. Po bokach ukazywały się urwiska, przepaście, jak w moim filmie *Dzika kotka*. Już było widać bramę na końcu drogi. Była to wielka brama, jak z filmu Grifitha, o ogromnych, masywnych, grubych wrotach. Otwarta.

Z bramy buchało jasne światło, a droga, którą szłam, była pogrążona w jakiejś szarości. Te wrota były szeroko otwarte na zewnątrz. Ale gdy podeszłam bliżej zobaczyłam, że wrota, z obu stron, pchają jakieś postaci. Jedne starają się je zamknąć, a inne pozostawić otwarte. To byli ludzie!

Widziałam wyraźnie jak jedni pchali wrota od środka, starając się utrzymać ich otwarcie. Inni pchali wrota od zewnątrz, tak, aby się zamknęły. Była walka między tymi, którzy otwierali wrota i tymi, którzy je zamykali. Zamykali przede mną. Z przerażeniem rozpoznałam niektórych z nich. Tłum gęstniał, tłoczył się, falował. Jak przed kinem na premierze nowego filmu.

Nikt nie zwracał na mnie uwagi! Zadepczą mnie! Ratunku!

♪ *Muzyka.*

Tłum napierał na wrota coraz silniej, i już, już je domykał. Ale ludzie z drugiej strony wciąż starali się je utrzymać otwarte. I, tak, zobaczyłam bardzo wyraźnie, obok nich, i za nimi, zobaczyłam wielkie mnóstwo aniołów w białych szatach, z ogromnymi skrzydłami. I zobaczyłam tam ciebie, mamo. I pomyślałam, że ta brama się nie zamknie, bo ty utrzymasz ją otwartą dla mnie, mamo. Ale musiałam się pospieszyć.

Pozostała już tylko mała szczelina w środku bramy. Zaczęłam biec, aby jej dopaść, zanim wrota się nie zatrzasną. Biegłam i nie mogłam dobiec. Wciąż biegłam, coraz szybciej, a coraz wolniej, i już, już byłam przy bramie, ale nie mogłam się do niej przedrzeć przez tłum. Zrobiłam ostatni rozpaczliwy wysiłek... I zaczęłam śpiewać. *Muzyka cichnie.* I wtedy brama otwarła się szeroko.

♪ *Pola śpiewa „**Tango Notturno**" – po polsku. Potem jej śpiew trwa nadal – z taśmy – podczas gdy ona narzuca płaszcz, bierze walizkę i parasolkę, wychodzi.*

♪ *Śpiew się kończy.*

Na ekranie pojawia się napis:

▶ **KONIEC** ◀

Buffalo — Los Angeles, 2012

▶ ▼ ◀

* Komunikaty podano najpierw po polsku, a potem po francusku

* Komunikaty winny być nagrane jednym ciągiem, choć z zachowaniem podziału na poszczególne wiadomości — głos męski, nerwowy, tekst podawany bardzo szybko

* Tekst jest nadawany raz głośniej, raz ciszej

* Podane tutaj komunikaty mogą zostać skrócone

♪ *Agence France Press. Paris. Od naszych korespondentów. Pierwszego września 1939 roku o świcie Niemcy zaatakowały Polskę z lądu, powietrza i wody. Niemieckie dywizje pancerne starają się wedrzeć do Polski od zachodu, południa i północy. Okręt pancerny „Szlezwig Holstein" zaatakował swymi działami polski punkt obrony Westerplatte w Gdańsku.*

♪ *Wywiązując się z postanowień traktatów zawartych przez Francję z Polską oraz przez Wielką Brytanię z Polską, rząd Republiki Francuskiej oraz brytyjski rząd Jego Królewskiej Mości wypowiedziały dnia 3 września 1939 wojnę Niemcom .*

♪ *Polacy bronią się bohatersko. Niemcy atakują cywilną ludność, bombardując miasta, miasteczka i wsie. Niemieckie lotnictwo rzuca bomby i strzela do uciekinierów na zatłoczonych drogach. W Bydgoszczy i innych miastach zachodniej Polski dokonywane są masowe egzekucje Polaków.*

♪ *Francja wysłała setki tysięcy żołnierzy na swe wschodnie granice i jest gotowa do wojny. Na razie jednak nie nastąpiły żadne znaczące ataki na pozycje niemieckie. Równocześnie ogłoszono powszechną mobilizację. Mobilizację ogłosiła również Wielka Brytania, która postawiła w stan gotowości swoje siły zbrojne.*

♪ *Między Francją a Niemcami utrzymuje się stan wojny, ale działania zbrojne nie są podejmowane. Nasz korespondent słyszał jak wielu mieszkańców nadgranicznych miejscowości określało ten stan rzeczy jako „drolle de guerre".*

♪ *Nasi korespondenci donoszą o dzielności i wytrwałości żołnierzy polskich, którzy jednak cofają się nieustannie przed przeważającą siłą Niemców. W wielkiej bitwie nad rzeką Bzurą, na przedpolach Warszawy, Niemcy ponieśli znaczne straty jednakże rozbili zgrupowane tam dwie armie polskie.*

♪ *Ofenzywa niemiecka została zatrzymana u bram Warszawy. Stolica Polski broni się rozpaczliwie mimo nieustannych bombardowań i wciąż walczy. Rząd Polski ewakuował się na wschód. Polacy planują przegrupowanie sił i obronę na linii rzek Bugu i Sanu.*

♪ *17 września 1939 roku Związek Sowiecki zaatakował Polskę od wschodu. Rosjanie posuwają się szybko. Niektóre oddziały polskie podejmują z nimi walkę, inne zaś składają broń. Rosjanie biorą do niewoli tysiące polskich jeńców. Rząd Polski opuścił terytorium kraju i udał się do Rumunii. Jednak Warszawa broni się nadal w osamotnieniu.*

♪ *Warszawa, stolica Polski, skapitulowała po czterech tygodniach bohaterskiej obrony dnia 28 września 1939 roku. Ostatnie walki pomiędzy wojskami niemieckimi i polskimi zanotowano dnia 5 października 1939 r. Wojna w Polsce zakończona! Polska znalazła się pod okupacją Niemiec i Związku Sowieckiego.*

♪ 10 maja 1940 roku Niemcy zaatakowały Francję. Wojska niemieckie wdarły się do północnej Francji poprzez Holandię i Belgię, omijając Linię Maginota. Posuwają się niezwykle szybko w stronę Paryża. Ludność tysiącami ucieka przez najeźdźcą.

♪ W ślad za Niemcami zaatakowały Francję Włochy. Lotnictwo włoskie bombarduje Nieceę i Tulon, oraz całe Lazurowe Wybrzeże. Atakowane są instalacje wojskowe, porty, dworce kolejowe, a także obiekty cywilne. Wojska włoskie wkraczają do południowej Francji, nie napotykając większego oporu.

♪ 14 czerwca wojska niemieckie wkroczyły do Paryża. 22 czerwca Francja podpisała z Niemcami układ o zawieszeniu broni i oddała pod niemiecką okupację około dwie trzecie terytorium. Włochy zajęły obszary południowe. Na pozostałym obszarze działa administracja francuska, kontrolowana jednak przez Niemców. Rząd Francji przeniósł się do miasta Vichy. Działania wojenne we Francji zostały zakończone.

► ▼ ◄

♪ Agence France Press. Paris. De nos correspondants. À l'aube du 1er septembre 1939, l'Allemagne attaque la Pologne par voie terrestre, aérienne et maritime. Les divisions de panzers allemands ont tenté de pénétrer en Pologne par l'ouest, le sud et le nord. Le cuirassé "Schleswig Holstein" attaque avec ses canons le point de défense polonais Westerplatte à Danzig.

♪ Conformément aux traités entre la France et la Pologne et entre la Grande-Bretagne et la Pologne, le gouvernement de la République française et le gouvernement britannique de Sa Majesté le Roi déclarent la guerre à l'Allemagne le 3 septembre 1939.

♪ Les Polonais se défendent héroïquement. Les Allemands attaquent la population civile, en bombardant les villes et les villages. L'aviation allemande largue des bombes et tire sur les réfugiés sur les routes bondées. Des exécutions massives de Polonais ont lieu à Bydgoszcz et dans d'autres villes de l'ouest de la Pologne.

♪ La France a envoyé des centaines de milliers de soldats à ses frontières orientales et est prête pour la guerre. Jusqu'à présent, cependant, il n'y a pas eu d'attaques significatives sur les positions allemandes. Dans le même temps, une mobilisation générale est annoncée. La Grande-Bretagne se mobilise également et met ses forces armées en état d'alerte.

♪ L'état de guerre demeure entre la France et l'Allemagne, mais aucune action militaire n'est entreprise. Notre correspondant a entendu de nombreux habitants des villes frontalières qualifier cet état de fait de "drolle de guerre".

♪ Nos correspondants rapportent la bravoure et la persévérance des soldats polonais, qui, cependant, reculent constamment devant la force supérieure des Allemands. Lors de la grande bataille sur la rivière Bzura, aux abords de Varsovie, les Allemands subissent de lourdes pertes, mais brisent les deux armées polonaises qui y sont regroupées.

♪ L'offensive allemande est stoppée aux portes de Varsovie. La capitale polonaise se défend désespérément malgré les bombardements constants et continue à se battre. Le gouvernement

polonais a évacué vers l'est. Les Polonais prévoient de regrouper leurs forces et de se défendre sur la ligne des rivières Bug et San.

♪ Le 17 septembre 1939, l'Union soviétique attaque la Pologne par l'est. Les Russes avancent rapidement. Certaines unités polonaises les combattent, tandis que d'autres déposent les armes. Les Russes prennent des milliers de prisonniers de guerre polonais. Le gouvernement polonais a quitté le pays et s'est rendu en Roumanie. Cependant, Varsovie se défend toujours dans la solitude.

♪ Le 28 septembre 1939, Varsovie, capitale de la Pologne, capitule après quatre semaines de défense héroïque. Les derniers combats entre les armées allemande et polonaise ont été enregistrés le 5 octobre 1939. La guerre en Pologne est terminée! La Pologne se retrouve sous l'occupation de l'Allemagne et de l'Union soviétique.

♪ Le 10 mai 1940, l'Allemagne attaque la France. Les troupes allemandes entrent dans le nord de la France par les Pays-Bas et la Belgique, contournant la ligne Maginot. Ils avancent rapidement vers Paris. La population fuit les envahisseurs par milliers.

♪ Après les Allemands, la France est attaquée par Italie. L'aviation italienne bombarde Niece et Toulon et toute la Côte d'Azur. Les installations militaires, les ports, les gares et les bâtiments civils sont attaqués. Les troupes italiennes entrent dans le sud de la France sans rencontrer beaucoup de résistance.

♪ Le 14 juin, les troupes allemandes entrent dans Paris. Le 22 juin, la France signe un traité d'armistice avec l'Allemagne et cède environ 2/3 de son territoire à l'occupation allemande. L'Italie occupe les régions du sud. Dans la zone restante, il y a une administration française, mais contrôlée par les Allemands. Le gouvernement français s'installe dans la ville de Vichy. Les hostilités cessent en France.

► ▼ ◄

► FRAGMENTY FILMÓW WYKORZYSTANYCH W TEKŚCIE ◄

INFORMACJA: Filmy wymienione w tekście należą do „Public Domain" są więc dostępne bez ograniczeń. Poniżej podano angielskie tytuły tych filmów i wskazano, które fragmenty należy wykorzystać w inscenizacji. Kolejność filmów podano wg. egzemplarza; czas podano licząc od początku danego filmu; fragmenty *Madame du Barry* oraz *A Woman Commands* winny trwać około 2 – 3 minuty, a fragmenty pozostałych filmów około 1 – 2 minuty.

► *Madame Du Barry*

Montaż: Scena w pracowni, droga, zaloty – (od ok. 2 minuty do ok 4 minuty), oraz scena obiadu (od ok. 10 minuty do ok. 12 minuty)

► *Sumurun*

Od napisu „Pola Negri as dancer" – pierwsza scena do wyrzucenia garbusa z wozu (od ok. 1 do 2 minuty)

► *A Woman of the World*

Pola w taksówce (od ok. 12 do ok. 14 minuty)

► *The Spanish Dancer*

Montaż: Tytuł, pierwsza sekwencja drogi (tylko Pola), oraz scena tańca i wróżb (od ok. 5 do 7 minuty)

► *Mazurka*

Montaż: Scena w krabarecie od momentu kiedy Pola schodzi ze sceny (ok. 20 minuta) do zabójstwa; ostatni obraz: pistolet na podłodze.

► *A Woman Commands*

Scena powitania kochanków (od ok. 15 minuty).

► ▼ ◄

► **TANGO NOTTURNO** ◄

**Tango Notturno
(Ich hab' an dich gedacht)**

Ich hab an dich gedacht,
als der *Tango Notturno*
zwischen Abend und Morgen
aus der Ferne erklang.

Meinz Herz ist aufgewacht,
weil der *Tango Notturno*
eine zärtliche Kunde
Deiner Liebe mir sang.

Dass du mein Schicksal bist,
hab voll Glück ich empfunden,
als in einsamen Stunden
ich vor Freude geweint.

Ich hab an dich gedacht,
als der *Tango Notturno*
mit dem Zauber der Töne
uns're Herzen vereint.

Tango Notturno

Drżał w lichtarzach płomień świec,
za oknem noc płakała
deszczem zimnych srebrnych gwiazd,
a w dali się żalił ptak jakiś i wołał nas.

Drżał w lichtarzach płomień świec
i drżały moje dłonie.
Potem siwy płomień zgasł…
Płakałam, wiedziałam,
że grałeś ostatni raz.

Choć nas rozdziela świat,
w każdą noc złą i chmurną
Słyszę *tango notturno*,
tango sprzed tylu lat.

Ty wciąż je dla mnie grasz:
co noc sercem je słyszę,
widzę białe klawisze,
widzę bladą twą twarz.

Wie die Liebe wirklich ist;
das könnt' ich euch erzählen;
denn ich kenne sie sehr gut.
Ich weiß, dass sie schön ist
und weiß, wie weh sie oft tut.

Ich hab manchen Mann geküsst
und hab ihn dann vergessen,
weil ein and'rer mich begehrt,
bis einmal der Zufall
den richt'gen Mann mir beschert.

Ich hab an dich gedacht,
als der *Tango Notturno*
zwischen Abend und Morgen
aus der Ferne erklang.

Dass du mein Schicksal bist,
hab voll Glück ich empfunden
und in einsamen Stunden
ich vor Freude geweint.

I by cię ujrzeć móc,
życie bym dać gotowa,
ale przebrzmiały słowa,
dla nas nie ma już dróg.

Ten jeden został ślad:
w każdą noc złą i chmurną
smutne *tango notturno*
za oknami gra wiatr.

Żal jak pająk w kącie siadł,
omotał nas swą siecią,
serca czarną nicią splótł.
Spadały łzy moje
na czarne szeregi nut.

Świt nas zastał razem w łzach;
podałeś mi swe dłonie,
które miał ktoś inny brać.
Wiedziałam, to koniec,
nie będziesz już dla mnie grać.

I by cię ujrzeć móc,
życie bym dać gotowa,
ale przebrzmiały słowa,
dla nas nie ma już dróg.

Ten jeden został ślad:
w każdą noc złą i chmurną
smutne *tango notturno*
za oknami gra wiatr.

► ▼ ◄

► POWRÓT ORDONKI ◄

► DRAMAT ZE STARYMI PIOSENKAMI ◄

POSTACI

ZOFIA BAJKOWSKA, zwana Bajkosią

HANKA ORDONÓWNA, zwana Ordonką

PRZESTRZEŃ

Salonik w mieszkaniu w Szkocji

CZAS

Wczesne lata XXI wieku

Dramat ten oparty jest o fakty z życia Hanki Ordonówny; wykorzystuje piosenki, które śpiewała. Jest to zarazem tekst literacki, a więc przysługują mu prawa „licentia poetica."

► ▼ ◄

♪ *Dzwonek telefonu. Długi, natarczywy. Wreszcie wchodzi Bajkosia. Jest w długim szlafroku, chusteczce na głowie. Podnosi słuchawkę.*

BAJKOSIA: Tak. To ona. Nie, nie, nie. To nie ona. To ja. Tak się tutaj mówi: „It's she." „To ona." Ale to nie znaczy, że to ktoś inny. To ja. Tak. Bajkowska. *Słucha.* Nareszcie się przedstawił. *Słucha.* Tak. Słucham Pana. Z Warszawy? Telewizja? *Słucha.* Warszawska telewizja nagle mnie odkryła? Po tylu latach? *Słucha.* Że nie chodzi o mnie? Dziękuję za szczerość. O Ordonkę? Wywiad o Ordonce? Proszę pana, to są dawne czasy. Ja nic nie pamiętam. Niech Pan spyta Jarossego. *Słucha.* Nie żyje? Ach, tak. Zapomniałam. No to Hemara. *Słucha.* Też się wyprowadził na tamten świat? Oczywiście, wiedziałam. Ale zapomniałam. O Tuwimie wiem. Wrócił z emigracji pod komunizm i zatruł się. *Słucha.* Co Pan mówi? Na serce? *Słucha.* Ja wiem lepiej. Zatruł się! Zaczadził się dymami kadzideł oficjalnego uwielbienia. Udławił się nagrodami państwowymi. Powiesił się na wstęgach orderów. A po prostu, udusiły go wyrzuty sumienia. Tak się sprzedać! No, nie on jeden. Bo, widzi Pan, z sumieniem to jest tak... *Słucha.* Nie chce Pan o sumieniu rozmawiać? *Słucha.* Ani o Tuwimie? Ja też nie chcę. No, to do widzenia Panu. *Odkłada słuchawkę.* Pozbyłam się natręta kosztem Tuwima. A za Jarossego i Hemara muszę zmówić paciorek...

♪ *Zabiera się do wyjścia. Telefon znów dzwoni. Bajkosia podnosi słuchawkę.*

To znowu Pan? Nic Panu ciekawego o Ordonce nie powiem. Nie pamiętam. *Słucha.* Co? *Słucha.* Tak, to prawda. Mieszkała u mnie. Zwierzała mi się. Wiedziałam o niej wiele. Ja ją trochę podreżyserowywałam. *Słucha.* No, tak. Byłam z nią blisko. I ona była blisko mnie. Za kilkoma nawrotami. Przed wojną w Warszawie. Po wojnie w Bejrucie. *Słucha.* Tak powiedziałam. Za kilkoma nawrotami. Nawrotami. To jak choroba. Już się wydaje, że odeszła. A ona wraca. Już, już, samo zdrowie. A tu, masz. Nawrót. Tak samo bywa z miłością. Ale źle to mówię. Bo między mną a Haneczką to nie była miłość. Jakby miłość, to ktoś by mógł dziś pomyśleć nie wiadomo co. Że jakieś lezbije. A to nic z tych rzeczy. Tu trzeba mówić o przyjaźni. Między mną a nią. Między nią a mną. A przyjaźń, jak raz się zdarzy, to już trwa. Może się ożywić. Może zblaknąć. Ale ona i tak nie odchodzi. Więc i nie wraca. Jest. *Słucha.* Nie mam o niej wiele do powiedzenia. Zapomniałam. Zapłakałam. Niech Pan mi nie każe tam sięgać. To boli. Nie. Nie. Nic Panu nie powiem. *Słucha.* Jutro? Z ekipą? *Słucha.* No, dobrze. Ale nie za wcześnie. Ja dopiero po południu zaczynam funkcjonować. Teatralny rytm. Raczej kabaretowy. Dobrze. Więc wieczorem. Powiedzmy o szóstej. Czemu mnie Pan zmusza? Po co? Po co? *Wychodzi.*

♪ *Z ciemności światło wydobywa śpiewającą ORDONKĘ. Śpiewa „**Miłość ci wszystko wybaczy...**" – ale tylko pierwszą część. W czasie śpiewu ogarną ją mrok.*

 Miłość ci wszystko wybaczy
 Smutek zamieni ci w śmiech.
 Miłość tak pięknie tłumaczy:
 Zdradę i kłamstwo i grzech.

 Choćbyś ją przeklął w rozpaczy,
 Że jest okrutna i zła,
 Miłość ci wszystko wybaczy
 Bo miłość, mój miły, to ja.

Wchodzi Bajkosia. Jest teraz elegancko ubrana – do kamery. Przynosi ze sobą gruby zeszyt.

Siada na foteliku. Pada na nią ostre światło – jak z blisko ustawionego reflektora.

BAJKOSIA: Zaraz, zaraz. Od razu takie ostre światło. Urodę sprawdziłam. Ale chciałam Pana najpierw o coś zapytać. No, niechże zgaszą to światło.

Ostre światło gaśnie.

Dziękuję. Więc, widzi Pan, ja nie pamiętam. Nie – żeby nic. Ale mało. A kiedy się zorientowałam, że pamięć odchodzi, wie Pan, to jest dziwne zjawisko: jakby z półek znikały książki. Wczoraj tu był Hemar. Wzięłam z półki. Czytałam. A teraz nie ma. Niech mnie zerżną, to jest, zarżną, a nie pamiętam gdzie go położyłam. Puste miejsce. Zniknął. Albo nuty z pianina. Coś tam leżało? Nuty? Oczywiście! Jakie nuty? Jaka piosenka? Jeszcze wczoraj tu była. Jeszcze wczoraj ją grałam. Co ja wczoraj grałam? A dziś nie ma. Rozstąp się ziemio. Tak samo ze wszystkim. Z Ordonką też. Widzę ich jak tańczą na scenie „Qui Pro Quo.” Ale kto to jest ten czaruś, który ją trzyma w ramionach? Jak ma na imię? Przecież go znałam. Widywałam na scenie. Jak on się nazywa!? Nic. Pusto. A ze mną to nie jest jak w tej anegdocie – mąż skarży się: „Źle jest z pamięcią mojej żony”. Kolega go pyta: „Wszystko zapomina?” Mąż na to: „Gorzej! Wszystko pamięta”. Ze mną nie tak. Ja wszystko zapominam. Więc kiedy odkryłam, odkryłam z wielkim zdziwieniem, że pamięć odchodzi, to zaczęłam spisywać. Wspomnienia. O niej też. O mojej Hanusi. No, nie tylko mojej. Należała do tylu mężczyzn. Do tylu widzów. W tylu krajach. Nie tylko do mnie, przecież. Nigdy tego spisywania nie zakończyłam. Mam to w tym zeszycie. Niech Pan weźmie i przeczyta. Dobrze? A ja już sobie pójdę, dobrze? Już dawno nie występowałam przed kamerą. Nie potrafię... *Wstaje i zabiera się do wyjścia. Zatrzymuje się. Pauza.*

(UWAGA: *od tej pory „pauza” w didaskaliach oznacza, że w danym momencie Bajkosia słucha mówiącego do niej dziennikarza.*)

Chce Pan, żebym sama to Panu czytała? Koniecznie? Zresztą nie ma tego dużo. *Waha się. Wraca na fotelik. Pauza.*

Co tam jest, w tym zeszycie? Prawda o niej. *Pauza.* O jej romansach też, ale nie tylko. Spała z tym czy z owym. Z wieloma. Fakt. Różne pismaki właśnie o tym się rozpisują, o jej romansach. A przecież najważniejsze było jej śpiewanie. *Pauza.* Kupił Pan sobie jej płytę? Ale to nie ona! Po pierwsze, techniki zapisu były inne, po prostu gorsze. A po drugie, ona nie śpiewała. Ona była śpiewem. A jeśli się śpiew odłączy od niej samej, to ten śpiew okazuje się tylko echem. Tylko cieniem. A gdzie człowiek, który cień rzucał? Gdy się słucha jej nagrań to jest tak, jakby się goniło cień. I daremnie. W tym pościgu aktywny jest tylko ten jeden zmysł. Słuchu. Prawda? A ona, śpiewając, działała na wszystkie zmysły. Więc jej biało-czarny cień na ekranie to też nie ona. Jakaś stara taśma migająca. Patrzeć nie warto. Jakiś zgrzyt igły po starej płycie. Słuchać nie warto. *Pauza.* Słuchał Pan jednak? Grzeczny chłopiec. Przygotował się do lekcji. *Pauza.* Pan to też wysłyszał na tych płytach? Że tam jej nie ma. Jej. Ordonki. Czasem nawet ten jakiś głos robi wrażenie autoparodii. Gdyby ktoś chciał dziś śpiewać jej piosenki, to potrzebna byłaby zupełnie inna aranżacja, interpretacja, inne prowadzenie głosu. *Pauza.* Że wiele dziewczyn już to robiło? *Pauza.* Miały rację. Choć na pewno nie wytrzymałyby z nią konkurencji na żywo – z taką jaka była... *Pauza.* Zresztą, tak jak piękno jest zawsze zagadką, tak i jej śpiewanie było odkrywaniem jakiejś tajemnicy. Odkrywaniem – ale nigdy nie do końca... Ja też nie mam klucza do tajemnicy Hanki Ordonówny. *Pauza.*

No, dobrze. Coś Panu opowiem, coś Panu przeczytam. Ale, wie Pan, te moje zapiski idą po kolei. A dziś, wiem, wiem, wy to dekonstruujecie. Dekonstrukcja. Postmodernizm. Postkolonializm. Critical

65.

theory. Dekompozycja. A prawdę mówiąc, dewastacja. Dewastacja pamięci. Dewastacja kultury. Wiem coś o tym. Nie zostałam tak zupełnie w tyle. Dekonstrukcja! A raczej miche-mache. Posiekać. Wymieszać. Przed użyciem wstrząsnąć. Obciąć początek. Zapomnieć końca. Uciec w dygresje i luźne skojarzenia. Znam was. A w moim zeszycie to jest od początku właśnie. Do końca. Do bardzo smutnego końca. No, to dajmy sobie z tym spokój. To nie modne. A ja inaczej nie potrafię. Więc może zrezygnujemy z tego całego nagrania? *Wstaje. Znów zabiera się do wyjścia. Zatrzymuje się. Pauza.* Mówi Pan, że może być po kolei? *Pauza.* No, dobrze. Dobrze. *Wraca na fotel. Zapala się ostre światło.*

Jak się to zaczęło? To znaczy, kiedy pierwszy raz zobaczyłam Hankę? Nie pamiętam. Może być z zeszytu? *Pauza.* Więc trochę z zeszytu. Trochę z głowy.

To było tak. Napisałam nową piosenkę. Siedziałam nad nią całą noc. Wypiłam przy tym całą butelkę wina. *Pauza.* Co to było? Godet. O, marki win pamiętam. Godet – moja ulubiona marka. Dość rzadka. Miałam wybredny gust. Teraz ledwo yougurt od maślanki odróżnię. To była dobra piosenka. *Pauza.* Zapomniałam tytułu. Od razu pobiegłam do Boczkowskiego, do „Sfinksa”. Oczywiście, że nie do „Sfinksa.” Naturalnie, że do „Mirażu”. Ale zaraz, zaraz, warto wspomnieć i o „Sfinksie”, bo tam Ordonka debiutowała. Miała szesnaście lat. Marysia Pietruszyńska. Tancereczka wzięta prosto ze szkoły baletowej przy Teatrze Wielkim do baleciku w kabareciku. Młodsza koleżanka Poli Negri. Jakoś się już umiała ruszać, ale zupełnie nie miała głosu. I zupełnie nie miała biustu *Pauza.*

O czym to ja mówiłam? O biuście? Nie. *Pauza.* O „Mirażu”? Nie. O „Sfinksie”. Nie, właśnie, że o „Mirażu”! Więc przyszłam, nie, przybiegłam, bo chciałam jak najszybciej Boczkowskiemu dać tę moją nową piosenkę, i żeby napisał słowa. Nie, przecież nie słowa, muzykę. Słowa były moje. *Pauza.*

Ale ja mówię o sobie, a miałam o niej. O Hance. Więc o niej. Jej jeszcze w „Mirażu” nie było. Zaczynała w „Sfinksie”. *Pauza.* Gdzie to było? *Pauza.* Jak to gdzie? W Warszawie, oczywiście. *Pauza.* Co do był „Sfinks”? Kabaret, oczywiście. W Warszawie. Nie w Egipcie, przecież. Dowcipna dziś jestem, co?

Dostała się do tego kabaretu, jakże inaczej, przez protekcję. Była tak pozbawiona sex apealu, że zainteresował się nią, kto? Nie zgadniecie. No, taki co od dziewczynek woli chłopaków. Tancerz i śpiewak. Zrobił z nią duet. Pewnie wydawało mu się, że tańczy z chłopcem. Wymyślił dla niej pseudo. Ordon. Już nie była Pietruszyńska, tylko Ordon.

Uderzyło jej do głowy: kabaret w stolicy, pseudo, piękny partner. Była niezła jako baletniczka. Ale naparła się na śpiew. To było miauczenie, a nie śpiew. No i dostało się jej. Recenzent napisał, że „kotów i dzieci na scenie pokazywać nie należy”.

Załamana pojechała do Lublina. Tam występowała w jakimś kabarecie. Tam straciła dziewictwo. Bo przecież nie z tą laluchą w Warszawie. *Pauza.* Przepraszam. Co? Że to nie pójdzie? Może Pan to wszystko powycinać. W ogóle proszę mnie wyciąć. Może już dosyć tego nagrania? *Wstaje. Pauza.*

Nie obrażam się, tylko straciłam wątek. Niech mi Pan stale nie przerywa. Jak się rozpędzę, to może już jakoś polecę. *Pauza.* No dobrze, już dobrze. *Siada.*

Acha, więc jak ją ten kochaś lubelski rzucił, to się otruła. Naprawdę. Ledwo ją odratowali. Ale to było później. Jak wrócili do Warszawy. Bo się ten kabaret w Lublinie rozpadł. Więc wrócili. On jeszcze jej nie rzucił. Ale ona szukała pracy. Więc znów z tym tancerzem, tym, co Pan wie... Tym gejem. I znów on ją proteguje Boczkowskiemu. Boczkowski daje jej szansę.

– Niech mi coś zaśpiewa – mówi, swym tubalnym głosem.

Próba. Na scenie „Mirażu". Tak, znów mówię o „Mirażu."

♪ *ORDONKA śpiewa „**Przybyli ułani pod okienko**".*

> Przybyli ułani pod okienko (*bis*).
> Pukają, wołają, puść Panienko (*bis*).
>
> Przyszliśmy napoić nasze konie,
> Za nami piechoty całe błonie.
>
> O Jezu, a cóż to za wojacy?
> Otwieraj, nie bój się, to czwartacy!
>
> O Jezu, a dokąd Bóg prowadzi?
> Warszawę odwiedzić byśmy radzi.
>
> Gdy zwiedzim Warszawę, już nam pilno
> Zobaczyć to nasze stare Wilno.
>
> A z Wilna to droga już gotowa,
> Prowadzi prościutko aż do Lwowa.
>
> Panienka im wrota otworzyła,
> Ułanów na nocleg zaprosiła.

Więc wchodzę na widownię „Mirażu". Na scence jakieś chude chuchro śpiewa *Przybyli ułani*.
Pytam głośno Boczkowskiego:

– Co to za nowa dupcia?

Na widowni jeszcze parę osób. Wszyscy w śmiech. Dupcia przerwała. I w płacz. No, to weszłam na
scenę ją pocieszyć, a Boczkowski jej wyjaśnia, że taka już jestem.

– U Bajkosi, co w sercu, to na języku.

Ja na to: – W sercu? Raczej w pusi!

Znów wszyscy w śmiech. Znali mnie z niewyparzonego języka. Boczkowski mnie prowokuje

– Gdzie, powiedziałaś, gdzie?

– W pusi. W cipci.

Znów zabawa na widowni, a ta dupcia stoi na środku sceny ogłupiała. *Pauza.* Co Pan mówi? Nie
słyszę. No, właśnie: w cipci. *Pauza.* Co? Bez przerwy się miarkuję. Jakbym Panu poleciała Fredrą to
by Panu kamera stanęła. *Pauza.* Tak powiedziałam – kamera. Niech mi Pan ciągle nie przerywa.
Pauza. Co to ja opowiadałam? *Pauza.* Acha, jesteśmy w „Mirażu". Na scenie ta dupcia ogłupiała.
Wchodzę na scenę.

– Skąd ty się bierzesz, Panienko?

– Z Żelaznej– odpowiada przerażona, jak by to był jakiś grzech. – A ostatnio z Lublina.

– I to śpiewałaś w Lublinie?

– O, i jeszcze *O mój rozmarynie, My pierwsza Brygada...* Tego chciała publiczność. To im śpiewałam... *Pauza.*

Dlaczego? Nie rozumie Pan? To było już przecież w wolnej Polsce. Już po roku osiemnastym. Piłsudski był idolem. Legiony były *en vogue.* Pułkownik Wieniawa nie opuścił żadnej kabaretowej premiery. A propos Wieniawy – mówiono o nim, że ma silną słabość do czterech „K" – do kobiet, koni, koniaku i kabaretu.

Boczkowski mówi:

– Ta Panienka ma dobre referencje. Właśnie kolega – tu wskazuje na tego jej protektora, tego od chłopców – Poprosił mnie, żebym ją przesłuchał...

– Prze – co? – przerywam. Znowu śmiech.

– I co? – pytam. Ma talent? Bo jak nie, to już lepiej żeby została przyzwoitą kobietą.

I tak sobie żartujemy. W jej oczkach znów łzy. Więc wzięłam ją w kulisę i pogadałam z nią jak starsza koleżanka z młodszą koleżanką. Okazało się, że ta dupcia marynowana jest nie tylko bez angażu, ale i bez dachu nad głową. Bo ją akurat tatuś wyrzucił na bruk jak się dowiedział o tych lubelskich romansach. Więc ją zaprosiłam do siebie. Na przeproszenie, że ją wystawiłam na śmiech. I na otarcie łez, bo Boczkowski jej nie wziął.

Wtedyśmy się zaprzyjaźniły. Gadałyśmy. To była dobra dziewczyna. Serce na dłoni. Za wynajem pokoju mieszkanie mi sprzątała. Szczegółowa. Dokładna. Starałam się ją dokarmić. Wciąż była chudzielec. Kohabitacja układała nam się świetnie. Ustawiłam jej jakąś piosenkę. Namówiłam Boczkowskiego żeby znów jej posłuchał. Wreszcie dostała angaż!

Ale grała same ogony. To jakiś tanuszek. To w duecie – z tym, czy też z tą, no, wie Pan. To w finale, gdy cały zespół wychodzi na scenę. Jej miejsce było – ostatnia z lewej strony.

Więc zrezygnowała. Znów pojechała na prowincję. Jakieś kabarety. Jakieś operety. Jakieś kawiarenki ze śpiewaniem między stolikami, po północy, wśród dymu z papierosów i oparów wódki. A gdzie przejdzie, śpiewając, a to ją ktoś uszczypnie, a to ją ktoś zaprosi po godzinach, a to ktoś jej jakieś świństwo szepnie do uszka. A ona – tęsknoty do kariery śpiewaczki, marzenia o stolicy. Więc nie wytrzymała i wróciła do Warszawy. Prosto z dworca wpruwa do mnie.

♪ *ORDONKA śpiewa „**Ja chcę tak naprawdę....**" Śpiewa z okropną, prowincjonalną manierą.*

  Gdy się ma szesnaście lat
  Trzeba myśleć o tym już,
  By rozróżnić co flirt
  A co on o tym wie
  Żeby potem nie było źle.

  Niebezpieczny jest ten świat.
  Dziś dostałam bukiet róż.
  Bardzo miło, te róże,
  Lecz, ach, to flirt i już.

A ja chcę tak naprawdę raz
Zakochać się na dłuższy czas
I chodzić pod rękę nocą wśród drzew
Pójść do Grinzingu na wino i śpiew.
I tańczyć, tańczyć ile tchu,
Na ucho czule szeptać mu
Mein lieber Schatz, mein lieber Schatz,
Mein Schatz.

Potem uroczysty ślub
I już wierność aż po grób.
Chyba zdarzy się że
Ktoś spodoba mi się,
To z wiernością może być że

Ach to nudno w kółko wciąż.
Tylko jeden, tylko mąż.
Bardzo miło mieć męża
Lecz, ach, to już mąż.

A ja chcę tak naprawdę raz
Zakochać się na dłuższy czas
I chodzić pod rękę nocą wśród drzew
Pójść do Grinzingu na wino i śpiew.
I tańczyć, tańczyć ile tchu,
Na ucho czule szeptać mu
Mein lieber Schatz, mein lieber Schatz,
Mein Schatz.

Lubiłam ją, więc nie mogłam być nieszczera.

– Jestem twoją prawdziwą przyjaciółką więc będę brutalna: sama widzisz co się z ciebie zrobiło.

– W Lublinie za tę piosenkę jeden, taki przystojny z baczkami, przysłał mi do hotelu kolczyki. Z adresem swoim, naturalnie. A jakie miałam oklaski w Wilnie! Istna burza. I w Krakowie też był sukces.

– Dość tanie.

– Nie raz miałam oklaski na stojąco!

– To niewygodnie. Lepsza kanapa.

– Stale myślisz o łóżku. Ja myślę o sztuce.

– Powiedziałam kanapa. Nie łóżko. A jak polecisz na każdego Romea to nigdy nie zagrasz Julii. Zapamiętaj to sobie. Ale do rzeczy. A rzeczy tak się mają. Ty nie interpretujesz. Ty się wygłupiasz. Stroisz miny, krygujesz się, kręcisz kuprem, wymachujesz rączkami, przewracasz oczkami, ściągasz buzię w kurzą dupkę i w ogóle robisz ze siebie ostatnią kretynkę. Zmanierowałaś się do niemożliwości. Prowincja! Prowincja! I jeszcze raz prowincja. A tu jest stolica.

– To już nie ma dla mnie miejsca w Warszawie? W mojej Warszawie? Warszawianka jestem!

– Jeszcze nie jesteś. Na miano Warszawianki trzeba zapracować. Tutaj musisz to wszystko z siebie zmydlić, zmyć, zrzucić, jak znoszoną bieliznę. Tu trzeba grać dyskretniej, ciszej, spokojniej. Dosłowność zatąpić aluzją. Dosadny żart subtelnym dowcipem. Grubą kreskę wielokropkiem.

– Pomoże mi Pani?

– Pomogę. Ale mam dla ciebie i lepszą wiadomość. Poprawiłaś głos.

– Naprawdę? Jest lepiej? To słychać? Brałam lekcje!

– Jest lepiej. Masz porządny, głęboki dół. Ciekawą górę. Musisz popracować nad średnicą.

– Czy Pani znowu mówi świństwa, czy mówi Pani serio?

– Jestem poważna jak grabarz w *Hamlecie*. Mów mi Bajkosia.

– To myślisz, że dostanę się do jakiegoś kabaretu, Bajkosiu?

– Dostaniesz się. Tylko, żeby nie było z tobą jak z pewną debiutantką. Została zaangażowana do kabaretu. Następnego dnia pyta ją koleżanka: „Znasz już wszystkich członków zespołu?" A ona odpowiada: „Trudno, moja złota, żebym przez jedną noc poznała wszystkich."

Bo, proszę państwa, co to jest kabaret? Skąd się wziął kabaret? Jakie cechy ma dobry kabaret? Kabaret to widowisko małych form, to, po prostu, teatr małych form. Posługuje się aktorstwem, tańcem, śpiewem i literaturą. Najczęściej komediową. Ale nie tylko, bo jakże często na przykład satyrą polityczną. Także improwizacją i prowokacją. W jednym przedstawieniu kabaretowym tych małych form może być wiele, bardzo różnych. Więc kabaret to także składanka. Ale nie można jej układać dowolnie. Całość musi łączyć jeden styl, jedna atmosfera. Nie będę państwu opowiadać całej fascynującej historii kabaretu – od paryskiego „Chat noir," poprzez berliński „Schall und Rauch" i krakowską „Michalikową jamę", aż po Jana Pietrzaka kabaret „Pod Egidą." Co? *Pauza.*

Co? *Pauza.* Niech się Pan nie obawia. Nie opowiem całej historii kabaretu, choć mam na to wielką ochotę i coś na ten temat wiem. Powiem tylko tyle: kabaret, no, dobry kabaret, posługuje się skrótem myślowym i wizualnym, aluzją i cienką kreską. Gdy kreska staje się gruba – kabaret umiera, przemieniając się w zgrywę, czy pornografię, obrasta w wulgarność, ordynarność, szmirę. Nie warto mówić o złym kabarecie, czy o tym, co nieprawnie posługuje się tą szlachetną nazwą, a kabaretem w ogóle nie jest. Istotą dobrego, powtórzę, dobrego, kabaretu, jest umowna teatralizacja, świetna literatura, wpadająca w ucho melodia, bezpośredni i spontaniczny kontakt między aktorami a widzami. Aktorstwo kabaretowe może być komiczne, ale nie może być śmieszne. W kabarecie, w dobrym, prawdziwym, kabarecie panuje równowaga pomiędzy śmiechem a powagą, pomiędzy sztuką a rozrywką, pomiędzy oderwaniem od trosk codziennych a przesłaniem – politycznym, społecznym, etycznym. Więc kabaret to połączenie tego, co niskie, z tym, co wysokie. Połączenie jarczmarnej budy ze świątynią sztuki. *Pauza.*

Dobrze, dobrze, wracam do Ordonki. Pracowałam z nią ze dwa tygodnie. Po kilkanaście godzin na dobę. Napisałam dla niej piosenkę. Zmusiłam Boczkowskiego żeby jej znów posłuchał. Był już wtedy królem „Qui Pro Quo." Zaangażował ją! Był rok 1922. A ona miała ledwie dwudziestkę.

„Qui Pro Quo" to była ekstraklasa. Co ja mówię. Leader ekstraklasy. Jeden z najlepszych kabaretów w Europie. Niebawem miał się stać najlepszy, gdy przyszedł do niego Jarossy. Za chwilę o tym opowiem.

Piosenki dla „Qui Pro Quo" pisali Tuwim i Lechoń, potem Hemar, ja...

„Qui Pro Quo" to był szczyt marzeń każdego artysty estradowego. Kogo tam nie było, a raczej kto tam był: Zula Pogorzelska – najlepsze nogi Warszawy, Mira Zimińska – iskra dowcipu, Adolf Dymsza – szczere złoto naturalnego komizmu, Eugeniusz Bodo – zabójczy amant, Konrad Tom, mistrz szmoncesu...

Potem pojawili się Stefcia Górska, Zosia Terné, Loda Halama, Tola Mankiewiczówna, Kazio Krukowski – raz konferansjer zapowiedział go tak: „Teraz będzie śpiewał pan Krukowski, jeśli tę osobę można nazwać panem, a to, co ta osoba robi, śpiewaniem..." Krukowski był uroczy! Rozochociłam się, co?! Nagle wszystko pamiętam!

Hanka podglądała ich zza kulis. Uczyła się od nich. Występowała z nimi. Ale ciągle jako partnerka. Jako zapchaj-dziura, gdy któraś z gwiazd, nie mogła przyjść akurat tego wieczora. I tradycyjnie, w finale, gdy na scenę wchodził cały zespół. Jej miejsce było stale – ostatnia z lewej strony. Tak trwało. Już wyzbyła się prowincjonalniej szmiry. Ale jeszcze nie była Ordonką. Jednak z piosenki na piosenkę była lepsza.

♪ *ORDONKA śpiewa „**Na pierwszy znak.**"*

    Trudno serce okłamywać,
    Bo mądrzejsze jest niż ty,
    Trudno sercu się sprzeciwiać,
    Gdy wyrywa sie i drży.

    Jeszcze nie wiesz, kto on taki,
    Ten twoj miły, ten twój ktoś,
    A już miłość daje znaki,
    Że się w życiu stało coś.

    Pierwszy znak, gdy serce drgnie,
    Ledwo drgnie, a już się wie,
    Że to właśnie ten, tylko ten.
    Drugi znak, to słodki lęk,
    Trzeci znak piosenki dźwięk.
    To się wplata w sen, złoty sen.

    I tylko oczy zamglone pokaż,
    Wtedy na pewno już wiem, że kochasz.
    Na pierwszy znak, gdy serce drgnie,
    Ledwo drgnie, a już się wie,
    Że to właśnie ten, tylko ten.

Wywróżyła sobie tą piosenką. Nie wiedziała „kto on taki..." Wkrótce miała się dowiedzieć, że „to właśnie ten, tylko ten." *Pauza.* Chce Pan jeszcze więcej o „Qui Pro Quo"? Ach jaki to był znakomity kabaret. *Pauza.*

Ma być o Ordonce? Dobrze, dobrze. Więc „Qui Pro Quo" to był znakomity kabaret, ale jej pozycja w zespole wciąż była marginalna. Pewnie by już tak zostało. Ale pojawił się Jarossy. W Warszawie.

W kabarecie. W jej życiu. *Pauza.* Jarossy. Państwo wiecie, naturalnie. *Pauza.* Mam opowiedzieć? Chce Pan taką postmodernistyczna dygresję? *Pauza.* Więc opowiem. Ale jak o nim opowiedzieć? Sam opowiadał o sobie za każdym razem trochę co innego.

– Jestem Węgier, Książę Wołoski, de Jarossy. Jestem Ferdynand Jarossy, były ambasador Cesarstwa Austro-Węgier przy dworze Cesarza Inperium Rosyjskiego. Jestem Jarossy, gwiazda kabaretów Wiednia, Paryża i Berlina. Jestem Jarossy, poeta, powieściopisarz, dramatopisarz. Jestem Jarossy, doktor prawa, które studiowałem w Dorpacie, na Sorbonie i na Humboldt Universität zu Berlin.

Za każdym razem była w jego opowiadaniach część prawdy i część blagi. W rzeczywistości był Węgrem, ale nie księciem, a przed wojną, nie ambasadorem, ale austriackim attaché kulturalnym w Petersbugu. Wiadomo było, że ma żonę, dwójkę dzieci. Ale o tej żonie opowiadał też różnie – że puściła się z innym, że po przeżyciach rewolucji w Rosji zwariowała.

Właśnie z Rosji musiał uciekać przed czerwonymi i wylądował, jak całe rzesze białych, w Paryżu. Został konferansjerem w kabarecie „Sinaja ptica” – „Niebieski ptak” stworzonym przez rosyjskich emigrantów w Paryżu. Z tym kabaretem przyjechał w 1924 roku na gościnne występy do Warszawy. „Niebieski ptak” zrobił furorę. Jarossy podbił Warszawę. W ciągu kilku dni opanował konferansjerkę po polsku. Zresztą, z okropnym, ale uroczym akcentem, co widzów ogromnie bawiło i wzruszało. Po specjalnym przedstawieniu dla ludzi teatru, na kolacji w Bristolu, Jarossyego posadzono obok Ordonki.

Siedziałam naprzeciwko. Widziałam. Słyszałam, no, podsłuchiwałam. *Pauza.*

Oszołomił ją – pipcię, gąskę, wieczną debiutantkę. Zakochała się w ciągu tej jednej kolacji. I on też był kochliwy. Odwiózł ją dorożką do domu. Na pewno od razu zaprosiłaby go do łóżka. Ale potrafił dozować napięcie, inscenizować romans. Pożegnał się pod drzwiami. Następnego ranka przesłał ogromny bukiet róż. Następnego wieczora zaprosił na kolację we dwoje. I znowu odwiózł do domu. Tym razem wszedł z nią po schodach. Nie opowiem. I tak by Pan to wyciął. Wszystko mi opowiedziała ze szczegółami.

Gdy występy „Niebieskiego ptaka” w Warszawie się skończyły i zespół odjeżdżał w drogę powrotną do Paryża, Jarossy został. Prędko się „opolaczył”, jak ktoś o nim powiedział. „Wybrał wolność” w Polsce. A raczej wybrał Ordonkę. Jarossy...

Pauza.

Tak, wiem, mam opowiadać o Hance. Ale nie da się o Hance bez Fryca. Tak nazywała Fryderyka Jarossiego. A on na nią mówił „Hanećka”. Zanim się nie nauczył polskiego. Ale gdy się już nauczył, i to prędko, to też tak mówił. To był ich kod: Fryc i Hanećka.

Gdy konieczne stało się leczenie Hanki i odpoczynek, pojechali razem na południe. Nicea. Monte Carlo. Hanka czuje się lepiej. Więc Fryc zabiera ją do Paryża. Pokazuje miasto, teatry, kabarety. Organizuje audiencję u wielkiej aktorki Comedie Française, Cecile Sorel, a nawet kilka lekcji u legendy kabaretu, Yvette Gilbert. To były wtedy już stare panie. Sorel po sześćdziesiątce. Gilbert pod siedemdziesiątkę. Nikomu nie wypominam.

A propos, to straszne, gdy kobieta spostrzega, że jest już stara. Ale jeszcze straszniejsze, gdy tego nie zauważy.

Jarossy znał obie te panie. One darzyły go sympatią. Pozwoliły się namówić na posłuchanie Ordonki. Zapewne dojrzały w niej jakąś iskrę. Udzieliły kilku rad. Pozwoliły wjeść w krąg swoich legend, świecić odbitym od nich blaskiem – blaskiem wielkich gwiazd. A to było bardzo dużo. *Pauza.* Gdy wróciła do Warszawy okazało się, że sama jest gwiazdą. Każdego wieczora śpiewała *Córkę kata,* którą oszlifowały jej paryskie starsze koleżanki – gwiazdy.

♪ *ORDONKA śpiewa „**Córkę kata.**"*

    Codziennie skoro świt,
    Łańcuchów słyszę zgrzyt.
    Codziennie płacz brzmi z ponurych lochów.
    Co noc się budzę ze snów
    I rozpoznaję znów
    Ten jeden głos spośród wszystkich szlochów.
    Codziennie widzę przez okno w murze
    Jak niemych więźniów prowadzi straż
    I już nie słyszę nic, ni już nie widzę nic,
    Tylko tę jedną pobladłą twarz.

    Najdroższy mój, ja kocham cię,
    Całuję ciemne oczy twe,
    Całuję usta twe nieprzytomnie.

    Mój ojciec jest głuchy jak kloc,
    Nie będzie wiedział, że co noc,
    Że w każdym śnie ty przychodzisz do mnie!

    Co dzień, gdy budzę się,
    Do Boga modły ślę
    I wierzę mocno przez łzy najkrwawsze,
    Że skończy się nasz ból,
    Że łaskę da ci król,
    Zostaniesz przy mnie – już na zawsze.
    A może król mi cię podaruje,
    Mój ojciec lochu odemknie drzwi,
    Nie będzie wiedział nic, nie będzie słyszał nic,
    Ty będziesz szeptać co wieczór mi:

    Najdroższa ma, ja kocham cię,
    Całuję ciemne oczy twe,
    Całuję usta twe nieprzytomnie.

    Mój ojciec jest głuchy jak kloc,
    Nie będzie wiedział, że co noc,
    Że w każdym śnie ty przychodzisz do mnie!

    A jeśli król jest zły.
    Ach, z trwogi serce drży,
    A głowa pojąć tych słów nie umie,

Gdy nie zlituje się,
Na szafot wezmą cię,
Ja pójdę z tobą, przystanę w tłumie.
I w twoje oczy wpiję się wzrokiem,
I dam ci słodycz wyśnionych łask,
Nie będziesz słyszał nic, nie będziesz widział nic,
Tylko mych oczu ostatni blask.

Najdroższy mój, ja kocham cię,
Całuję ciemne oczy twe,
Całuję usta twe nieprzytomnie.

Mój ojciec topór wznosi wzwyż,
Ach, w oczy patrz! To jedno słysz:
Po śmierci przyjdź, kochanku po mnie.

 Wszystko w niej jakby urosło, nabrało klasy. Kilkoma krokami i wzniesieniem ramion przeobraża się w sceniczną postać. Drobnym, jakby niedokończonym gestem, pochyleniem głowy, spojrzeniem, uśmiechem, jak rasowa aktorka powołuje w wyobraźni widza nieistniejącego przecież obok niej partnera, jakiś przedmiot – klucz, lusterko, kopertę z listem miłosnym. Jej dziwnie łamiący się głos urzeka, wzrusza, zaskakuje, przykuwa uwagę. To wzbiera kaskadami melodii, to przechodzi w szept kierowany jakby do ucha każdego widza pojedynczo. Jej interpretacje chwytają za serce, przenoszą – to w jakieś tajemnicze krainy wspomnień, to w zaświaty marzeń. Z tancerki-pieśniarki przeobraża się w gwiazdę estrady. Gwiazdę pierwszej wielkości. Teraz to ona jest największą atrakcją kabaretowego wieczoru. Widzowie przychodzą na nią. Oklaskami nie pozwalają jej zejść za sceny. Wołaniem zmuszają do bisów. Nie może nastarczyć zaproszeniom na recitale, na audycje radiowe – przecież wtedy na żywo! – na nagrania płyt. Przyjdą i filmy. Jest już nie tylko gwiazdą, ale zjawiskiem! Olśniewającym zjawiskiem.

Jarossy już nie musi jej pchać w górę. Może uznał swą misję za spełnioną, a długi za spłacone? A może to po prostu był zbieg okoliczności? Nagle zakochał się w znacznie młodszej od Hanki, Stefci Górskiej. Była malutka. Zgrabniutka, ale niziutka. Jarossemu sięgała pod pachę. Kursował o niej taki dowcip: Przed „Qui Pro Quo” zajeżdża pusta dorożka. Wysiada z niej Stefcia Górska.

 Kryzys nastąpił gdy wszyscy troje byli z kabaretem na tournée we Lwowie. Hanka dowiedziała się o ich schadzkach. Wezwała oboje do swojej garderoby. Zachowała się jak królowa. Godnie i okrutnie.

– Stefciu, rozumiem, że pan Jarossy mógł ci zawrócić w głowie. Mnie też się to kiedyś przydarzyło. Choć mogłaś się zachować ostrożniej. I to ci na przyszłość polecam. Nie zrywam z tobą znajomości, młodsza koleżanko. Ale domagam się, abyś w teatrze powstrzymała się od jakichkolwiek poza zawodowych kontaktów z panem Jarossym. Po wyjściu z teatru możesz, oczywiście, robić co chcesz. Choć ja, na twoim miejscu nie afiszowałabym się protekcją starszego pana. – Ach, jak mu dogryzła – Nie mam do ciebie żalu, Stefciu. Żal mam wyłącznie do pana Fryderyka.

 – Ależ Hanećka – próbował wtrącić.

Nie dała mu dojść do głosu.

– Tak. Żal mam wyłącznie do pana Fryderyka. Powinien sobie wyznaczyć wyższą granicę wiekową podbojów. I nie dobierać się do nieletnich panienek. I jeśli chciał zerwać znajomość ze mną, to powinien był powiedzieć mi to w oczy. Zachował się niegodnie.

– Ależ Hanećka ty też nie zawiadamiałaś mnie nigdy o swoich romansach – wybuchnął.

– Doniesiono mi – kontynuowała, że przywitałeś pannę Górską, na dworcu we Lwowie z ogromnym bukietem czerwonych róż. Publicznie. W ten sposób wyrządziłeś mi zniewagę. Tego już za wiele.

– Ależ Hanećka, serce nie sługa.

– Jeśli serce nie sługa – to wynoś się za drzwi. Zanim nie oberwiesz po buzi.

Wybiegł. Zabrał swoje rzeczy z numeru, który u *George'a* zajmowali oboje. Mieli się potem pogodzić, pozostać przyjaciółmi, występować razem, pisać do siebie listy. Ale romans był *fini*.

Znów jest sama. Kobieta cierpi w miłości bardziej niż mężczyzna, ale potrafi to lepiej ukryć. A przy tym weszła w tę najpiękniejszą dekadę wieku kobiety – od 25 do 28 lat – mam nadzieję, że dobrze liczę… Nie może jej zmarnować na oglądaniem się za siebie. Nie może znieść roli porzuconej kochanki. Nie może znieść Warszawki, rozplotkowanej na jej temat. Pociesza się z jakimś gruzińskim arystokratą, podobnie jak Jarossy, uciekinierem z pod bolszewików. Wymyśla coś jeszcze lepszego. Skłania poznanego niedawno w Paryżu impresaria, aby zorganizował jej tournée po Europie. Udało się.

Jedzie do Paryża, Wiednia, Berlina. Śpiewa po polsku, po francusku, po hiszpańsku, po niemiecku, a na dodatek po rosyjsku. Pomagałam jej ustawiać te piosenki. Wszędzie zyskuje znakomite recenzje. W Paryżu porównują ją z Yvette. W Wiedniu piszą o niej, że jest znakomitą aktorką, która na dodatek przecudnie śpiewa. W Berlinie rzuca na kolana recenzentów, a widzów podrywa do niemilknących oklasków na stojąco. Jest teraz wielką gwiazdą. Już nie tylko Warszawy, ale i Europy.

Gdy wraca do „Qui Pro Quo" jest tam gwiazdą największą. Gdy dziesięć lat temu cały zespół wychodził na scenę w finale, była ostatnia z lewej strony. Teraz jej miejsce jest w samym centrum. Czego jeszcze potrzeba? Co jeszcze może osiągnąć uwielbiana piosenkarka, gwiazda? Co jest jeszcze wyżej?

Wie Pan co, niech Pan zatrzyma tę kamerę. Muszę się napić łyk wody. *Nie czekając na odpowiedź wstaje i wychodzi.*

♪ *Ukazuje się ORDONKA i śpiewa „**Uliczkę w Barcelonie**". Po koniec piosenki Bajkosia wraca i siada w swym foteliku. Słucha.*

  Uliczkę znam w Barcelonie
  Pachnącą kwiatem jabłoni.
  Bardzo lubię chodzić po niej,
  Gdy już mnie znuży śródmieścia gwar.

  Tam kroki własne me słyszę
  I wiatr, jak liścimi kołysze.
  Zresztą nic nie mąci ciszy
  Uliczki mojej, w tem tkwi jej czar.

Boże, jakie dawne to czasy,
Kiedym tu codziennie przychodziła,
By się spotykać w tajemnicy
Gdzieś za rogiem tej ulicy
Z pierwszym panem moich snów.
Tylko jabłoń to widziała
Ilem się nacałowała,
Nie żałując czułych słów.

Bo kochałam jak już nigdy potem,
Z całej duszy i całą serca mocą,
Radością wiosny i młodych lat polotem.
Lecz niestety wszystko ma kres.

Dziś przychodzę po wspomnienia dawne
Pod tę jabłoń, co szumem swym mówi,
Że przeżyłam w jej cieniu
Chwil wiele tak pięknych,
Że teraz nie szkoda łez.

Już dziś ta myśl mnie nie smuci,
Że mój miły mnie porzucił
Lecz ciągle marzę, że wróci
Odwiedzić kiedyś ten cichy kąt.
Bo dziś we wczoraj się zmienia,
Gdy tylko go opromienia
Chwila słodkiego marzenia
I tyle wspomnień zabranych stąd.

By spotkać się w tajemnicy,
Gdzieś za rogiem tej ulicy
Z pierwszym panem moich snów.
Tylko jabłoń to widziała
Ilem się nacałowała
Nie żałując czułych słów.

ORDONKA znika. Bajkosia podejmuje opowiadanie.

Tę piosenkę napisał dla niej hrabia Michał Tyszkiewicz. Był bywalcem „Qui Pro Quo". Pisał teksty piosenek, już nie raz śpiewane. Od pewnego czasu przychodził co wieczór. Noc w noc przesyłał jej do garderoby bukiet czerwonych róż z wizytówką. Pewnego dnia dołączył do bukietu tę piosenkę o uliczce w Barcelonie. Hanka zaniosła ją Boczkowskiemu. Spodobała mu się. Natychmiast napisał muzykę, zresztą ściągnął ją od kogoś.

Taki dowcip opowiadano o Boczkowskim. Siedzą Boczkowski z Warsem w kawiarni. Ktoś gra na pianinie. Wars pyta: „To twoja melodia?" Boczkowski słucha chwilę i mówi: „Nie, jeszcze nie moja."

Już następnego wieczora Hanka śpiewała *Uliczkę w Barcelonie*. Pan Michał, autor, klaskał jak szalony. Już szaleńczo zakochany. Postawny, przystojny. Arystokrata. Wysoki urzędnik w Ministerstwie Spraw Zagranicznych. Zaprosił ją na kolację po przedstawieniu. Gdy wchodzili na salę, głowy przy wszystkich stolikach pochyliły się ku sobie w porozumiewawczych szeptach.

Odtąd on zawsze czeka na nią przed wyjściem z kabaretu w samochodzie. Gdy ona się ukazuje, on wysiada, wita się z nią, całując w rękę, obchodzi samochód od tyłu, otwiera drzwiczki z prawej strony zapraszając ją na fotel, zamyka drzwiczki, obchodzi znów wóz od tyłu, tak robią tylko najlepiej wychowani gentelmani, albo zawodowi szoferzy, sam wsiada.

Jadą na kolację. Okazuje się, że mają sobie masę do powiedzenia, że bywali w tych samych miejscach – w Café aux Deux Magot w Paryżu, w restauracji Alden w Berlinie, w Zum Schwartzen Kameel w Wiedniu. Lubią podobne wina francuskie, a najbardziej szampana Veuve Clicot. Pasują do siebie i imponują sobie na wzajem. On hrabia. Ona gwiazda. Pełna temperamentu, ale zarazem delikatności i, ciągle gdzieś drzemiącej, nieśmiałości.

Pewnej nocy, po przedstawieniu, wpada do mnie. Rozogniona, rozmarzona.

– Oświadczył mi się o rękę! Poprosił...

– Czy na pewno o rękę? Jak mężczyzna prosi o rękę to ma przeważnie na myśli nie rękę, ale...

– O rękę!

– Bo jakby o co innego, to by nie musiał prosić, prawda? Sama byś mu dała. Co?

– Znów chcesz powiedzieć jakieś świństwo?

– Chcę powiedzieć, że kobieta z przeszłością nie powinna się łączyć z mężczyzną z przyszłością. To nic dobrego nie wróży.

– On się oświadczył formalnie! Przyklęknął. Wysoka kultura. Poprosił mnie o rękę. Ofiarował ten pierścionek z brylantem. Patrz! Będę hrabiną!

– Przyjęłaś jego oświadczyny? Bez namysłu? Bez certowania się?

– Zwariowałaś? Taka okazja! Nie mogłam przepuścić! Hrabia. Dyplomata. Pan na ogromnych dobrach. Jakiż on jest nienagannie wychowany, wykształcony, inteligentny, miły, delikatny, zna wszystkie języki, stoi u progu wielkiej kariery dyplomatycznej. Pewnie wkrótce będę także panią ambasadorową. Będę damą!

– Wiesz, że damy dzielą się na dwie grupy: damy i nie damy. Ty należałaś do tej pory do grupy pierwszej. Zresztą, rodzina zabroni mu mezaliansu z Marysią Pietruszyńską.

– Ja jestem Hanka Ordonówna. Gwiazda. Europejska znakomitość.

– Raczej smakowitość. To, że jesteś już przejechana, i to dobre kilka razy, to on musi dobrze wiedzieć.

– Nigdy nie byłam mężatką. A on też jest wolny!

– Tak, jak wolny może być młody i bogaty młodzieniec! Masz rację. Jesteście

siebie warci. W tym co złe i co dobre. Dla was obojga to powinien być nowy, lepszy rozdział życia. Ucz się od niego manier. A sama naucz go...

– Nie mów! Na pewno chciałaś znów zaświntuszyć. A to takie romantyczne!

– Chciałam powiedzieć... To na nic. Wypadek wygląda na beznadziejny. Wiadomo, że głupota mężczyzny może być powodem oświadczyn. Głupota kobiety – powodem małżeństwa.

Biorą ślub, a jakże, kościelny, u Świętego Krzyża w Warszawie, ale cichy, bez prasy i fotografów. Tylko grupka najbliższych kolegów z teatru, mama panny młodej, brat pana młodego, ach, i oczywiście, pułkownik Wieniawa-Długoszowski. Potem skromne przyjątko w Hotelu Angielskim. Ordonka, już hrabina, staje się panią na Ornianach. Tak nazywa się majątek rodowy Tyszkiewiczów nieopodal Wilna, gdzie udali się na parę dni. Stamtąd wyruszyli w podróż poślubną do Włoch.

A zna Pan to? Jadą państwo młodzi pociągiem w podróż poślubną do Włoch. Co chwila tunel. Ten akurat bardzo długi. Po wyjściu z tunelu on nachyla się do niej i szepcze: „Kochanie, gdybym wiedział, że ten tunel taki długi, to bym z tego skorzystał." A ona: „Więc to nie byłeś ty?"

Wracają do kraju. A raczej ona wraca w światła rampy. Bo zastrzegła sobie, że mimo ślubu z bogatym arystokratą, nie porzuci sceny. W Teatrze Lutnia w Wilnie daje recital. Solo, wypełnia cały długi wieczór. Widzowie nie chcą jej puścić ze sceny.

Święty Antoni, święty Antoni,
Serce zgubiłam za miedzą.
Oj, co to będzie, święty Antoni,
Gdy się sąsiedzi dowiedzą.

Noce takie są upalne
I słowiki spać nie dają.
A przez okno mojej izby
Jakieś strachy zaglądają.

Gwiazdy gdzieś się pochowały
I utonął księżyc w stawie.
Więc uciekłam z dusznej izby
I po mokrej biegnę trawie.

Wtedy się nieszczęście stało,
Och, tej nocy, tej czerwcowej.
Serce gdzieś się zapodziało
Koło miedzy michałowej.

Święty Antoni, święty Antoni
Strach mnie od rana opada
Palą mnie skronie, w uszach mi dzwoni.
Już pewnie wieś o tym gada.

Przecież to nie moja wina.
Tak mi serce kołatało.
Tą ciemnością przestraszone,
Jakby z piersi uciec chciało.

No i jakże się tu dziwić,
Że zbłądziłam, ach, zbłądziłam.
I pod miedzą michałową
Biedne serce zagubiłam.

Zgubiliśmy je oboje
Wśród rumianku i wśród mięty.
Lecz ty tego nie zrozumiesz,
Bo to sprawy nie dla świętych.

Święty Antoni, święty Antoni,
Serce zgubiłam za miedzą.
Oj, co to będzie, święty Antoni,
Gdy się sąsiedzi dowiedzą.

Dyrektor Teatru Lutnia, jak on się nazywał? Piliśmy nie raz. Pustka w pustej głowie. W każdym razie, dawny znajomy Ordonki, jest olśniony jej występem, a gdy przelicza obfitą kasę, wpada na „genialny", jak sam to skromnie określa, pomysł. Niech gwiazda kabaretu zostanie gwiazdą teatralną. Tak! Proponuje Ordonce rolę. Przynosi jej „w zębach" i oferuje „na kolanach" – sam tak mi to opowiadał – egzemplarz *Małżeństwa Fredeny.* Jest to błaha i głupia francuska komedyjka. Autora zapomniałam. Zasługuje na zapomnienie. Ale główna rola, rola aktorki kabaretowej, jest rzeczywiście dla niej. Ordonka wyczuwa w tej postaci wiele podobieństw do swego własnego losu.

Zagra! Zagra siebie. Doda kilka swoich piosenek, w tym najnowszą, skomponowaną specjalnie dla niej, przez Antka Żulińskiego. Dobrze go znałam, pamiętam jego smukłą sylwetkę, pociągłą, szlachetną twarz, długie palce pianisty. Napisał piękne, nastrojowe tango pod melodramatycznym tytułem *To przecież nic.* Hanka zaprzyjaźniła się z tym młodym krakowskim kompozytorem już dawno temu, teraz zaprosiła go, zaprosili go oboje z mężem, na wakacje do Ornian. To był ich majątek ziemski i pałac tam. Na naszej Wileńczyźnie Tam Antek Żuliński napisał dla niej to tango. Zaśpiewała je we *Fredenie,* a potem włączała je do każdego recitalu.

♪ *ORDONKA śpiewa „**To przecież nic.**"*

Jeszcze myślę, że to sen.
Płynie pieśń jak fiołków woń.
Widzę niezgłębioną toń
Kiedy patrzę w twoje oczy.

Dziś wytwarza nastrój ten
Fantastycznych myśli rój.
Jutro szarość mnie otoczy.
Jutro skończy się sen mój.

To przecież nic.
Zaczęty szkic.
Niedokończony.
Niknące bzy.
Więdnący krzew.

Skąd łzy?
To przecież nic.

Jutro znowu wstanie dzień.
Taki zwykły, szary dzień.
Chmury w przestrzeń rzucą cień
I popłyną w dal bez końca.

W łzach posyła drzewa cień.
Pożegnanie liściom swym
A dokoła zamiast słońca
Mgła rozsnuwa się jak dym.
To przecież nic.
Zaczęty szkic.
Niedokończony.
Niknące bzy.
Więdnący krzew.
Skąd łzy?
To przecież nic.

Rola sceniczna to nowy etap kariery Ordnoki. Teatr! Teatr! Nie opuszcza jednak kabaretu. Znów występuje w „Qui Pro Quo" w Warszawie. I pan Michał musiał przecież wrócić do pracy w swoim ministerstwie.

O teatralnym debiucie Ordonki dowiedział się sam wielki Juliusz Osterwa, legendarny twórca i przywódca Reduty, który akurat teraz, nie rezygnując z prowadzenia Instytutu Reduty w Warszawie, obejmuje również dyrekcję Teatru imienia Słowackiego w Krakowie. Tam zaprasza Ordonkę do roli Violi w *Wieczorze trzech króli* Szekspira. Zrobi z niej prawdziwą aktorkę. Sam zagra naturalnie księcia Orsina. Te dwie postaci łączy na scenie romans. Tych dwoje zaczyna łączyć romans w życiu. *Pauza.*

Nie jeździłam za nimi do Krakowa. Nie zaglądałam im pod kołdrę. Jeśli spali pod jedną. Pan Michał też za nią nie jeździł. Nie pytał o pana Juliusza. Nie pozwalał mu na to dobry smak. *Pauza.*

Na pewno Ordonównę i Osterwę łączyło uczucie. Nie wiem czy zmysły. On już wtedy traktował teatr mniej jako sztukę, a bardziej jako religię. Widział się w roli ojca duchownego swych aktorów, przeora teatralnego zakonu Reduty. Może uznał za swoją misję przerobienie piosenkarki na aktorkę, i to aktorkę dramatyczną? A przy okazji nawrócenie jej, umoralnienie? Jej zaś musiał imponować wielki, sławny, charyzmatyczny aktor, doświadczony reżyser, dyrektor teatrów – teatrów, a nie kabaretów. A przy tym wciąż był pięknym mężczyzną, za którym wzdychały całe tabuny panienek i pań.

No, nie wiem jak tam między nimi było. W każdym razie ich współpraca, a dla innych romans, trwały dobre parę lat. Zagrała u niego, pod jego batutą, i z nim, jako partnerem, kilka ról. To pamiętam. Nie wiem jak to się dzieje, ale pamiętam wszystko to, co o niej. Nie tak o sobie. Nawet tytułów swoich piosenek nie pamiętam. Swojego wieku już dawno zapomniałam. Nie życzę sobie pamiętać. *Pauza.*

Więc co to ja chciałam sobie przypomnieć? Acha. Jej role. To pamiętam. Szekspirowska Viola, Psyche w sztuce Żuławskiego *Eros i Psyche* – on, oczywiście, był Erosem. Burmistrzanka w *Ptaku* Szaniawskiego. Cymes tej roli polegał na tym, że w finale przedstawienia oni się całują. Burmistrzanka ze Studentem, tę rolę grał oczywiście Osterwa. Tak to napisał Szaniawski – to całowanie. To nie Osterwa wymyślił. Ale całowanie było. Więc całowała się na scenie z Osterwą. Podobno ludzie przychodzili z lunetami do teatru, żeby dokładnie widzieć jak się całują. Potem zagrała z nim jeszcze Kasię w *Poskromieniu złośnicy*. Jak każde ich wspólne granie, *Poskromienie złośnicy* stało się powodem do kawiarnianych dowcipów: *Nie-poskromienie złośnicy, Nieposkromiona złośnica, Złośnik i złośnica*. I tak dalej.

Jak by nie było, Osterwa zrobił z Ordonki aktorkę. Świadomą swoich środków i ekspresji. Kontrolującą emocje postaci. Otwierającą głębiny psychologii postaci. To chyba Boy Żeleński puścił o niej aforyzm: „dawniej aktorka starała się być gwiazdą – teraz gwiazda stara się być aktorką." Pozostała gwiazdą kabaretową, a zarazem stała się aktorką teatralną. Zrobili na sobie doskonały interes. On znacznie udoskonalił i wzbogacił jej warsztat. Ona dała mu chwile wielkich wzruszeń na scenie i po za nią. No, a także, jako dyrektorowi teatru, wniosła ogromne finansowe powodzenie wszystkich przedstawień, w których występowała.

Ale Osterwa nie zatrzymał Ordonki w teatrze. Nie odstręczył jej od estrady. Przeciwnie, umocnił jej pozycję *duessy*. Po doświadczeniach pracy z nim, jej śpiewanie stało się dojrzalsze aktorsko. To ujawniło się w już wkrótce, gdy wystąpiła w swoim pierwszym filmie dźwiękowym *Szpieg w masce*. Zaśpiewała w nim *Miłość ci wszystko wybaczy*. Jej największy szlagier.

♪ *ORDONKA śpiewa „**Miłość ci wszystko wybaczy**". Tym razem śpiewa całą piosenkę. W czasie śpiewu Ordonki, światło na Bajkosi ściemnia się, a ona sama wychodzi.*

    Miłość ci wszystko wybaczy
    Smutek zamieni ci w śmiech.
    Miłość tak pięknie tłumaczy:
    Zdradę i kłamstwo i grzech.

    Choćbyś ją przeklął w rozpaczy,
    Że jest okrutna i zła,

    Miłość ci wszystko wybaczy
    Bo miłość, mój miły, to ja.

    Gdy pokochasz tak mocno jak ja,
    Tak tkliwie, żarliwie, tak wiesz,
    Do ostatka, do szału, do dna,
    To zdradzaj mnie wtedy i grzesz.

    Miłość ci wszystko wybaczy
    Smutek zamieni ci w śmiech.
    Miłość tak pięknie tłumaczy:
    Zdradę i kłamstwo, i grzech.

Choćbyś ją przeklął w rozpaczy.
Że jest okrutna i zła,
Miłość ci wszystko wybaczy
Bo miłość mój miły to ja.

Bis
Choćbyś ją przeklął w rozpaczy.
Że jest okrutna i zła,
Miłość ci wszystko wybaczy
Bo miłość mój miły to ja.

► **PRZERWA** ◄

Bajkosia wraca na swój fotelik. Zapala się światło.

BAJKOSIA: Na czym to ja przerwałam? Jaka była ta jej ostatnia piosenka? Ktoś z państwa pamięta? Proszę mi pomóc. Zapomniałam. *Pauza.* Tak, tak, oczywiście. Dziękuję. *Miłość ci wszystko wybaczy.* Jej największy szlagier, zabójczy przebój, piosenka firmowa.

Więc już jest z Tyszkiewiczem. Już grała z Osterwą. Można by to w skrócie ująć tak – po kolei. Ja zrobiłam z niej warszawiankę. Oczywiście, urodziła się w Warszawie, tu chodziła do szkoły, tu debiutowała na scenie. Ale była wciąż dziewczynką z Żelaznej, z przedmieścia. Ja ją wprowadziłam do śródmieścia. O czym to ja mówiłam? *Pauza.*

Więc jeszcze raz. Ja zrobiłam z niej warszawiankę. Jarossy piosenkarkę. Tyszkiewicz damę. Osterwa aktorkę. Wojna człowieka. Pełnego człowieka. A do tego idzie się przez ból. Przez cierpienie. *Pauza.*

Wojna? Już o tym? Mówiąc o tym teraz, widzę te nadciągające chmury. Ale wtedy nie mieliśmy złych przeczuć. Byliśmy „silni, zwarci, gotowi." Jeśli będzie wojna, to rozgromimy wroga w mgnieniu oka. Nawet nam do głowy nie przychodziło, że świat, w jakim żyjemy może się rozsypać w gruzy. Przeminąć z wiatrem. Zapaść w nicość. A raczej przemienić się w jakiś koszmar, i to nie w straszny sen, z którego można się obudzić, ale w nową rzeczywistość tak potworną, że nawet najbujniejsza wyobraźnia nie była w stanie czegoś takiego skonstruować. *Pauza.* Co? No dobrze – więc jeszcze nie o wojnie.

Jeszcze trwają lata szalone. Kipi radość z odzyskanej niepodległości. Życie jest piękne, łatwe, wesołe. Taniec. Śpiew. Śmiech. Jeszcze nikt nie wali nocą do drzwi. Ani Gestapo ani NKWD. Jeszcze w dzień niebo jest czyste, bez niemieckich bombowców, słońce w zenicie. A w nocy w zenicie najjaśniejszym światłem świeci wielka gwiazda Hanki Ordonówny.

Jest wręcz uosobieniem tego niepodległego dwudziestolecia – lat radości, nadziei, beztroski. Lat wzniosłych i szlachetnych, pracowitych i upartych, naiwnych i krótkowzrocznych, lekkomyślnych i rozwiązłych. Nie przychodzi jej do głowy, że wkrótce ze sceny zstąpi na ziemię pooraną bombami, nasiąkniętą krwią, że nie będzie więcej grała w kabaretowych składankach, tylko wystąpi w

82.

najprawdziwszej, rzeczywistej narodowej tragedii. Więc jeszcze śpiewa, tańczy, gra. Zalicza jeszcze jeden romans, z zabójczo przystojnym aktorem Igo Symem. Już wkrótce miał się okazać niemiecką kreaturą. Podziemie go zlikwidowało. Znów moją pamięć przemazuje czarne skrzydło nocy. Jeszcze czas, jeszcze czas. Jeszcze dzień. *Pauza.*

♪ *ORDONKA śpiewa „**Błękitny Ekspres**."*

      Patrzysz w oczy i mówisz o miłości,
      O miłości i to jakoś dziwnie brzmi,
      Przestań kłamać i mów ze mną wreszcie prościej.
      Mówisz miłość, a żądzę dajesz mi.
      Ja nie gardzę tym pięknym uniesieniem,
      Krew ma prawo swoją chwilą żyć.
      Po cóż ją osłaniać kłamstwa cieniem.
      Nie rozumiesz, pocałuj mnie, idź.

      Wierność to takie słowo ulubione.
      Bądź mi wierną, a cóż ty za to dasz?
      Z czczych frazesów uwijesz mi koronę,
      Bo zdolności w tym kierunku masz.

      Jadę w życie Błękitnym Ekspresem.
      Bez przystanku, bez celu, przez świat.
      Chociaż przegram to życie z kretesem,
      Lecz nie będziesz mych chwil mi kradł.
      Dziesięć minut zatrzymam się gdzie chcę.
      Dziesięć minut, a potem znów w dal.
      Dziesięć minut, a wszystko w nich będzie:
      Moja radość, mój smutek, mój żal.

Ordonka jeździ z recitalami po całym kraju – wtedy jeździło się pociągami, stąd ten „Błękitny Ekspres." Do tego, ze trzy razy na wielotygodniowe tournées po Europie. W 1938 wybiera się do Ameryki. Robi objazd po wszystkich większych skupiskach Polonii. Pogrąża się na chwilę w jeszcze jednym szalonym romansie – na *Batorym,* z jakimś super przystojnym pierwszym oficerem. Opanowana przez namiętność nie dba o lojalność wobec męża, o reputację, nawet o pozory.

Ale wraca do swego Misia Tyszkiewicza, do „Qui Pro Quo". Oklaski coraz głośniejsze. Piosenki coraz głupsze. Coraz większa beztroska. Nie wiedzieliśmy, że tańczymy na za cienkim, kruchym lodzie. *Pauza.*

Po pierwszych bombardowaniach, Hanka ubiera się w mundur wojskowy, mobilizuje – dosłownie, mobilizuje – Miecia Foga, który bierze akordeon i śpiewają razem dla żołnierzy na warszawskim dworcu głównym. Jeszcze im się wydaje, że prześpiewają tę wojnę.

Znowu, jak bardzo dawno, serwuje żołnierzom piosenki rzewne i patriotyczne – *Przybyli ułani, O mój rozmarynie, My Pierwsza Brygada.* Dodaje swoje kabaretowe szlagiery.

♪ *ORDONKA śpiewa „**Trudno**".*

Panowie, może mają rację uważając,
Że jest trochę nieustatkowana.
Jak ktoś oszołomiony i wiecznie roztargniony,
To znaczy, że jest tylko zakochany.

Że pamięć, że głowa, że czyny, że słowa,
Że wszystko inne jest niż zawsze.
Bo rozum mówi przestań! Rozsądek mówi nie!
A serce robi to co samo chce.

Trudno, gdy człowiek zakochany,
To chodzi jak pijany
I wszędzie widzi jedną postać drogą, cudną.
Trudno, gdy przyjdzie ta tęsknota
I serce ci omota,
To nie poradzisz nic.

W dzień ją masz na tarczy słońca,
W nocy widzisz ją wśród gwiazd.
Patrzyłbyś i patrzyłbyś bez końca
W jej twarzyczkę taką jasną,
Taką piękną, taką cudną.

Trudno, to jest miłości siła,
Że jak cię raz chwyciła,
To nie poradzisz nic.

Bis Trudno, to jest miłości siła,
Że jak cię raz chwyciła,
To nie poradzisz nic.

Tak śpiewała pod bombami. Naloty powtarzały się coraz częściej. Transporty wojskowe przestały przyjeżdżać. Trzeba było uciekać z dworca. Stolica została otoczona. Oblężenie. Po czterech tygodniach wojny i trzech tygodniach bohaterskiej obrony, Warszawa padła.

Niemcy w Warszawie. Gruzy. Powybijane szyby w mieszkaniach, które ocalały. Wieje zimny wiatr. To już jesień. Ludzie gdzieś pogubieni. Poginęli. Poszli na tułaczkę. Teatry i kabarety pozamykane. W sklepach puste półki. W kawiarniach jakaś cykoriowa lura zamiast kawy.

I nagle dowiaduję się: Niemcy wzięli ją. Aresztowana. Siedzi na Pawiaku. Nic o niej nie wiadomo. Prawie pół roku. Wreszcie dowiaduję się, że ją wypuścili. To pan Michał, który tuż przed wojną był akurat w Wilnie i tam został, wyjednał jej zwolnienie przez jakieś swoje arystokratyczne, międzynarodowe znajomości. *Pauza.*

Niespodziewanie zjawia się u mnie. Zmizerowana, wychudzona, z niezdrowymi wypiekami na twarzy.Opowiada chaotycznie, gdy szykuję jej kąpiel, parzę herbatę, wyciągam jakieś resztki jedzenia. Rozchorowała się w więzieniu. Zaduch celi, głód, brud, robactwo, zimno, nocne przesłuchania spowodowały nawrót choroby. Gorączkowała. Myślała, że się już wykończy. Udało jej się przesłać gryps do męża.

– Za co cię Niemcy aresztowali? O co oskarżyli?

– Nie wiem. Ktoś podobno posądził mnie, że jestem Żydówką. Bo śpiewałam kiedyś taką piosenkę *Die Idische Mame*. To znów słyszałam, że ktoś doniósł do Niemców, że byłam szpiegiem. Grałam przecież w filmie *Szpieg w masce,* jeździłam wiele razy do Niemiec i do Austrii.

– Ty, szpieg? Bzdura. Po prostu ktoś odegrał się na tobie z zazdrości, że byłaś lepsza, piękniejsza, bogatsza, głośniej oklaskiwana, bardziej kochana.

– Nie wiem. Nie wiem. Jeszcze niedawno otaczało mnie tyle dobra. A teraz tyle zła.

Nigdy nikt nie wyświetlił powodu jej aresztowania. Zresztą w tamtym strasznym czasie zarówno Niemcy jak sowieci łapali ludzi, więzili, wywozili, zabijali bez żadnego powodu. Bała się wrócić do swojego mieszkania. Znów, jak kiedyś, zaprosiłam ją do siebie, starałam się ją odchuchać, odkarmić, co umożliwiły, w tamtym czasie głodu, jej pochowane u różnych znajomych dolary, złoto, futra. Na jej polecenie, zamieniałam je na żywność. Rwała się do swego Misia. Pisała do niego. Znów jego znajomości sprawiły, że mogła pojechać z okupowanej przez Niemców Warszawy do zarządzanego przez Litwinów Wilna. Tam zamieszkali.

W Wilnie było wtedy kilkadziesiąt tysięcy Polaków, dawnych mieszkańców i uchodźców. Tyszkiewiczowie prowadzili dom otwarty, pomagając ludziom. Już stracili swoje wielkie dobra ziemskie. Mieli jednak walutę. To był ten krótki okres litewskich rządów w mieście. Pomiędzy jednymi sowietami i drugimi sowietami. Pierwsze sowiety w Wilnie były od ich od napaści na Polskę, 17 września 1939. O, tę datę pamiętam! Po kilku tygodniach sowieci przekazali Wilno Litwinom. Ale sami znowu je zajęli i okupowali całą Litwę w lipcu 1940 – to były te drugie sowiety...

W tym okienku, niespełna rocznym, Polacy, acz prześladowani i szykanowani przez Litwinów, wciąż czuli się w Wilnie u siebie. Nie rozumieli, co się stało. Nie dopuszczali myśli, że Wilno już nigdy nie będzie polskie. Mimo trudności, mimo surowej cenzury, toczyło się polskie życie kulturalne, artystyczne, literackie. *Pauza.*

Zaraz po przybyciu do Wilna na wiosnę 1940 roku, Ordonka przygotowała koncert polskiej pieśni i poezji. Do Teatru na Pohulance przybyło, jak to się mówi „całe Wilno", całe polskie Wilno. Nie starczyło miejsca dla wszystkich. Ordonka musiała powtarzać swój koncert wielokrotnie. Było to niesamowite wydarzenie. Niesłychany aplauz widowni. Nieskończona ilość bisów.

♪ *ORDONKA śpiewa „**Szczęście raz się uśmiecha**".*

    Kochani, szczęście przejdzie obok nas tak blisko,
    Że tylko ręką sięgnąć już je człowiek ma.
    I nie widzimy i tracimy wtedy wszystko
    Chociaż to szczęście samo do rąk nam się pcha.
    I jak w ostatniej chwili w pogoń się nie rzucisz
    I nie zatrzymasz szczęścia póki jeszcze czas,
    To już przepadło, ono drugi raz nie wróci,
    Bo szczęście w życiu się pojawia jeden raz.
    Szczęście raz się uśmiecha
    Raz nam rzuca swój dar bezcenny.

Człowiek czeka na tę chwilę
Przez tyle, tyle, tyle
Męczących dni i nocy bezsennych.

Szczęście raz się uśmiecha,
Jeden raz tylko dłoń podaje
Gdy okazję tę ominiesz
Toś przepadł, to już zginiesz,
Bo szczęście przyszło, mogłeś je mieć.

Przez całe życie człowiek stale o kimś marzy
I za kimś tęskni i przyzywa go na głos.
I nagle spotkasz go i czytasz z jego twarzy
To właśnie ja, twe przeznaczenie i twój los.
Odważnie podejdź wtedy – rzuć mu się w ramiona,
Nie pozwól odejść – niebo, ziemię nawet rusz.
Bo jak odejdzie, toś straciła, toś zgubiona
I nie naprawisz tego nigdy w życiu już.

Miłość raz się uśmiecha,
Raz nam rzuca swój dar bezcenny.
Człowiek czeka na tę chwilę
Przez tyle, tyle, tyle
Męczących dni i nocy bezsennych.

Miłość raz się uśmiecha
Jeden raz tylko dłoń podaje.
Gdy okazję tę ominiesz
Toś przepadł, to już zginiesz
Bo miłość przyszła, mogłeś ją mieć.

Śpiewała o miłości do kogoś, do jakiegoś mężczyzny. A ludzie słuchali tego jakby śpiewała o miłości do Polski, o straconym szczęściu niepodległości, płakali...

Nie była wciąż zdrowa. Ale była wulkanicznie aktywna. Obok tego koncertu, powtarzanego co tydzień – wyobrażacie sobie co to za wysiłek, fizyczny i nerwowy – występowała w jakimś polskim, oczywiście, że polskim, kabarecie. Grała główną, oczywiście, że główną, rolę w *Madame Sans-Gene,* w Teatrze na Pohulance – to była rola praczki, która została księżną, a przecież ona, dziewczynina z warszawskiego przedmieścia, została hrabiną. Rola dla niej! Wróciła do Violi w *Wieczorze trzech króli,* wystawionym teraz specjalnie dla niej. Potem zagrała królową przedmieścia, Czarną Mańkę, w *Królowej przedmieścia,* wodewilu Krumłowskiego. Pamiętam! Wszystko pamiętam! I owacje, i wzruszenia. Biją w uniesieniu polskie serca. Klaszczą polskie dłonie – w litewskim, a potem sowieckim, Wilnie. Po polsku śpiewa Polka dla Polaków.

Ale to wszystko ma zostać zmiecione: i język, i ludzie, i jakiekolwiek oznaki polskości. Nasilają się aresztowania, wywózki. W kwietniu 1941 roku enkawudziści przychodzą o świcie po Michała Tyszkiewicza.

Hanka na próżno szuka go w Wilnie. Miał być jakoby przewieziony z Wilna do Grodna. Jedzie tam. Dowiaduje się, że z Grodna zabrano go do Moskwy, do osławionego, strasznego więzienia na Łubiance. Hanka jedzie więc do Moskwy. Jak jej się to udało? Podobno ułatwił to jej jakiś komisarz, który się w niej kochał. Pojechał za nią do Moskwy. Tam chciał się do niej dobrać. Strzeliła go w twarz. Po dwóch dniach sama została zaaresztowana. Błyskawiczny proces przy drzwiach zamkniętych, w budynku więziennym. Wyrok osiem lat za... Za co? Pewnie po prostu za to, że była polską artystką, co gorzej, „grafinią", jak mówili o niej sowieci, „grafinią", co nie chciała zostać kochanką sowieckiego komisarza.

Zsyłka do Uzbekistanu. Ciągnący się tygodniami transport w zamkniętym na kłódkę wagonie towarowym. Tłok, głód, pragnienie, nędza, robactwo, smród, bród. Tygodniami.

Z wagonu, kompletnie wyczerpaną, wyniosły ją jakieś dobre polskie dusze. W szczerym stepie kilka domków. Nawet nie wiadomo jak ta miejscowość się nazywa. Od razu do budowy drogi. Noszenie i układanie kamieni. Próbuje. Duma nie pozwala się jej poddać. Ale ciało odmawia. Znów jakieś dobre dusze przenoszą to wiotkie ciało do baraku, który szumnie nazywa się szpitalem. Kolejny, ostry, nawrót gruźlicy. I tam też znajduje sie dobra dusza, rosyjska lekarka, więźniarka, jak one tam wszystkie, która krami ją swoimi porcjami chleba i mleka, ratuje jej życie.

Gdy Hanka jeszcze była w Moskwie wybuchła wojna niemiecko-sowiecka. Gdy już była na zesłaniu doszła ją, z wielotygodniowym opóźnieniem, wieść o układzie Sikorskiego ze Stalinem. Wolność!

Do skrawka wolnej Polski, do dowództwa armii tworzonej przez generała Andersa trzeba było najpierw dniami i nocami przedzierać się przez zatłoczone dworce, wdzierać do zatłoczonych pociągów, trząść na brudnej podłodze bydlęcego wagonu, znów stale w głodzie i brudzie. Ale – nareszcie dociera do swoich.

Wycieńczona, chora, ale szczęśliwa natychmiast rzuca się w wir pracy. W Tocku skrzykuje zawodowców i amatorów. Robi patriotyczny kabaret, a potem jasełka. W Buzułuku staje przed generałem Andersem, który

zna ją, oczywiście, i zgłasza mu gotowość opieki nad polskimi uchodźcami. Otrzymuje od niego misję tworzenia punktów pomocy dla tych mas napływających z więzień i łagrów. Wielu ludzi ją rozpoznaje – jest dla nich uosobieniem Polski, która była i która – ci ludzie wierzą w to niezłomnie – która będzie. Pracuje niestrudzenie. Kto by przypuścił jeszcze kilka lat temu, że ta kobieta prowadząca życie samolubne, swobodne i dostatnie, spełniająca wszystkie swe zachcianki, tak dojrzeje. Dojrzeje do podjęcia odpowiedzialności za innych. Do poświęcenia się innym bez reszty.

Hanka poświęca się zwłaszcza opiece nad dziećmi – sierotami. *Pauza.* Muszę... muszę zacytować jak sama o tym pisała. Wydała piękną i wzruszającą książkę pod tytułem *Tułacze dzieci*, zresztą pod pseudonimem „Weronika Hort" – Hort, to było: H, jak Hanka, or, jak Ordonka i t, jak Tyszkiewicz.

Bajkosia sięga po książkę.

Tam napisała: „Najboleśniejszym faktem było to, że w tym dantejskim piekle były dzieci. Tragiczny ich los wzruszyłby chyba i kamienie. Wędrowali mali męczennicy poprzez śniegi, o głodzie, pożerani przez wszy, dziesiątkowani chorobami, gasnąc po drodze, jak zdmuchnięte na wietrze świeczki. Sierocieli, samotnieli..." *Pauza.*

Tę książkę wartoby odczytać w telewizji. Całą. Jest w niej odmalowana epopeja ratowania przez Hankę tułaczych, sierocych dzieci, jej opieki nad nimi. Zorganizowała sierociniec w Taszkiencie, potem Jangijul, stale użerając się z sowieckiemi urzędnikami o dach nad głową dla nich, o żywność, odzież, a wreszcie o pozwolenie na wyjazd do Indii.

W Taszkencie władzę nad polskimi uchodźcami sprawowała jakaś wstrętna baba w randze majora NKWD.

 – Grafinia znowu z jakąś skargą? Znowu jej coś się nie podoba? A nasz kraj piękny – krasiwa strana nasza!

– Wasze władze pozwoliły wyjechać sześciuset polskim dzieciom do Indii. Ale muszę je tutaj najpierw zebrać, przygotować do drogi. Najlepiej nadaje się do tego Hotel Nacional. Jaki to zresztą hotel, buda, po której wiatr hula. Ale choć łóżka są. Już umieściłam tam pierwszą setkę dzieci. I tak miejsca zabraknie.

– To luksusowy hotel. Dzieciom tam wstęp zabroniony! Wospraszczajet sia.

– Dlaczego zabroniony?

– Bo nie wolno! Nie lzia.

– Dlaczego nie wolno?

– Bo zabronione! Wospraszczajet sia.

– Dlaczego zabronione?

– Bo nie wolno! Nie lzia! Trzeba dzieci natychmiast usunąć.

– Dobrze. Wyprowadzę wszystkie dzieci na mróz. Także te chore na tyfus. Zaprowadzę je na dworzec. Niech zrażają wszystkich podróżnych.

– Na dworzec nie wolno! Nie lzia.

– Dlaczego nie wolno? Wszystkie zbierałam właśnie z dworca, gdzie koczowały na mrozie.

– Bo zabronione.

– Dlaczego zabronione?

– Bo niewolno.

– Więc dzieci zostaną w hotelu! Zakwateruję tam także nauczycielki i księdza prefekta.

– Księdza? Zabronione!

– Dlaczego zabronione?

– Bo nie wolno.

I tak dalej, w kółko Macieju. Pokonując niezliczone trudności Hanka zbiera dzieci i przygotowuje ich transport do Indii, z pod sowietów, do wolnego świata. Sama z nimi jedzie.

Ta rozpuszczona przez los słaba kobieta, wciąż borykająca się z trawiącą ją chorobą, zdobywa się na działanie energiczne, nieustępliwe. Okazuje męstwo. Wręcz bohaterstwo. A przy tym, na każde życzenie, śpiewa ludziom, którzy rozpoznają w niej sławną, przedwojenną Ordonkę. Słuchając jej wracają do utraconego kraju.

♪ *ORDONKA śpiewa „**Ja śpiewam piosenki**”*.

Mój miły, nie bądź tak srogi,
Bo serce mdleje mi z twogi.
Czemu się, miły, smucisz?
Ach, ucisz serce swe, ucisz.
Noc patrzy na nas gwiazdami,
Jesteśmy, miły mój sami.
Pachną bzy coraz słodziej.
Niech nas pogodzi ta noc.

Ja śpiewam piosenki,
Brzmią czułe dźwięki
Ludziom na pocieszenie.
Słuchają w radości
Możni i prości
W sercach swych czując drżenie.

A jeśli któremu,
Któż to wie czemu
Łza czasem błyśnie w oku,
To dla tej czystej łzy jednej,
Przebacz mi biednej.
Przebacz największy grzech.

Gdy kiedyś u nieba progu
Skruszona stanę przy Bogu.
Nawet i Stwórca w niebie,
Nie spojrzy groźniej od ciebie.
Ja Bogu powiem: Mój Boże,
Przychodzę tutaj w pokorze,
Prośbę o łaskę wnoszę,
Spójrz tylko, proszę i sądź.

Ja śpiewam piosenki,
Brzmią czułe dźwięki
Ludziom na pocieszenie.
Słuchają w radości
Możni i prości
W sercach swych czując drżenie.

A jeśli któremu,
Któż to wie czemu
Łza czasem błyśnie w oku,
To dla tej czystej łzy jednej,
Przebacz mi biednej.
Przebacz największy grzech.

W czasie tych prac, koncertów, szamotaniny, podróży – przypadkowo odnajduje męża. Pan Michał, który, tak jak ona przeszedł przez piekło łagru, jest teraz znów polskim dyplomatą. Działa na dalekim wchodzie z ramienia rządu polskiego.

Gdy misja uratowania choć tej garstki kilkuset dzieci, bo przecież takich polskich sierot były na nieludzkiej ziemi tysiące, powiodła się, Ordonówna, znów poważnie chora, zgadza się na leczenie płuc. Najpierw pan Michał umieszcza ją w sanatorium górskim w Indiach. Ale nie jest z nią lepiej. Pan Michał wpada na nowy pomysł: pomoże jej klimat śródziemnomorski. Jadą więc oboje – znów tysiące kilometrów okropnymi drogami – do Palestyny.

Państwo Tyszkiewiczowie zatrzymują się w Jerozolimie, wtedy brytyjskiej, przepełnionej polskim wojskiem. Hanka natychmiast zaczyna dawać koncerty dla żołnierzy. Początkowo miało ich być dziesięć. Zapotrzebowanie jest tak wielkie, że ich liczba dochodzi do czterdziestu – śpiewa w garnizonach, na placach apelowych, w kantynach, z platform ciężarówek wojskowych, w szpitalach. A to przecież wszystko bez mikrofonu! Śpiewa swoje stare piosenki, które przywracają słuchaczom w polskich mundurach Polskę.

Ten niesamowity wysiłek opłaca znów nawrotem, a raczej wzmożeniem się choroby. Ląduje w łóżku – najpierw w jakimś pensjonacie w Jerozolimie, potem w szpitalu w Jaffie, potem w willi w Bejrucie, którą wynajął pan Michał, po otrzymaniu nominacji na polskiego konsula w Libanie.

Tam dochodzi ją radosna wieść o polskim zwycięstwie na Monte Cassino. Natchniona nim, pisze pieśń – słowa i melodię – którą natychmiast wykonuje dla zgromadzonej tłumnie Polonii bejruckiej.

♪ *ORDONKA śpiewa „**Aż dojdziemy**".*

    Ku ojczyźnie kierując swój wzrok,
    Ciągle naprzód i naprzód się rwiemy
    I nie ścichnie żołnierski nasz krok,
    Aż dojdziemy, dojdziemy, dojdziemy.

    Poprzez śniegi, przez błota, przez piach,
    Poprzez miasta, gdzie nikt nas nie czeka,
    Dziwną drogą, co ginie we mgłach,
    Raz tak bliska, to znowu daleka.

    Już niewiele na świecie tych dróg
    Nieznaczonych naszymi śladami,
    Krwawe maki nam kwitną spod nóg,
    Białe krzyże wyrosły za nami.

    I choć krok się utrudził, a głos
    Próżno woła do swoich z daleka,
    My idziemy, by przemóc zły los,
    Pełni wiary w zwycięstwo Człowieka

    My idziemy, by przemóc zły los,
    Pełni wiary w zwycięstwo Człowieka

Gdy czuje się lepiej, jedzie znów do Jerozolimy. Wszystko mi opowiedziała ze szczegółami, gdy potem godzinami ją pielęgnowałam.

Pauza.

Dlaczego się tak spieszę? Spieszę się, bo teraz pamiętam, a za chwilę mogę znów zapomnieć.

Więc Jerozolima – wtedy ogromne skupisko Polaków. Ordonka daje tam recital w sali Teatru Beth-Am wypełnionej po brzegi, a raczej przepełnionej ponad miarę. Ludzie tłoczą się na schodkach, w przejściach. Stoją tłumnie za ostatnimi fotelami. Młodzież siedzi dookoła niej na podłodze sceny.

Hanka śpiewa stare szlagiery i nowe piosenki żołnierskie, patriotyczne. Znów uosabia dla tych ludzi Polskę. Wolną Polskę. Znów wielkie wzruszenia, rzęsiste łzy, niemilknące oklaski.

W sowieckim więzieniu, w łagrze, gdy służyła wygnańcom i tułaczym dzieciom dokonała się w niej wielka przemiana duchowa. Teraz swoje śpiewanie traktuje jako służbę. Służbę rodakom, Polsce.

I znów – to był wysiłek ponad możliwości jej słabnącego organizmu. A zaraz potem przyszedł następny cios, który straszliwie odbił się na jej zdrowiu: wieść o upadku Powstania Warszawskiego, o zagładzie Warszawy. Jej Warszawy. Już nigdy nie będzie śpiewać w Warszawie. W ogóle, nie będzie już nigdy śpiewać. Nie ma na to sił. Maluje obrazy – odkryła w sobie ten nowy talent. Pisze wiersze. Pisze listy do kraju. Pisze swoje wspomnieniowe *Tułacze dzieci.*

Pan Michał zabiera ją z powrotem do Bejrutu, kładzie do łóżka, organizuje stałą pomoc medyczną. Pisze do mnie.

Po Powstaniu znalazłam się w obozie w Oberlangen w Niemczech. Wyzwolili nasz obóz Polacy z dywizji generała Maczka. Jakaż niesamowita radość. *Pauza.* Nie, nie będę opowiadać. Stamtąd do Anglii.

List Michała Tyszkiewicza, kilka razy przeadresowywany, odnalazł mnie w Glasgow. Prosił mnie o przyjazd do żony. Jak się dostałam na brytyjski statek, który płynął do Palestyny po brytyjskich żołnierzy to osobna historia.

Pauza.

Niech Pan się nie obawia. Nie opowiem. Dotarłam do Bejrutu. Do mojej małej Haneczki. Przesiadywałam godzinami przy jej łóżku. W ogóle, weszłam w rolę pielęgniarki – na dyżurze 24 godziny na dobę. Miałam przecież przeszkolenie sanitariuszki z AK. Ona opowiadała mi swoją wojnę, a ja jej swoją. Ze wszystkimi szczegółami – miałyśmy wiele czasu. Obie byłyśmy już wtedy emigrantkami. Obie nie mogłyśmy wrócić do kraju. Po Jałcie. Jak nas alianci zdradzili. To był ten nawrót przyjaźni. Wielkiej przyjaźni. Prawdziwej. Wyciszonej, oczyszczonej z szumów światowego życia, które jakże często nie pozwalają się ludziom spotkać się w prawdzie. Ona wiedziała, że odchodzi. Przyjmowała to spokojnie i dzielnie. A ja też się już ustatkowałam. Już nie świntuszyłam co drugie zdanie. Wojna oczyściła i mnie. Byłyśmy jakoś bardzo blisko.

Pan Michał sprowadził także pomoc duchową do chorej żony – sędziwego księdza Kamila Kantaka. Był wtedy kapelanem bejruckiej Polonii. A poprzednio łagiernikiem. Zetknęli się z Hanką na krótko w Taszkencie, gdy bezdomny, szukał jakiegoś kąta. Prawie siłą wepchnęła go do jedynego tam, przepełnionego hotelu.

Ksiądz zamykał się z nią na długie rozmowy. Była coraz częściej uśmiechnięta. Zwierzała mi się:

– Wiesz, ksiądz Kamil powiedział me, że dobro zawsze ostatecznie zwycięża zło, a brud staje się bielszy ponad śnieg.

Zapytałam: – Więc wszystkie moje plamy, zostaną wywabione? Jak to możliwe?

Odpowiedział : – Bo Miłosierdzie Boże zawsze bierze górę nad sądem.

– Ja śpiewałam tyle bardzo głupich, po prostu, niemoralnych piosenek. Teraz widzę to jasno.

– Ale twój śpiew był piękny. A to Bóg jest przyczyną wszystkiego, co piękne. Więc i twojego śpiewu. Piękno jest wyrazem dobroci Bożej. Bóg pozwala nam uczestniczyć z tworzeniu i rozdawaniu dobra. Czyni to z miłości.

– Ja całe życie śpiewałam o miłości.

– Śpiewałaś o miłości, córko, ale nie wiedziałaś o czym śpiewasz. Teraz dowiesz się czym jest miłość, co to jest miłość. Teraz będziesz śpiewać o miłości nieskończenie większej, takiej która nie przemija.

– Więc będę nadal śpiewać!

– Tak, będziesz śpiewać.

Cieszyła się jak dziecko: „Będę znów śpiewać! Znów śpiewać!”

Rankiem 8 września 1950 roku – w pełni libańskiego, słonecznego, upalnego lata – lekarz stwierdził zmniejszającą się wydolność serca, skrócenie i spłycenie oddechu chorej. Pan Michał pospiesznie sprowadził księdza Kantaka. Duchowny z wielką powagą i delikatnością przystąpił do przygotowania Hanki w drogę. Poprosił męża, lekarza i mnie o opuszczenie pokoju. Wyspowiadał umierającą i udzielił jej ostatniego namaszczenia. Potem otworzył drzwi. Zaprosił nas do wnętrza.

Zaalarmowani przyjaciele i znajomi, już napływali do willi. Hanka była wciąż całkowicie przytomna. Ksiądz odprawił przy niej mszę świętą i uzielił komunii. Oddychała z coraz większym trudem. Ale jej oczy wciąż skrzyły się uśmiechem. Pan Michał poprosił gości o pożegnanie chorej. Podchodzili pojedynczo i rodzinami do łóżka. Składali w jego nogach kwiaty. Pochylali głowy. Dotykali jej ręki. Po policzkach płynęły im łzy. Wychodzili w milczeniu.

Potem ksiądz Kantak siadł przy wezgłowiu łóżka i wyciągnął różaniec. Pan Michał usiadł z drugiej strony. Ja przycupnęłam w kącie przyciemnionego pokoju. Zczęliśmy odmawiać różaniec na głosy.

Nagle Hanka zaczęła oddychać gwałtowniej, z jakimś strasznym wysileniem, jej głowa uniosła się. Przerwaliśmy. Wbiegł lekarz czuwający w przyległym pokoju, chciał podać tlen, ale ona w tym momencie westchnęła głębiej, spazmatycznie, a potem jej głowa osunęła się na poduszkę. *Pauza.*

Nie mogę o tym mówić...

♪ ORDONkA śpiewa „**Miłość ci wszystko wybaczy**” – drugą część.

    Miłość ci wszystko wybaczy
    Smutek zamieni ci w śmiech.
    Miłość tak pięknie tłumaczy:
    Zdradę i kłamstwo i grzech.

    Choćbyś ją przeklął w rozpaczy.
    Że jest okrutna i zła,
    Miłość ci wszystko wybaczy
    Bo miłość mój miły to ja.

Bis
Choćbyś ją przeklął w rozpaczy.
Że jest okrutna i zła,
Miłość ci wszystko wybaczy
Bo miłość mój miły to ja.

Ściemnienie.

► ▼ ◄

► **KONIEC** ◄

Buffalo – Warszawa 2010

► ▼ ◄

Zofia Bajkowska (1881-1972), zwana w środowisku teatralnym „Bajkosią" (Bajkowska + Zosia = Bajkosia), była aktorką, poetką, autorką licznych tekstów piosenek. Urodziła się i wychowała w Warszawie. W czasie I wojny światowej i w czasie Wojny Polsko-Bolszewickiej, uczestniczyła w organizowaniu zespołów teatralnych grających dla wojska i sama w nich występowała. W latach międzywojennych jej piosenki wykonywane były w warszawskich kabaretach, m. in. przez Hankę Ordonównę. Publikowała wiersze i grała w filmach. W czasie II wojny światowej pozostała w Warszawie i wstąpiła do AK. Była sanitariuszką w Powstaniu Warszawskim. Ranna, przeżyła i dostała się do obozu jenieckiego w Oberlangen. Stamtąd przejechała do Anglii. Zamieszkała w Londynie imając się różnych zajęć. Potem przeniosła się do Glasgow. Stamtąd pojechała do Bejrutu, aby pielęgnować Hankę Ordonównę, a gdy ta umarła, wróciła do Szkocji. Umarła w samotności.

Hanka Ordnonówna, właściwie Maria Pietrasińska (1902-1950). Był tancerką, piosenkarką, aktorką. Urodzona w Warszawie, pochodziła z biednej rodziny; jej ojciec był kolejarzem. W latach 1908-1914 była uczennicą Szkoły Baletowej przy Teatrze Wielkim w Warszawie, gdzie w 1915 r. debiutowała w corps de ballet. W 1916 r. zaczęła występować w kabaretach Warszawy, oraz Lublina, Krakowa i Wilna. W 1924 r. występując w warszawskim kabarecie „Qui Pro Quo" związała się z Fryderykiem Jarossym, Węgrem z pochodzenia, aktorem i reżyserem. Dopomógł jej w karierze. Wizyty, a następnie występy w Paryżu, oraz w Berlinie i Wiedniu, a później również w USA, ugruntowały jej pozycję jako najwybitniejszej polskiej śpiewaczki estradowej. W 1931 r. wyszła za mąż za hrabiego Michała Tyszkiewicza, dyplomatę. Od 1932 r. występowała również w widowiskach dramatycznych, m.in. jako partnerka i pod batutą reżyserską Juliusza Osterwy. Dawała liczne recitale piosenkarskie na estradzie i w radio, występowała w filmach, nagrała dziesiątki płyt.

W latach wojny była więziona najpierw przez Niemców w Warszawie (na przełomie 1939/1940), a potem przez Sowietów w Moskwie (w lecie 1940), gdzie pojechała starać się o uwolnienie swego męża, wcześniej aresztowanego przez NKWD. Skazana na 8 lat za „szpiegostwo", została zesłana do łagru w Uzbekistanie. Wydostała się z niego w wyniku tzw. „amnestii" na jesieni w 1941 r. i podążyła do wojska tworzonego przez gen. Władysława Andersa. Poświęciła się opiece nad polskimi uchodźcami, m.in. uratowała kilkaset polskich dzieci, przewożąc je ze Związku Sowieckiego do Indii. W 1943 r. znalazła się na Bliskim Wschodzie, lecząc gruźlicę, na którą chorowała już przed wojną, a pogorszyły ją więzienia i łagier. Mimo to występowała niestrudzenie dla widowni żołnierskiej i cywilnej. Po zakończeniu wojny zamieszkała w Bejrucie, gdzie jej mąż był konsulem RP, do czasu wyrzucenia go z tego stanowiska przez warszawski reżim komunistyczny. Malowała, napisała liczne wiersze oraz książkę wspomnieniową, *Tułacze dzieci*. Zmarła na gruźlicę w 1950 r. w Bejrucie.

► ▼ ◄

UWAGI

- W poszczególnych archiwalnych nagraniach teksty piosenek nieco się różnią. W dramacie podano teksty w redakcji spotykanej najczęściej

- Piosenki podano w kolejności wykorzystania w dramacie

- Melodie wszystkich tych piosenek dostępne są w internecie lub na płytach

Miłość ci wszystko wybaczy... Muzyka Henryk Wars, słowa Julian Tuwim

Przybyli ułani pod okienko... Muzyka i słowa – nieustalone

Ja chcę tak naprawdę... Muz. – nieustalona, słowa Michał Tyszkiewicz

Na pierwszy znak Muzyka Henryk Wars, słowa Julian Tuwim

Córka kata Ballada starofrancuska – muzuka i słowa – nie ustalone

Uliczka w Barcelonie Muzyka – nieustalona, słowa – Michał Tyszkiewicz

Święty Antoni.... Muzyka – Henryk Wars, słowa – Artur Maria Swinarski

To przecież nic Muzyka i słowa – Antoni Żuliński

Błękitny Ekspres Muzyka i słowa nieustalone

Trudno Muzyka – Tadeusz Müller, słowa – Emanuael Schlechter

Szczęście raz się uśmiecha Muzyka – Henryk Wars, słowa – Emanuel Schlecher

Ja śpiewam piosenki Muzyka – nieustalona, słowa – Julian Tuwim

Aż dojdziemy Muzyka i słowa – Hanka Ordonówna

► AMERICAN DREAMS ◄

► DRAMAT W DWÓCH AKTACH ◄

OSOBY

Matka – aktorka w średnim wieku

Córka – młoda aktorka

MIEJSCE

Scena teatralna. Dwa reflektory na stojakach; jeden stojący na podłodze. Stolik, kilka krzeseł.
W kątach porozrzucane kotary i kostiumy teatralne.

CZAS

Lata dziewięćdziesiąte XX w.

► ▼ ◄

► AKT I ◄

♪ *Już przed rozpoczęciem akcji słychać stłumioną muzyka: znane amerykańskie przeboje piosenkarskie i orkiestralne z lat powojennych. W dalszym ciągu sztuki ten rodzaj muzyki będzie nazywany „American Dreams".*

♪ *Światło gaśnie. Muzyka trwa. W ciemności ukazuje się niewyraźnie Córka oświetlająca sobie drogę zapalniczką. Dźwiga dwie ciężkie torby, w ręce i na ramieniu. Błąka się chwilę po ciemnej scenie. Potyka się o coś. Przeklina dosadnie, choć niewyraźnie. Woła:*

CÓRKA: Nie mogę znaleźć kontaktu!

MATKA: *Z zewnątrz:* A ja ugrzęzłam w zagraconym korytarzu. *Hałas przewracanych przedmiotów.* Pomóż mi!

CÓRKA: Tam są schodki. Uważaj.

MATKA: Mogłaś mi wcześniej powiedzieć. *Niewyraźnie widać ją w ciemności. Też dźwiga dwie torby oraz duże radio z magnetofonem. Jest w płaszczu i kapeluszu.* Chyba skręciłam nogę.

CÓRKA: Poczekaj. Nie ruszaj się. Pomogę ci.

MATKA: Nie. Chyba nie tym razem. Jeszcze stare kości całe. Choć próchno już się sypie.

Muzyka cichnie.

CÓRKA: Nie masz jakiejś latarki albo świecy?

MATKA: A jakże! Właśnie się wybieram na wycieczkę kajakową. Mam latarkę elektryczną, świecę gromniczną, kuchenkę gazową, oraz dwie błyskawice moich gromowładnych źrenic. Co wybierasz?

CÓRKA: Żartowna ty, jak mawiał Stasiek.

MATKA: Jaki Stasiek? Znów kogoś poderwałaś?

CÓRKA: Stasiek Wyspiański. W *Nocy listopadowej.* Przecież to grałaś, nie?

MATKA: Nie grałam! Nic nigdy nie grałam! Jestem kucharka, a nie aktorka. Zapamiętaj to sobie. To ty jesteś aktorka.

CÓRKA: Ja to jestem sprzątaczka. Nie próbuj mnie przelicytować. Ale teraz masz szansę zostać nie tylko aktorką, ale i gwiazdą hollywoodzką.

MATKA: Ja? To ciebie wezwali na to „audition", na to przesłuchanie. To ty masz się dzisiaj przed nimi popisać.

CÓRKA: Ale ja jestem niezdolna. Ty mi będziesz suflowała i natychmiast zwrócisz na siebie uwagę:

> Kto jest ta dziwna, piękna nieznajoma?
> Niezdrowym blaskiem goreją jej lica.

Jakaż okropna jest w niej tajemnica?
Ach powiedz proszę, z niepokoju konam!

Poproszą cię o monolog. Będziesz się certować, ale się wreszcie zgodzisz i zasuniesz im swoją Lady Makbet. Natychmiast mnie zaćmisz. Padną przed tobą plackiem. Zaangażują ciebie. A ja wrócę do moich kibli i podłóg.

MATKA: Przecież ci wyraźnie powiedzieli, że szukają młodej, a nie starej.

CÓRKA: Wiesz co, stara? Ja też nie jestem już taka młoda. A jeśli chodzi o ciało, to masz go więcej.

MATKA: Ale nie tam gdzie trzeba.

CÓRKA: Nie jedz tyle. Spójrz na mnie.

MATKA: Stale ci powtarzam, że to obłędne odchudzanie nie wyjdzie ci na zdrowie. Anorektyczka. Będziesz już mogła grać tylko ofiary głodu w Afryce, i to ucharakteryzowana na Murzynkę. Stracisz emploi.

CÓRKA: Emploi? Bylem nie straciła employment. Muszę być w pracy o północy i nie mogę się spóźnić ani o sekundę.

MATKA: W sferach artystycznych nie mówi się employment tylko engagement.

CÓRKA: Ale ja już do nich nie należę.

MATKA: Załapiesz się. Zawsze w ciebie wierzyłam. Daj mi tę zapalniczkę.

CÓRKA: Pochodnię weź!

MATKA: Hestia się znalazła. Prosto z *Wyzwolenia*.

♪ *Bierze zapalniczkę i rusza na poszukiwanie kontaktu. Muzyka „American Dreams" odzywa się ponownie. Matka potyka się o coś, coś przewraca.*

Mam! Mam! O nie. Wydawało mi się. Shit. Tym razem chyba naprawdę skręciłam nogę. Jest! Jest!

Nagle scenę zalewa ostre światło przyłapując Córkę poprawiającą sobie akurat rajstopy.

CÓRKA: Mogłabyś uprzedzić gdy zapalasz lampę, a fe… ty… bezczelny jesteś… lubisz patrzeć na mnie jak jestem goła… Wszyscy mężczyźni są tacy sami…

MATKA: Jesteś pewna, że to tu?

Rozgląda się. Scena jest pusta. Nieliczne meble leżą w nieładzie. W kątach jakieś kotary, jakieś kostiumy teatralne.

CÓRKA: Pewnie, że tu. Trzy razy sprawdzałam adres. *Sprawdza na kartce.* Tutaj. Zgadza się. Tak mam na kartce od niego. Studio numer D-4. Obok jest studio D-5 i tabliczka żeby nie wchodzić bo tam są auditions do musicalu *Malodie z tamtych lat*. Słyszysz? *Przez chwilę słuchają obie.* Melodie twojej młodości. Tak sobie pewnie wyobrażałaś Amerykę.

MATKA: American Dreams. Marzenia. Sny o Ameryce. A ty nie miałaś takich snów? Przyznaj się.

CÓRKA: Ja słuchałam Cohena.

MATKA: I co? Ameryka jest taka, jaką on wyśpiewał?

CÓRKA: Wiesz sama.

MATKA: A wiem. Ale zwłaszcza dlatego dobrze jest czasem pomarzyć, że jest inna.

♪ *Muzyka cichnie.*

Więc to na pewno tu?

CÓRKA: Klucz w każdym razie pasował. „Przyślę Panu list i klucz". Jakby cię widział w tej Racheli w *Weselu.*

MATKA: Nie bogato.

CÓRKA: Powiedział, że w ostatniej chwili tylko to studio mógł wynająć na audition, na to przesłuchanie. Zresztą, najpierw proponował w hotelu. Może szkoda, że się nie zgodziłam.

MATKA: Jak byś się godziła to by cię przeleciał i potem roli nie dał.

CÓRKA: Właśnie. Wiec się nie zgodziłam. Ale jesteśmy grubo przed czasem. Zawsze ci mówiłam, że za wcześnie wychodzisz z domu na spektakl i tylko życie marnujesz w garderobie czekając na dzwonek. Teraz też ładnie sobie poczekamy.

MATKA: Akurat zdążysz się przebrać i ucharakteryzować. Do dzieła!

CÓRKA: Powoli. My jesteśmy za wcześnie, a on się na pewno spóźni.

MATKA: Ale ty musisz być gotowa w momencie gdy się zjawi. Na pewno będzie się spieszył. To wielki człowiek. Musi być bardzo zajęty.

CÓRKA: Spieszyć się jest bardzo niezdrowo. Ja zawsze lubiłam raczej przeciągać…

MATKA: To dobre w łóżku. Nie w teatrze. Siadaj. To będzie moja pierwsza rola tego wieczora. Zagram garderobianą. Nie, najpierw fryzjerkę. Siadaj.

CÓRKA: A ja mam grać gwiazdę? Tak?

MATKA: Jestem wspaniałomyślna. Odpalam ci rolę gwiazdy na ten wieczór. No, przebierz się w szlafrok do charakteryzacji.

CÓRKA: *Mówi w trakcie rozbierania się, a potem wkładania szlafroka.*

A ja się nie nadaję. Już do niczego się nie nadaję. To ty sobie ubzdurałaś, że mnie jeszcze przed kamerę wypchniesz. Że znowu zrobisz ze mnie aktorkę. Po co w ogóle wysłałaś moją fotografię na ten konkurs? Popatrz na moje ręce. Pracuję stale w gumowych rękawicach, a mimo to, widzisz? Lansować mnie to ci się udawało w kraju. Mamusia profesor w szkole teatralnej użerająca się na radach pedagogicznych o dobre stopnie dla córeczki studentki. A do mnie były zawsze zastrzeżenia. Wiem. A to, że jestem nadwrażliwa. A to, że gram ciebie. A to, że za dużo myślę. Po coś ty mnie w ogóle posłała do teatru? Przecież byłaś gwiazdą. Jedna w rodzinie wystarczy. Nie protestuj. Byłaś. Miałaś wielką pozycję. Więc co? Chciałaś sobie partnerkę wychować? Rywalkę? Następczynię? A może ci chodziło o kontrolę? O to, żeby mieć na mnie stale oko? Przyznaj się.

MATKA: *Nie odpowiada. W tym samym czasie ściera kurz ze stolika. Wyjmuje z torby i ustawia lustro. Wyjmuje także kasetkę ze szminkami i kosmetyczkę. Układa wszystko przed lustrem. Z jakiegoś kąta wyciąga dwa reflektory na stojakach i podłącza je do kontaktu. Wyłącza główne, ogólne światło. Sama narzuca na siebie szlafrok, itd.*

CÓRKA: *Mówi dalej.* Zawsze fascynował mnie w teatrze ten proces rozbierania się z prywatnej garderoby i nakładania na siebie kostiumu. Zdjęcie swojego ubrania i bielizny, aż do naga, a potem ubranie się w cudze. Od codzienności, przez pustkę, do świata teatru. Jakbym zdejmowała swoje własne „ja" i potem warstwami nakładała na siebie „ja" postaci. Ale czy to, co zdejmowałam, to było moje prawdziwe „ja"? A czy naga byłam sobą? Gombrowicz by powiedział, że tak. Właśnie wtedy

. Ale ja przecież grałam Albertynkę w *Operetce* i wiem, że naga byłam znacznie bardziej nieprawdziwa niż ubrana. Więc może dopiero, gdy nakładałam kostium postaci stawałam się prawdziwa? Nie wiem. Garderobiana psychoanaliza. Raczej autoanaliza. A czasem mi się zdawało, że przygotowując się w garderobie do zagrania roli wracam do ciebie. Tak do twojego matczynego brzucha. Staję się anonimowym embrionem, potem się powiększam w tobie, rosnę, ty mnie rodzisz, przecież to ty uczyłaś mnie aktorstwa, a potem… staję się dorosła… przemieniam się w postać sceniczną… I wtedy ojciec staje w drzwiach garderoby. Bierze mnie delikatnie za rękę i prowadzi ku scenie… Tak marzyłam.

MATKA: Ojciec? Marzyłaś żeby to ojciec cię prowadził ku scenie…

CÓRKA: Tak. Ojciec. A co?

MATKA: On… Nic. Nic. Nie gadaj tyle, tylko chodź do lustra.

CÓRKA: Już idę. Zaraz… I gdy już ukostiumowana i ucharakteryzowana szłam ku scenie… Prowadzona przez ojca… Ku scenie, na której światło…

MATKA: *Nagle zdziera ze siebie szlafrok i biegnie po płaszcz.*

Mam już tego dość. Nie mogę już słuchać o teatrze. O rolach. O tym, tym… Mam ciebie dosyć. Mam siebie dosyć. Sama się charakteryzuj. Marzyłaś żeby to ojciec cię prowadził ku scenie. Po tym wszystkim, co ja… Idę. Nienawidzę. Nienawidzę. *Płacze histerycznie.*

CÓRKA: Mamo… Mamo…

MATKA: Czego chcesz?

CÓRKA: Mamo, nie pomożesz mi?

MATKA: *Wraca do lustra. Wkłada szlafrok. Czesze, charakteryzuje Córkę.*

Wiesz jak mówili o tobie w szkole teatralnej?

CÓRKA: Donosili Pani Profesor na mnie?

MATKA: Naturalnie. Mówili: taka ładna a taka mądra, szkoda.

CÓRKA: Myśl piękności szkodzi, co?

MATKA: Wielu aktorów tak sądzi. A wiesz jak mówili o mnie?

CÓRKA: Wiem. Nie powiem.

MATKA: Ja też wiem. Możesz nie mówić. Dawno temu.

♪ *Odzywa się znów motyw „American Dreams".*

Słyszysz? To ta wspaniała, piękna, bogata, szczodra Ameryka otwiera swoje ramiona. Kusi się bogactwem, zapowiada słodkie życie, obiecuje sukces, spełnienie American Dream…

♪ *Muzyka się kończy. Pauza.*

CÓRKA: Jest ci tutaj aż tak źle?

MATKA: Nie zadawaj banalnych pytań.

CÓRKA: Prościutkich.

MATKA: Przyjechałam żeby ci pomóc przy dzieciach, tak?

CÓRKA: Czy to jest pomoc, czy manipulacja? Chęć bezpiecznego przeprowadzenia mnie przez mieliznę życiorysu, czy narzucenia mnie i dzieciom swojego stylu życia, swojej wiary? Próba ściągnięcia mnie spowrotem do kraju, czy ustawienia mnie za granicą?

MATKA: Więc ci nie pomagam?

CÓRKA: Pomagasz, pomagasz. Bez ciebie nie dałabym rady.

MATKA: Staram się nieudolnie.

CÓRKA: Nie zgrywaj się.

MATKA: Co my tu robimy? Po co tu jesteśmy? Obce. Bez zawodów na ten kraj. Bez rozsądnej pracy. To nie nasz kraj. Na początku, jak ktoś mnie pytał jaki mam zawód, to odpowiadałam: aktorka. Wielkie zdziwienie. No, bo tutaj, w moim wieku, jak „aktorka" to albo bezrobotna, albo milionerka. W twoim wieku to jeszcze prościej: albo waitress albo hooker, jeśli mnie rozumiesz. Kelnerka albo dziwka. Ja na milionerkę nie wyglądam. Więc przestałam się przyznawać. Teraz jestem albo profesorem Uniwersytetu Jagiellońskiego na stypendium naukowym, albo posłanką z Wrocławia do polskiego parlamentu uczestniczącą w międzynarodowym seminarium feministycznym, albo dyrektorem programowym w warszawskiej telewizji w drodze na kongres dziennikarzy w Los Angeles, albo, od biedy, wojewodą rzeszowskim, nawiązującym stosunki handlowe z Quebeckiem.

Początkowo jak ktoś mi mówił, że mam słowiańską wymowę, więc pewnie jestem Polka, Rosjanka, Czeszka, albo Ukrainka, to mówiłam dumnie żem Polka. A jakże, jak Wanda, co nie chciała Niemca. Ale z czasem te pytania zaczęły mnie złościć. Jak ktoś mi powiedział, że mam „funny akcent", to mówiłam, że jestem Węgierka, Holenderka, albo Finka, zależnie od humoru. Finka!

I dzieci szkoda. W szkole jeden język, w domu drugi. Ale ten pierwszy też w zabawach z kolegami, w kreskówkach w telewizorze. Częściej, przyjemniej, łatwiej. Pomiędzy sobą dzieci też po angielsku. I ten drugi język, polski, przegrywa. Już często jest tak, że wnuczęta mówią do mnie po swojemu, a ja im odpowiadam po swojemu. Ale oni szybciej zapominają polszczyzny niż ja się uczę angielszczyzny.

W kraju byłaś ludziom potrzebna. Tu nie jesteś potrzebna nikomu. W kraju miałaś szeroki krąg przyjaciół. Tu masz trzy osoby znajome na krzyż. Tubylcy patrzą na ciebie wilkiem, bo nie wiedzą czego można się po tobie, obcej, spodziewać. Urząd imigracyjny myśli, że dostałaś się tutaj na podstawie wyłudzonej wizy, może przeszmuglowana w śmierdzącym luku jakiegoś statku przemytniczego, albo przeszłaś nocą z Meksyku przez rzekę graniczną. Dla urzędu podatkowego jesteś potencjalną oszustką. Dla pracodawcy jesteś kompromitująca, bo pracujesz na czarno. Dla banku jesteś niewiarygodna. Nie dostaniesz pożyczki. Dla policji podejrzana. Bez przerwy musisz się komuś z czegoś tłumaczyć. Napędza cię już tylko instynkt samozachowawczy. Już dawno nic nie czytasz. Coraz mniej myślisz. Nie masz nawet czasu i siły na wieczorny pacierz z dziećmi. Po co?

CÓRKA: Chcesz mnie uczesać czy wyspowiadać?

MATKA: Nie udawaj. Przede mną nie musisz. Przecież sama zadaje sobie takie pytania.

CÓRKA: I ty je sobie zadajesz, prawda?

Pauza.

MATKA: Może wreszcie pora, aby to sobie jakoś uporządkować. Więc kim jesteśmy? Dwie emigrantki? Dwie uciekinierki? Dwie byłe aktorki? Czy dwie obecne służące? Trzeba to nazwać po imieniu…

♪ *Ostry dzwonek telefonu. Obie kobiety rozglądają się gdzie też może być telefon. (To było jeszcze w epoce bez komórek!).*

CÓRKA: Może to do mnie?

MATKA: Może. Ale gdzie jest telefon?

Nerwowo szukają telefonu po całej przestrzeni.

CÓRKA: Jest! Tam, z boku.

♪ *Biegnie w kulisę. Dzwonienie urywa się. Córka wraca ze słuchawką, niosąc telefon na długim sznurze. Matka stara się również przyłożyć ucho do słuchawki.*

CÓRKA: *Mówi szeptem do Matki:* I tak nie zrozumiesz. Nie pchaj się! *Do słuchawki:* Yes. I'm so happy that you're calling. Yes. I'm waiting. I'm ready. In five minutes? Great. See you. By![1]

Wybiega odnosząc telefon, woła.

To on, producent. Będzie tu za pięć minut. Jest już blisko. Telefonował ze swego wozu. Ma tam radiotelefon. Szybko. Moja sukienka.

♪ *Odzywa się fortepianowa muzyka jak ze starego kina epoki niemych filmów. Następuje scena pospiesznego ubierania się Córki, która wkłada wydobyte z torby eleganckie ubanie. Scena ta powinna być groteskowa — jak z filmu niemego, oparta o walkę Córki z poszczególnymi częściami garderoby. Matka stara się niezgrabie pomagać. Można tu wyimprowizować w czasie prób dialog złożony z urywanych słów: np. „pasek"—„nie to"—„pospiesz się"—jakieś przekleństwa. Wreszcie córka staje na środku sceny gotowa.*

♪ *Muzyka cichnie.*

CÓRKA: Gotowe.

MATKA: Śliczna jesteś. Co to ma być za rola?

CÓRKA: Rola?

MATKA: No, ta, do której on cię będzie angażował.

CÓRKA: Nie wiem. Ale chcę, żeby wiedział, że ma do czynienia z gwiazdą.

MATKA: Nie będzie miał wątpliwości. Tak ubrana możesz wystąpić na konferencji prasowej na lotnisku w Cannes, zaraz po przylocie na festiwal. Bomba.

Pauza.

CÓRKA: Już powinien być.

---

[1] Tak. Tak się cieszę, że pan dzwoni. Tak. Czekam. Jestem gotowa. Za pięć minut? Świetnie. Do zobaczenia. Pa!

MATKA: Chodź. Siądziemy skromnie w kącie. A jak on się ukaże w drzwiach, to dopiero wtedy wstaniesz i wyjdziesz mu naprzeciw. Zrobisz wielkie entré. A ja zostanę w cieniu. Czekamy.

Siadają na krzesłach w cieniu.

CÓRKA: Dobrze wyglądam?

MATKA: Super. Cicho.

Długa pauza.

CÓRKA: *Szeptem:* Jak wejdzie, to mam pierwsza powiedzieć „Halo", czy czekać aż on?

MATKA: Lepiej powiedz od razu i podjedź do niego, żeby wiedział, że ty to jesteś ty.

Długa pauza.

CÓRKA: *Nagle głośno*: Idzie!

MATKA: *Po chwili*: Nic nie słychać.

Pauza.

CÓRKA: *Gwałtownie rzuca się na kolana*: Zosiu, Zosiu, Boga proś! Jedzie! Tętni! Goni! Będzie ze sta, do sta Koni! Coraz bliżej! Klęknąć! *Klęka.* Stanął. Wrył. Strzymał, widać, z całych sił. Gdyby to Archanioł był!

Podnosi się z klęczek.

Wiesz co, mamuśka, czekamy tu jak dwie idiotki, na jakiegoś tam producenta czy reżysera, jakby to archanioł był. Aż wstyd. Mam tego dość. Nie czekam więcej. Idę. Jak chcesz to możesz zostać. Na pewno cię zaangażuje. Pa.

MATKA: Jeszcze cię emigracyjne życie nie nauczyło cierpliwości? Jeszcze nie dość przeżyłaś upokorzeń, poniżeń, afrontów? Jeszcze nie wiesz, że tutaj to ty nigdy nie możesz się spóźnić i to zawsze ty musisz czekać, a nie odwrotnie?

CÓRKA: Właśnie. Mam tego dość.

MATKA: A ja? Ja myślisz?

CÓRKA: Przepraszam. Ale wiesz co…

Skierowuje reflektory na drzwi wejściowe.

Tak będzie miał królewskie wejście.

MATKA: Ale natychmiast oślepnie i nie dostrzeże piękności twojego buziaki. Nie mówiąc o reszcie.

CÓRKA: *Przestawia jeden z reflektorów.* Tak lepiej?

Pauza.

MATKA: Idzie! Słyszę kroki na korytarzu. *Wstaje i podchodzi na palcach do drzwi.*

CÓRKA, *Córka wyciąga okulary słoneczne, którymi będzie operowała jak mikrofonem. Podbiega do Matki, którą traktuje jako reżysera, z którym przeprowadza wywiad.* Panie reżyserze, przylatuje Pan prosto z Los Angeles, z Hollywood, z rozdania Oskarów. Nasi słuchacze chcieliby się dowiedzieć co Pan czuł, gdy wywołano Pana nazwisko jako laureata?

Udaje, że słucha odpowiedzi.

Szalenie dowcipnie Pan to ujął. Genialnie. Panie reżyserze, a jaki jest cel Pana wizyty w naszym pięknym mieście?

Słucha.

Doprawdy? Dowiedział się Pan, że przebywa tu na występach gościnnych ta słynna polska artystka. I co? Chce Pan ją zaangażować do swego następnego filmu?

MATKA: *Przez chwilę odmawia przyjęcia gry. Nagle wkłada płaszcz i kapelusz. Chwyta szminkę i posługując się nią jak cygarem zaczyna grać reżysera. Zmienia głos.)*

Taaak. Moi agenci wyszukali tutaj młodą, fantastycznie utalentowaną aktorkę z Polski. Otrzymałem na jej temat liczne donosy. Postanowiłem ją wezwać na przesłuchanie. W razie oporu doprowadzić siłą.

CÓRKA: Siłą? To szalenie podniecające. W kajdankach? Zawsze Pan tak postępuje z młodymi aktorkami?

MATKA: Zawsze. Siła przed prawem. Oto moja dewiza. Prawe przed lewem. Lewe przed…

Oj coś mi się pokręciło… Dajmy już spokój…

CÓRKA: Proszę cię, graj dalej! Panie reżyserze, proszę nam powiedzieć coś więcej o tej aktorce z Polski.

MATKA: Nie wiem o niej wiele. Doniesiono mi jednak, że ona niechętnie poddaje się przesłuchaniom, zdjęciom próbnym. Jeżeli jednak jej talent i umiejętności dorównują rozgłosowi jakim się cieszy, to gotów jestem znieść wszelkiej jej kaprysy, byle tylko zaangażować ją do mego filmu.

CÓRKA: Ona tu jest na występach gościnnych? W jakim teatrze można ją zobaczyć?

MATKA: Zachowuje najściślejsze incognito. Występuje tylko w spektaklach głęboko zakonspirowanych, podziemnych, i, prawdę mówiąc nielegalnych. Jak mówią, ten nawyk przywiozła z Polski. Można ją zobaczyć to tu, to tam, w różnych biurach, na zapleczach sklepów, oraz w kuchni jednego baru. Ale ja ją wyciągnę w światła rampy, przed jupitery, kamery, czterdzieści i cztery. To takie polskie powiedzonko, które ona, jak mi powiedziano często powtarza…

CÓRKA: Czyli odnajdzie Pan Kopciuszka jak książkę z bajki. Cudownie! A jaką rolę książę przewiduje dla niej, proszę księcia?

MATKA: Hm, hm, hum. Nie lubię zdradzać moich pałacowych tajemnic. Ale będzie to rola pierwszej naiwnej połączonej z ostatnią wyrachowaną. Coś w rodzaju Julii skrzyżowanej z

Kleopatrą…

Od pewnego czasu przez dialog aktorek z trudem przebijał się dzwonek telefonu.

CÓRKA: Zaraz, zaraz… Telefon! *Biegnie w kulisę. Słychać jej głos* Yes. It's me. Juliet, sorry, no, no, it's me. Yes. Yes. No problem. I'll wait. No. Not at all.[2]

Wraca na scenę.

---

[2] Tak. To ja. Juliet, przepraszam, nie, nie, to ja. Tak. Tak. Bez problemu. Poczekam. Nie. Wcale nie.

Nie przyjdzie.

MATKA: Nie mów! Wcale?

CÓRKA: To znaczy, spóźni się. Coś mi mętnie tłumaczył, że dostał w wozie jakiś pilny telefon, gdzieś się musiał zatrzymać po drodze. Nie zrozumiałam. Ale mam na niego czekać. Że będzie na pewno. Tylko nie zaraz.

MATKA: To znaczy kiedy?

CÓRKA: Nie wiadomo.

Pauza. Muzyka "American Dreams". Obie aktorki słuchają przez chwilę. No, chodźmy stąd. Nie dla nas ta Ameryka.

MATKA: Przecież mu powiedziałaś, że będziesz czekać.

CÓRKA: Ale mi się już nie chce. I tak nic z tego nie wyjdzie.

MATKA: Dajmy mu jeszcze jedną szansę.

CÓRKA: Jemu?

MATKA: Tobie. A jak mamy czekać, to może warto powtórzyć twoje sceny. Te, przygotowane dla niego.

CÓRKA: Bez sensu. Po polsku nie zrozumie. A to co mam po angielsku to go tylko rozśmieszy.

MATKA: Jeśli jest fachowcem to oceni twoje aktorstwo niezależnie od języka. Żebyś nie musiała żałować! Pracujemy? Wszystkie twoje trzy kawałki. Tak jak ci kazał przygotować. Jeden klasyczny i smutny, drugi współczesny i śmieszny, tak? A na deser piosenka z tańcem. Tak?

CÓRKA: Niby tak. Jeśli go dobrze zrozumiałam przez telefon. I każdy ma być nie dłuższy niż dwie minuty. Co można pokazać w dwie minuty?

MATKA: Sprawdzę. Będę patrzyła na zegarek.

CÓRKA: Tak dawno nie byłam na scenie… Nie wyczuwam przestrzeni… Nie dam rady.

MATKA: Dasz. Dasz. Najpierw Diana. Tylko poczekaj. Zrobię światła.

Matka przestawia oba reflektory, kierując je na środek sceny. Schodzi na widownię, skąd będzie obserwować. Klaszcze dwa razy w dłonie.

CÓRKA: Mogę zacząć, Pani Profesor?

MATKA: Proszę! *Klaszcze.*

CÓRKA: *Mamrocze.* Słowo daję, jak w szkole teatralnej. I na dodatek mój nieśmiertelny monolog. Grałam to w szkole. Potem w teatrze. Razem chyba ze sto razy. Rzygać się chce. Nikogo tym nie zaskoczę.

MATKA: Tutaj tego nie znają. Zresztą to mówisz po polsku. Proszę! *Klaszcze.* Podrzucam ci: Prosto mówię, o mariażu. Czy mam klęknąć?

CÓRKA: To za śmiało Mój Pani Hrabio!... Wcale po kupiecku

Zbliżyłeś się Pan… po towar… Gdzie łokieć?

MATKA: *Przerywa.* Jesteś nie skupiona. To było zupełnie powierzchowne. Skup się i zacznij jeszcze raz! Proszę! *Klaszcze.* Prosto mówię, o mariażu. Czy mam klęknąć?

CÓRKA: To za śmiało
Mój Pani Hrabio!... Wcale po kupiecku
Zbliżyłeś się Pan... po towar... Gdzie łokieć?
I gdzie są szalki? Patrz, polska aktorka
Ma dosyć dumy, żeby nie od razu
Z tobą się przespać!

MATKA: Nie śmieszą mnie wcale twoje dowcipy!

Muzyka cichnie. No, chwila ciszy. Zawsze ci powtarzam: zanim zaczniesz musisz się skupić wewnętrznie, potem wejść w postać, potem zidentyfikować partnera, nawiązać z nim kontakt, a dopiero potem zacząć do niego mówić.

CÓRKA: Tak jest, Pani Profesor. Jestem strasznie roztrzepana, Pani Profesor. Proszę się na mnie nie gniewać, Pani Profesor. Bo się zaraz rozbeczę, Pani Profesor.

MATKA: Nie wygłupiaj się. Jeszcze raz. Odwróć się tyłem. Zamknij oczy. Skup się. Potem powoli otwórz oczy i wolno się odwróć. Zobacz partnera. Wtedy mów. Prosto mówię o mariażu. Czy mam klęknąć?

CÓRKA: To za śmiało
Mój Pani Hrabio!... Wcale po kupiecku
Zbliżyłeś się Pan... po towar... Gdzie łokieć?
I gdzie są szalki? Szlacheckiemu dziecku
Bóg dał... patrz, Hrabio, nawet ten paznokieć
U palca, jako rubin, gdzieś obmyty
Krwią przodków, a gdzieś wzięty na wezyrze!
Me łzy... Patrz, są jak perły Amfitryty,
Bom obrażona we łzach. — W tym szafirze
Oka mojego znajdziesz niby mętne
Łzami rodowych myśli zdrojowisko.
Wszystko... co mogło w spadku dziecko smętne
Wziąć... po umarłych... całe serc ognisko,
Z szlachetnościami wszystkimi i całą
Myśli ich piękność... ja mam... po nich w spadku...
A ten mój posag ich — to moje ciało...
Gdybym więc nawet kładła na ostatku
Duszę... i o niej nie mówiła wcale,
Traktując z tobą o siebie na funty,
To jeszcze by mi ust jasne korale,
To jeszcze oczy te, co straszne bunty
Podnoszą, ogniem i łzami ciskając,
Kazały dumną być w targu i trudną.
Jak to? — więc chciałeś, Hrabio, nie klękając
Jak przed Madonną na stepie odludną
Rafaelową — rumienić jej lice

I grubiaństwem… cud otrzymać święty,
Że się łzami jej zapełnią źrenice
Lub z płótna tryśnie krew?

MATKA: *Przerywa.* Dwie minuty.

CÓRKA: No, jak?

MATKA: Mam ci powiedzieć?

CÓRKA: Chcesz mnie na zawsze zniechęcić do aktorstwa?

MATKA: Było świetnie. Jesteś naprawdę zdolna bestia, córeczko. I musisz wrócić na scenę. Musisz!

CÓRKA: Naprawdę było nieźle, mamo? Ale to jest po polsku.

MATKA: Było bardzo dobrze. Wnętrze i ekspresja. To się przebija w każdym języku. Teraz twójnumer współczesny.

Zapala dodatkowy reflektor z przodu na podłodze, który spowoduje, że na tylnej ścianie pojawi się cień córki. Córka zdejmuje wierzchnią część kostiumu i zostaje w lekkiej bluzce. Odchodzi w głąb sceny. Chwilę się skupia. Potem rusza ostro ku przodowi, staje w świetle. Jest zupełnie inną postacią niż arystokratyczna i romantyczna Diana. Jest teraz współczesna, ostra, wulgarna, zdecydowana. Mówi:

CÓRKA: I've already worked the second and the third shift, so I know what the real Labor is. No one is going to tell me. That was when I worked in a record factory. You know, Music records. Cheep ones. Not those High Tech, Hi Fi, CD toys. Regular stuff. Eight hours with a lunch brake. That is eight and half, because you had to make up for lunch. Moving all the time. There is no kidding at a factory here. No fun. Well, easy work is available too. A call girl. Go-go dancer. Stripper. Drug pusher. Escort. Porn star. I didn't want that. So, the factory. Non-stop sweat. Back-cracking swing. Machine imposed pace. To scratch, I had to time it well. It was winter. Window wide open and still hot like hell. Some girls worked only in their bras. Or without. The boss liked that. It goes like this. I didn't take off my blouse. I also go without. And what must be there in this heat now? I'm in the middle. At the back is the machine which passes the mesh in sort of a lump. On one side a machine for pressing, the press. On the other side, second press. In front, a cutting machine, the cutter. Above it, a shelf for the ready records. Below, labels and covers. Working gloves on. Go. Down for the label. The label on the right press. Back for the mash. Mash on the label. Down for the label. Label on the mash. Close the press. Down for the label. Label on the left press. Back for the mash. Mash on the label. Down for the label. Label on the mash. Close the press. This is the left pressing machine. So, immediately move to the right machine. Open. 'Cause the record is ready and if you live it for too long, it'll burn. Record on the cutter. Close cutter. Open the cutter. Down for the cover. Up to the shelf. And rush to the other press, 'cause the record may burn. Open. Take out. On the cutter. Close. Open. Down for the cover. Record in the cover. Up to the shelf. And again. Again. Again. Up. Down. Up. Down. Up. Down.[3]

MATKA: Równo dwie minuty. oskonale. Tylko się nie oszczędzaj i ruch musi być cały czas energiczny. I spróbuj się czasem podrapać po nosie, jakby ci mucha siadała, albo wytrzeć pot z czoła wierzchem dłoni. Naturalnie nie wypadając z rytmu. Chcesz powtórzyć?

---

[3] Tłumaczenie na polski tego monologu podane jest po tekście dramatu.

CÓRKA: O, nie. Mam dosyć. To i tak na nic. On już nie przyjdzie.

MATKA: Przyjdzie. Doczekamy się. A twój numer taneczny?

CÓRKA: Daj spokój.

Gasi oba reflektory na stojakach, a stojący z przodu na podłodze kieruje prosto w górę. Wyciąga ręce nad reflektor.

Pamiętasz, jak grzałyśmy się nad ogniskiem nad Dunajcem, po kajakowej wywrotce? Wszystko mokre. Ziąb do szpiku kości.

MATKA: Pamiętam.

Staje obok Córki również grzejąc ręce nad ogniskiem.

CÓRKA: Mamo, czemu ojciec nie jeździł z nami na spływy?

MATKA: Wiesz przecież.

CÓRKA: Wtedy nie wiedziałam. Tak bardzo chciałam żeby z nami był.

MATKA: Wtedy?

CÓRKA: Wtedy. Teraz.

MATKA: A twój mąż?

CÓRKA: To skończone. A ty?

MATKA: Co, ja?

CÓRKA: Chciałabyś, żeby wrócił?

MATKA: Tak. Nie. Ale teraz wiesz jak było. Tak zostało. Jest. Więc nie.

CÓRKA: Wiem. A jednak chciałabym, aby ukazał się tam, we drzwiach, w cieniu. Zamiast tego jakiegoś reżysera.

MATKA: Kto? Żeby się ukazał?

CÓRKA: Ojciec.

MATKA: Cicho.

CÓRKA: Ty jeszcze czekasz.

MATKA: Na kogo?

CÓRKA: Nie udawaj.

MATKA: Nie. Tak. Bo jednak boję się, że to może się jednak stać. Przyjedzie tu. A wtedy?

CÓRKA: Więc jednak na niego czekasz. Tak jak ja.

MATKA: Czekasz na ojca?

CÓRKA: Bardziej niż na kogokolwiek innego na świecie.

Odzywa się telefon. Kobiety początkowo nie reagują. Potem Matka odzywa się niechętnie.

MATKA: Odbierz.

CÓRKA: Nie chce mi się.

Matka rusza w stronę telefonu.

CÓRKA: Zostaw. Pójdę.

Idzie. Telefon przestaje dzwonić. Słychać niewyraźnie jak rozmawia. Wraca.

Pomyłka.

MATKA: Na pewno zadzwoni, albo przyjedzie. Już zaraz.

CÓRKA: Kto?

MATKA: Jak to kto? Twój książę producent.

CÓRKA: Zawsze byłaś bardziej uparta niż ja. Dlatego do czegoś doszłaś.

MATKA: Ty też dojdziesz. Tylko zaczekaj jeszcze parę minut. On przyjdzie na pewno. Pozna się na tobie. Obsadzi cię. Jak nie dasz rady z językiem, to ci załatwią dubbing. Ale ty się nauczysz szybko. Taka jesteś zdolna. Zasypią cię ofertami. Kupisz willę w Bel Air. Będziesz wybierać w rolach. Do dzieci najmiemy nianię. A ja będę jeździła osiemnastometrowej długości białą limuzyną z szoferem na zakupy. Będę prowadziła ci dom. Dom wielkiej gwiazdy filmowej. Będziesz bogata i sławna. A ja będę matką bogatej i sławnej gwiazdy filmowej…

CÓRKA: Pletu, pletu, kotletu. Sama wiesz, że to nie idzie tak łatwo. Wiesz, prawda?

MATKA: W każdym razie musimy czekać. Takiej okazji nie można przepuścić.

CÓRKA: Jeszcze się łudzisz?

MATKA: Wiem. Wiem na pewno. Wierzę. Teraz jeszcze twój trzeci numer. Na to decydujące o twoim losie przesłuchanie. Do roboty.

CÓRKA: Nie mam siły. Jestem zmęczona.

MATKA: Potrzebna ci jest rozgrzewka przed decydującą batalią. No, już!

CÓRKA: Chyba, że w duecie z tobą.

MATKA: Ze mną? No, dobrze. Ćwiczyłam to z tobą wiele razy.

♪ *Idzie do magnetofonu. Odnajduje właściwą taśmę. Odzywają się skoczne dźwięki kankana. Córka w tym czasie przebiera się w kostium kabaretowy: biała koszula z muszką, krótki fraczek, czerwone majtki, cylinder, laseczka. Wkłada buty do stepowania. Matka wkłada czerwone filtry do reflektorów. Pozostaje w swoim szlafroku.*

Aktorki biorą się za ręce i zaczynają tańczyć. Córka przy tym stepuje.

CÓRKA: Hopla! Wyżej nóżka! Hopla!

MATKA: Już nie mam siły.

CÓRKA: No, wyżej!

MATKA: Nie. Już dosyć.

♪ *Przerywa taniec. Jest bez tchu. Wyłącza taśmę.*

Musimy teraz odpocząć. Trzeba na chwilę wyjść na powietrze. Nie zapomnij tylko wziąć klucza.

Wyłącza wszystkie reflektory.

Wychodzą.

► PRZERWA ◄

► AKT II ◄

Ta sama przestrzeń. Brzmi stłumiona muzyka „American Dreams". Scena jest ciemna. Wchodzi Matka. Siada w kącie i długo siedzi nieruchoma w mroku. Muzyka cichnie. Matka nagle wstaje. Zapala jeden z reflektorów. Próbuje głosem akustyki sali.

MATKA: Tak, tak, właśnie Panu chcę coś powiedzieć. Niech Pan nie ucieka, Panie reżyserze! Niech Pan się nie chowa. Wiem, że Pan tam jest. Za fotelem? Pod fotelem? Na balkonie? A może już się Pan zdążył zmyć i stoi Pan za drzwiami. I boi się Pan wejść. Ale podsłuchiwać jest Pan gotów, co?

No to niech Pan posłucha, choćby przez szparę. Ja sobie wypraszam! Ja nie pozwolę robić sobie głupich uwag! Pan jest na to za młody. Pan w ogóle nie rozumie co to jest aktorstwo. Ja już jestem trzydzieści lata na scenie! No, dwadzieścia pięć. A choćby i trzydzieści siedem. To co? A choćby czterdzieści. To Pan myśli, że ja już nie rozumiem tego waszego nowoczesnego teatru? Czas dla mnie stanął? I Pan mnie będzie tłumaczyć co to jest wielka namiętność? Mnie? Proszę Pana, jak ja zagrałam scenę namiętności Fedry, to kolega grający Hipolita dostał na scenie orgazmu. Tak, proszę Pana reżysera. Ja potrafiłam grać z dystansem, zanim Pan przeczytał te wszystkie książki i sztuki Brechta razem wzięte, Panie bibliotekarzu. Mnie nie potrzeba do tego książek, bo ja mam instynkt i wiem gdzie doładować, a gdzie popuścić. Ja grałam monolog Marii w *Warszawiance* w absolutnej ekstazie zanim Pan pojechał do Afryki pobierać lekcje transu od murzyńskich szamanów. Jak ja miałam szept, to aż portiery w drzwiach trzeciego balkonu falowały!

No, może Pan już wejść do sali. Więc chciał Pan, żebym się ukazała z lewej strony? Proszę bardzo. To mi nie przeszkadza. Ale czy miał Pan na myśli od Pana, czy ode mnie? Dobrze. Dobrze. Sama wiem, z której.

Wychodzi w kulisę. Wchodzi ponownie. Gra niemą etiudę: zdziwienie, lęk, rozbawienie, aż do wybuchu śmiechu, który nagle urywa. Mówi obojętnym głosem:

Zagram to Panu na premierze.

Podchodzi z boku do reflektora, tak, że światło pada z bliska na samą jej twarz wycinając ją z mroku.

Muszę jeszcze coś dodać… Ojcze… Ale nie wiem jak to powiedzieć… Ja… zabiłam… Nie… Ksiądz mnie źle zrozumiał. Nie. To raczej ja źle powiedziałam. Przecież nie ją zabiłam. Moja matka sama umarła. To straszna choroba. Do dziś nie jestem w stanie wymówić jej nazwy. To się przedłużało… I właśnie wtedy dostałam wielką role w filmie. Pierwszy raz w życiu. Ale nie chciałam opuszczać mamy. Siadywałam przy niej godzinami w szpitalu… Opowiedziałam jej. I ona powiedziała, że mam przyjąć. Że takie są prawa życia…

Pauza.

Tego dnia… Na planie… Kierownik produkcji nie powiedział mi, że był telefon ze szpitala, aż dopiero po zakończeniu zdjęć. Jechałam nocą. Za późno. Wróciłam nad ranem. *Pauza.*

Od samego rana znów zdjęcia. Chciałam przerwać zdjęcia. Wszyscy byli współczujący i opiekuńczy, składali mi kondolencje, umarła ci matka, jak mi przykro, przyjmij moje wyrazy… Zarazem okazało się jacy byli samolubni, nieczuli, okrutni. Starsi koledzy pouczali mnie, że skoro ona już umarła, a ja jestem aktorką to granie jest moim pierwszym obowiązkiem. Był wielki plan, kilkudziesięciu aktorów z całej Polski. Plan by się rozsypał. Ludzie potraciliby pieniądze. Więc zgodziłam się żeby nie odwoływać zdjęć nawet na pogrzeb. Niech mnie tylko zawiozą i odwiozą. Wśród aktorów jest coś takiego jak zawodowe poczucie obowiązku wobec zespołu. Nie mogłam ich wszystkich zawieść. W dniu pogrzebu kręciłam od świtu. Zrobili specjalnie bardzo długą przerwę, ale nie pozwolili mi się rozcharakteryzować ani rozebrać. Białą długą suknię panny młodej, taką rolę grałam, garderobiana podpięła mi agrafkami i narzuciła na nią czarny płaszcz wyciągnięty z kostiumeri. Gorąco. Lipiec. Zawieźli mnie prosto na cmentarz. Samochód z wytwórni czekał pod bramą.

Pauza.

Wokół kaplicy rosły wielkie lipy. Okwiecone. W nich pszczoły. Pełnia lata… Zbiór miodu… Trumna była już zamknięta, wysoko, obstawiona świecami. Przez otwarte okna słychać było granie pszczół w lipach. Było mi strasznie gorąco w tym czarnym płaszczu, ale nie mogłam go nawet rozpiąć, bo ta biała sukienka…

Próbowałam się modlić za duszę matki… Myślałam… Kim jestem? Wymyśloną postacią z filmu grającą fałszywą żałobę? Czy córką tej kobiety, która tam, między świecami, naprawdę była martwa? Pozór aktorstwa zderzony z rzeczywistością życia. I fałsz życia, mojego życia wobec prawdy śmierci, jej śmierci. Jak mogłam przyjąć ten film gdy matka była umierająca? A gdy już kręciłam, to dlaczego nie postawiłam się ostro i nie zerwałam zdjęć choć na dzień pogrzebu?

W pewnej chwili zobaczyłam, że po trumnie chodzi pszczoła. Może zmyliła drogę? Może się zmęczyła upałem. Jak ja. Może opaliła sobie skrzydełka o świece? Nagle zeszła na dół i zaczęła pełznąć ku mnie po posadzce. A ja boję się pszczół, os, szerszeni, robactwa. Zrobiłam coś strasznego. Postawiłam na niej torebkę.

Potem była pospieszna msza święta i pogrzeb pod lipami. Kierownik produkcji poprosił księdza żeby nie było kazania, ani mów nad grobem. Plan czekał. Jak tylko gródkę ziemi rzuciłam, to już wzięli mnie do samochodu. Długa droga w upale.

I znów kręciłam. Ujęcia na wiejskim weselu. Panna młoda. Roześmiana. Roztańczona. Rozdokazywana. I tylko ciągle jakby kończył mi się oddech. A ta pszczoła… Ciągle szła ku mnie po kamiennej podłodze kaplicy cmentarnej… Ja ją zabiłam.

Siada na fotelu. Po chwili.

Więc ta rola już nie dla mnie, Pani Dyrektor? Dziękuję za szczerość. Nie taję, że mnie to zaskoczyło. Gdy dziś przeczytałam komunikat obsadowy, to w pierwszej chwili pomyślałam, że zaszła jakaś pomyłka. Bo przy Lady Macbeth, na czele obsady, nie było mojego nazwiska. Było na samym dole. Nie wierzyłam oczom. Pomyślałam, że to jakiś okrutny kawał. Czyj? I że ten komunikat zostanie podmieniony na inny. A sekretarka mnie przeprosi. Trzy razy jeszcze raz podchodziłam do tablicy obsadowej. Ale komunikat był ten sam. Jakiś dowcip nawet do kolegów powiedziałam, że ten komunikat chyba jest postawiony na głowie. Czy coś takiego. Nikt się nie śmiał. Poszłam do swojej garderoby i zamknęłam się na klucz.

Pauza.

Śmieszne, ale do dzisiaj nie wiedziałam właściwie jak się oblicza wiek aktorki. A to bardzo proste. Nie lata się liczą, tylko role. Dziewczyny, kobiety, staruszki. Gdy ogłoszono repertuar tego sezonu wszyscy byli pewni, że będę ponownie grała Lady Macbeth, jak już dwa razy. Dwadzieścia lat temu i nie tak dawno. Pod poprzednią dyrekcją. Rozumiem, że Pani Dyrektor może mieć swoją koncepcję, do której ja nie pasuję. „Starość nie dzieciństwo" jak mawiał mistrz Solski.

Pauza.

Więc już się nie liczy, że Raniewską grałam na wlewkach do gardła, z anginą, żeby tylko spektaklu nie odwołać? Więc już poszło w zapomnienie, że przed każdym *Snem nocy letniej* dostawałam blokadę kręgosłupa i szalałam jako Puk po Pani słynnych trapezach? A nikogo nie interesowało jakie były moje noce gdy blokada przestawała działać. Już Pani nie pamięta, że Królową Przedmieścia grałam aż do ósmego miesiąca ciąży, ściskając brzuch bandażem elastycznym i tańcząc co wieczór jak szalona, bo sztuka miała powodzenie, szła kompletami.

Pauza.

Po co ja to wszystko mówię? Więc jak to jest? Nie ma dla mnie miejsca w tej obsadzie? To chyba nie ma dla mnie miejsca w tym teatrze? Więc może już nie ma dla mnie miejsca w tym kraju? W każdym razie Damy Dworu w *Makbecie* grać nie będę. Oddaję tę „rolę". Mogę też oddać wszystkie inne role bieżącego repertuaru. Wszystkie.

♪ *Córka wchodzi i zaczyna gwałtownie pakować rzeczy. Znów odzywa się muzyka „American Dreams" zza ściany.*

CÓRKA: Dzieci zostały same.

MATKA: Dadzą sobie radę.

CÓRKA: Zawsze się o nie niepokoje jak muszą zostać na tak długo bez opieki. Budzą się w nocy. Mają jakieś strachy.

MATKA: Są dzielne i mądre.

CÓRKA: Są coraz bardziej rozwydrzone i bezmyślne. Ciągle te gry komputerowe.

MATKA: Czymś muszą się zająć jak nas nie ma w domu. Ale rozumieją sytuację. A dziś wiedzą, że matka zdaje ważny egzamin.

CÓRKA: Szkoda, że ja nie rozumiem. I nic nie zdaję. Komisja się spóźnia.

MATKA: Masz czas do jedenastej? Masz? To czekaj. Nieraz musiałaś czekać na swoją kolejkę do egzaminu, jak w szkole teatralnej.

CÓRKA: Ale jak zdałam magisterkę, Pani Profesor, to już myślałam, że nie będzie więcej egzaminów.

♪ *Muzyka za ścianą się urywa.*

Chyba w tym sąsiednim studiu też skończyli już swoje auditions. Koniec ich pogoni za American Dream. *Pauza.* My też chodźmy do domu.

MATKA: Będziemy czekać do ostatniej chwili. Masz wezwanie na przesłuchanie, to czekaj.

CÓRKA: Przesłuchanie? Tak… Dobrze. To posłuchaj…

Ustawia krzesło na środku sceny. Zbliża do niego jeden z reflektorów. Siada w smudze światła. Mówi przez łzy, histerycznie, gwałtownie.

Nie. Nie byłam żadną kolporterką. Te ulotki, coście przy mnie znaleźli musiał mi ktoś podrzucić. W tramwaju może? Tego wieczora, jak wróciłam z zajęć, to już w ogóle nie wychodziłam w ogóle z domu. Co? Nie znam takiego nazwiska. Nie, nie byłam tam o jedenastej wieczorem. Ten adres? Pierwszy raz widzę. Nie wiem gdzie to jest. Nic nie drukowałam. Niech Pan mi nie grozi. Niech Pan mnie nie straszy. Proszę bardzo. To będę siedzieć. Tak. Tego znam. To kolega ze szkoły. Kolega. Nic więcej. Nie. Nie sypiam z nim. Z Panem też nie będę. Tak. To jego fotografia. Nie widzę wcale żeby rozrzucał ulotki. Może karmi gołębie? Nie powiem. Nie. Nie.

Zmienia pozycję. Jest teraz zdenerwowana, zagubiona.

Nie spieszy mi się wcale na scenę. Co Pan mówi? Że Porębski chce mnie obsadzić w swoim nowym filmie? I tak bym u niego nie zagrała, bo się u niego nie gra. No, nie gra się i już. Nic nie wiem o żadnym bojkocie. Nikt mi nic o Porębskim nie mówił. Po prostu jak go nie cenię, jako reżysera. Główna rola? I że Pan Gustaw główna rola męska. To Pan wymienia te nazwiska. Ja nie wymieniam nigdy nazwisk. Zasadą jest nie wymieniać nazwisk. Na pewno czytał Pan *Małego Konspiratora*, tak samo jak ja. Tam to stoi. To jest druk nielegalny? No to nie czytałam. Odwołuję to zeznanie. A wie Pan, jaki kursował dowcip o jednym ministrze kultury. Nie powiem, o którym. Nie wymienię. Ktoś mu daje książkę na imieniny. A on na to: „Bardzo dziękuję, mam już nawet jedną książkę w bibliotece, będzie do pary". Nie śmieszne? Przepraszam. W każdym razie chciałam przez to powiedzieć, że już raz grałam główną rolę w filmie. To nie muszę drugiej. Serial telewizyjny? O, to byłoby interesujące. Ale ja się tutaj u was w tej piwnicy nabawiłam chrypki. Więc tej propozycji też przyjąć nie mogę. Tak, mogę się jeszcze zastanowić. Stypendium zagraniczne? Nie lubię podróżować. No, dobrze, pomyślę. Tak, czas to mam.

Zmienia pozycję. Mówi głosem zgaszonym, monotonnym.

Te ulotki dał mi Kosecki. Kosecki Zbigniew. Były one wydrukowane na działce u Jana Koperwasa, adres domowy: Garncarska 12. Kosecki mi je dała na przystanku przed domem towarowym na rogu Kościuszki i Armii Czerwonej. Byli też ze mną Jaworski Maciej, Bako Szczepan, Zimmel Wiktor i Olchowska Barbara. Oni też rzucali. Tak. Rozpoznaję ich na fotografiach. Na wideo też ich rozpoznałam. A to ja. Tak. To ja. Rzucam. Jak uciekłam stamtąd to nocowałam u Bartosik Heleny, Narutowicza 35, mieszkania 9. Nad ranem przyszedł tam Kosecki i powiedział, że wszystkich wyłapują bo fotografowali i mają wideo. Więc nie mogę wracać do domu i muszę się ukrywać. I że on też schodzi pod ziemię. I został z nami, po prostu u Bartosik, gdzie mieszkaliśmy wr trójkę pięć tygodni, wychodząc na zakupy po zmroku, pojedynczo. Bartosik z nim żyła. Ja też. Potem on poszedł nie wiem gdzie. A ja się przeniosłam do Zimowiec Jolanty, Pocztowa 13, mieszkania 83.

Przebywałam u niej dwa miesiące nie wychodząc z domu. Potem na telefoniczne polecenie Koseckiego Zbigniewa, nocą poszłam na Przodowników Pracy 18, mieszkania 117, gdzie miałam dostać melinę u nieznanych ludzi. Zadzwoniłam. Nikt mi nie otworzył. Gdy wyszłam z klatki schodowej to… *Pauza.* Zbyszek stał przy drzwiach. Rzuciłam mu się na szyję i zaczęliśmy się całować. Wtedy ktoś mi położył rękę na ramieniu. Odwróciłam się gwałtownie. Dookoła stali milicjanci.

Pijana. Zaśmiewa się.

A żeby Pan wiedział co mówił wczoraj Lutek w bufecie teatralnych w czasie spektaklu? Lutek Zając, przecież Pan wie, opowiadałam o nim nieraz. Wiec on mówił, że wszystko trzeszczy. Pan przecież wie, że Lutek rządzi podziemną Solidarnością w teatrze jak chce. Nawet dyrektor musi go słuchać. Dosłownie. Na baczność przed nim staje. Można się skichać ze śmiechu. Nie, dziękuję, i tak za dużo wypiłam. Ale jak Pan będzie miły to mogę Panu jeszcze opowiedzieć o Szafrańskiej. O Zduneckim. O wszystkich po kolei. O mojej mamusi? Tak, mogę… Mogę wiele…

MATKA: *Krzyczy*: Przestań natychmiast! Przestań! To nieprawda. Nie mogłaś tak.

CÓRKA: Mogłam.

MATKA: Nigdy mi o tym nie mówiłaś.

CÓRKA: Przecież za darmo bym nie dostała paszportu. Na łapówkę w dolarach nie było mnie stać.

MATKA: Donosiłaś? Na kolegów? Na mnie? To niemożliwe. Moja mała córeczka… Powiedz, że nie…

CÓRKA: Nie. Nie, mamusiu. Nie. Na pewno nie. Wiesz, jak mnie przyłapali z tymi ulotkami, to się strasznie bałam właśnie jednego: że zacznę sypać, potem im jeszcze coś podpiszę i zejdę na szmatę. To mi się śniło w celi. Wiele razy. Nawet jeszcze tu miewam takie sny. Ale nie. Nie martw się. To były sny. Nie zrobiłam tego. To ty mnie wreszcie wyciągnęłaś. Twoje nazwisko, piękne oczy, znajomości. Byłaś zawsze dobra dla mnie.

Pauza.

To chyba już pójdziemy do domu, dobrze?

MATKA: Niedobrze.

CÓRKA: Jeszcze długo chcesz na niego czekać?

MATKA: Do skutku.

Pauza.

Prawdę mówiąc dawno nie byłam na scenie. Od czasu jak wymówiłam. Po awanturze o Lady Makbet. Nędzne to studio. Nie to co nasz wielki teatr w kraju. Ale zawsze… Jakaś scenka… Może byśmy kiedyś wynajęły takie studio i coś w nim zagrały. Tu jest wcale niezła akustyka. Można by porządzić. Zaprosiłybyśmy znajomych.

CÓRKA: To jest myśl. Pamiętasz jak grałyśmy *Wieczór trzech króli* Szekspira. Ty Olivia. Ja Viola. Moja pierwsza wielka rola u twego boku.

Gwałtownymi ruchami improwizuje kostium renesansowy: zostaje tylko w rajstopach, obwiązuje się swetrem, jako krótkimi spodniami; włosy zbiera pod czapeczkę basebolową, w której przyszła. Wychodzi na środek. Woła:

CÓRKA: Gdzie jest dostojna Pani tego domu?

MATKA *niechętnie podejmuje grę, zakrywając twarz apaszką*:

Mów, odpowiem za nią. Czego żądasz?

CÓRKA: Najpromienniejsza, najdoskonalsza, nieporównanej piękności, powiedz mi proszę, czy jesteś Panią tego domu? Nie widziałem jej nigdy i nie chciałbym dla kogoś niegodnego zmarnować mojej oracji, bowiem jest doskonale ułożona i niemało trudu kosztowało mnie nauczenie się jej na pamięć!

MATKA: Zaczynasz bardzo obcesowo. Skąd przychodzisz młody Panie?

CÓRKA: Och, odpowiedzi na to pytanie nie ma w mojej roli. Ale daj mi, piękna damo, uczciwe zapewnienie, że jesteś Panią tego domu, to zaraz ci wyrecytuję cały mój znakomity monolog.

MATKA: Czy jesteś aktorem?

CÓRKA: *Wychodząc z roli.* Nie jestem aktorem. Nie jestem aktorką. Jestem nikim. Ale ty, ty to jesteś aktorką. Jedna kwestia i już rola.

MATKA: Pamiętam świetnie tę rolę Olivii. Wszystkie dawne role wciąż pamiętam. Tylko pod koniec, no, wiesz, pod koniec czego, uczyłam się z trudem. Ale teraz nie potrzebna mi już pamięć. Już nie będzie nowych ról.

CÓRKA: Będą. Będą na pewno. I dawne. I nowe. Pamiętam jak po zajęciach w szkole teatralnej biegłam do teatru, żeby zdążyć na koniec *Makbeta* i podglądać cię z kulisy jak grasz scenę obłędu. Portier mnie przepuszczał. Inspicjent nie wyganiał. Córeczka. Patrzyłam na ciebie. I zawsze mnie zatykało. A potem się wymykałam, żebyś schodząc ze sceny nie zobaczyła moich łez…

MATKA: Nie wiedziałam… Naprawdę przychodziłaś specjalnie? Płakałaś? Tego też nigdy mi nie powiedziałaś…

CÓRKA: Wstydziłam się. Nie chciałam, żebyś wiedziała jak dużo uczę się od ciebie, jak staram się ciebie naśladować… Chciałam, abyś mnie uważała za zdolniejszą niż byłam… Mamo, zagraj dla mnie tę scenę. Twoją wielką scenę Lady Makbet. Widzisz, teraz już się nie wstydzę prosić o to. Może ja kiedyś zagram Panią Makbetową, jak ty…

MATKA: Lepiej zagrasz. Tak. Wrócimy do kraju. Ty pójdziesz na scenę. Zagrasz Lady Makbet. A ja cię podreżyseruję.

CÓRKA: Tak. Wrócimy. Zagram. Ale teraz ty.

MATKA: Tyle lat…

CÓRKA: No, proszę. *Podrzuca tekst.* Jeszcze jedna plama… Oglądając cię tyle razy nauczyłam się już wtedy całej tej sceny na pamięć. No, jeszcze jedna plama…

MATKA: *Kilkoma ruchami improwizuje kostium i nakrycie głowy. Wychodzi na środek.*

Jeszcze jedna plama. Precz przeklęta plamo! Precz, mówię. Raz, dwa — czas działać. Piekło ciemne. Wstydź się mężu, wstydź! Żołnierzem jesteś a tchórzysz? Cóż stąd, choćby się wydało? Nikt nam przecież nie każe się tłumaczyć. Jednakże kto by pomyślał, że tym starcu jest tyle krwi. Cóż to? Czyliż te ręce nigdy się wymyć nie dadzą? Ciągle ten zapach krwi. Wszystkie arabskie perfumy nie zabiją zapachu tej małej ręki. Och, och, och! Umyj ręce. Włóż nocną koszulę. Nie wyglądaj tak blado! Powtarzam ci raz jeszcze, Banko jest pogrzebany. Nie wstanie z grobu. Do łóżka! Do łóżka! Kołatają do bramy? Chodź, chodź, chodź, chodź! Daj mi swą dłoń. Co się stało, to się nie odstanie. Do łóżka! Do łóżka! Spać. Spać.

Długa pauza.

Matka wraca do rzeczywistości. Idzie do krzesła. Siada. Zaczyna płakać. Córka podbiega do niej. Chwilę stoi bezradna. Potem siada u stóp Matki.

CÓRKA: Mamo, mamo? Nie chciałam cię zranić, prosząc o tę scenę. Nie chcę, żeby cię bolało. Jesteś wielką aktorką. Jesteś. Byłaś nią i jesteś. I zawsze będziesz.

MATKA: Beksa. Beksa jestem, co? O byle głupstwo. O to, że już nigdy nie zagram Lady Macbeth. Nie ma o co… Przestaję. Widzisz? Obiecuję. Zaciąć zęby. Wiesz, co miałam dzisiaj w pracy?

Przebija się przez wstrząsający nią wciąż szloch i stopniowo przemienia go w śmiech.

Dzisiaj dostałam od mojej pani polecenie, żeby nie jechać z ancymonkiem do szkoły ani na zakupy, sama go odwiezie, i stamtąd od razu do pracy, a ja mam czekać w domu na ekipę do fortepianu. Takiego ogromnego koncertowego grzmota, którego kupili niedawno ancymonkowi, ledwie zaczął coś brzdąkać. Pewnie myślą, że im większy fortepian to się dziecko tym szybciej nauczy. Otóż nie dalej jak dwa dni temu ekipa czterech byczków wniosła fortepian i ustawiła w salonie. Ale moja pani stwierdziła potem, że stoi za blisko ściany, więc trzeba go przestawić. Już zadzwoniła do tej firmy i wytłumaczyła jak ma stanąć. Czemu nie. Miejsca dosyć. Metraż tego jednego salonu jest większy niż całego naszego blokowego mieszkania w kraju. Mówię jednego salonu, bo jest jeszcze i drugi, nie licząc family roomu, jadalni, kuchni, barku, holu wejściowego, dwóch łazienek na dole i czterech na górze, i tych wszystkich sypialni. Więc mam czekać na ekipę.

No, to do roboty.

Jak nastawiam zmywarkę, to sobie przepowiadam piękną kwestię z *Kuchni* Weskera: „U siebie to jesteś w zlewie. Nie w mojej kuchni". Grałam Bertę, kucharkę, i te słowa kierowałam do jednego kelnera, który się rozpychał w kuchni. A teraz to stosuje się do mnie. Choć kuchnia nie moja. Jak pakuję brudy do pralki, to brzmią mi w uszach słowa Praczek, których słuchałam, jako Anna Livia Joyce'a: „Pierż, nie chlap, pierż, nie marudź. Spójrz na smród tego! Spójrz na brud tego!" Jak wynoszę śmieci do pojemnika obok domu, to mi liście z *Nocy Listopadowej* szeleszczą: „Róż nie ma, róże pomarły, badyle kwiatów suche, wichry przegonne w pył starły." Ja szoruję łazienki, jedną z drugą, w sumie sześć, to mi się przypomina moja kwestia Starej Kobiety Różewicza: „Wody klozetowe połączyły się ze źródłami. Strumienie wyschły. Rzeki, jeziora, morza i oceany zostały zanieczyszczone." A przy gotowaniu, z tej samej roli: „Musimy gotować, słodzić, rodzić. Bez przerwy. Gotować, słodzić, rodzić". Też Różewicz. Mędrzec.

Dzwonek. Najpierw, naturalnie patrzę w monitor z obrazem z kamery nad bramą. Czterech drabów. W tym dwóch Murzynów. Pytam ich kto zacz? Ekipa do fortepianu. Acha. Naciskam i wpuszczam. Za chwilę są na ganku. Patrzę przez okienko. Groźnie wyglądają. Ale muszę ich wpuścić. Otwieram, staję przy drzwiach jak Joanna D'Arc przed bitwą. Ale oni grzeczni. Uśmiechają się, zdejmują buty i w skarpetkach, żeby nie powalać dywanów, idą do salonu. Znają drogę. Ja za nimi. Od razu biorą się za fortepian. Przesuwają jak piórko. Biały wyciąga z kieszeni rachunek i prosi o podpis. Biorę od niego rachunek gestem Lubow Andrejewny Raniewskiej, która w ogóle nigdy nie liczyła pieniędzy.

Niezła suma. Nie ja będę płacić. Podpisuję. W tym momencie dzwonek. „Panowie mi wybaczą, ale właśnie oczekiwałam na ważne wiadomości z Odessy". Zbaranieli.

Idę do korytarza. W monitorze trzech Marsjan. Dosłownie. W białych kombinezonach i białych hełmach. W tle, za bramą, biały van z napisem *Extermination Company.* Będą mnie eksterminować? Ale jeden mówi, że mrówki. Mieli dzisiaj truć mrówki. Pani ich wezwała. Znalazła jedną mrówkę w spiżarce. Dom w lesie, więc mrówki przychodzą. „Absolutnie nic mi o tym nie wiadomo", mówię ze świętym zdziwieniem Eichlerówny, grającej cesarzową Agrypinę.

Dzwonię do Pani. „Wpuść ich". Wpuściłam tych od mrówek. Wypuściłam tych od fortepianu. Pojawił się jeszcze Chińczyk do czyszczenia rynien. Do ogrodu wjechała na maszynach do trawy ekipa ogrodników. Mają klucz do furtki. Jeden idzie z taką kosą z motorkiem i wycina kanciki przy ścieżkach. Trzech jedzie na kosiarkach. Pojechali za dom. Wychodzę na taras, żeby popatrzeć, czy równo koszą. Od dalekiego tyłu działki jadą na mnie. Warkot ich motorów narasta. Są coraz bliżej.

Ale to nie są ogrodnicy! To są trzej polscy milicjanci w długich zimowych płaszczach, w hełmach, z maskami gazowymi na piersiach, z pistoletami maszynowymi na ramionach, tak jak chodzili patrolami po ulicach w stanie wojennym. A ja nie mam dowodu osobistego! Zatrzymają mnie.

Nagle w domu odzywa się alarm. Pulsujące wycie. Sygnalizuje, że ktoś wyłamał bramkę, albo przeskoczył przez mur do ogrodu. Znienacka wybucha wyciem drugi alarm. To znak, że przerwana została sieć kontrolująca dom. Potworne wycie na dwa głosy. Wysoki pisk alarmu ogrodzenia i niskie buczenie alarmu domu. Wybiegam na ganek zobaczyć co się dzieje.

W tym momencie na gazon w środku podjazdu, nie zważając na cały ten potworny hałas, wchodzą powoli skubiąc trawę dwie sarny. Nieraz przychodziły. Ich spokój jest fascynujący.

Za bramą pojawia się samochód policyjny na syrenie, z błyskającym kogutem. Musieli przyjechać z powodu alarmu. W domu dzwoni telefon. Biegnę. To pan z drugiego końca kontynentu, ze swojego filialnego biura w Kalifornii, mówi, zdenerwowanym głosem, że miał telefon z centrali osiedla o włączeniu się u nas alarmu ogrodzenia i alarmu domu. „Co się tam dzieje?"—„Nie wiem!". Po prostu nie wiem. Jestem bezradna.

Oba alarmy wyjącą. Znów dzwoni telefon. Już nie odbieram. Więc dzwoni bez ustanku. Teraz dzwonek do bramki. To policjanci. Dwóch w granatowych mundurach. Równocześnie widzę przez okno jak trzej milicjanci w sinych szynelach ukazują się zza rogu domu. Wchodzą na ganek! Zaczynają dobijać się do drzwi. W ręku jednego z nich pojawia się łom!

Co ja mam zrobić? Otworzyć bramkę policjantom? Otworzyć drzwi milicjantom? Zabarykadować się w kuchni? Pracuję przecież nielegalnie. Nie mam ze sobą polskiego dowodu osobistego. Nie mam amerykańskiej karty ubezpieczeniowej. Aresztują mnie podwójnie. I jedni i drudzy. Walenie do drzwi. Wycie. Dzwonienie. Aresztowanie. Więzienie. Deportacja, Eksterminacja.

CÓRKA: Mamo, przestań! Przestań!

MATKA: Na ulicy, widzę przez okno, zatrzymuje się drugi samochód policyjny z błyskającym kogutem na dachu. Wysiada jeszcze dwóch. Z psami! Biegną ku bramce. Alarm. Alarm dla wszystkich nielegalnych. Alarm dla wszystkich imigrantów! Kryć się! Alarm! Alarm! Wycie. Dzwonki. Walenie do drzwi. Alarm!

CÓRKA: Mamo, stop! Stop! Przestań!

Podbiega do Matki. Obejmuje ją. Sadza na krześle, tuli.

Boisz się? Takie strachy… Ja też się boję każdego wieczora, kiedy idę na moją nockę. Wszyscy się boją… No, już dobrze… A pamiętasz to: A to było tak, bociana dziobał Szpak. A potem była zmiana i szpak dziobał bociana. A potem były trzy zmiany. Ile razy szpak był dziobany? Pamiętasz? No, ile?

MATK:A Ani razu!

CÓRKA: Brawo. Świetnie!

MATKA: A pamiętasz to… *Nuci:*

> Spał zajączek w polu, spał,
> Zbudził go daleki strzał.
> Dzieci strzeże Anioł Stróż,
> Śpij córeczko już…

CÓRKA: Pamiętam…

MATKA: A to? *Nuci:*

> Uśnij-że mi uśnij,
> Siwe oczka zmróż mi…
> Uśnij aż do ranka,
> Taka kołysanka…

CÓRKA: Osłoń mnie. Osłoń mnie, mamo.

MATKA: Uśnij-że mi, uśnij…

♪ *Odzywa się ostry dzwonek telefonu z kulisy. Kobiety patrzą na siebie przez chwilę. Potem córka idzie niechętnie w kulisę. Słychać jak mówi.*

CÓRKA: Yes… Speaking… Well… What should I say? You bloody bastard! Your asshole![4]

♪ *Słychać hałas w kulisie, jakby werbel. Córka wraca niosąc w dłoniach dwie ułamane nogi jakiegoś stołka.*

Zaangażował kogo innego.

♪ *Klęka i zaczyna walić kawałkami drewna w krzesło — jak w werbel.*

Bastard! Bastard! Male chauvinist pig. Nie przyjdzie w ogóle.

MATKA: Niemożliwe.

CÓRKA: *Wciąż wybijając wściekły rytm.*

Spóźniał się, bo miał auditions w inny studio. Piętro niżej. Oczywiście, kłamał, że dzwoni z samochodu i do nas jedzie. Miał inne kandydatki. Na pewno dobrze mówiące po angielsku. A ja, najwyraźniej, byłam tylko w rezerwie. Jakby żadna mu się nadała. Ale znalazł czego szukał. I już mnie nie potrzebuje. Nawet nie przeprosił. Cham.

MATKA: Tylko nie becz. Uspokój się.

CÓRKA: O, nie będę. Nie będę płakać! *Nadal wybija takt.*

---

[4] Tak. Przy telefonie. No tak… Cóż mam powiedzieć? Ty… (trzy wyrażenia niecenzuralne – tutaj i poniżej).

MATKAv Wiesz co… To grałaś świetnie… *Biegnie do pudełka z przyborami do charakteryzacji i przynosi gąbkę z czarną szminką. Maluje na twarzy Córki brud. Córka ciągle wali w krzesełko.*

Pamiętasz!? Grałyśmy to razem. Ja, Mutter Courage, czekałam w kulisie na swoje wejście, patrząc jak ty grasz tę słynną scenę Katarzyny na dachu stodoły. Pamiętam kwestie żołnierzy i chłopów. No, graj swoją Katarzynę! Wal w bęben! Mocno! Alarm! Alarm!

♪ *Matka wykrzykuje teraz kwestie żołnierzy i chłopów z odsłony jedenastej „Matki Courage" Brechta. Porusza się po kole wokół Córki, która reaguje na jej kwestie, słucha ich, przerywając na chwilę walenie w krzesło, i podejmuje je na nowo.*

MATKA: Chryste Panie, co ona robi?
       Tam, na dachu stodoły!
       Chyba zwariowała!
       Szybko, trzeba ją ściągnąć na ziemię!
       Przestań natychmiast bębnić!
       Już biegną tu żołnierze.
       Co to za hałas? Wypruję z was flaki!
       Wasza miłość, to ona! Tam, na dachu. To nie my. My niewinni. To ona. Cudzoziemka!
       To przybłęda, Pani Oficerze. Obca! Obca! Tfu! My niewinni.
       Rozkazuję ci natychmiast przestać bębnić!
       Słuchaj, daję ci oficerskie słowo honoru, że nic ci się stanie jak zejdziesz!
       To nie może tak trwać, bo tym bębnieniem zbudzi całe miasto. Zamkną bramy i nie uda się nam wpaść z zaskoczenia.
       Przestań!
       Patrz, śmieje się!
       Dawajcie muszkiet! Nabijać!
       Ty, tam, rozkażę cię zastrzelić, jeśli natychmiast nie przestaniesz!
       Wal dalej! Wal dalej! Trzeba uratować miasto!
       Celuj! Cel! Ognia!

♪ *Córka gra etiudę śmierci Katarzyny: zostaje trafiona kulą, próbuje dalej bębnić, ale pałeczki wypadają jej z dłoni. Upada na podłogę.*

♪ *Matka podbiega do niej i gra etiudę Matki Courage rozpoznającej zwłoki Katarzyny. Układa ją na podłodze. Wygładza sukienkę, rozczesuje włosy, przeciera twarz. Siada obok niej. Bierze ją na kolana tworząc „Pietę". Chwilę ją kołysze. Mówi szeptem:*

MATKA: Myślę, że już zasnęła.

Składa ciało na ziemi. Wstaje.

To są pieniądze na pochówek.

Pauza.

Córka powoli siada na podłodze.

CÓRKA: Jak było?

MATKA: Byłaś świetna. Jeszcze nikt nigdy na świecie nie zagrał tej sceny jak ty dzisiaj. Nikt.

CÓRKA: I ja jej już nigdy nie zagram.

Pauza.

Co to znowu? Telefon?

MATKA: Nie. Nic.

CÓRKA: *Mówi powoli, jakby coś rozważając.* A jednak wydaje mi się, że słyszałam telefon. Trzeba odebrać.
Idzie na środek przestrzeni. Bierze do ręki nieistniejącą słuchawkę.
Halo? Tak. To ja. To ty? Naprawdę? Przyjedziesz to po nas? Zabierzesz nas do domu? Czekamy. Zaraz powiem mamie.
Pauza.
Mamo, to ojciec dzwonił.

MATKA: Ojciec? Niemożliwe.

CÓRKA: Ojciec. Mój. Twój mąż.

MATKA: Co ty gadasz?

CÓRKA: Mamo, mówię ci, że to ojciec dzwonił. Powiedział, że przyjedzie po nas, żeby nas zabrać do domu. Rozumiesz?

MATKA: Nie.

CÓRKA: Więc zrozum. Ojciec. Telefonował. Mój tata. Twój mąż. Doczekałyśmy się.

Idzie do lustra i zaczyna pospiesznie oczyszczać swoją twarz z czarnych plam.

MATKA: O czym ty w ogóle mówisz? O kim?

CÓRKA: O nim. O ojcu.

MATKA: On?

CÓRKA: Tak.

MATKA: Jeśli… Jeśli tak, to musimy się jakoś przygotować. Święto.

CÓRKA: No właśnie.

MATKA: Jak go tu przyjmiemy? Wszędzie kurz, bałagan. To już tyle lat.

Biegnie do lustra i zaczyna także pospiesznie poprawiać makijaż.

Pospiesz się. Trzeba się jakoś podmalować. Nie widział mnie od dawna. Czy mnie w ogóle pozna? Czy pozna ciebie?

CÓRKA: Na pewno nas pozna. Ty się nic nie zmieniłaś. Ale ja… Widział mnie ostatnio jak byłam dzieckiem… Ja go przecież wcale nie pamiętam. Nie poznam go… Jak wejdzie, to musisz mi najpierw powiedzieć, że to on. Szepnij tylko: tak, to ten.

MATKA: Skąd wiesz, że będę pewna czy to on. Skąd wiesz, że go poznam? Przecież ja też nie widziałam go tyle lat. Mógł się zmienić. Zapuścić brodę, wąsy, zacząć nosić okulary, okuleć, czy ja wiem…

CÓRKA: No, to może się przedstawi, jak wejdzie. Zawsze był dobrze wychowany. Tak przynajmniej mówiłaś.

MATKA: O, tak! Ale nawet jeśli się przedstawi, to skąd można będzie wiedzieć, że mówi prawdę? W klasycznej komedii miałby szramę na policzku, czy znamię na plecach, po którym można by go rozpoznać niezawodnie.

CÓRKA: Musisz po prostu uwierzyć. Musisz uwierzyć, że to on.

MATKA: Uwierzyć? W sprawie takiej wagi?

CÓRKA: Nie ma innego wyjścia. To tylko to może nadać twojemu dalszemu życiu sens. I ja nie mam innego wyjścia. Nawet… Nawet gdyby tu teraz nie przyszedł… Musimy wierzyć…

MATKA: Nie mów tak. Przyjdzie!

CÓRKA: A gdyby… po drodze… coś mu się przydarzyło…

MATKA: Musi, musi przyjść.

CÓRKA: Tak. Przyjdzie na pewno.

MATKA: Musimy mu urządzić królewskie powitanie…

CÓRKA: Tak. Tak… Królewskie powitanie… Królewskie…

Aktorki skończyły się charakteryzować. Okazuje się, że ich twarze są zupełnie białe -- jak białe maski.

MATKA: Nasze dworskie szaty…

CÓRKA: Nasze dworskie szaty…

Biegnie do kąta i wyciąga jakieś złociste płachty -- zapewne z zasłon na okna. Przynosi je. Obie się nimi okrywają.

CÓRKA: Twoja suknia królowej matki…

MATKA: Twoja suknia księżniczki infantki…

CÓRKA: Tron! Tron! *Okrywa krzesło kawałkiem znalezionej w kącie czerwonej kotary.*

MATKA: Kapela! Dworska kapela!

♪ *Wkłada do magnetofonu taśmę. Odzywa się barkowa muzyka. Matka zaczyna w jej takt tańczyć wokół tronu. Córka dołącza do niej. Składają ukłony przed tronem. Chwilę tańczą.*

♪ *W pewnym momencie zatrzymują się przed sobą i patrzą na siebie. Obie, prawie równocześnie, zsuwają ze siebie płachty, w które były udrapowane.*

♪ *Córka zrywa czerwoną kotarę z krzesła. Pakują swoje rzeczy do toreb. Biorą wszystko, w tym także i wciąż grający magnetofon. Muzyka brzmi nadal.*

Wychodzą.

► KONIEC ◄

Buffalo —Toronto 1994

CÓRKA

Pracowałam już na drugiej i trzeciej zmianie, więc wiem, na czym polega prawdziwa praca. Nikt mi tego nie powie. To było wtedy, kiedy pracowałem w fabryce płyt. Wiesz, płyty muzyczne. Tanie. Nie te zabawki High Tech, Hi Fi, CD. Zwykłe płytki. Osiem godzin z przerwą na lunch. To znaczy osiem i pół, bo trzeba było nadrobić lunch. Cały czas w ruchu. Tutaj w fabryce nie ma żartów. Nie ma zabawy. Cóż, łatwa praca też jest dostępna. Dziewczyna na telefon. Dziewczyna do towarzystwa. Hostesa. Drug pusher. Tancerka gogo. Striptizerka. Gwiazda porno. Tego nie chciałam. Więc fabryka. Nieustanny ruch. Pękające plecy. Tempo narzucone przez maszynę. Aby się podrapać, musiałam dobrze kalkulować. Była zima. Okno szeroko otwarte i wciąż gorąco jak w piekle. Niektóre dziewczyny pracowały tylko w stanikach. Albo i bez. Szef to lubił. Ja nie zdejmowałam bluzki a też chodzę bez. A co tam teraz musi być w te upały?

To było tak. Ja jestem w środku. Z tyłu jest maszyna, która podaje papkę w bryłach. Po jednej stronie maszyna do prasowania, to znaczy prasa. Po drugiej stronie druga prasa. Z przodu maszyna do cięcia, obcinarka. Nad nią półka na gotowe płyty. Poniżej etykiety i okładki. Rękawice robocze włóż! Do roboty.

W dół po etykietę. Etykieta na prawą prasę. W tył po masę. Masa na etykietę. W dół po etykietę. Etykieta na masie. Zamknąć prasę. W dół po etykietę. Etykieta na lewą prasę. W tył po masę. Masa na etykiecie. W dół po etykietę. Etykieta na masę. Zamknąć prasę. To jest lewa maszyna. Natychmiast do prawej maszyny. Otwórz. Ponieważ płyta jest gotowa i jeśli będziesz ją trzymać zbyt długo, spali się. Płyta na obcinarkę. Zamknąć obcinarkę. Otworzyć obcinarkę. W dół po okładkę. Na półkę. I szybko do drugiej prasy, bo płyta może się spalić. Otworzyć. Wyjąć. Zamknąć. Otworzyć. W dół po okładkę. W górę na półkę. I jeszcze raz. Jeszcze raz. Jeszcze raz. W górę. W dół. W górę. W dół. W górę. W dół.

► ▼ ◄

VOLUME 3.

THEATRE OF FEMALE ARTISTS

▶ TAMARA L. ◀

▶ A PLAY ◀

CHARACTERS

Painter

Mother Superior

SPACE

The cloister viridarium at a monastery in Italy

TIME

Late 1930s

NOTES:

1. This play is based on the life of the famous Polish painter Tamara Lempicka (1898-1980), and refers to her paintings. It is not, however, a biographical play about her.

2. The paintings of Tamara Lempicka are an important element of the potential production. Suggestions which paintings should be shown are included in the text.

▶ ▼ ◀

The virdarium in a monastery in Italy. Mother Superiar is sitting on an armchair. The Painter works in front of her on a canvas sitting on an easel. We do not see what is on the canvas. The Painter uses the palette, brushes, paints and other paraphernalia. There is a second easel on the other side of the stage with an empty canvas. We are going to see projections of pictures on this canvas.

♪ *At the opening: an Italian folk music.*

PAINTER: Please, don't move!

MOTHER SUPERIOR: Sorry... I've forgotten...

PAINTER: You can move only when told!

MOTHER SUPERIOR: I'll remember.

Pause. Painter continues working.

PAINTER: Italian sun is unparalleled. Nowhere else do you have such light. Here, you can paint in the open air year round. Sisters don't often enjoy sun, do they? Your cells are small and have tiny widows, don't they? I visited the church. Murk everlasting. Don't you long for light, for heaven?

MOTHER SUPERIOR: The brightest is the light of heaven that we carry in our souls. But we don't lack the natural sun, either. We have our recreation in this viridarium. We work in the garden and in the vineyard. Sometimes we pray the rosary while walking the fields. We love murk, too. It's friendly, it aids concentration and the search for the inner light.

PAINTER: I suffer in dark and every confinement. I hate even a moment of separation from the open air.

♪ *Music ends.*

In my Paris' atelier I have large windows and a glass ceiling, but from October till March the days are terribly dark, and the nights unbearably long. I have a whole system of electric lighting but it doesn't replace the sun. Human beings live on oxygen, right? Oxygen is their basic food. The painter's food is light. And what is the nourishment of the nuns, madame?

MOTHER SUPERIOR: Please, address me as "Mother," I've asked you... We are in a monastery...

PAINTER: Sorry, madame, that is, mother. "Mother?" Why not "sister?" I'm not arguing. I only want to know. I could learn so much from you, madame, sorry, mother, during our sessions... Please, don't move! I've told you!

MOTHER SUPERIOR: Excuse me... I'm not accustomed to modeling...

PAINTER: I'll always tell you when you can move... When I'm preparing a new tint, or something. Never when I'm painting! Never!

MOTHER SUPERIOR: I am sorry. As to your question. I'm a sister. Like all the nuns. But because I serve now as a superior, they call me mother. Mother Superior. It's the rule.

PAINTER: It's enjoyable to be a superior, isn't it? Power, office, the first place in the church, the best place at the table, everybody obeys orders...

MOTHER SUPERIOR: You think these things are enjoyable? It's a service. True, every service has its temptations. The service of being a superior as well. But every position, every office receives the special grace. Without that grace I couldn't do a thing, take any decision, give any advice.

PAINTER: And what about the constant company of women, some of them young, beautiful, attractive? When I see the pretty face of a nun at a railway station or in a street I wonder how such a nice girl could go to a monastery and waste her beauty?

MOTHER SUPERIOR: Don't you understand?

PAINTER: No.

MOTHER SUPERIOR: It's as in any other case. Out of love.

PAINTER: Love? What are you saying?

MOTHER SUPERIOR: Love for Jesus Christ.

PAINTER: That's garbage! Sorry... You're talking about mystical, ideal love, aren't you? But on a day to day basis, realistically and practically... All these girls and women live under one roof. It must be hell sometimes, uh? And you, mother, aren't you ever tempted, you know, to get one of these young... You, mother, you certainly have access to their cells day and night... Don't you lust after them...

MOTHER SUPERIOR: You forget yourself.

PAINTER: I'm simply curious. Sorry, if I offended you.

MOTHER SUPERIOR: You're an artist... Yet, you see life one-dimensionally...

PAINTER: One-dimensionally? You mean, only the dimension of the senses? Yes. But this is an enormous dimension. It has many layers. The artist touches the world with the senses, feelings, and emotions. Using the senses the artist absorbs the world, transforms it, and delivers it in the form of the work of art offered to the spectator. From the senses to the senses. Tell me, mother, I ask from sheer curiosity, don't these sisters ache for one another sometimes?

MOTHER SUPERIOR: Don't you understand that such questions are offensive? For me and for them.

PAINTER: Excuse me! The small talk of a painter paining. A habit. *She continues painting.* Don't be angry at me.

MOTHER SUPERIOR: I'm not angry. I pity you.

PAINTER: Something new! People envy me, they desire me, they hate me. Never has anyone pitied me. You'd better be angry at me.

MOTHER SUPERIOR: To show that I'm not angry I will answer your question. All of us living in this monastery are nuns, and we are women. We have the same problems as everybody else. We fail too—in the most trivial and banal ways. But there is a difference between our life here and life in the world. First, all of us consciously strive for sanctity. Second, and most importantly, we live under one roof with Lord Jesus. We can always come to him, tell him everything, put everything in his hands, ask him for advice and forgiveness. So, all of us have him, our Lord. And all the sisters have me. I am not their mother, but they are my daughters...

PAINTER: I have a daughter too...

MOTHER SUPERIOR: So, you know what I'm talking about.

We see the images of a young girl in a First Communion outfit—number 1, 2, 3.

♪ *We hear music: a solo voice of a child.*

PAINTER: I myself designed her a dress for her First Communion. When she was young I taught her to pray. Now I don't have much time for her. When I travel I bring her a toy, a doll, or something. She follows my everywhere at home. I don't know why. It's annoying.

MOTHER SUPERIOR: You don't know why?

PAINTER: As if she always wants to catch me... A silly game. Your nuns don't need to play it. They always have their mother at home.

♪ *Images of the girl and the music fade off.*

MOTHER SUPERIOR: And this mother loves all of them equally.

PAINTER: Equally? For me love must be exclusive!

MOTHER SUPERIOR: Saint Paul says that love should be all-inclusive.

PAINTER: Group sex? A Turkish bath?

MOTHER SUPERIOR: Again? I've asked you to respect this place, if not me...

PAINTER: Sorry, mother. I've never had the chance to talk to a religious... Don't be surprised sometimes I blast something as if I were at in a Paris bar, in my atelier, or in bed... Sorry! I know, I said something bad again. I am very sorry.

MOTHER SUPERIOR: That's all right. *Pause.* I would be happy, however, if the time spent with me would give you an opportunity to distance yourself from your every day life. You could treat painting a portrait of a nun as a retreat.

PAINTER: A retreat?

MOTHER SUPERIOR: Yes. A retreat. An occasion for rethinking your life. Your art, too. You transfer my face onto your canvas? Don't you? Am I correct? You paint what you see: my exterior. But you also paint what you don't see: my interior, my soul. Am I right?

PAINTER: Your aura...

MOTHER SUPERIOR: Painting a nun, even so imperfect as I am, so unworthy, so clumsy in her earnest endeavor to be a saint, you should try to capture this endeavor on the canvas. Is my endeavor clumsy? Absolutely. Is it earnest? Certainly. Painting, you're always absorbing your model, right? Painting a nun you absorb her search for sanctity. Therefore, you must to strive to become a saint yourself!

PAINTER: Me? A saint? What are you saying, madam? Funny! You don't know me!

MOTHER SUPERIOR: I know you.

PAINTER: Me? You know me?

MOTHER SUPERIOR: Your name wasn't unknown to me. I'm familiar with the history of art and current trends in painting. When you asked me to model for you, I thought at first that this would be a pure waste of time. Even a temptation. I promised to grant you an answer the next day. Then I prayed to the Holy Spirit for counsel. Then I went to a local museum. The manager is our convent's benefactor. He showed me reproductions of your paintings. Critiques. Catalogues. Albums. He told me a lot about you. Eventually, I called my friend, mother superior of our order in Paris...

PAINTER: A whole investigation!

MOTHER SUPERIOR: So, I know you—a little.

PAINTER: You saw some bad reproductions of my works, you read some biased articles, you listened to some gossip. It's not me!

MOTHER SUPERIOR: I know at least that you're always painting yourself.

PAINTER: I paint portraits of others! I painted a self-portrait only once. In a car. A Renault. A Bugatti rather. It's quite well known.

♪ *We see a self-portrait of the Painter: Woman in Green Bugatti—number 4. Music: the 1930th jazz.*

MOTHER SUPERIOR: I know it. Your famous green Bugatti...

PAINTER: I've always been a mythomaniac. I painted myself in the splendid green Bugatti while in reality I was driving a simple yellow Renault. I was excited by the speed of the cars. I was intoxicated by the lights of big cities. I grew ecstatic listening to jazz bands. I had orgasms taking off in an airplane. I loved alcohol and sex. I drugged myself...

MOTHER SUPERIOR: I don't want to listen to this.

PAINTER: Sorry. But I must tell you the real story of my green Bugatti. Yes, I remember. We were in the *La Coupole* with Marinetti, the guru of the Futurist movement. Of course in *La Coupole* it was our Paris' hangout... Who else? André Gide, the dark writer, Marc Chagall, the surrealistic painter, always pursuing me. Who else? Jean Cocteau, the strange poet. James Joyce too, as usual. Women? Marie Laurencin and la comtesse de Noailles, both artists and hustlers, like all of us, women of our circle.

That night...We had a lot of wine and absinthe, a volatile mixture, and Marinetti began to improvise a new futuristic manifesto, this time about the necessity of the destruction of all existing art, liberation from the bonds of the past, a fresh start for the human race. He got excited. He jumped on the table. He gesticulated theatrically. He was entrancing. We applauded and banged the tables like mad. Only Joyce strongly objected, but no one listened to him.

Pulling my long narrow skirt up to my panties, I climb onto the table, stood at Marinetti's shoulder, we embraced, I was confirming every one of his words by hysterical screams. When he finished I shouted: "Marinetti is right! We must burn down the Louvre! Now!" Marinetti was enchanted: "Listen to her! Burn the Louvre! That old museum is a disgrace! A challenge to futuristic art! We have to destroy it! Down with the Louvre! Let's go! Burn it!" One of the painters at the table said soberly: "It's a long walk from here... And we don't have money for a taxi..."

It was my great moment. "Master"! I exclaimed, "My car is parked in front of the restaurant, the famous green Bugatti. I'll drive you all! Let's go burn the Louvre!" At that time I had only a small yellow Renault. Marinetti kissed me on the mouth, he was in ecstasy, he bit my lips, he announced: "To the Louvre! We'll envelop it with flames! Take your torches!" A few matches were struck. "We are going to burn the art of the past!"

We went out into the street, leaving Joyce still objecting at the table. "Avanti! Avanti!" Screamed Marinetti. My yellow Renault was there. "I don't know if you can drive us all in this small car?" Said Marinetti disappointed. I was utterly ashamed. I said: "It's some small, old, yellow car, a Renault, or something, it's not my new, large, green Bugatti."—"What?" Said Marinetti, "it's not your car? So, where's yours?"—"It must have been stolen," I screamed. "A theft! My car was stolen!"—"That's terrible," bellowed Marinetti, "see, what a bourgeois, degenerate society we live in."—"Maybe I parked elswhere," I said, blushing up to the ears, because Cocteau, whom I've driven many times in the Renault, was staring at me ironically. "We have to find your Bugatti," screamed Marinetti still excited. "Let's check the surrounding streets."

We dispersed. In the pre-dawn chill we quickly grew sober. Of course, we couldn't find any green Bugatti. Marinetti got lost with one of the girls. I returned home on foot. The next night I secretly returned and got my Renault. I drove directly to the automobile graveyard. The very next day I sold a few rings, I pawned three bracelets—and bought myself a brand new green Bugatti. The Louvre was saved. My Bugatti was immortalized. With me at the wheel. Except for that one self-portrait I paint other people!

♪ *Picture and music off.*

MOTHER SUPERIOR: You painted your image as you wanted others to see it. And painting others you paint yourself as you want to present yourself to the world. Facial features might be diffrent, but it's you time and again.

PAINTER: What a revealing analysis of my work! *She resumes painting.*

MOTHER SUPERIOR: I guess that you even select your models based on the physical and psychological resemblance to yourself. In any case, you're identify yourself with them while painting. That's why I've agreed to model for you.

PAINTER: Because you resemble me? Absurd!

MOTHER SUPERIOR: Your identification with your models is based, I presume, either on their subordination to you, or your subordination to them. Either way, a strong relationship is being built.

PAINTERv So, what?

MOTHER SUPERIOR: I thought that since Lord Jesus had place you on my path, I shouldn't pass by and fail to stop.

PAINTER: You want to impose your personality on me? Is that what you mean?

MOTHER SUPERIOR: No. To share it with you. Or rather: to share what I don't have.

PAINTER: I should run away, then. I don't want to turn into a nun. *Paints and suddenly interrupts.* This isn't coming out right.

Mother Superior stands up.

Excuse me. Please, sit again. I'll make one more try. Please...

MOTHER SUPERIOR: I'll do my best.

PAINTER: Good. *Pause. Paints and then stops painting.* I came here thirsting for a change. I was bored and scared to be, or to pretend to be, at the same time a painter and an aristocrat, a painter and a millionaire, a painter and a queen. Yes. I envied the aristocrats, so, painting them I became a duchess or countess. The financiers made me angry, so, I ruined them charging astronomical fees for the portraits. The politicians dazzled me by their vision of the new world order, painting them I felt myself as an imperatrice of the new empires. My unquenched ambition gave the intensity to my colors, strength to my lines, pressure to my compositions. I was flying high. Higher and higher. Aiming at the skies amidst the fireworks of rapturous reviews, deafening fluttery, obscene honorariums, unceasing calls for more pictures!

I was losing myself, yes, my very self. I was thinking about suicide. Or about running away. Where? My face was so well known. I lost hope. Everything started to fade... The Italian Fascists, whom I admired so much, turned out to be a bunch of megalomaniac terrorists, the Teutonic Nazis, so young, so irresistible, so enthusiastic, unmasked themselves as a gang of degenerate, savage murderers. The rich, whose milieu I've entered, disgusted me by their insatiable worship of money. My fellow Parisian Bohemians revealed their clownish absurdity. The movie stars, their wretched voracity for applause. How many times can you climax, overdrug, overdrink? If I ever had a soul it evaporated with champagne bubbles, it blew away with the dust of the roads, it hardened in the oil on my canvas. Nothingness. Ashes.

MOTHER SUPERIOR: My daughter, I am your model not your confessor... Why are you telling me all this?

PAINTER: All the world I belonged to was gradually losing its soul. Blind, near-sighted, reckless generation! Which of us, painters, writers, poets, musicians knew where our chimerical artistic fantasies, erotic orgies, visions of universal happiness and new world order were leading? What was this future we were preparing for ourselves and for the world? I don't know. But it is frightening. I am guilty of what is going to happen. I sense the approach of a great catastrophe.

MOTHER SUPERIOR: You're an artist. Not a politician or a general...

PAINTER: The artist is responsible for the world. Not only this world which is limited to the canvas. For the whole world. I've finally understood it. And when I comprehended it I suddenly discovered what an unbearable burden it is. Too heavy for a woman-painter.

On a trip to Italy... I came across this monastery at sunset... The strong bulk of the nave, the sharp shadows of the annexes, the light lace of the pilasters, the living net of sculptures, the energy of the columns, the lightness of the towers flying into the heaven, the heaviness of the portals embedded deeply in the earth. The edifice anchored in the ground and, at the same time, perpetually taking off to the skies. I thought to myself that people living here must in a particular way experience the drama of existence: the despair of gravity and the hope of free soaring. *Painting.*

This is precisely my drama, the mystery of painting. How to overcome the chemical limitations of mixed colors and the optical laws of drawn shapes? How to discover the mystery of beauty, using pigments, tensions, and facture treatment, using a palette that's too heavy and brushes that are to rough? How to capture not only three dimensionality but the essence of the personality of a model on a flat, small canvas? It occurred to me that if I entered here, shared the nuns' life, flew with them every day as a feather or an autumn leaf to heaven, I could, perhaps, capture the painter's mystery on canvas.

Tell me, mother, is passion, lust, the need to paint—selfish love, or altruistic love? Whose energy does the artist pour into the painting? His own or that of the Creator's of all things? How can an artist fascinated by the colors of the earth and sky, nature and civilization, the beauty of the human body, rise above the earth, reach the sky, translucent the body with spirit? What love? What art? What painting?

She suddenly interrupts her speech and screams: Why on earth have you started smiling, you stupid! Sorry...

MOTHER SUPERIOR: It's my fault. I forgot that I was to sit still. Sorry. I reached the Rosary's Glorious Mysteries and I rejoiced in the Lord's resurrection.

PAINTER: What?

MOTHER SUPERIOR: Previously I was praying the Sorrowful Mysteries. The last of them is about Christ's death on the cross.

PAINTER: I liked that sorrowful expression of your face. Keep it.

MOTHER SUPERIOR: All right. I'll return to the Sorrowful Mysteries. Never enough meditating on them.

PAINTER: All right... All right... *After a pause.* I left my car on the street. I rang the bell at the gate. When I told the young sister that I wanted to become a nun she panicked. Perhaps it was my outfit? My décolletage? She said that she'd call the prioress. I waited... I waited a long time in the parlour... praying... for the first time in a long time... that I would be accepted... that my painting would come out of the confines of stretchers and tubes, canvas' threads and brush's hair... that it would start to glide somewhere... where the old Italian masters sent their art... where... I don't know... but I do know that there is a dimension of painting to which I still have no access... although I sense its existence...

And when the door opened and the gatekeeper announced the arrival of the superior—I saw an old nun emerging from the forest of Renaissance columns, under a richly decorated Baroque vault, passing through streaks of intense colored light from the stained-glass windows from the side of the corridor, with a gaze calmly painful and digested with mortification, with a face corroded by mortification and plowed by the knowledge of a world's monstrosities, yet tender and forgiving, with wrinkles carved by suffering, frightening and at the same time soothing fear... When I encountered these eyes and the enigmatic, distant, intense, strange light in them... a light I'd never seen... I forgot what I came for.

I only knew that I had to paint the incredible light in these eyes and the bas-relief of these wrinkles. The painter's hunger and desire returned. A hundred times stronger than a hunger for food or a desire for sex. Yes! I knew that I had to paint you. At this instant! I asked you to model for me. If you refused, I would have ceased to believe that there's goodness and forgiveness in this world.

MOTHER SUPERIOR: The Lord must forgive you. Not I. His mercy is inexhaustible. And his justice is not bound by any human measures. Loving, merciful and just, he respects our freedom. Because of this we must convert ourselves. Thanks to his grace, but by our own will.

PAINTER: Me? Convert? Nonsense!

MOTHER SUPERIOR: You have the chance. Now.

PAINTER: I have a chance to paint your portrait now. That's all. This is what I should focus my will, talent, and technique on. Painting. Nothing less. Nothing more. Now you're only a model and I am only a painter. Period. Oh! Damn it! This brown is wrong! Don't bother me with preaching. I'm painting! Sorry...

MOTHER SUPERIOR: I am sorry, I distracted you. I'll return to my Rosary and shut up. *Long pause.* All the same... I'd like to know more about you...

♪ *Pause. A delicate music emerges.*

PAINTER PAINTER: First there is darkness. Then the darkness takes on different densities. No, not colors and shades yet. Densities. Because it's a liquid. So it may be touched. The baby does not yet know that it is darkness, that it is liquid, and that it is a touch. Nor does it know that darkness is black. But it experiences it, and this experience will stay with it forever: darkness can be touched.

The darkness fills with sound and movement. The baby doesn't know it, but it experiences it: it experiences the sound of darkness and the movement of darkness. Touch, sound and movement are dark. They wrap more and more tightly, more and more securely. They build up. And suddenly they start choking. In darkness there is another experience of darkness: pain. New, incomprehensible, hateful. The dark sound is pain. The dark movement is pain. The dark touch is pain. The pain escalates to madness. And suddenly the darkness breaks. A chink. Cutt in the darkness. Light. Revelation. Terrible. Shocking. In an instant, light annihilates darkness. Light attacks from all sides. Light is pain, pain of touch, movement, sound. Torture. It hurts even more than the darkness. Much more painful. Unbearable. But this light is also an experience, not a seeing. Everything is light. There is no escaping it. From the pain of darkness to the pain of light. Escape into the dark! But it's gone.

It lasts. It's a long fight. Suddenly the light of experience becomes light of seeing. Blinding! Ooo. It open eyes. It closes its eyes. Darkness returns. Black. It opens eyes. Light. It closes and opens again. Ah, so it's possible?! So you can go from light to darkness by yourself? And from darkness to light? The baby closes and opens eyes. It assumes reign over the light and the darkness. It separates them from each other.

MOTHER SUPERIOR: *Whispering, as prompting:* Like God, who divided the light from the darkness.

PAINTER *Repeats, not knowing that she repeats:* Yes, like God, who divided the light from the darkness.

She continues: The baby learned how to rule over light. It orders light to appear and to vanish.

MOTHER SUPERIOR: *Whispering, as prompting:* Like God, who called the light Day, and the darkness Night.

PAINTER: *Repeats, not knowing that she repeats:* Like God, who called the light Day, and the darkness Night. *She continues:* The baby orders the light to appear and to vanish. The baby creates light. I! I! I am this baby.

MOTHER SUPERIOR: *Whispering, as prompting:* It was God, who created light.

PAINTER: *Now she hears what Mother Superior said and continues triumphantly:* The baby creates the light. I create the light! I! Impetuously! Passionately! I submit it to my will. The light obeys me. The darkness obeys me too! Darkness is black. I gave it the color and the name: blackness. Black is definitive and overcomes light. Light is open, bright, shining, gleaming, radiant, boundless. I rule over the light and the darkness. I create the light every time I open my eyes. It comes and goes as I order it. If so, I can play with it. I can make light collide with darkness. I can drain away darkness from light.

MOTHER SUPERIOR: *Whispering, as prompting:* As God, who divided the waters which were under the firmament from the waters which were above the firmament.

PAINTER *Repeats consciously:* As God, who divided the waters which were under the firmament from the waters which were above the firmament. I! I can do whatever I want with the light, with the elements, with the firmament. I can mix light and darkness at dawn and at sunset. I can cover the sun by a cloud. I can zoom the moon from a small cone to a huge disc.

She continues:

The child begins to bring out a rainbow from the light. Color by color. Creates colors. Gives them names. First it was black and white. Now black intertwines with white and creates gray. The gray blurs between the lashes and seeps back into white. And white gives a variety of shimmer and halftones when directing the sun's rays to it, sometimes through the eyelashes, sometimes through the muslin of the crib curtains. The child can already see the difference between pink-white-brown-green-gray-black eyes and pink-white-blue-black-gray eyes. She sees the difference before she learns that one are his mother's eyes and the other is her father's. And that those are the eyes. She learns red and pink from his mother's nipples. Yellows from a bouquet of sunflowers on the dresser. But there is yellow above them too! The girl does not yet know that it is the same yellow which made Van Gogh crazy, and that the faded card in the frame above the chest of drawers is a reproduction, that the yellow below is natural and the yellow above is printed, but she gets dizzy from these yellows anyway.

She takes the crayon in her fingers, but she breaks it in anger, because the color oozing from the core of the crayon is sluggish, bland, it dies the moment the first line is drawn, there is no life, strength, pulsation in it that she already expects and can't get it from a crayon, or from mother's lipstick, or from an insect trampled on the porch. Well, it's better to crumble the coal dug out of the fireplace on rough white sheets and imagine various fantastic colors. She does it to spite the elders who are angry for stining sleeves, hair, nose, cheeks with coal and call her a chimney-sweeper. There's something on the couch. Adults call it pillows. She sees colored clouds there. The maid adjusts the folds of the curtains on the door. It's not a courtain. It's a bunch of soaring, soft lines that crawl out of the floor, climb up to the ceiling, pierce the ceiling, gush up into the sky.

At a party, sitting at the end of a long table, she watches as one of the guests at the head knocks a glass of wine onto the white tablecloth. She jumps up fascinated. She looks at the red spot crawling across the white. Then she runs to Grandma, who is sitting in the head seat, and knocks her glass on the tablecloth, so that the wine and glass splash. Before her father can stop her, she knocks over two more neighboring glasses.

Punished, weeping hysterically, she demands paints and a brush. All her wishes are fulfilled. But watercolors make her vomit with their gentleness, delicacy, lack of dilution. Enraged, she plucks them all out of the box and throws them into the goldfish aquarium. They dissolve at the bottom and, entrained by streams of air bubbles supplying the tank, emit disturbing streaks of color. The streaks dance. They vibrate. It's better now. The girl extracts the eyes of the paints from the aquarium, knocking it over in the process, making a deluge in the living room and not caring about the goldfish dying on the carpet. She throws these moistened watercolor circles on the card of the drawing pad. Not deigning to strike them with a brush, she spreads them pressing her fingers hard on the surface, getting dirty up to her armpits, in twelve different colors. This time there is strength in the composition that appeared on paper. All right. But that's not enough.

She demands oil paints. Easel. Stretchers of various sizes, canvases, brushes of different dimensions. Wide spatula and narrow spatula. She gets everything from her parents who spoil her mindlessly—their only child. She puts oils on the canvas so thick that they were running down. The carpet in her bedroom is destroyed in one day. She screems on her grandmother, who reprimands her. She starts yelling hysterically at her mother, who dresses her in a uniform and pushes her to school. She won't go, she'll just paint. Let donkeys go there. She will be an artist.

Sunday? To church? I have no time! I have to paint!

Crows in the snow in Łazienki Park terrify her. She pushes herself through the circle of the crowd surrounding the man run over by the car and, completely oblivious to his groans, discovers, fascinated, that the blood stain on the cobblestones crawling out from under his belly is not red at all—it's dark maroon, the sun adds scarlet flashes to it. After returning home, she takes a heavy button from her stepfather's desk and hits on the head the dog fawning over her and is disappointed that the dog flattens out on the carpet, froth oozes from its mouth, but no blood is seen. Nevertheless, she paints this foam.

Keep out! I don't want anyone coming in here while I'm painting! Especially stepfather! Get out! I don't want to know you at all. Stepfather? I don't need any stepfather. I have a father. I don't care if my mother went off with someone else. And I express myself as I like.

I won't be going to school any more. What? Will they not accept me to the academy without a high school diploma? I'm whistling at it. I'll go straight to the atelier of the greatest master-painter in the capital, and you, yes you, mother, you will pay for the lessons, and if you don't want to pay, I'll throw myself under the train or jump off the bridge into the Vistula river.

 Dressed in a smock in the master's studio and placed in front of a still life, she absorbs colors with such intensity that she gets dizzy. When the model is seated in front of her, she sees the internal innervation of her body, as if she had an X-ray in her eyeballs. She is instantly covered with sticky sweat, which she absorbs directly from the muscles of the naked woman. She reacts with an unknown tingling sensation at the sight of her skin, body hollows, and hair. Working at the easel with the effort of a houler pulling the river boat up-stream, she draws sharp, firm, tense lines with a brush, which seem to cut the threads of the canvas.

The colors crowd and beg her to accept them on the palette. She is cruelly and cynically picky. But once she receives one, she entertains her like a queen, building thrones and pedestals for her in varying shades of the same basic color. And then she disposes of it like a king of a jesters who lacks wit—with one kick—throwing the tube away. Her paintings have the power of erupting volcanoes. They explode on the canvases breaking the stretchers.

Galleries in the capitals of the world compete for her works. Collectors are bidding for dizzying sums. Critics prostrate before her. The jurors shower her with prizes. Men and women are begging her to be portrayed. She accepts only some offers: the most financially lucrative, the most sexually exciting, the most socially uplifting.

Oh, one more thing… She married young and divorced young, then she married a millionaire.

Her Paris' atelier becomes a shrine, to which only a chosen few were admitted. The openings of her exhibitions enter into the legend of the Rive Gauche. Her love affairs into chronicles of high-life. Her pictures into the history of art.

Her paintings create a style, Art Deco. She is its arch-priestess, she wins followers, imitators and epigones, but she leads it alone, for she has gone so far ahead of others.

The bodies of her acts vibrate with lust. The eyes of her portraits cast an evil spell. The colors of her paintings are stunning with their intensity. Their lines are as sharp as the blades of swords. She is a portraitist of princes, aristocrats, poets, rich people, her lovers and her mistresses. She is the desire of screen stars, she is a star of salons and galleries herself, her face looks out from hundreds of magazine covers and street posters. It is her zenith.

♪ *Gentle organ music.*

One day, she accidentally stands in the light of the evening low sun in front of the church gate. From inside she hears the gentle rhythmic singing of a psalm. She enters the church. She sits in a pew at the back of the nave. There are the nuns who sing vespers. The stained glass windows begin to swirl around her and slowly fade out with the setting sun. The singing ends. The church is filled with darkness.

She suddenly doubts the value and sense of it all: colors, orgasms, fame, money. On the spot, she decides to become a nun. She knocks on the monastery door. Disappears.

MOTHER SUPERIOR: You are truly an artist... What a fantasy... And what happened next?

PAINTER: An artist? Yes! And what next? In vain would her husband move Interpol all over Europe and hire private detectives to find her. Her mother's taking care of her daughter in her absence, lauches also a search for her—in vain, so the two of them remain lonely—one without a daughter, the other without a mother. Someone would say she rode the train from Florence to Parma with him. Somebody else would tell he saw her at a taxi stop in Naples. A woman would swear that she was supposedly kneeling next to her in the Basilica of Saint Francis in Assisi. A huge reward for her whereabouts announced in the Paris press would have prompted a call from Morocco that she had been traveling veiled on a camel with a Berber caravan through the Western Sahara. Elephant hunters would report from India that they saw her hunting in the company of the Maharaja of Madras. All these reports would not be confirmed and the traces would fade away. There would be no choice but to consider her missing. Both the first and the second husband would be legally recognized as widowers, the daughter as an orphan. Finally, the search would be suspended. Investigations closed.

♪ *The music stops.*

MOTHER SUPERIOR: A sad ending...

PAINTER: Oh no. triumphant! The artist is gone, but her paintings remain! Her sensational disappearance drives up their prices. Museums and galleries around the globe are fighting for them offering dizzying sums. The nimbus of secrecy enhances her fame. She is included in the pantheon of 20th-century painting. She is idolized by critics. She is recognized as the greatest female painter of all time. Meanwhile, she lives the life of a modest nun...

MOTHER SUPERIOR: My child, do you think that you could be accepted into the congregation just like that? Married? With a daughter? With all your worldly attachments? What naivete.

PAINTER: It's not over yet... Years later... Some nosy tourist would recognize her famous profile in the face of one of the nuns singing Vespers behind the choir bars... The convent is immediately besieged by journalists and photographerss. A murmur runs through the crowd like an electric spark and dies abruptly as a black silhouette appears on the threshold of the monastery. That's her!

The fireworks of photographers' lamps explode, the roar of radio reporters resounds loud, hundreds of hands are reaching out to her, men clapping, women sobbing, bells ringing, automobiles honking, jazz bands deafening in a mad cerscendo...

MOTHER SUPERIOR: So, on top of that, a triumphant return to the world? You have no idea about the essence of the convent life...

THE PAINTER: I didn't think about it... For a moment I dreamed intensely about the life of a cloistered nun, about living only by prayer and work, about liberation from the terrible burden of painting. About myself, by the choice of poverty, deprived of the money that pushes people to whims. About a monastery bar separating me from the temptations of the world and occasions of sin...

MOTHER SUPERIOR: It's not enough to go behind the convent's bars. You have to build it in your heart...

PAINTER: Or maybe I would become a nun-painter who burned her old sinful paintings and from now on paints only saints, heaven, angels...?

MOTHER PRIEST: The vocation to the religious life happens only sometimes in a moment of grace. More often it hatches slowly and with difficulty, like a chick from a shell that is still too hard. But in both cases it must embrace, digest all life. This is not just a decision about the future. In this decision, one first settles accounts with the past.

PAINTER: Exactly. I woud close the past.

MOTHER SUPERIOR: The past does not belong to us alone. There are people with whom we are bound by unbreakable ties. There are unfulfilled duties, unfinished works, deeds that still cause certain moral consequences, like a mechanism once set in motion. We must first stop these mechanisms, dress and heal old wounds, straighten twisted paths. Only then can you embark on a new path.

PAINTER: I got a civil divorce with my first husband, and he remarried immediately, so marriage with him is not for rebuilding. I didn't have a church mariage with the other one, so from the point of view of the Church, I'm not related to him at all, right? Daughter could stay with grandma...

MOTHER SUPERIOR: Oh, my child, you are reasoning like a pagan... You don't seem to know what you're talking about... I would be very happy if you took the path of virtue leading to eternal life, but first you would have to be converted inwardly and this grace must be prayed for first, and then—put your soul in order.

PAINTER: It doesn't matter anymore... I changed my mind. I have not abandoned painting. I'm painting right now. Why did Mother agree to pose for me?

MOTHER SUPERIOR: Caprice—it was your caprice. And I'm sitting here to give you a chance to turn a caprice into an act of will. Painting, for a change, a nun, you could change yourself.

PAINTER: For a change?

MOTHER SUPERIOR: You frequently paint naked women and men, don't you?

PAINTER: So, you've seen my paintings?

MOTHER SUPERIOR: I have.

PAINTER: Including my nudes?

MOTHER SUPERIOR: Yes.

A series of acts appears quickly—numbers 7, 8, 9, 10.

PAINTER: Do you know, mother, whom I paint?

MOTHER SUPERIOR: I know. Unfortunately this adds to the scandal. It is known that all these men, and women too, not only model for you...

PAINTER: You're scandalized?

MOTHER SUPERIORv I'm saddened.

PAINTER: Mother agreed to pose anyway? In such company?

MOTHER SUPERIOR: You keep forgetting yourself. Can we end this session now? Maybe it is not necessary to continue painting the portrait of the nun at all.

PAINTER: I'm sorry a hundred times. Yes, a Parisian streetwalker gets out of me once more. Because that's who I really am. But I didn't want to offend you, Mother. Please, please don't get up yet.

MOTHER SUPERIOR: All right. But please don't forget yourself again. We are in a monastery.

PAINTER: I promise. But please tell me... What Mother really thinks about this... Well, mother saw my paintings...

♪ *The painting "Beautiful Raphael" appears—no. 11. We hear music: a soprano coloratura.*

PAINTER: I do paint most often naked people. True. Even dressed their nakedness breathes through their clothes. Women's nipples pierce their blouses. I can't paint differently. Sometimes I even solicit models on the streets. Like a true street-walker. I solicit women and men. I ask them to model for me. They seldom refuse... to come... to undress… to stand or lie naked... I paint coveting them. I covet painting. My art and my lust amalgamate and sublimate in the picture. And now... You preach morality to me. A lost cause!

♪ *Picture and music vanish.*
Does life humiliate art in the creative act? Or does art elevate life? These are the same creative energies. I don't know... Maybe Mother knows?

MOTHER SUPERIOR: And have you considered—whose energies are these?

PAINTER: My! A human being who lives and creates, who lives creatively, who creates with his life. These are my pictures—of what I am. It is an emanation of my creative energy. Not only mine. Model's energy too. I take the model's energy into myself, multiply it to an infinite power with my own energy and transfer this terrible sum of energy to the canvas. It is the creative human energy.

MOTHER SUPERIOR: God's.

PAINTER: What did Mother say?

MOTHER SUPERIOR: This is God's energy. He is the Creator of all things. He is the beginning. He is the point of departure and arrival. Alpha and Omega. Art is the circulation of His creative energy. And we only participate in it, we receive it as a gift. It's His gift.

PAINTER: Abstracts! Theology! I am talking about something very real. About energy that has practical consequences. That energy guides my brush on the canvas as I'm painting and my hand on the skin when I'm caressing. Its material fruit is a coat of paint, or sweat and muscle spasm of human flesh! What does mother know about this?

The painter nervously lights a cigarette. Almost immediately, she lights the next cigarette on top of the previous one, angrily crushing the previous one. She repeats this action several times.

MOTHER SUPERIOR: I am also talking about someone very concrete, tangible, touchable. What could be more tangible and alive than a body dying on a cross? Yes, the human body, torn apart by pain. And every twitch of the nerves of this body, under the influence of a blow of pain, is an act of the highest love, the gift of the highest love. And this love is absolutely altruistic, directed towards others, towards the Father who awaits it, towards people who reject it. That love is still there, like an inexhaustible source, and you can approach it and take it. The energy of this love radiates constantly, and it is enough to turn to it to become able to receive it. I think that artists can receive this energy in a special way and partici]pate in its transmission.

PAINTER: I've never thought about it... But it's a captivating perspective... After all, a human creator repeats and continues the Eternal Creator's work in every act of creation. Perhaps it is even the case that although the world was once created by the hand of God, its creation is still ongoing. And God entrusted the continuation of this process to artists, inventors, thinkers?

MOTHER SUPERIOR: So you're thinking about it! You understand this! Glory to the Most High. But it must also be understood that the artists can participate in this work on one condition. It is love. God created the world out of love, and only those works that people create out of love can participate in God's creation.

PAINTER: An artist always loves himself first!

MOTHER SUPERIOR: Probably not always... But an artist can always be a medium of God's love...

PAINTER: An intricate distinction.

MOTHER SUPERIOR: To put it simply—the Lord God blesses both human painting and human love.

PAINTER: Does he bless every painting and every act of love?

MOTHER SUPERIOR: Not every work... Not every act...

PAINTER: Now Mother just wants to moralize me. And it's a lost couse. I'm not up to it. What does Mother know about me? Nothing. Just that I painted some obscene pictures. I myself, whole, to the marrow of my bones, I'm obscene... rotten... sinful...

MOTHER SUPERIOR: It's the other way around. Deep down, you are good and noble. You long for purity.

PAINTER: Me? I sleep with both men and women, I am fond of pleasures—sex, alcohol, drugs, the rush of fast driving, luxury hotels ... I am not fit for any moralizing or repairing ...

MOTHER SUPERIOR: All this is already redeemed. And it's up to you to choose...

PAINTER: Yes, that's right! I choose the life I lead.

MOTHER SUPERIOR: You could choose another.

PAINTER: But I'm fine with that. I like that. That's who I am and that's what I want to be. I'll tell Mother more: I even not once...

MOTHER SUPERIOR: Don't tell me. If you wish, I will put you in touch with a confessor.

PAINTER: Nonsense. Sorry... It's not for me. I can talk to Mother, but I would seduce a confessor!

MOTHER SUPERIOR: How many times have I asked you...

PAINTER: Excuse me... But let Mother tell me... Nuns despise the body? Yes? They have the body in contempt?

MOTHER SUPERIOR: No. Not in contempt.

PAINTER: But they not value the body? Yes?

MOTHER SUPERIOR: It is useful to mortify it, to use it in work for the glory of God. Also in prayer, when it becomes a sign.

PAINTER: A sign?

MOTHER SUPERIOR: Of humility, modesty, adoration.

PAINTER: So the body only as a sign, a reference, a tool, not as it is?

MOTHER SUPERIOR: It is as God created it.

PAINTER: So—beautiful, exciting ! When it is well dressed or undressed. When you anoint it, put lipstick and make-up on it, properly illuminate it, deliberately pose it.

MOTHER SUPERIOR: These are all the values of the body itself. Such a body is a cage. And yet man also has—or rather above all man has—a soul.

PAINTER: And yet, painters and sculptors have been painting and sahping the body for centuries. They found beauty in the body—physical, biological, hot, tangible, colorful, attractive, shapely. Not an abstract concepts. I am a painter, not a preacher.

MOTHER SUPERIOR: There were also painters-preachers. Mystic painters. You know them. Brother Giovanni da Fiesole, whose painting was so sacred that his confreres called him Brother Angelico, Fra Angelico. Ah, Duccio, who almost physically lifts the viewer from the ground to the sky. And Giotto, who saturates the earth with sky on his canvases. Rembrandt reflecting on the theology of the return of the prodigal son. Velasquez contemplating the mystery of the human death of the Immortal. Gothic sculptors and stained-glass artists, icon painters... Ah, I love these painters. I cannot speak of their works without emotion. They were renewing the covenant between the Creator and the creature. They X-rayed the human body with prayer, they deified it. With their prayerful depictions of the human body they helped others to pray. God created man in his image. He gave him a body. The Son of God lived in this world in the flesh. He left us his flesh as food. We believe in the resurrection of the body. All this gives the human body the highest dignity.

PAINTER: Fra Giovanni Fiesole was a good monk, but his contemporary Fra Filippo Lippi left the monastery and got married! With a nun! I know. He wasn't called Brother Angel!

MOTHER SUPERIOR: They got dispension. *She continues her argument.* The study of the human body in art is allowed—tracking down traces of immortality in it, showing its beauty as the crown of all created beauty, revealing the perfect harmony of its members and exemplary proportions as a measure of God's order. But when the artist does not refer us, the viewers, through the body to the Creator, when he presents only the body, and what is worse, only its functions and physical, biological, sexual potencies—then the artist becomes an opponent of the Creator. It spoils and degrades His work. Please notice that in the works of many painters people's bodies are uplifted, they show spirituality, they refer to the spirit and, in a way, reinforce spirituality. In other paintings, however, the body is presented in such a way that it invites and even pushes the viewer to the deeds of the body. You know very well that such paintings have always been involved in a closed circle of evil, in a satanic dance. Such images of the body were created as a result of the artist's immoral use of his own body and the body of others, and at the same time caused corruption, scandal and led to abuse, to sin.

PAINTER: Can it be separated so easily? Good body here, bad body there. The body is the body. Bad black here, good white there? Bad red here, good green there? Black and white, and red and green, are colors. Only colors. All good!

MOTHER SUPERIOR: As colors! But it is the artist who uses the colors. And the viewer perceives the colors. Color on canvas is therefore not just aesthetic. Color connects the artist with the viewer— two human beings. So it has ethical connotations. It enters the order of people's lives! And not only color. Shape, line as well...

PAINTER: Exactly! On the plafond of the Sistine Chapel, Michelangelo mixed the Bible with Greek mythology, and the holy old men with debauched young men. Looking at this tangle of naked bodies, visitors do not necessarily have pious thoughts...

MOTHER SUPERIOR: This is a great and powerful painting. But, true, there is a dangerous warning in it for all painters. For you too...

PAINTER: So Mother agrees with me? There are those images that do not evoke pious thoughts in anyone. Mother is such an expert in painting, so surely Mother remembers how Mantegna exposed Saint Sebastian, how Bosch painted heaven and hell as a collective orgy. And all those perverse Eves in Paradise painted by the Van Eyck brothers, Massacio, Dürrer and of course Michelangelo too? What will mother say about this?

MOTHER SUPERIOR: Of course, many painters have used sacred figures and symbols recklessly, dishonestly, and even cynically. These were abuses, sometimes even sacrileges. But this neither questions nor diminishes the deepest and most powerful potential of art: raising man to God. Well, I find it only with difficulty in your paintings, and sometimes in vain... Maybe it's worth rethinking?

PAINTER: Don't think, Mother, that I never thought about these things. I was thinking a lot. And it always came to conclusion that I was just supposed to paint as best as I could, and that's it. And I was able to get to my models through the skin, through the body.

MOTHER SUPERIOR: Revealing their souls?

PAINTER: Revealing the beast sleeping in them. That's why I painted so many nudes—both women and men. Did Mother also see my... well... group scenes...

A series of group acts is shown— numbers 12, 13, 14, 15.

PAINTER: I mean my love scenes... temptation... anticipation... Though I've never gone as far as pornography...

MOTHER SUPERIOR: But you rubbed against it perversely. You paint people engaged in immoral acts. In sin.

PAINTER: I am a painter. I don't think in those terms. I move in the areas of beauty, aesthetics, style, form, expression.

MOTHER SUPERIOR: Being a painter, you do not cease to be a human being. And as a human being endowed with the gift of free will, and therefore charged with the responsibility of using it, you are constantly making choices. You do them by painting. You choose good or evil with every brushstroke.

PAINTER: I choose colors and shapes. Not good and evil!

MOTHER SUPERIOR: I'm concerned about your choices... Have you thought about what choices your images lead people to?

PAINTER: Of course I was wondering! It is a matter of the market, fashion, meeting the expectations, desires and longings of art dealers, critics and the public. People are faced with a choice: I like it or I don't. To buy, or not to buy. I have some sense that tells me if a spark will fly between my painting and the viewer. If there is no spark, there will be no explosion. Like inside of a combustion engine. Explosion in the cylinder. Explosion!

MOTHER SUPERIOR: Not metitianion? Contemplation?

PAINTER: No! Rain of fire! Volcanic eruption!

MOTHER SUPERIOR: That's not what I was talking about... Not about the power of art, but about the way it works... After all, art can scandalize and ennoble...

PAINTER: I'm not here on a retreat, Mother.

MOTHER SUPERIOR: Surely you are familiar with Abbot Suger's treatise on the principles of rebuilding the monastery church of Saint Denis in Paris in the years 1140-1144. The wise abbot writes that art should serve the mystical revelation of God's spirit.

PAINTER: No, I've never read Abbot Suger... Mother is very learned...

MOTHER SUPERIOR: Are you surprised that a nun knows the history of art? You think a nun by definition is ignorant? You frequently find a philosopher, a doctor, or a teacher in a convent. As for me, I wrote my doctoral dissertation on the techniques of building the ceilings of the early Gothic cathedrals. This is a fascinating issue. You can almost touch the act of spontaneous transformation of a childlike faith in the strict rigor of calculating the dimensions of arches and ribs. You can observe how the love for God acquires the weight of brick and stone. You witness the conversion of theology into mathematics.

PAINTER: You have a doctorate? So what are you doing in a monastery?

MOTHER SUPERIOR: Yes. I do have a doctorate. I was a professor. In the monastery I do more important things than I did at the university.

PAINTER: Incredible. You're an expert in the history of art? Are you familiar with modern art? Do you know Art Deco, the style that I invented?

MOTHER SUPERIOR: Oh, yes. I do. Though, you did not invent Art Deco by yourself. The foundations of it were laid by Bakst and other painters working for Diagilev's Ballets Russe. The style was further developed by the Viennese Secession's decorativity, especially that of Klimt. Art Deco was hatching in the oriental ornamentation, fashionable in Europe at the turn of the century. It gained strengths from Gauguin's vivid colors and Munch's sharp lines. Some elements of Art Deco appeared in the works of Braque, Derain, Gris, Matisse, and Picasso, though the art of the latter was more destructive than constructive and did not well fit with Art Deco principles, but Picasso's sheer power fascinated you, I know it. You were also influenced by Ingres, who was so popular because he appealed to popular taste; which is a danger for a true artist; for you too. Art Deco also took advantage of the geometric abstraction and searching for esoteric beauty by Mondrian, and the wild expressionism of Kokoschka, the lover of the ugly. Deconstruction, abstraction, ugliness were a little too much for you, but their most attractive elements—why not? You took all that, but you smoothed it, you polished it, and you domesticated it. You married it all with the neo-classicism and monumentalism of the thirties, and you secretly snatched some tricks from cubism, synthetic cubism, post-cubism and neo-cubism. You consolidated this multifarious concoction with your own volcanic energy, using clean and intense colors, strong and succinct drawing, and limited deformation, limited to the limit of increasing the effect, not allowing the picture to slide into a vague abstraction. Eventually, a new style appeared and triumphed: Art Deco.

It was attractive and aggressive, it appealed to the bourgeois' snobbism and taste, it was lovely and easy to love. Art Deco sold well because it was handy to decorate—hence, "art decorative"—rich homes of rich people. Art Deco appealed to the masses too, because it represented on the canvas the speed of airplanes and automobiles, the velocity of contemporary life—delirious, breathless, drunk, drugged, pulsating with the lights of big cities; life arrogant, pushy, rushing, cynical, immoral.

Your paintings overwhelm with shameless impudence, they attack the traditional moral norms, they invite pleasure-seeking, they tempt one to sin. If looked upon closely your models have chilly, empty eyes, which disclose nothingness and allow insight into the nothingness. They augur an unspeakable catastrophe for humanity. Including the catastrophe of art.

PAINTER: Incredible. What a lecture! A scholar in a habit. So Mother was a professor? And then the monastery? Why? Drop everything. Career, your milieu, money, publicity, satisfaction?

The painter crushes the last cigarette.

MOTHER SUPERIOR: You look at it negatively, from the side of the world: to quit… But to understand me and other people like me, because I am no exception, you have to look at it from the other side, positively. I didn't drop anything, I just chose something. And anyway, I have to say, of course, in all humility, that it wasn't my own choice, it was me being chosen. I have been called. I received a gift of vocation,

PAINTER: And painting is not a vocation?

MOTHER SUPERIOR: Of course it's a vocation. And this is an extraordinary, special vocation. All the more obliging to accept it and live according to it. However, accepting the vocation is only the first step.

PAINTER: And the next one?

MOTHER SUPERIOR: Nursing it and...

PAINTER: By working on it?

MOTHER SUPERIOR: Yes.

PAINTER: That's what I did. Probably Mother does not realize what kind of work it is: tedious, hard, time-consuming, full of tension to the point of madness... Full of doubts, dilemmas, discouragement. Many years of study before. Exercises, copying... Then slave like, backbreaking work at the easel for several hours a day...

MOTHER SUPERIOR: I know. I respect that in artists. But there is one more step. The vocation must be constantly purified.

PAINTER: Cleaned up?

MOTHER SUPERIOR: It's a paradox: you have to surrender to your vocation completely and without reservations, like to a great, flooding wave, and at the same time you have to constantly get out of its vortex towards more and more limitation and concentration, constantly straighten your paths.

PAINTER: And I miss this? Because that's how I understand my vocation: without limitations, without reservations, brakes, shame, filters, inhibitions—to convey in my paintings the energy that flows to me from the visible world. I can't control it except by completely surrendering to it. Yes, I am carried away by a wave of colors, shapes, thicknesses, shadows...

MOTHER SUPERIOR: This wave also carries dregs, dirt...

PAINTER: I paint what I see!

MOTHER SUPERIOR: Are you sure?

PAINTER: As sure as that the rainbow has seventy-seven colors!

Oh, that hand is not right! I won't paint it anymore. Maybe I don't get her at all. It's already happened once: I left one hand unpainted... Nevertheless, the painting sold. Yes, yes, yes, I have to tighten the frame, there will be only the face, pieces of white headdress, black veil and habit.

Mother's talking confuses me. I can't concentrate. Mother leads me somewhere beyond the frame, beyond the picture. And my world is just this canvas. My world is only here. Right now, in this act of painting. Nothing beyond it. Nothing more. Please don't tear me away from the picture, please don't drive me away from it.

She resumes painting.

In the act of painting the whole world exists only on the canvas. Indeed, the world does not exist yet at all, and I am to create it on this canvas! I am to recreate the original big bang of the universe on this canvas so the picture can explode like a newly born galaxy right into the eyes of the viewer...

Mother looked at my paintings, well, reproductions... Their colors are sharp, intense, intrusive, excited, constantly on the attack. Their compositions are under great pressure. I force the figures into the format, knead them with my knee like excess wardrobe in a siutecase. I contain them in the rectangle of the stretcher by force, cutting off the tops of the models' heads, toes, arms, elbows. Like Holbein his employer Henry the VIII—he deliberately crammed too large a king into too small a canvas. I am a cruel Procuste and my models are victims of my madness. My paintings are dense. My compositions are tight. I have to paint in such a way as to keep them constantly energized, still hot, swelling like lava in the depths of a volcano just before an apocalyptic explosion. Encoded in them is the blinding flash of a new star being formed. Under the influence of someone's gaze my image explodes. Straight into the viewer's eyes, it breaks...

MOTHER SUPERIOR: I understand that, but...

PAINTER: Wait a minute! Please don't talk now! I paint lips. Thank you. Now Mother can speak again for a while, that is, move her lips, but please do not gesture. I'm going to work on that other hand now... So what was that last sermon about?

MOTHER SUPERIOR: I don't want to preach to you. But since I'm sitting here in front of you for hours, maybe I can be useful for more than just posing. Painting a nun...

PAINTER: A woman... a woman!

MOTHER SUPERIOR: Don't shout at me...

PAINTER: Sorry...

MOTHER SUPERIOR: You paint my personality, of course. It's hard, I suppose, because I'm someone who's made a conscious decision to renounce my own self. I gave it up with a vow of chastity, subjugated it with a vow of obedience, annihilated it with a vow of poverty. So when you paint a nun, you are not painting her. If you want to paint her faithfully, you must paint not her... But the one to whom she gave herself. Therefore, painting a nun is not an accidental meeting with yet another model by whom you were fascinated. This is, or at least may be, the occasion intended by Providence to meet Him. The old nun doesn't count at all in this encounter. She is the imperfect servant, an deficient vessel, an indistinct sign. But it's not about her at all. So don't paint her...

PAINTER: Mother talks like a Parisian critic over coffee at *La Coupole*. A scholar in a habit. Maybe an artist in a habit would come in handy?

MOTHER SUPERIOR: I am no longer a scholar. And if any artist would like to put on a habit, this artist would probably put her palette down first.

PAINTER: That's what I was thinking when I came here, waiting for Mother in the parlour. I really wanted to join a convent... But then I forgot. Hunger for colors returned with all his might, the insatiable need to paint. I think I'd go crazy if my mother wouldn't agree to pose for me.

MOTHER SUPERIOR: It so happened that you asked to pose someone who was not indifferent to art... This is clearly what Lord Jesus wanted...

PAINTER: Nonsense. I wanted it.

MOTHER SUPERIOR: Your self-centeredness is quite captivating... and also dangerous...

PAINTER: What I meant was that the need to paint is an irresistible force in me. It's stronger than anything. Sometimes I wonder what will happen to me when this strength runs out. Probably at this very moment the painter dies. Oh, one can probably vegetate biologically after that... I really only live by taking in and extracting colors, lines, brushstrokes.

MOTHER SUPERIOR: These are great gifts. They should be given carefully...

♪ Suddenly, we hear the bell ringing. Mother Superior instantly stands up and rushes out. The Painter is caught by surprise.

PAINTER: What happened? Where are you going! You are ruining my work!

MOTHER SUPERIOR: Oh, I'm terribly sorry. It is the bell for Sext, the noon liturgy. I stood up without thinking and forgot about your work. Please, forgive me. I have to go to the church. It won't take long. I'll come back.

She exits.

PAINTER: Old witch.

Painter is alone. She paints a while. She sits in front of the easel. She stands and corrects something. She sits again. She suddenly knocks the easel on the ground.

Damn it! Damn it! It's good for nothing. A botch.

♪ *We hear nuns singing psalms in the church. Painter picks up the picture and examines it.*

The wrinkles of this face on the canvas are empty. Yet, in the face of this nun they are the abysses full of agony. They aren't wrinkles. They are old scars and fresh wounds. I have to cut them open in order to enter this hag. And when I do it I feel as if I'm sinking in goodness, forgiveness, mercy. There is some mysterious blend in it that I do not understand and I am not able to paint. There's some unconditional giving and boundless love in this woman, combined with stricture and rigidity. I feel that she both rejects and accepts me. Not one of my models ever had anything like that. What is it? Does she escape my artistry, or does my artistry escape me? What should I do? Give up? No! I've never surronded to a model, I've never declared the bankruptcy of my palette. So—no! I have to subdue her! Where did she go? Damn it! I've forgotten about my own noon liturgy.

Painter takes a box from her bag, looks around and goes to a corner. Apparently, she gives herself a shot.

Shit! I've broken the needle! This witch must have cursed me!

The Painter renews her efforts, this time successfully, then, she sits on the chair where previously Mother Superior set modeling.

♪ *Psalm singing stops.*

My daughter, you should stop sleeping around with men and women, especially with women. Your should stop painting naked models. Stop taking drugs, stop smoking. My child, you have to stay in less expensive hotels, drink less wine, abstain from absinthe. You should give alms from your astronomical fees. You should not drive so fast. Daughter, you should start fasting every Friday— only bread and water. Daughter, tomorrow you'll go to confession. Don't seduce the confessor, though.

> Wash yourself, comb yourself, dress yourself decently...
> I will, mother, get rid of greed, of erotic and financial lust—I promisse.
> Limit yourself, humble yourself, temper yourself.
> But what about my painting Mother Superior?
> Are you a painter?

All right, all right, I'll switch to painting pious pictures.
No naked Saint Sebastians though!
It's not me, it's Mantegna!
No Adams coming out of paradise as God created them, without even a piece of fig leaf!
It's not me, it's Massacio!
Hush! Especially no deep cleavage of Mary Magdalene!
What if I can't paint diffrently? If I can only paint unholy, sinful, corrupt people like myself? If I am able to convey only sensuality and sexuality on the canvas?

Then stop painting altogether, daughter. There have been painters who have broken brushes. Poets who stopped writing poems. Singers who tore up the notes of their arias. In order to paint only holy figures, to write only as proclaiming the Gospel, to sing only for the glory of God. Not their own. It is better to enter the kingdom without an eye that absorbs scandalous images than to discern a thousand shades of one color. It is better to enter the realm without a hand than to paint obscene pictures.

But I need my hand to hold delicately the brush, or to hold firmly the steering wheel of my green Bugatti speeding with a trunk full of paintings, driving from gallery to gallery, from city to city, from rush to bewilderment, from white to black, from light to dark, and from black to impenetrable dark. All is getting darker and darker.

♪ *Music suddenly appears: fast jazz.*

But my glance has the power to explode tubes full of paint. My will provokes blasts in the sun and floods the whole universe with light. My hunch extracts glowing lava from night volcanoes. My imagination smashes rainbows into thousands of new shades. My glance breaks the laws of optics. My talent creates new rules of composition. I govern over the brushes, the palettes, the canvas. I reign over the models. I am a dictator of the public. I am the art dealers' gold mine. I am the art critics oracle. I am the archpriestess of Art Deco. I am the goddess of Art Deco. Worship me. Praise me. Deco me. I deco. Me deco. Here deco. There deco. Up deco. Down deco. My deco. Yes deco. Si deco. No deco. Oh deco. Ah deco, my deco, nous deco, elle deco, merdre deco, a-deco, b-deco, c-deco, d-deco, ko-ko-ko, art-de-co, ko-ko -ko, art-de-co... co, co, co, art deco, co, co, co...

During the last sentences the Painter starts to dance clapping her hands over her head. She takes off her shoes and her painter's coat. She unbuttons her blouse and shakes out her hair.

♪ *While she dances Mother Superior returns. Music stops.*

PAINTER: Ah, it's you, Mother Superior? I don't need you anymore. I am modeling for myself. It's going to be a self-portrait with deco. I only need a mirror. Don't you have any mirror around? Oh, it's a monastery, is it? The nuns do not use mirrors at all. Why? Because the devil likes to appear in the mirror. I know. The devil sleeps deep inside every mirror. I desperately need a mirror for painting a self-portrait. I want to look at myself. I want to enter the mirror. I want to transcend the mirror. I want to mirror myself. I want to paint myself inside the mirror. Hugging Satan. He's waiting for me in the mirror. So what? Don't you have a mirror for me, Mother?

The Painter slowly stops talking and returns to the reality. She picks up her shoes, coat and hat. She speaks with a dejected voice.

PAINTER: Did you pray, Mother? Me to. Did you have your noon liturgy, mother? Me to. Do you still want to model for me, mother? I don't need you anymore. It's good for nothing. I'm going.

MOTHER SUPERIOR: Could I see what you've painted so far?

PAINTER: No! *She hastily covers the picture with her coat.* You shouldn't look before it's finished. It's bad luck. Besides, it's worthless. I'll throw it away.

MOTHER SUPERIOR: All the more reason to see it. Don't I deserve this much after so many hours of modeling?

PAINTER: You agreed to model for free? Didn't you? I never pay my models.

MOTHER SUPERIOR: I didn't mean a monetary payment. But then, curiosity is a weakness. It often leads to sin. I don't want to see it anymore. So, you're not going to come tomorrow?

PAINTER: No. Never mind. Look. It's garbage. I'm doing this against the rules. Maybe Mother's look will add something to this daub?

She shows the picture.

We see the portrait of MOTHER SUPERIOR—number 16.

MOTHER SUPERIOR: *Looks a the picture.* That's me? These tears? I did not cry.

PAINTER: I saw you crying. For the world. For me. But now I don't like these tears. I'll scratch them out. The whole thing is worthless.

MOTHER SUPERIOR: Perhaps, these aren't my tears. Perhaps, they are yours. Isn't it you crying for yourself and the world? The artist can be, even unconsciously, God's vessel. Maybe He stirs up this cry in you? Crying could be a grace…

PAINTER: My tears? I don't' know. *She pacs all paraphernalia.* This picture is not yet finished. I don't think my work was successful. We don't need to make an appointment for posing anymore. I'll finish it in the atelier or I'll destroy it. I'll find out later... I go. I take my stuff.

She's heading towards the exit. She carries a bag, an easel, and the painting wrapped in a smock.

MOTHER SUPERIOR: You will remain here... In my prayers.

PAINTER: My own cry? If I asked you... No… that's nonsense... But... I… I'd like to paint differently... I can't...

MOTHER SUPERIOR: I won't not give any artistic advice. I can say only this: to change their art the artists must first change himselves.

Pause.

PAINTER: I have one more request of you... but...

MOTHER SUPERIOR: Say it.

PAINTER: It's funny. Superstitious...

MOTHER SUPERIOR: You need faith, not superstition.

PAINTER: I wanted to ask you... Mother... May I? Could you bless me, Mother, please?

Without a word Mother Superior opens her arms. The Panter kneels. Mother Superior blesses her, than raises her up, and closes her in her arms for a long moment.

MOTHER SUPERIOR: I'll pray for you, daughter. I'll go with you to the gate.

PAINTER: Thank you. I know the way, Mother.

MOTHER SUPERIOR: It's the rule. To accompany the guest to the gate. *She takes some of the Painter's stuff.* I'll help you, daughter.

PAINTER: Thank you. I'll do it, Mother.

MOTHER SUPERIOR: Allow me. Your have a lot of this. It's heavy.

PAINTER: Is this the rule?

MOTHER SUPERIOR: No. It's the Gospel.

♪ *Italian folk music.*

We see the painting of MOTHER WITH CHILD—number 17.

They both exit.

▶ THE END ◀

Buffalo—New York 2001

▶ ▼ ◀

SOURCES FOR PAINTINGS BY TAMARA LYMPICKA INDICATED IN THE TEXT

A. *Passion by Design: The Art and Times of Tamara de Lempicka*, By Baroness Kizette de Lempicka-foxal as Told to Charles Philips. New York: Abbeville Press Publishers, 1987 This book contains 15 reproductions of paintings mentioned in the text. Publisher's address: Abberville Press, Inc., 488 Madison Avenue, New York, NY 10022, USA.

B. Gilles Néret. *Tamara de Lempicka. 1898-1980*, Köln: Benedict Taschen Verlag, 1992. This album contains 34 reproductions of paintings mentioned in tek☐cie. Publisher's address: Benedict Taschen Verlag GmbH, Hohenzollernring 53, D-5000 Köln 1, Germany.

References to these sources in English are given in the list below.

NUMBER — TITLE	— SOURCE	— PAGE
1. Kizette in Pink	B	17
2. Kizette on the Balcony	B	16
3. Kizette, First Communion	A	79
4. Self-portrait -- Green Bugatti	B	6
5. Self-portrait	A	104
6. Self-portrait	A	126
7. The Model	B	14
8. Seated Nude	B	22
9. Nude with Sails	A	114
10. Reclining Nude	B	49
11. Beautiful Rafaela	B	45
12. The Two Friends	B	15
13. Group of Four Nudes	B	24
14. Woman Bathing	B	35
15. Adam and Eve	B	25
16. Mother Superior	B	64
17. Red haired Mother with child –	Online	

NOTE: The copyrights of the reproduction of the images listed above should be respected by the potential producer of this play in accordance with current legal standards. The author only indicates the sources where he has seen the reproductions, but takes no responsibility for their use in the show.

Kazimierz Braun

▶ POLA NEGRI'S TALES ◀

▶ A PLAY ◀

CHARACTERS

Pola Negri

Eleonora Chalupiec—Pola's mother

Passengers on the ship—voices only

TIME

1940 and flashbacks

PLACE

Pola Negri's dressing room in Hollywood

Flashbacks' locations

▶ ▼ ◀

► **PART 1** ◄

*At the entrance of the audience: On the curtain **a portrait of Pola Negri** by Tadeusz Styka (projection).*

♪ Dark. The image of Pola Negri disappears. In the darkness, lively piano music from the silent film era is heard and the curtain opens. On the screen appear captions (white letters on a black background—lettering as in an old film):

Kazimierz Braun
POLA NEGRI'S TALES
Next caption:
In the role of Pola Negri:

Next caption:
Directed by:

Next caption:
ACT 1. Return Home

Next caption:
In the fall of 1940
Pola Negri
returned to her old dressing-room
in Hollywood.
She hasn't been here for five years.

Pola appears in a spotlight. She is in a coat and hat. She is holding a suitcase and an umbrella. She looks around.

POLA: My old dressing room....

The lights bring Pola's dressing room in a Hollywood film studio: a dressing table with a mirror, on it a miniature film projector (covered with some fabric), photographs, a dried bouquet, a champagne glass; a canapé; in the depth—the screen, on which excerpts from Pola's films will be shown; behind the screen a hanger with costumes; in front of the screen a chair. A red carpet runs diagonally across of the stage, from the screen in the depths to the proscenium.

♪ The music quiets down.

POLA: My old-dressing room.... Mine. When I had already decided to leave.... When I had to leave America.... Did I have to? Maybe I'll talk about it someday. Or maybe I won't.

So when I had to leave Hollywood, because there was no place for me here anymore.... When I decided to go to Europe.... The studio demanded that I empty my dressing-room, because it would be needed for someone else. For Marlena, or Greta, I can't remember. What insolence. To give my room

154.

to someone else! My room—too small and too tight for a big star, but that's what I got at the very beginning of my Hollywood journey, that's what I liked, tamed, didn't want to move anywhere from.

She takes off his coat and throws it on the seat, puts the suitcase on the floor, tears the cover off the dressing table. She sits down in front of the mirror.

"No, I will not give away my dressing room! Admittedly, I'm leaving now, but I'll be back soon! Soon! The closet is to wait for me too."

"Wait? Not used? Do you know how much a year's rent costs for such a room?"— David Warner was outraged.

"How much?"—I asked carelessly.

Warner stammered, counting something silently. "Well," he said thoughtfully, "I don't know exactly. Probably about a thousand dollars."

"I'll give you five thousand in advance, and you keep this room for me, for the next five years. Anyway, I'll be back in a year or two."

"Inflation!"—he immediately began haggling, as he always did when signing a new contract. "Rental prices will definitely go up because of inflation. They will increase a lot. A lot. They may even double. Inflation!"

"Fine. I will give you ten thousand. Please prepare a contract. I'll pay in advance. And no one should come in here, except the cleaning lady. Let's not talk about it anymore. Please send me the key and the rental agreement to the palace."

Well, and I'm back.

A very long journey. From Europe all the way here. From a burning, wartime Europe.... From my villa in St. Jean-Cap-Ferat.... Mom was left alone...

She takes out of her suitcase a small picture of Our Lady of Czestochowa.

Thank you for this picture, Mom. *She puts the picture on the dressing table.* So from St. Jean-Cap-Ferat by car to Nice, under threat of Italian bombing. Continue by train. German-conquered France, with inspections at every station. Grim Spain, in ruins after the civil war. Nervous Portugal, uncertain of its fate. Finally, Lisbon—sunny, calm, as if beside the war, beside the time. By ship to New York. The free world. Normal life. Sleeping car to Los Angeles... No one was waiting for me at the train station, there was no orchestra, no balloons, no fireworks, no reporters, no photographers, no crowds.... So, a cab to Hollywood. There was no red carpet. My old dressing-room.

She removes a small pistol from under his stocking garter and places it on the table. We had to protect ourselves on the road.... From bad people... *From the belt-bag fastened under her breasts, she removes her wallet and jewelry pouch.* From thieves... *She puts the jewelry on the table. She begins to play with it. She wears something.*

I've always liked toys... Gold... Pebbles...

I returned to my old dressing-room. But the trouble is, there's no new costume for a new role waiting for me. There's no new role waiting for me. So just for a while... To check if the dust is wiped off, if everything is in order, if something is not missing. And now, it shall be necessary to move out. The lease expires in a few weeks. It's a good thing I made it in time before five years. I will have to have it all packed up, moved somewhere.... Burn some of it.

She looks at furniture, objects, memorabilia.

With Warner I preferred not to meet, that's why I came in the evening. I don't want anyone to see me here.... unemployed... Only the old doorman... He cried at the sight of me.... I'll be gone in a moment.

She continues inspecting the dressin room. She stops at a miniature movie projector. She rips the cover off it.

My projector. Ernst Lubitsch gave it to me for my twenty-first birthday. An exact miniature of the one used for the first screening of *Madame du Barry* at the Metropol cinema in Berlin....

♪ *An excerpt from the film* **Madame du Barry** *is shown on the screen. It is accompanied by music from the old movie-theater. Pola watches it.*

My greatest triumph of those years. Phenomenal success in Germany. Stunning success in America. A catapult to Hollywood...

She looks at the photographs spread out on the dressing table and throws them into a suitcase.

Kazimierz Hulewicz... Coffin... Rudolf Valentino... Coffin... Glen... Coffin. Serge... Coffin.

♪ *Pola exits. Music from an old movie-theater plays. A caption appears on the screen:*

ACT 2. Queen of Hollywood

Next caption:
**Pola Negri first came to America
in 1923**

Naxt caption:
**She quickly became wildly successful
She began to be called The Queen of Hollywood**

Next caption:
**She made the acquaintance of
Charlie Chaplin**

Pola, in a loose light robe, turns to Charlie, who—in her imagination-memory—is sitting on a sofa.

♪ *The music quiets down.*

Charlie! Get out! Yes. Get out at once. Get out of my house! I don't love you anymore. Don't grab me for words. Just because I don't love you now doesn't at all mean that I used to love you then. Well, OK. I used to love you. No. No good. I didn't love you. I only thought I loved you. Go away!

To the audience:

It seemed to me... that in Hollywood.... In the world... in which I found myself... In a world that was new, unknown, mysterious, frightening, in the world of the film industry.... What was this world?

I already knew it a little from Berlin, but here everything was on a monstrously larger scale. It was a world frightening with its enormity.... I was afraid of it... A world of big money, aggressive advertising, seasonal fame, constant intrigue.... And inhumanly hard work.... It was ruled by producers, directors, owners of film studios and movie-theaters, journalists, reviewers, audiences.... Success with the audience was the most important thing. On it depended the amount on the contracts, casting, position.... And in all this I, little Pola, Apolonia Chalupiec from Lipno.... Near Toruń...

It seemed to me that in order to trounce little Pola's fear, in order to survive in this world, not to slip somewhere into nothingness from the summit on which I immediately found myself, not to return to the cottage in Lipno, or to the attic in Warsaw.... It seemed to me... that in this world.... there are certain rules of the game, of behavior, of conduct, which I had not known before... That I must meet certain expectations.... These included constantly focusing on myself the interest of the public and the press, the public by means of the press.... Manipulating the press to manipulate the public.... Feeding the reporters, who kept crowding around, with morsels of news, gossip, confidences, smiles, attire, behavior, scandal. With self, simply. Such a lifestyle.

Hence the palace which I immediately built in Beverly Hills. Hence the boxes of jewelry. The hosts of servants—maids, wardrobe girls, hairdressers, masseuses, manicurists, pedicurists, and more— butlers, stable boys, gardeners, chauffeurs. I loved all those cars of mine. A whole fleet—Cadillac, Buick, Bentley, Mercedes. Constant raves, banquets, parties, balls, press conferences, photo shoots.... Well, incessant, outside long studio hours. This was the celebrity's lifestyle. I myself contributed to its creation. Egoistic lifestyle... Unscrupulous, completely materialistic and fundamentally immoral....

In addition to this a lover was needed.... Yes. I thought that this also belonged to the lifestyle of a star, that it provided the star with additional glamour. And the more cars, servants, diamonds, newspaper articles, the more famous the lover, the greater the glamour.

To Charlie:

You, Charlie, were perfect for the role. Besides, you cast yourself in it. And I cast myself in the role of your lover.

It was not, by the way, calculation on my part, a deliberate casting. I was too stupid for that. Instinct was at work. I was driven by bewilderment. I was driven by fascination. And, at the same time, yes, I admit, I was greedy for men. You know that.

To the audience:

So for me, it was at first a role in a multi-cast play. The protagonists were a pair of lovers: Pola and Charlie. The supporting roles were performed by mine and his friends, producers, directors, partners, rivals. This play was performed twenty-four hours a day for several hundred journalists, for thousands newspaper readers, for an audience of millions of cinema-goers. But the play, imperceptibly to myself, turned into reality. The semblance of love into love.

To Charlie:

How about you? Charlie? How was it with you? Were you in love with me? Yes. You were. That is, to be clear: you loved yourself in me. You loved yourself in yourself—loving yourself in me. You treated me as a prop in the game of fame—fame, by the way, very strictly converted into money, into the amounts in contracts offered to you by the producers. You performed this game brilliantly. Now I think that you even staged it—an affair with me, the most intriguing star on the film firmament. After all, I had already been dubbed "The Queen of Hollywood." I was European, on top of that I was Polish, so I was coming from some distant country full of buffaloes strolling through the wilderness, and maybe also on the streets of that foreign city I talked about in interviews, that Warsaw. So I was also written about as the "Polish Queen of Hollywood" and it sounded mysterious, exotic, exciting....

No, you probably didn't coined it, you were too spontaneous, violent, moody for that. But when you found yourself in the position of a player in this gambling game you put all your artistry into action! The artistry of a seducer, the talent of an actor, and the skills of an advertising agent—all that to give this game the dimension of a loud, public drama in many acts. You acted like a model lover playing out a role of a great lover in a love play. You were raising your own price by playing the role of Pola Negri's lover.

Also, maybe, at times—because your moods changed from minute to minute—maybe even at times you really loved me? So tell me, Charlie, admit it now, now that everything is over between us, did you love me even for a moment? Did you love me as I was, who I was, and not as you needed me to build your own myth? Well, tell me, Charlie!

She speaks to herself as seen in the mirror:

Who was I? An actress. A star. Nothing more. Nothing less. So much. What does that mean—an actress, a star?

To Charlie:

You ask me that, Charlie? Ask yourself. You yourself are an actor, a star. You should know who you are. Think about it. Don't play it. Don't make faces. Don't roll your eyes. And don't cry, please! Can't you not perform? Me too.

To the audience:

This made us similar. Our increasingly frequent quarrels erupted over essentially just that: we realized how similar we were, and increasingly desperately tried to hide it from each other. There were plenty of these similarities. We both came from the social lows, and now we stood at the top. We were both rich, rich to the point of disgust. We were both parvenu. And we both behaved as if we had always been members of the aristocracy. Not ancestral, by the way, but financial. That means even more in America. We were both newcomers in America, foreigners.

And the fact that he spoke excellent English and I spoke terrible English didn't matter, because in front of the camera we could speak any language, as long as it was convincing. After all, you could see on the screen that I was speaking, but you couldn't hear what I was saying. The subtitles took care of the rest. Yes, while shooting silent films in Hollywood I spoke mostly Polish, sometimes German. We also were both professionals. He went through successive levels of training and practice as a clown, a mime, a dancer, and finally an actor. I had behind me I an excellent Warsaw ballet school and an excellent Warsaw acting school. And also the Lubitsch film school, that is, working under his directing baton. I was also a great school. We were both divorced. So—free. Free, from previous spouses. Not from each other. Free in getting closer to each other. And free in rejecting each other.

To Charlie:

Yes, Charlie. I'm talking about rejection. Understand. This is final. Get out. Yes, I'm throwing you out. Get out. I will not leave. This is my house. Out. Precz! Oh, how fitting in Polish it sounds: "Precz!" In English it's simply: "Get out!"

Well, all right. Sit down for a while longer. Just don't cry. Try to understand. This is the end. Between me and you. The end. Oh, please don't cry! Calm down. Well, it's all right... Pola will tell you a bedtime story.... A lovely fairy tale....

They met in Berlin. Young. Beautiful. Famous. Rich. It was centuries ago... I think it was 1922... A brawl at the door of the restaurant's lounge where she was feasting and shining.

♪ *Dance music. The buzz of a restaurant room.*

Yes, this acquaintance began with a brawl. Yes, it was at the Palais Heinroth Restaurant. One of those glamorous receptions after the incredible success of *Madame du Barry*. She—at the head of the table, next to Lubitsch, her director, on the other side Schleber, her lover, opposite Kaufman, her producer, further Blumenthal, an American owner of the chain of movie-theatres. He had already hinted to her that he was buying *Du Barry* to the States. Some producers with their escorts. Some press magnates. All eyes on her. The champagne. Champagne. Champagne with Pola. Champagne with the star.

Someone suddenly pushes violently his way into our separate salon. The waiters don't let him in. Some commotion. Shouting. A brawl.

She nods at the head of the establishment: "Can't I have a moment of peace at your place? Please throw this stranger out."

Kaufman leaned toward her: "Pola, it's Charlie Chaplin." She looked. She hardly recognized him, because this short man with a huge head did not have the mustache she knew from the screen and was slightly gray-haired. He started shouting something again and gesticulating. "He is explaining to the waiters that he has just learned of your presence and necessarily wants to meet you"—Kaufman explained.

Then she said: Have him let in.

To the audience:

It happened then. Just then. His look at me. My look at him. Spark.

Pola changes behind a screen into a Cleopatra costume. She continues speaking.

Then, immediately, without any introductions, he began to adore me, to tell me compliments—throughout the whole evening. The same thing repeated the next day at another party, this time at the Aldon Hotel. Devouring me with his eyes. Seemingly casual touches of my hand. Champagne again. Champagne. When a reporter asked him upon his return to America what he liked best about Europe, he answered briefly and with delight: "Pola Negri!"

For the second time we also met in a violent way. I was just pulling up to the Hollywood Bowl for a costume ball. The big stars were asked to appear in the costumes of characters from Shakespeare's plays.

♪ *Pola appears in the costume of Cleopatra. She is accompanied by "oriental" music.*

I chose Cleopatra's costume.

When my limousine was already in the driveway, the huge black Bentley standing there suddenly reversed. A collision. A bang. A crash. I hit my head against the glass separating me from the chauffeur. The headlights shattered. A plume of steam shoots from the broken radiator of my car. A short man emerges from the car that caused the accident. He runs up nervously.

"My deepest apologies! Is no one hurt? Didn't anyone die?" It's Charlie. He recognizes me... "Pola!?!? Miss Negri, it's you!? What a wonderful coincidence! How happy I am!" That sudden change in his mood. From horror to joy. From extreme nervousness to smiling amusement. "Truly the best way to renew acquaintance. To crush someone with a car," I replied. "The best! The happiest! You are even more beautiful! You are the most beautiful woman in the world. You are the brightest of stars!"

Then, at the ball, he left his company and squatted at my table. Again the compliments, spoken loudly so that people could hear: "The most beautiful, the most intelligent, the most brilliant, the most wonderful..." This intrigued me. After all, it was Charlie Chaplin himself.

Image of Charlie Chaplin appears on the screen.

He was full of charm. His smile was disarming. His fingers moving in the air constantly spelled out additional meanings of words, flowing in a torrent from his voluptuous mouth. His eyes drew in some ungraspable sheets of deep, rippling waters. His voice moved gently and smoothly from octave to octave, so high, so low, so sweet, so firm. He was a fascinating reveler, a charming causer. I began to fear that I would succumb to his charm. I saved myself by getting angry. I refused to let him drive me home, which, increasingly insistently, he offered.

"Your limousine is damaged. I'll drive you back..."

"Thank you. I'll take a cab. Good night."

Pola goes behind the screen. A Mexican orchestra starts playing. Behind the screen, Pola puts a bathrobe on herself and runs onto the stage.

Suddenly, in the middle of the night... I am awakened by a noise on the lawn in front of the my palace.... I run up to the window. A Mexican orchestra in huge sombreros: trumpets, guitars, violins, a drum. They see me. They stop playing and chant.

"From Char-lie-to-Po-la-with-love!-From Char-lie-to-Po-la-with-love!"

And immediately they start playing again. The violin pulls long threads of melody, punctuated by hurried guitar chords. Every once in a while a trumpet's sobs ring out, as if the buds of huge flowers were bursting somewhere high up, or as if a mountain night bird was calling out. The drum pulsates with a passionate rhythm. I listened to them until dawn.

♪ *The end of the music.*

In the morning—a huge basket of flowers. A hot letter. I just didn't have shutting that day and stayed home. Before lunch—a new basket. "Mr. Chaplin on the phone"—cries the maid. "I'm not at home." Another basket of flowers. In a cup of a rose flower—a box. In it a huge diamond. "Mr. Chaplin is calling again."—"Yes, Charlie, yes, come over for dinner."

I couldn't not invite him. I couldn't not let him come into the bedroom with me. I couldn't not let him into my bed.

Of course, immediately the next day, in the tabloids sensational news: "Charlie Chaplin's car parked all night in the driveway of Pola Negri's palace."

Every step we took was followed by the press. Every escape we made from Hollywood to some secluded hotel, reporters were able to track us down. Anyway, as it turned out, it did not come hard to them. He let them know himself, behind my back, about our secret trysts. Such secretly they were! Instead of solitude for two—a siege by a crowd with notebooks and cameras. Instead of silence—the hustle and bustle of questions thrown towards us. Instead of softly falling dusk in a hotel room— blinding bursts of flashlights in the corridor, in the hall, on the stairs. Instead of gentle close-ups of cheeks, hands, bodies—poses taken at the behest of the photographers. On the beach. In the car. On a terrace overlooking the ocean. On the golf course... Everywhere...

A photograph of Negri with Chaplin on the golf course appears on the screen for a moment.

It was driving me insane. It tugged at my nerves. Even when we were left alone for a while, I was constantly afraid that a reporter would suddenly crawl out from under the bed, that a photographer's bulb would explode outside the window, that a broken door would fall with a crash and a bunch of journalists would burst into the bedroom. I kissed him, subconsciously expecting the director's voice calling through the tube: "Harder! Tilt your head back! Dip your fingers into his hair!" At the most intimate moments I caught myself thinking how does it look on the camera? Maybe my mouth is open too wide? Or maybe my lips are tightened too strong? The rush of moments alone between shooting sessions in the studios. The rush at days and at nights. From rush to rush. Not surprisingly, from argument to argument. That's no way to live. This is no way to love. This is not love at all. This is a brawl. This is a disaster.

To Charlie:

So this is the calculus, Charlie. We met the first time thanks to a brawl in a restaurant, the second time, as a result of a car collision. It had to end the same way—a collision, a brawl, a catastrophe. I had to throw you out of the bedroom, out of the house. Out of my heart? Now I think that I never loved you. I think we only played out for the press, for the photographers, for the public Charlie Chaplin's tempestuous love affair with Pola Negri. Go away. Don't say anything anymore. Don't cry.

She sits down in front of the mirror.

Come back!

Pause.

Am I crying? Am I the one crying?

ACT 3. A Diary of a Star

Next caption:
**Since childhood Pola Negri
kept a diary.**

*♪ Immediately after this caption, a sequence from the film **"Sumurun"** appears on the screen. It is accompanied by music from the old cinema. During the film, Pola returns dressed again in the traveling outfit in which she appeared at the beginning. She watches the film.*

Sumurun. How old this film seems today.... And this was my first great success. First on stage in Warsaw. Then on stage in Berlin. And immediately afterwards on the screen. How did it all begin?

Pola reaches for a thick notebook— a diary. She opens it.

Since childhood I liked to scribble something, to take notes. Diaries, memories... When I sat imprisoned for several months in a tuberculosis sanatorium in Zakopane I even thought I would become a writer. I wrote poems... At the time, I was becoming enamored with Ada Negri, the Italian poet. This came in handy when I had to come up with a stage name on short notice. And there you go, for years I'm not Chalupiec but Negri.

She puts on her glasses. She pages her diary.

So how did it all start? Very piously. Right on the first pages I set out with my mother on a pilgrimage to Częstochowa, to the shrine of our Lady.

She reads:

"Pola, Pola, it's time to get up. We have to hurry up. It's almost five o'clock. We are leaving for the pilgrimage." Mother's hand shakes me gently. I open my eyes to the gray of the early dawn. I blink my eyelids and see my mother's beautiful face.

♪ The theme of "Mother".

I see a smile on her face. Her good, radiant smile, which so many times soothed, calmed, comforted, gave me courage. There are golden fires burning in her eyes—reflections of the votive candle burning all the time in front of the image of Our Lady of Częstochowa. How beautiful mother's eyes are..." Good, dear mother...

♪ End of music.

"I get up and wash myself in cold water, already brought by mother from the pump in the yard. There is no time to warm it up. In a hurry, I reach for a dress hanging on a hook driven into the wall. There are no closets or dressers in our poor attic..."

Poor attic... Not poverty, but misery. Extreme poverty. If one day someone reads my diary they will understand that when I emerged from this poverty and enter on big stages, when I saw in the contracts the sums that producers offered me… It was not only that I became a *Slave of the senses*—that was the title of my first movie—but also a slave of gold...

She reads more:

"My mother and I have already made the pilgrimage to Czestochowa several times to beg for a miracle of my father's release from the Russian prison—for the Russians ruled in that part of Poland we lived in. Now we are going again. Our legs will hurt again. Ten days on foot from Warsaw to Częstochowa, through fields and forests, along sandy roads, to make it in time for the big feast on August 26."

She pages the diary. The bells ring out.

"We are setting out to Castle Square.... A crowd of people at King Sigismund's column.... The bells of St. Anne's Church ring majestically. The huge gate of the church opens. A dignified archbishop in a gilded robe, a large infusion, with a pastoral in his hand appears. Everyone falls to their knees. With a trembling hand, the prince of the Church blesses the pilgrims. The pilgrimage begins...”

She pages the diary.

"And here is the shrine in Częstochowa. Solemn Mass before the miraculous image of Our Lady.... Mother drops to her knees. She draws me close to her. 'Pray, little one, pray for daddy's freedom, for Poland's freedom...' ”

Ringing of the bells ends.

You know what, Mom... If we see each other again, if we survive this war, I vow solemnly to build a church.... In Hollywood...

Again, she pages the diary..

After that, things were no longer so pious in my life.... Lovers... Infidelities... Divorces... Pride... All seven deadly sins...

She turns back to the beginning of the diary.

The miracle didn't happen. I never saw my father again.... I became a half-orphan at an early age.... Science was not going to my head, so ballet school was a salvation for me. Mom constantly pitied me: more in thay legs than in thay head.

Again she pages the diary.

Tuberculosis... Treatment in Zakopane... Cure... But I was forbidden to return to the ballet exercise room.... Yet, the theater infection was not curable.... So acting school... From this TB I became an actress.... Not a ballerina...

Closes the diary.

The sad life of a child... A strange life of a girl... An even stranger life of a women... The unusual life of a “world lady”.... I played such a role... And I became a “world lady”.... Me, that little baby from a small town.... This little girl from Warsaw's crimpy attic .... This praying pilgrim to a shrine.... This would-be dancer... Became a movie star...

*♪ Piano music from an old movie theater is heard. The screen shows a scene from the movie **"World Lady."** Pola changes into a colorful robe. A new caption appears:*

ACT 4. Love of the stars

The next caption:
The orbit of Hollywood's biggest female star
Pola Negri

The next caption:
Had to intersect with the orbit of
of the biggest male star
Rudolf Valentino

♪ Music quiets down. Pola sits on a sofa in a colorful bathrobe. What was it like with Rudi?

Was it love or just senses? Only? Can it be separated like that? Because if I'm talking about senses, thinking of Rudolph— I'm talking about senses of a huge, monstrous, supernatural dimension....

♪ The music of "Valentino"—sensual, slow.

As if the earth were removing itself from under me. As if I were falling into an unfathomable abyss. We were falling there together, in a common rhythm of movement and breathing, pushing each other beyond the edge of feeling and intensifying it at the same time.

And, oh, the fight at the finish was beginning, for one more inch of this arduous path,

and, oh, the string of madness was already sounding,

and, oh, some fantastic animals were crawling toward us,

and, oh, the orchestras were setting the dance floor into a whirlwind,

and, oh, faster and faster, faster and faster, and faster,

and, oh, we were already soaring into the night sky amidst splashes of fireworks,

hundreds of colorful balloons were bursting into the blazing sun,

piles of crushed, overripe fruit splashed,

the blinding bulbs of cameras burst,

swollen buds of exotic flowers leaned over us,

our skins were flogged with the tall grasses rippling in the wind,

some stunning drinks intoxicated us…

♪ The music of "Valentino" ends.

The next moment we were rolling down into the damp moss, we were leaning against the shaded walls of green gazebos, we plunged into the cool foam-drenched sand of the beach.

Pola gets up and speaks to the audience:

It was shortly after the breakup with Charlie. Months? Weeks? Years? I lived so fast then....

She puts on her glasses. She finds somewhere a pile of old newspapers. She flips through the newspapers and reads the headlines.

"Valentino is back."—"Valentino back in Hollywood."—"Enthusiastic welcome for

Valentino in Passadena railway station."—"Valentino begins shooting for *Son of the Sheik*."

He was coveted by thousands, no, millions of women. His films gathered countless crowds.

She flips through old newspapers again.

At the same time on the screen we see photographs of Rudolf Valentino.

"The most beautiful man of all time is looking around for a new conquest."—"Valentino's divorce from Rambova decided."—"Valentino up for grabs again." I was frightened by this last headline as if it were a letter to me. Why was I scared? And whom should I be afraid of? Some Italian?

She flips through the newspapers again.

"Hunt for Valentino open."— "Valentino is hunting again." I will be neither hunter nor game in this hunt!

I didn't know him. When I arrived in Hollywood he happened to be at the torunée with a big revue. Of course I knew his face, his movies, his fame, his romances. I decided to avoid him. Rudolf Valentino, however, would have been too much for Apollonia Chalupiec.

When he returned, I deliberately avoided balls where he might have appeared. Although, of course, I very much wanted to meet him. But somehow I was superstitiously afraid that if I came into contact with him, he would consider me a game, and I.... I would let myself be hunted. I started playing hide and seek with him. But in Hollywood you can't play such a game for long. Here everyone knows everyone. My avoidance of him began to be the subject of gossip. And he, I learned from friends, really wanted to get to know me—after all, it was I who was the center of the public's highest interest—no longer Gloria Swanson, and not even he. To speed up our meeting, journalists began to spread rumors about our secret affair, completely untrue. Even articles began to appear on the subject.

Once again, she reaches into the newspapers.

"Negri's affair with Valentino."—"Valentino catches Negri."—"Negri hides her interest in Valentino"—"The secret romance of N & V."—"Negri and Valentino: the biggest stars combine their shine." My restraint, moreover, increased the interest in me, and consequently my price. However, the string could not be pulled to strong. Another invitation. A costume ball at Hearst's. I'll go!

Pola goes behind the screen and dresses up in the costume of the Tsarina.

♪ *More photographs of Rudolf Valentino appear on the screen. They are accompanied by "Valentino" music.*

Pola enters in the uniform of the Tsarina (it is a long red coat and fur cap).

♪ *"Russian" music is heard.*

I chose the Hussar uniform of Tsarina Catherine, which I recently performed. *She salutes.* An appearance mind boggling.

♪ *The music quiets down.*

At the entrance to the palace I was greeted by the hostess. She introduced me to a strikingly handsome man in the costume of a bullfighter: "Rudolf Valentio." Of course—it was him. Hard heartbeat. Acceleration of breath. A shiver down my spine. He kissed my hand. European. Well-mannered. He spoke softly and melodiously. His eyes were big and sad. They evoked tenderness rather than passion. I, however, felt an acute desire immediately.

♪ *A tango is being played.*

Pola is dancing.

After just a moment we were dancing. His movements were soft but firm. He was wonderfully rhythmic. He reacted to the different instruments of the orchestra, to mutes and bursts of sounds , to different rhythms, from lento to presto, from andante to alla Marcia. I let myself be drawn into the music, the rhythm, him.

♪ *The music goes quiet.*

Yes, it happened right on the first night. Exactly what I feared of and what I desired. What I didn't want and what I craved for. What I had forbidden myself many times and what I was unable to forbid myself when the moment of trial came. Because when he whispered to me in the dance that he would take me home, I just whispered—"Yes." On the way, he stopped in front of a night florist and bought a bouquet of seventy-seven red roses.

Pola takes off his cap and uniform coat. She is left wearing only a short light shirt.

Then, without any inhibitions, resistance or procrastination, I was undressing slowly, watching as he systematically peels the petals from these roses and sprinkles them on the sheet.

Pola sits down on a pile of newspapers close to the audience.

On the following nights, we were greeted by the rough hairs of leopard skin on the floor of his bedroom. Days found us on the hot planks of his yacht *Phoenix*, which we sailed along the California coast. From Santa Monica north to Malibu, and then south again, moving past Venice, Playa del Rey, to eventually land in Manhattan Beach for dinner, spend the night in a cabin there, and return up north again the next day. This was only possible on weekends, when work at the film studios stopped. The deck of the yacht rocked our swaying, or perhaps it was we who made the yacht sway. My Polita. My Rudi. We were all the time together—if not physically, then in our thoughts, despite the long days of working in studios and on the locations, when we were apart. He was shooting his film. I was making mine. We remained together despite his betrayals. Yes, I knew about them. And I knew that he would always come back to me. I was suffering. But I did not let him know my suffering. Just then Rudi got the divorce from his last marriage, and by a straight route, at a fast pace, we were heading for marriage. He built a new house for us—a big palace on a hill and called it *Falcon's Nest*.

A photograph of Negri and Valentino appears on the screen.

Only I'm still finishing shooting *The Imperial Hotel*. Only he shall come back from New York, from the screening of *The Sheikh's Son*, which, after its triumphant premiere in Los Angeles, was successfully shown all over the country. I will only negotiate a new contract. He'll signs his new one... He became ill? In the hospital? Did he die!?

Pola puts on a long black coat.

I'm telling it now, years later, calmly. But then I myself died. In him. Because he was still alive in me. Shock. Despair. Collapse. For weeks I thought it was the end—not only of him, but of myself, my career, everything. Interrupted shooting. The blinders down. The thick veil at the funeral. A painful emptiness. Some sort of bewilderment.

♪ *Pola sits down in front of the mirror. The music quiets down.*

Even now I'm still surprised that I survived it. How could I go back in front of the camera? How could I marry Sergey? People thought that to make it easier to forget. No. To remember all the more strongly! I married Sergey out of love for Rudolf! No one understood this.

She turns to the audience:

The public, that adoringly accompanied me and Rudolf, that were already preparing to attend our wedding—hundreds in person, and millions through the press and radio, and it was to be the Hollywood wedding of the century—on learning of my engagement to Prince Sergey Mdivani turned away from me. It was considered a betrayal of Rudolf.

Rudolf's admirers, who, like me, had assumed black mourning, decided that I must wear it forever, that until my own death I must remain Valentino's widow. Although we did not manage to get married. So I was condemned by the audience for cheating! Attendance at my films dropped. The verdict of the audience translated into the verdict of the producers. I stopped receiving new proposals. For a movie star—a catastrophe. Maybe it was a punishment for too much happiness with Rudolf?

♪ *The screen shows an excerpt from **"The Spanish Dancer."** Music from the old cinema.*

Rudolf once told me that this is how he saw me for the first time—in the role of the Spanish dancer. His favorite role was that of a Spanish bullfighter. He felt that there was some mysterious bond between the two Spanish characters.... He longed to get to know me. So first it was a relationship between the two characters on the screen. Only then between a man and a woman. Because when he saw me for the first time, no longer as a black and white phantom, but as a woman—he immediately fell in love.

♪ *Music of the finale of Part I.*

And then he loved me always. And I love him always. From always to always.

The caption appears on the screen:

INTERMISSION

♪ *Music quiets down.*

▶ **PART 2.** ◀

♪ *Dark. Music from an old movie theater.* On the screen a caption:

ACT 5. Germany's biggest movie star

Next caption:

**In 1935-1939
Pola Negri
starred in films produced
in Germany**

♪ *Darkness. Music quiets down.*

♪ *Pola enters in a spotlight. She is in a black, narrow, long dress. Pola sings "Tango Notturno" in German. [Both the the German and the English texts of the song are included at the end of the play.]*

A roaring applause rings out after she finishes singing. Pola bows. She picks up a bouquet of dried flowers standing somewhere in the dressing-room.

Ambassador Lipski? Thank you, thank you, sir, for such nice congratulations. Did you really enjoy my singing? Thank you, thank you very much. I knew you were in the audience and I sang especially for you. Not for this Nazi bunch. Of course, here in Berlin, I have to sing in German. But we can now freely talk in Polish. Truly, I'm tired of putting a good face on this bad game—playing with this gang.... Ah, I see, you are a diplomat....

He said to me in a half-hearted voice: "We must not forget that Mr. Hitler came to power as a result of democratic and free elections. He was supported by the majority of the German people. The Republic of Poland maintains diplomatic relations with the Third Reich. We have a non-aggression treaty. All civilized Europe maintains diplomatic relations with Chancellor Hitler's Germany. So does the United States. I would advise you being diplomatic..."

"I will be diplomatic, Ambassador. I will be polite to them. I promise. I will not make trouble for you. Besides, as an actress, I know how to perform politeness. As the biggest star of German film, I have some duties and must attend official receptions for German elites. Elites? Well, such as they are: party dignitaries and, between you and me, gutter scum, thugs, murderers, upstarts in dripping gold and silver, black, green and brown uniforms with those awful swastikas in a white circle on the red arm band. Oh, sorry, I'm out of line again. I'll correct myself. What was I talking about? Ah yes, receptions... So I have to meet with them—with Goebbels, the all-powerful head of propaganda with the eyes of a crazed fanatic, sorry, I'm just telling this to you. With Göring, draped like a Christmas tree with decorations—just a fat hog in a gala uniform, perpetually drunk or on drugs. With the sullen Borman, with the ascetic Himler, and with all the rest of this horde. So—all these Nazi party officials, and next to them, professors, intellectuals, writers, directors and actors serving the new regime....

168.

Among them—me... Ich, eine Hauptstar des Deutches Film! With Chancellor Hitler, fortunately, I never personally met. Although he watched me on the screen in *Mazurka*.... You saw this film, didn't you? Naturally, I remember, we arranged a special screening at the Polish embassy...."
*On the screen—a sequence from the film **"Mazurka"**.*

During the screening, Pola speaks to the audience commenting on the film:

It was a tearful melodrama, in which Polish, Russian and German elements were mixed up—love, jealousy, betrayal and revenge. Not a good film. Its action took place in Warsaw under the Russian rule before the Great War, and then in Berlin after the war. But Hitler, who had absolutely no knowledge of art or history, took it as a masterpiece. The film was bad, but my role was great.

The screening ends.

"I was told, Ambassador, that Hitler was watching *Mazurka* sometimes several times on sleepless nights. Yes, he spent nights with me.... The rumor made me his mistress. This is a slander. A lie. You know very well, Ambassador, that I won a lawsuit against the French daily that published this nonsense."

Besides, I might not have performed *Mazurka* at all. Hitler would not have had his favorite movie. And his favorite star. It would have been better for me perhaps.... When they toled me that the production of *Mazurka* had been stopped, I immediately run to Ambassador Lipski, furious as hell.

"Do you know what they came up with, Mr. Ambassador? That I am Jewish! Geobbels banned me from the studio. He stopped the production of *Mazurka* just before the shooting began. Because I'm Jewish. I'm not Jewish! If I were, I wouldn't hide it, by the way. But once, a long time ago, I performed the role of a young Jewish woman in the film *The Yellow Passport*. Apparently very convincingly. Goebbels was informed about it. A Jew on the screen—that's certainly a Jew in real life—he thought. Maybe my former colleagues from Warsaw did it? Goebbels's decision was repeated to me: 'Halt die production der Film mit die Jude Pola Negri! Stop the production of the film with the Jew Pola Negri! Break the contract with the Jew Pola Negri! Wiedrrufung! Das is der Befehl! Jude raus!' And who is this Goebbels? That he would ban me from the cinema? A twisted cripple! A madly screaming speaker! A bad playwright whose plays no theater wanted to stage. And now he has the right to manage all the stages and the movie studios throughout Germany! And who is this Hitler? An Austrian thug! An indoor painter! A corporal who promoted himself to commander in chief! Fürher! Laughable. My father was a gypsy! Not a Jew. A gypsy from Slovakia. And I'm proud of that. And my mother is a Polish noblewoman. And I'm proud of that too! Her maiden name is Kiełczewska. And them—barbarians! Troglodytes!"

 The ambassador said: "If you feel bad here, why don't you go back to Warsaw?"

"To Warsaw? There are no real film studios there. And what kind of honorarias could I get there? Do you know how much they pay me for one film here? Even more than in Hollywood. "

"And maybe there would be some other reason for returning to the country?"

"What?"

The Ambassador just mused and remained silent. After September 1939, I understood what he meant. The country... Poland...

Ambassador Lipski brought the appropriate papers from Poland right away by diplomatic mail. I was a Pole. I was an Aryan. Apparently, Hitler himself saw these documents and ordered Goebbels to immediately invite me to the studio. Goebbels personally ordered the shooting to begin. He apologized. "Ich muß leider sagen.... It was a mistake. Der Fehler!"

I was needed by them... By these thugs. The proceeds from my films in marks and foreign currencies fed their constantly empty coffers. They spent all their money on armaments. They also needed a star with world fame for the glamour and justification of their regime. I needed them too, I admit. Yes. Honoraria... But then they started censoring my scripts. Then rejecting the ones I wanted to play in. Finally, they sent me a script with the role of a German woman persecuted by her Polish neighbors in Bydgoszcz. That was too much.

I ran away. I ran away from Germany! I feigned some illness. I informed the studio that I had to go to France for treatment. They bombarded me with telegrams demanding my urgent return. I did not respond. They announced their arrival.

Pola puts a white fur coat on herself, lies down on a recliner.

Oh, how many times I performed these scenes of fainting, dizziness, attacks of pain. When the gentlemen of the German film company DEFA, or UFA, it doesn't matter, came to see me in the Riviera, they found me on the terrace of my villa St. Jean-Cap-Ferrat on a recliner, wrapped in fur. Fur in July! Under the roasting sun. The two of them came. One in civilian clothes and the other in party uniform. "Heil Hitler!" I pretended that I did not have the strength to reciprocate their greeting. In a breaking whisper, I declared that I was seriously ill.... I will not be able to return to the studio. They threatened me with penalties for breaking the contract. "Strafe! Strafe! Wir strafen werden!" I played faint in response. They left with nothing.

Pola takes off her fur coat.

I almost got really sick. After shedding the fur, sweat was pouring from me in streams, and here just happened to blow a violent, cool Mistral. It worked! I broke up with German cinema forever!

♪ *Piano music from the old cinema is heard. A caption appears:*

ACT 6: The end of the revelry

Next caption:
The first of September 1939
found Pola Negri in France

Next caption:
She had avilla in
the resort of St. Jean-Cap-Ferat
On the Côte d'Azur

♪ *As the captions roll, Pola dresses up. The music from the old cinema shifts to dance music— a jazz orchestra from the 1930s. Pola enters. She is in a magnificent white dress. She assumes a pose for a photograph. Lights flash. Pola smiles. A narrow spotlight embraces her.*

The war interrupted the festivities. On the last day of August 1939, my good friend, Baroness Beatrice Rotschild, threw a big party in her gardens at the palace by the bay.

Pola goes to the dressing table and wears jewelry.

I put on this magnificent Hohenzolern collection for the occasion, which I bought in 1919, in Berlin. The Hohenzolerns dynasty, impoverished by the war, had to sell the jewelry. I, an rising movie star, was already rich enough to buy it. Diadem, necklace, bracelet, rings—about a million dollars, oh, what the heck.... I loved my jewels...

Pola goes to the terrace of the villa.

What a view... The sun was melting in the west in a golden-orange sea, there on the Nice side, when from the east, from Cannes, the beaches were already covered with a purple darkness. The last bathers were coming out of the waves. Servants were closing the colorful umbrellas as if great butterflies were folding their wings.

Pola takes a glass from the dressing table and strolls through the garden.

Beatrice invited the entire elite of the Riviera. Strolling through the garden with a glass of champagne in my fingers, always surrounded by a garland of the admirers and the curious, and, of course, the reporters and photographers, I made for myself such a game: I tried to count how much the jewelry of the ladies I passed was worth. Diamond necklaces, pearl necklaces, emerald and ruby earrings, topaz brooches, and gold, gold, gold—chains, bracelets, rings, rings, rings. In addition, pins and signets of gentlemen. When I reached a few tens of millions my head spun. Although I always counted well.

I imagined that all those ladies, maids, and elderly, all slender young men and pot-bellied older men wore not jewelry, but paper bills. They waved on the breasts of the ladies. They spilled out of wallets in the pockets of gentlemen. Pink French franks, green American dollars, brown German marks, blue Italian lira.... Suddenly a wind came from over the sea and began to pluck the banknotes, like leaves, like leaves.... Stop. It's that imagination of mine. Suddenly I felt that the wind was also ripping from me, no, not the colored papers, but my pearls, my diamonds, my.... Stop. Stop.

In the evening the storm really broke. We had to save ourselves by escaping inside the palace, running among the pergolas breaking under the pressure of the wind, dodging lanterns falling with their posts. The palace was quiet. Huge corridors. A ballroom. Sumptuous dinner. Dancing until dawn. And already in the morning... My attention was drawn to the pale face of Beatrice—a butler was whispering something in her ear. She gave the sign to the orchestra.

The musicians immediately quieted down. She climbed onto the rise next to the conductor.

Pola enters on the chair.

"Ladies and gentlemen, the radio has just reported: the Germans have attacked Poland, it's the war..." Laughter spread: "What do we care!"—"None of us will die for Danzig!" And hysterical sobs: "The fire will engulf all of Europe!"—"We have to run out of here!" Some men cried out: "France will immediately declare war on Germany!"—"We will not abandon Allied Poland in her time of need!"—"We will crush Hitler from two sides in a week!"

The alarm sirens sound. Pola steps down from his seat. She runs toward the audience.

War in Poland!

The nervous voice of the radio speaker is heard in French, while the sirens are still heard .

(NOTE: The text of the radio announcements in French, are at the end of the play.)

The radio reports on heavy fighting... On Polish acts of heroism and German acts of barbarism.... England and France have declared war on Germany... War in France! War regulations, restrictions. And no one rushes to Poland's aid. New terrible news: the Soviets stabbed Poland in the back. My Warsaw demolished.

The sound effects go quiet.

Poland has fallen. All this far from my beautiful villa.... The sea waves at the foot of the terrace are so calm...

The sound effects—sirens and radio— erupt again with great force.

Again the horror! Germany has attacked France! New thunder. Italy has attacked France!

The sound of an incoming aircraft is heard— it is a propeller bomber— there are more and more aircrafts.

Are these German planes? Germans? No, they are Italians! Italiani! Italiani!

A bomb falls, somewhere very close. Then a little further explosions are heard.

 Idiots! To bomb a resort! I'll show you!

Amid the roar of engines and bombs, Pola suddenly begins to bluster towards the sky and "shoots" her umbrella as a machine gun, she calls out:

Vieni! Vieni! Qua! Bellissima! Bellisima mia! Cara mia! Carissima! Subbito! Presto! Presto! Carissima! Kill me you dumb Italian.... Stupido Italiano! *Her voice goes out.* You dumb Italian! Stupid Italian? What am I talking about?

The sound of the aircrafts moves away and soon quiets down.

What am I saying... I repeat senselessly the Italian words Rudi taught me.... It's already after the air raid. They were scared of me... Mom... Mom, where are you? We have to leave. Mom, we are packing! We are leaving for America. The Germans will be here soon. Or the Italians. There is a war, mom... Mom, can you hear me? We're going back to Hollywood.

♪ *Music from an old movie theater sounds.*

The screen shows a scene from the movie **"By the order of a woman."**

♪ *Pola is changing behind a screen into a traveling outfit—coat, hat. The music continues while a caption appears on the screen:*
ACT 7: Who are you, Mrs. Negri?

Next caption:
**On the passenger ship "Excalibur"
carrying refugees
from Europe to America
in the fall of 1940**

Naxt caption:
**During an improvised press conference
Pola answers questions from fellow passengers**

♪ *The music ends and the sound of the sea is heard: waves, seagulls, the muffled rumble of a ship's engine. Pola enters and sits on a chair in the middle of the stage. She holds in her fingers an open umbrella.*

(NOTE: the voices of the passengers are pre-recorded and heard from a loudspeaker.)

We are sailing together to America on this ship, *The Excalibur.* A strange name... We share a common fate—refugees from Europe. We are united by our concern for those we left behind. And in the hope of meeting those who await us in America. I failed to remain incognito.... After all, my face is known to millions of people on both continents. I was asked, you asked me, ladies and gentlemen, to answer some questions. The trip will take a few more days, so, why not, I agreed.... Please ask me questions and I will try to answer.... Although I warn you that there are things I don't like to talk about...

MALE VOICE 1: Mrs. Negri, why did you never return to Poland?

POLA: Why didn't I return to Poland.... I had no one to go to. My father died when I was a child. My mother lived with me abroad. My siblings died. None of the family was in the world anymore. I had nothing to go to. Poland had no film industry, no studios, no facilities in any way comparable to what Hollywood had. Berlin was not much worse. No... From a professional point of view, returning to the country was not an option at all.

MALE VOICE 1: I guess money was also a factor, right?

POLA: Of course! Warsaw's actors did not even dream of the honoraria I was getting abroad.

MALE VOICE 1: Could there have been other reasons for your return to Poland?

POLA: What?

MALE VOICE 1: Well, love of the homeland.... for example.

POLA: I am still a Polish citizen. I have a permanent American visa, but I am Polish. Everyone knows that.

MALE VOICE 1: Are you sure everyone does?

POLA: I never hid my origin, my nationality. I never stopped feeling Polish! Why don't we let someone else speak!

FEMALE VOICE 1: It has been written that you were a typical "vamp".... What is a "vamp," Ms. Negri?

POLA: First of all, I did join a certain brand, the brand of a "vamp." I created it myself. I gave it a start. Then many actresses tried to imitate this type. I didn't patent it, but I was the only one who met all its characteristics.

FEMALE VOICE 1: So, what was that "vamp"?

POLA: The vamp was a liberated woman, directing her fate, taking full responsibility for her actions. She was a strong, dominant woman—dominating men, imposing her will, love, passion on them. The vamp was a woman who seduced. She often drove men crazy, unhappy. She was a dark object of desire. She killed for love. She was capable of killing herself as well.

MALE VOICE 2: Ms. Negri, you mostly performed promiscuous, fallen women, simply put, courtesans and prostitutes. Why did you play "such" women?

POLA: You're prompting me an answer. Yes? You are suggesting that I was like that. Yes? But I also performed women who were good, pure, kind, unhappy, wronged, noble, generous. I was not like that either. And acting the roles of "such" women—as you say—I always defended their humanity, their dignity. So what was I really like?

MALE VOICE 3: You were, I'm sorry to say, very "sexy"! You had a killer "sex appeal"! Men crowded in to watch your bed scenes.

POLA: Finally the mystery of the box office successes of my films is explained! But seriously... It's true that I was the first to bring such open sex to the screens, but it was sex kept always in good taste. It only activated the viewer's imagination. It was not literal.

MALE VOICE 3: Well, but stripping off, undressing—was what you liked.... On screen... You often walked around unclothed....

POLA: Let's put it another way: I sometimes performed in very daring outfits. And besides, I think that a woman should not hide her beauty to the point of losing her human appearance.

MALE VOICE 3: Men liked it, oh, they liked it.

POLA: Maybe we should change the subject...

FEMALE VOICE 2: Ms. Pola, I am an admirer of yours....

POLA: Thank you...

FEMALE VOICE 2: Ms. Pola, how do you want to be remembered?

POLA: The films are aging. People are aging even faster. I would like to be remembered as a young girl, well, a young woman. I will never accept the role of an old woman—once I am one. The legend obliges.

FEMALE VOICE 3: What is acting, Mrs. Negri?

POLA: Acting... Acting is a profession. I've always been professional in studying roles, in rehearsals, in shooting, and I've also professionally performed the duties that come with star status—posing for photographs, giving interviews, attending premieres, parties.

Acting is a transformation. Of a person into a character. But not only that. Rather, a human into a beast. Performing a role, I felt as if I was being devoured gradually, from the inside, by some animal.

Acting is a drug. It is addictive. It's impossible to do without it.

Acting is a spasm of happiness when I know for sure that I have acted this scene, this moment to the full, and deeply personally.

Acting is a spasm of despair when I've felt that a role eludes me, that the fuse won't spark.

Acting is a passion that overwhelms completely, obscures the horizon, puts me in a state of constant excitement.

Acting is a disease. An incurable one. This disease gradually takes over the entire body, including the nervous system, digestive system, immune system, yes, immune system, makes you vulnerable.

Acting is a secret...

MALE VOICE 4: Let me introduce myself right away as your admirer. My name is Kazimierz Barski, I am from Buffalo, New York. I loved the special qualities of your acting—spontaneity....

POLA: Thank you!

MALE VOICE 4: Naturalness...

POLA: What a nice...

MALE VOICE 4: Lightness of movement...

POLA: Thank you very much!

MALE VOICE 4: Your charm...

POLA: Please, please...

MALE VOICE 4: Your winking eyes....

POLA: You noticed that too!

MALE VOICE 4: Other stars didn't have that....

POLA: You praise me too much.... Definitely too much... But you're right, I was different.... I was different from other American or Americanized stars. Yes, I was natural, simple, spontaneous. I wasn't afraid to turn my back to the camera, I wasn't afraid to show up on set uncombed.... You see, that's how I was, that's how my acting instincts led me. And at the same time it was all the result of mindful work. They wrote about my talent. I don't question it. About my naturalness. This was true. However, talent and naturalness need to be released and at the same time polished. For this you need technique. Acting technique. In order to perform a certain character in a natural and spontaneous way—in the perception of the viewer—an actor needs to study the character: its movement, customs, behaviors, ways of speaking, as well as explore its interior. I had to discover how my characters expresses joy and sorrow, hatred and anger, how they blossoms in love.

MALE VOICE 5: Ms. Negri, I am an American, my name is Andrew Henderson. I'm a doctor. A laryngologist. I have a clinic in San Francisco. The war found me in Europe on vacation. Now I'm coming back. I have read about you in America—about your movies, about your love affairs too. However, I haven't read much about your career in Europe. Please tell me something about it. Thank you in advance.

POLA: And I thank you, doctor, for your interesting question. You see, in America only what is American counts. For Americans, only the American chapter of a person's biography is important. While I had a long way, before I arrived in America. First there were years of learning dance and acting in Warsaw. I made my debut as a ballerina at the Grand Theater, and as an actress at the Polish National Theater. Immediately I began to be casted in films. I quickly became a Polish film star.... Then there was Berlin. I played at the Deutches Theater under Reinhardt. Soon I became a star of German cinema. My film *Madame du Barry* was purchased for the States. It brought in big money. So Hollywood decided to buy me.... My American career you know, right?

MALE VOICE 5: I know it very well. Thank you very much for your interesting answer.

MALE VOICE 6: What do you expect from this visit to America?

POLA: It's not a visit, it's a return.

FEMALE VOICE 4: Now it's 1940, and you're going to Hollywood, as I konw, for the second time. And how it was when came to America for the first time?

POLA: My first America? I was the first European star to come to Hollywood. The first actress. Because male actors had already appeared there: Chaplin, Valentino, La Rocque. But I was the first female star from Europe. Only later came, following my footsteps, Vilma Banky from Hungary, Greta Garbo from Sweden, Marlene Dietrich from Germany.... I brought with me the old European culture, taste, manners. Hollywood productions at the time were almost exclusively oriented to entertainment. I offered something more: I created characters who have problems, who think, who suffer, who truly feel something…

FEMALE VOICE 5: Do you believe in God?

POLA: Yes. I am a Catholic. When I was a little girl I used to go with my mother on walking pilgrimages from Warsaw to Częstochowa, to the Black Madonna. Ten days on foot. I pray. I make confessions.

FEMALE VOICE 6: Didn't this conflict with your love affairs?

POLA: It did conflict. I already said: I went to confessions. You see, I believe that religion helps to live. It also helps you prepare for death....

FEMALE VOICE 7: One more question. Didn't you have difficulties with the transition from silent movies to the talking movies?

POLA: I didn't. This transition was not easy, neither for actors nor directors, not to mention producers. Many actors standing in front of the microphone were breaking down. Their careers were collapsing. Speaking to the microphone for the first time, I had great trepidation. But I passed the test successfully. I later acted in many talkies. It turned out that the microphone loves my voice. Thank you, ladies and gentlemen...

FEMALE VOICE 7: One more question, please... Ms. Pola, was it worth while to sacrifice everything for the acting career?

POLA: Was it worth it?... Everything.... Country, marriage, family, love? I think about it myself sometimes....

POLA NEGRI'S VOICE: Who are you, Ms. Negri? Who are you?

POLA: Who are you Ms. Negri...?

♪ *Music from an old movie theater. A caption appears*:

ACT 8. Farewell

Next caption:
**After arriving in America
Pola was constantly thinking about her mother,
whom she had left behind in France**

Next caption:
**Pola kept returning in her thoughts
to the moment of separation
with her mother**

Pola sits in front of the dressing table. She calls out quietly:

Mom, Mom... Mom where are you? *She calls out loudly:* Mom, we are packing! We're leaving for America. Here, in France, there will be Germans soon. Or the Italians. There is a war. Mom, do you hear me!

♪ *Pola's mother, Eleonora Chalupiec, appears. She is accompanied by a musical theme.*

POLA: Mom...

ELEONORA: I know—there is a war.

POLA: We're packing up. We're leaving.

ELEONORA: Where?

POLA: To America.

ELEONORA: I'm not going anywhere. And you're not going either. You've already left me alone so many times. In Warsaw, in Hollywood, in Paris....

POLA: The Germans won't forgive me for breaking the contract. And what I said about Hitler, Goebels.... The Italians won't forgive me for betraying Rudolf. I have to run away... I have to go...

ELEONORA: I know why do you want to go. Here you will no longer act in any movie. Here there will be no more film studios or movie theaters at all. But they don't want you over there either. Don't go.

POLA: Don't block my way to the camera.

ELEONORA: I'm blocking you from yourself. And no camera is waiting for you anymore. Understand that.

POLA: You're cruel.

ELEONORA: Someone has to tell you the truth. You can't go back to the screen anymore.

POLA: I can. You'll see. They'll shower me with new proposals. New roles. I just have to get there...

ELEONORA: Then go... Maybe you'll make it... Though I doubt it...

POLA: To Hollywood!

ELEONORA: You never listened to me.

POLA: I always respected you. But if I hadn't insisted, I would have stayed in Warsaw for the rest of my life.

ELEONORA: Maybe you'd have been better off there? And now you'd have been better off in France. Not in America.

POLA: I'm going, mother.

ELEONORA: As always. So stubborn. Maybe we'll never see each other again.

POLA: That's what you always said when I was departing.

ELEONORA: There is war. Now we really may never see each other again in this world. So I'd like to see you again in heaven.

♪ *Eleonora slowly leaves. End of Eleonora's music.*

POLA: I'll see you soon, Mom....

I had a dream... I was walking to heaven.... It was a long way. I knew it led to heaven. The road was sandy and full of dust. It meandered to the horizon, just like on our pilgrimages to Our Lady in Częstochowa. Gradually, the terrain began to undulate. Now the road was uphill. There were rocks around. Because it was suddenly in the mountains. The road narrowed and became steeper. On the sides there were cliffs and precipices, like in my film *The Wild Cat*.

There was a gate at the end of the road. It was a big gate, like in a Grifith movie, with huge, massive, thick doors. Open. A bright light shone from the gate, while the road I was walking was plunged in gray. The gate's doors were wide open to the outside. But as I got closer, I saw that some figures were pushing the doors, from both sides. Some tried to close them, while others wanted to keep them open. There were some people I knew! I saw clearly how some of them were pushing the door from the inside, and others pushed it from the outside. There was a fight between those who wanted to keep the gate open and those who wanted to close it, not allowing me to enter. The crowd thickened, multiplied. Like in front of the movie theatre at the opening night of a new film. They will trample me! Help!

♪ *Music.*

The crowd in the outside pressed against the doors of the gate more and more strongly, and was almost closing it. But people on the other side were still trying to keep the gate open. For me.

And suddenly I saw in the midst to these people who wanted to keep the gate open a multitude of angels in white robes, with huge wings. And I saw you there too, mother. And I thought that this gate would not close because you would keep it open for me. But I had to hurry. Only a small gap in the center of the gate remained.

I started running before the gates slammed shut. I was running but I couldn't reach the gate. I kept running still faster and yet slower, and I was at almost at the treshold of the gate, but I couldn't make it through the crowd. I made a last desperate effort... And I began to sing. And then the gate opened wide.

♪ *Pola sings "Tango Notturno"—in Polish (or in Enlish). Her singing continues from the tape while she wears her coat, takes her suitcase and umbrella, exits.*

The cation appears on the screen:

▶ THE END ◄

Buffalo—Los Angeles 2012

▶ RADIO MESSAGES ◀

▶ Messages are given in English then in French.
▶ Messages are delivered by male voice—nervous, text given very quickly.
▶ The text is broadcast sometimes louder, sometimes quieter.
▶ Messages given here may be abbridged.

▶ ▼ ◀

♪ Agence France Press. Paris. From our correspondents. On September 1, 1939, at dawn, Germany attacked Poland by land, air, and water. German armored divisions are trying to break into Poland from the west, south and north. The destroyer "Schelswig Holstein" attacked the Polish Westerplatte defense point in Gdańsk with its guns. According to the provisions of the treaties signed by France and Great Britain with Poland, the government of the French Republic and His Majesty's British government declared war on Germany on September 3, 1939.

♪ The Poles defend themselves heroically. The Germans attack the civilian population by bombing cities, towns and villages. The German air force drops bombs and shoots at refugees on congested roads. Mass executions of Poles are carried out in Bydgoszcz and other cities in western Poland.

♪ France has sent hundreds of thousands of troops to its eastern borders and is ready for war. For the time being, however, there were no significant attacks on German positions. At the same time, general mobilization was announced. Great Britain also announced the mobilization, which put its armed forces on alert.

♪ A state of war is maintained between France and Germany, but no military action is taken. Our correspondents heard many inhabitants of border towns refer to this state of affairs as "drolle de guerre."

♪ Our correspondents report about the bravery and perseverance of Polish soldiers, who, however, constantly retreat before the superior strength of the Germans. In the great battle on the Bzura River, on the outskirts of Warsaw, the Germans suffered significant losses, however, they defeated two Polish armies grouped there.

♪ The German offensive was stopped at the gates of Warsaw. The capital of Poland defends itself desperately despite the constant bombardment. The Polish government evacuated to the east. The Poles plan to regroup their forces and defend them along the Bug and San rivers.

♪ On September 17, 1939, the Soviet Union attacked Poland from the east. The Russians are moving fast. Some Polish troops fight them, while others lay down their arms. The Russians take thousands of Polish prisoners. The Polish government left the territory of the country and went to Romania. However, Warsaw continues to fight alone.

♪ Warsaw, the capital of Poland, capitulated after four weeks of heroic defense on September 28, 1939. The last fighting between German and Polish armies was recorded on October 5, 1939. The war in Poland is over. Poland is occupied by Germany and the Soviet Union.

♪ On May 10, 1940, Germany invaded France. German troops entered northern France through the Netherlands and Belgium, bypassing the Maginot Line. They are moving very fast towards Paris. Thousands of people flee from the invaders.

♪ Following Germany, Italy also invaded. The Italian air force bombards Niece and Toulon, and the whole Côte d'Azur. Military installations, ports, railway stations, as well as civilian facilities and neighborhoods are being attacked. Italian troops enter southern France without encountering much resistance. The German offensive was stopped at the gates of Warsaw.

♪ On June 14, German troops entered Paris. On June 22, France signed an armistice with Germany and gave about two-thirds of its territory to German occupation. Italy occupied the southern areas. In the remaining area, the French administration operates, but it is controlled by the Germans. The government of France moved to the city of Vichy. Hostilities in France were over.

► ▼ ◄

♪ Agence France Press. Paris. De nos correspondants. À l'aube du 1er septembre 1939, l'Allemagne attaque la Pologne par voie terrestre, aérienne et maritime. Les divisions de panzers allemands ont tenté de pénétrer en Pologne par l'ouest, le sud et le nord. Le cuirassé "Schleswig Holstein" attaque avec ses canons le point de défense polonais Westerplatte à Danzig.

♪ Conformément aux traités entre la France et la Pologne et entre la Grande-Bretagne et la Pologne, le gouvernement de la République française et le gouvernement britannique de Sa Majesté le Roi déclarent la guerre à l'Allemagne le 3 septembre 1939.

♪ Les Polonais se défendent héroïquement. Les Allemands attaquent la population civile, en bombardant les villes et les villages. L'aviation allemande largue des bombes et tire sur les réfugiés sur les routes bondées. Des exécutions massives de Polonais ont lieu à Bydgoszcz et dans d'autres villes de l'ouest de la Pologne.

♪ La France a envoyé des centaines de milliers de soldats à ses frontières orientales et est prête pour la guerre. Jusqu'à présent, cependant, il n'y a pas eu d'attaques significatives sur les positions allemandes. Dans le même temps, une mobilisation générale est annoncée. La Grande-Bretagne se mobilise également et met ses forces armées en état d'alerte.

♪ L'état de guerre demeure entre la France et l'Allemagne, mais aucune action militaire n'est entreprise. Notre correspondant a entendu de nombreux habitants des villes frontalières qualifier cet état de fait de "drolle de guerre".

♪ Nos correspondants rapportent la bravoure et la persévérance des soldats polonais, qui, cependant, reculent constamment devant la force supérieure des Allemands. Lors de la grande bataille sur la rivière Bzura, aux abords de Varsovie, les Allemands subissent de lourdes pertes, mais brisent les deux armées polonaises qui y sont regroupées.

♪ L'offensive allemande est stoppée aux portes de Varsovie. La capitale polonaise se défend désespérément malgré les bombardements constants et continue à se battre. Le gouvernement polonais a évacué vers l'est. Les Polonais prévoient de regrouper leurs forces et de se défendre sur la ligne des rivières Bug et San.

♪ Le 17 septembre 1939, l'Union soviétique attaque la Pologne par l'est. Les Russes avancent rapidement. Certaines unités polonaises les combattent, tandis que d'autres déposent les armes. Les Russes prennent des milliers de prisonniers de guerre polonais. Le gouvernement polonais a quitté le pays et s'est rendu en Roumanie. Cependant, Varsovie se défend toujours dans la solitude.

♪ Le 28 septembre 1939, Varsovie, capitale de la Pologne, capitule après quatre semaines de défense héroïque. Les derniers combats entre les armées allemande et polonaise ont été enregistrés le 5 octobre 1939. La guerre en Pologne est terminée! La Pologne se retrouve sous l'occupation de l'Allemagne et de l'Union soviétique.

♪ Le 10 mai 1940, l'Allemagne attaque la France. Les troupes allemandes entrent dans le nord de la France par les Pays-Bas et la Belgique, contournant la ligne Maginot. Ils avancent rapidement vers Paris. La population fuit les envahisseurs par milliers.

♪ Après les Allemands, la France est attaquée par Italie. L'aviation italienne bombarde Niece et Toulon et toute la Côte d'Azur. Les installations militaires, les ports, les gares et les bâtiments civils sont attaqués. Les troupes italiennes entrent dans le sud de la France sans rencontrer beaucoup de résistance.

♪ Le 14 juin, les troupes allemandes entrent dans Paris. Le 22 juin, la France signe un traité d'armistice avec l'Allemagne et cède environ 2/3 de son territoire à l'occupation allemande. L'Italie occupe les régions du sud. Dans la zone restante, il y a une administration française, mais contrôlée par les Allemands. Le gouvernement français s'installe dans la ville de Vichy. Les hostilités cessent en France.

► FRAGMENTS OF MOVIES LISTED IN THE TEXT ◄

NOTE: The movies listed in the text belong to the "Public Domain", so they are freely available. Below are the English titles of these films and indication which fragments should be used in the staging. The timing of the movies is given counting from the beginning of each movie; excerpts from *Madame du Barry* and *A Woman Commands* should be about 2-3 minutes long, and excerpts from other films about 1-2 minutes.

♪ *Madame du Barry*

Studio scene, road, courtship—(approx. 2 minutes to approx. 4 minutes), and dinner scene (form approx. 10 minutes to 12 minutes)

♪ *Sumurun*

From the caption "Pola Negri as dancer"—the first scene to throwing the hunchback out of the car (approx. 1 to 2 minutes)

♪ *A Woman of the World*

Pola in a taxi (approx. from 12 to 14 minutes)

♪ *The Spanish Dancer*

 Title, first road sequence (Pola only); dance and prediction scenes (approx. from 5 to 7 minutes)

♪ *Mazurka*

Crabaret scene from the moment when Pola leaves the stage (approx. from 20 minutes) until the murder; last image: gun on the floor.

♪ *A Woman Commands*

Lovers greeting scene (from about 15 minutes).

Tango Notturno in German

Ich hab an dich gedacht,
als der Tango Notturno
zwischen Abend und Morgen
aus der Ferne erklang.

Meinz Herz ist aufgewacht,
weil der Tango Notturno
eine zärtliche Kunde
Deiner Liebe mir sang.

Dass du mein Schicksal bist,
hab voll Glück ich empfunden,
als in einsamen Stunden
ich vor Freude geweint.

Ich hab an dich gedacht,
als der Tango Notturno
mit dem Zauber der Töne
uns're Herzen vereint.

Wie die Liebe wirklich ist;
das könnt' ich euch erzählen;
denn ich kenne sie sehr gut.
Ich weiß, dass sie schön ist
und weiß, wie weh sie oft tut.

Ich hab manchen Mann geküsst
und hab ihn dann vergessen,
weil ein and'rer mich begehrt,
bis einmal der Zufall
den richt'gen Mann mir beschert.

Ich hab an dich gedacht,
als der Tango Notturno
zwischen Abend und Morgen
aus der Ferne erklang.

Dass du mein Schicksal bist,
hab voll Glück ich empfunden
und in einsamen Stunden
ich vor Freude geweint.

Tango Nocturne in English

I have thought of you
when the Tango nocturne
was sounded from afar
between the evening and the morrow.

My heart is awaking
because the Tango nocturne
sang a silken tidings
of your love to me.

That you are my destiny
have I felt with deep felicity
when in lonely hours
I wept for joy.

I thought of you
when the Tango nocturne
with the magic of tones
has melded our hearts.

How is love really
this could I tell you
I know it very good.
I know that it is beauteous
and I know, how much it does hurt often.

I have kissed sometimes a man
and then I have forget him,
because another has desired me
until once the happenstance
has sent to me the right man.

I have thought of you
when the Tango nocturne
was sounded from afar
between the evening and the morrow.

That you are my destiny
have I felt with deep felicity
and in lonely hours
I wept for joy.

182.

► THE RETURN OF ORDONKA ◄

► DRAMA WITH OLD SONGS ◄

CHARACTERS

ZOFIA BAJKOWSKA, called Bajkosia

HANKA ORDONÓWNA, called Ordonka

PLACE

A living room in an apartment in Scotland

TIME

Early years of the 20th Century

This drama is based on the biography of Hanka Ordonówna;it uses the songs she sang. It is also a literary text, so it has the rights of "licentia poetica." The songs are given in the literal translation. The Polish originals (in rhymed verse) are to be found in the Polish version of the same play in this volume.

► ▼ ◄

A phone is ringing for quite a long time. Lengthy, persistent. Bajkosia enters. She is in a long robe, with a rag on her head. She picks up the phone.

BAJKOSIA: Yes. That's her. No no, no. That's not her. It's me. That's what they say here: "It's she."—"That's her." But that doesn't mean it's someone else. It's me. Yes. Bajkowska. *Listens.* He finally introduced himself. *Listens.* Yes. I'm listening. From Warsaw? Television? *Listens.* Warsaw TV suddenly discovered me? After all those years? *Listens.* That it's not about me? Thank you for being honest. About Ordonka? Interview about Ordonka? Sir, these are the old days. I don't remember anything. Just ask Jarossy. *Listens*. Dead? Ah yes. I forgot. So, ask Hemar. *Listens*. Has he also moved form this world? Of course I knew. But I forgot. I know about Tuwim. He returned from emigration to communism and got poisoned. *Listens.* What are you saying? For heart attack? *Listens*. I know better. He got poisoned! He was asphyxiated by the incense fumes of official worship. He choked on state awards. He hanged himself on the ribbons of decorations. And simply, he was suffocated by remorse. His bad conscience killed him. To sell himself in such a way! Well, he was not the only one. Because, you see, with conscience it's like this... *Listens*. You don't want to talk about conscience? *Listens*. Or about Tuwim? I do not want too. Well, goodbye sir.

She hangs up.

I got rid of the intruder at Tuwim's expense. And for Jarossy and Hemar I must say a rosary...

She starts leaving the stage. The phone rings again. Bajkosia picks up the receiver.

It's you again? I will not tell you anything interesting about Ordonka. I don't remember. *Listens.* What? *Listens.* Yes it's true. She lived with me. She confided in me. Yes. I knew a lot about her. I directed her a bit. *Listens.* Yeah. I was close to her. And she was close to me. A few times. Before the war in Warsaw. After the war in Beirut. *Listens.* I said so. A few times. Relapses. Recurrences. It's like a disease. It seems it's already gone. And it comes back. Already, already perfect health. And here you have it again. Recurrence. It's the same with love. But it was not that. Because between me and her it wasn't love. If it was love, someone might think something today. Some lesbians. And it's none of those things. We have to talk about friendship here. Between me and her. Between her and me. And friendship, once it happens, it lasts. It can be stronger. It may fade. But it doesn't leave. So it's not coming back either. It is. *Listens.* I don't have much to say about her. I forgot. I cried over her. Don't make me reach there. It hurts. No. No. I won't tell you anything. *Listens.* Tomorrow? With the crew? *Listens.* All right. But not too early. I only start working in the afternoon. Theatrical rhythm. Rather cabaret rhythm. All right. So in the evening. Let's say six o'clock. Why are you forcing me? What for? What for? *She exits.*

The spotlight brings from the darkness ORDONKA.

♪ *ORDONKA sings **"Love will forgive you everything..."**—but only the first part.*

> Love forgives anything.
> Turns your sadness into laughter.
> Love explains so beautifully:
> Betrayal and lies, and sin.
>
> Even if cursed in despair,
> That she is cruel and bad.
> Love forgives anything
> Because love, my love, is me.

Darkness engulfs her back.

Bajkosia enters. She is now elegantly dressed—for the camera. She brings a thick notebook with her. She sits in the chair. A sharp light—as if from a closely placed spotlight.

Wait! Wait Such a bright light at once. I checked the beauty. But I wanted to ask you something first. Well, let them turn off the light.

The bright light goes out.

Thank you. So, you see, I don't remember. Not—nothing at all. But not much. And when I realized that memory was fading away… You know, it's a strange phenomenon: as if books were disappearing from the shelves. Hemar's book was here yesterday. I took it from the shelf. I read it. And now—there's nothing. Let me be fucked, but I don't remember where I put it. Blank space. Disappeared. Or piano notes. Was something sitting there? Notes? Of course! Notes! What notes? Which song? It was here yesterday. I was playing it yesterday. What did I play yesterday? And today—nothing. Not even a shred. The same with everything. The same with Ordonka.

I see them dancing on the "Qui Pro Quo's" stage. But who is this charmer holding her in his arms? What's his name? I knew him. I saw him on stage. What's his name!? Nothing. Empty. And with me it's not like this anecdote—the husband complains: "My wife's memory is bad." A colleague asks him: "Does she forget everything?" The husband replies: "Worse! She remembers everything." Not so with me. I'm forgetting everything.

So when I discovered, I discovered with great surprise, that my memory was fading away, I started to write it down. Memories. About her too. About my Ordonka. Well, not only mine. She belonged to so many men. To so many viewers and listeners. In so many countries. Not only to me, after all. I never finished writing this. I have it all in this notebook. Please take it and read it. All right? And I'll go now, OK? I haven't been in front of the camera in a long time. I can't...

She gets up and starts to leave. Stops.

Do you want me to read it to you? Must I? Anyway, there's not much here.

She hesitates a while and returns to the chair.

What's in that notebook? The truth about her. *Pause.*[5] About her love affairs too, but not only. She slept with this or that. With many. Fact. Various journalists are writing only about this, about her romantic life. But the most important thing was her singing. *Pause.*

Did you buy her records? But it's not her! First, the recording techniques were different, just worse. Second, she didn't sing. She *was* the singing. And if her singing is separated from her, the singing turns out to be only an echo. Just a shadow. Where's the person who cast the shadow? Listening to her recordings is like chasing a shadow. In vain. Only one sense is active in this pursuit. Hearing. True? And she, while singing, affected all the senses. So her black and white shadow on the screen is not her either. Some old tape. It's not worth looking at. Some scrape of the needle on the old record. It's not worth listening to. *Pause.*

Yet, did you listen? Good boy. Ready for the class. *Pause.* Did you hear on those records that she's not there? She. Ordonka. Sometimes even that voice feels like a self-parody. If someone would want to sing her songs today—a completely different orchestration, interpretation, different voice would be needed. *Pause.* That many girls have already done it? *Pause.* They were right. Although they certainly wouldn't be able to compete with her live—with what she really was... *Pause.* Anyway, just as beauty is always a mystery, so her singing was discovering some mysteries. Discovering—but never completely... I don't have the key to Ordonka's secrets either. *Pause.*

---

[5] From now on, "pause" in the stage directions means that Bajkosia is listening to the journalist speaking to her.

All right. I'll tell you something, I'll read you something. But, you know, these notes of mine go in order, in historical sequence. And today, I know, I know, you're deconstructing everything. Deconstruction. Postmodernism. Postcolonialism. Critical theory. Decomposition. In fact—devastation. Memory's devastation. Culture's devastation. I know something about it. I wasn't completely left behind. Deconstruction! Or rather miche-mache. Chop. Mix. Shake before use. Cut the beginning. Forget the end. Escape into digressions and loose associations. I know all of you. While in my notebook everything starts from the very beginning and goes to the very end. To a very sad end. So, let's get this over with. It's not fashionable. But I can't do otherwise. So why don't we forget aobout this whole recording? *She gets up. She starts to leaving again. Stops.*

Are you saying it can be in normal order? *Pause.* All right. All right. *She returns to the chair. A bright light comes on.*

How did it start? I mean, when did I first see her I don't remember. May I look into my notebook? *Pause.* So, a little from the notebook. A little out of my head.

It was like that. I wrote a new song. Brooding on it all night. I drank a whole bottle of wine in the process. *Pause.* What was that? Godet. Oh, the wine brands I do remember. Godet, my favorite brand. Quite rare. I had picky taste. Now I can barely tell yougurt from buttermilk. It was a good song. *Pause.* I forgot the title.

I immediately ran to Boczkowski, to "Sfinks". Of course not to the "Sphinx". Of course, to the "Mirage". But wait a minute, it's worth mentioning "Sfinks", because that's where Ordonka made her debut. She was sixteen. Marysia Pietruszyńska was her real name. A young dancer taken straight from the ballet school at the Grand Theater to a ballet in a cabaret. Pola Negri's younger friend. She was able to move somehow, but she had no voice at all. And she had absolutely no breasts. *Pause.*

What was I talking about? About her breasts? No. *Pause.* About "Mirage"? No. About the "Sphinx"? No, exactly about "Mirage"! So I walked in, no, I came running because I wanted to give Boczkowski this new song of mine as soon as possible and have him write the words. No, not words, music! Words were mine. *Pause.*

But I'm talking about myself, while I had about her. About Ordonka. So about her. She wasn't in "Mirage" yet. She began at the "Sfinks". *Pause.* Where was it? *Pause.* What a question! In Warsaw, of course. Pause. What was the "Sphynx"? Cabaret, of course. In Warsaw. Not in Egypt, after all. I'm witty today, huh?

She got into this cabaret based on someone's patronage. She was so devoid of sex appeal who got interested in her, who? You won't guess. Well, the one who prefers boys to girls. Dancer and singer. He did a duet with her. He must have thought he was dancing with a boy. He made up a pseudonym for her. Ordon. She was no longer Pietruszyńska, but Ordon, later on—Ordonka.

It impressed her stunningly: cabaret in the capital city, stage pseudo, beautiful partner. She was good as a ballerina. But she insisted on singing. It was meowing, not singing. And she got for it. The reviewer wrote that "cats and children should not be shown on stage."

Broken, she went to Lublin. There she performed in some provincial cabaret. There she lost her virginity. Because not with that chick in Warsaw. *Pause.* Sorry. What? That this would be cut? You can cut it all up. Cut me out, please. Enough of this recording! *She gets up. Pause.*

No offense, I just lost the thread. Don't ever interrupt me. Once I get up to speed, maybe I'll be able to fly somehow. *Pause.* All right, all right. *She sits down.*

Oh, so when that Lublin lover dumped her, she poisoned herself. Really. They barely saved her. But that was later. When they, she and this Lublin's boy, when they came to Warsaw. Because this cabaret in Lublin fell apart. So they came here. She was looking for a job. So again with that dancer, you know... That gay guy. And again he protects her to Boczkowski. Boczkowski gives her the chance.

"Sing something for me," he says in his booming voice.

She gets up on the stage of "Mirage". Yes, I'm talking about "Mirage" again.

♪ *ORDONKA sings* ***"The lancers arrived at my window."***

The lancers arrived at my window.
They're knocking, they're calling, let miss open.

We've come to water here our horses,
Behind us infantry—the whole meadow.

Oh, Jesus, what warriors are these horsemen?
Please, open, don't panic, we're the lancers!

O Jesus, and where does God is leading?
We'd like to visit our dear Warsaw.

From Warsaw, we'll rush fast in a hurry
To vist beloved city Wilno. [Vilno]

From Wilno directly road will leads us,
Straight as far as Lwów—lion's ciry. [Lvoov]

The maiden has opened her gates widely,
Invited the lancers to spend whole night.

So I am in the "Mirage". On the stage some skinny girl sings *" The lancers arrived at my window."* I ask Boczkowski out loud: "What's this new little asshole?"

A few people sit in the audience. Everyone laughs. That ass interrupted. And cries. Well, I went on stage to comfort the girl, and Boczkowski explains to her that this is how I am.

"With Bajkosia, what is in the heart—on the tongue."

I say: "In the heart? Rather in the chink."

Everyone laughs again. They knew me by the foul language. Boczkowski provokes me:

"Where did you say?"

"In the chink I say."

Laughing in the audience again, and this ass is standing in the middle of the stage, stupefied. *Pause.*

What are you saying? I can't hear. Well, that's right: in the pussy. Pause. What? I measure myself constantly. If I use my everyday language your camera would get hard. *Pause.* That's what I said—the camera. Don't keep interrupting me. *Pause.*

What was I telling? *Pause.* Ah, we're in the "Mirage". On stage, this ass stands speechless. I'm standin next to her. "Where are you from, miss?"

"From an apartment block," she replies, terrified, as if it were some sin. And recently from Lublin.

"And you sang that in Lublin?"

"Oh, yes, and also other patriotic songs. That's what the audience wanted. That's what I sang to them..." *Pause.*

Why? Don't you understand? It was, after all, in free Poland. After the war. Piłsudski was an idol. His Legions were en vogue. Colonel Wieniawa did not miss any cabaret premiere.

Boczkowski says: "This young lady has good credentials. Her colleague"—he points to this protector of her, the one who, you know, with boys…—"he asked me to audition her on stage...."

"Not in the bed?" I interrupt. Laughter again.

"So what?" I ask. "Does she have talent? Because if not, she'd better become a decent woman."

And so we joke around. There are tears in her eyes again. So, I took her backstage and chatted with her like an older colleague with a younger colleague. It turned out that this pickled ass is not only without an engagement, but also without a roof over her head. Because she happened to be thrown out by her daddy as he found out about these Lublin romances. So I invited her to my place—as an apology for exposing her to laughter. And to wipe away tears, because Boczkowski didn't hire her.

We became friends. We chatted. She was a good girl. Good hearted. For renting a room she cleaned my whole apartment. Detailed. Thorough. I tried to feed her. She was still skinny. Cohabitation was going great for us. I helped her to prepare a new song. I persuaded Boczkowski to listen to her again. Finally he hired her!

But she was getting only very small roles. Some dancing. In a duet with that one, you know. When the whole ensemble was coming for the curtain calls at the end of the show her place was—the last one on the left.

So she resigner. She traveled around the country. Some cabarets. Some operettas. Some cafés with singing between tables, after midnight, amid cigarette smoke and vodka fumes. And where she would pass, singing, someone would pinch her, someone would invite her after hours, or someone would whisper some kind of dirt in her ear. And she—longings for a career as a singer, dreams of the capital. Eventually, she couldn't stand it and returned to Warsaw. Straight from the train station she rushes in to see me.

♪ *ORDONKA sings "**I really want one time....**"*

She sings with a terrible, amateurish manner.

> When you're sixteen
> You have to think about it now
> To distinguish what's just flirt?
> What does he know about it?
> So that it wouldn't be later bad.

This world is dangerous.
I got a bouquet of roses today.
Very nice, these roses,
But, ah, it's flirting and that's it.

But I really want just once
Fall in love for a long time.
And walk hand in hand among the trees at night,
Go to some Grinzing for singing and wine,
And dance, dance as much as I can,
Whispering softly in his ear:
Mein lieber Schatz, mein lieber Schatz,
Mein Shatz.

Then a solemn wedding feast,
Fidelity to grave at last.
Yet, if happens again
That I someone like much
My fidelity might corrupt.

Ah, it's boring over and over again.
Only one, only husband.
It's nice to have a husband,
But, ah, he's already a husband.

But I really want just once
Fall in love for a long time.
And walk hand in hand among the trees at night
Go to some Grinzing for singing and wine
And dance, dance as much as I can,
Whispering softly in his ear:
Mein lieber Schatz, mein lieber Schatz,
Mein Shatz.

I liked her, so I couldn't be dishonest. "I'm your true friend, so I'll be brutal: you see what has become of you."

"In Lublin, one handsome man with sideburns sent me earrings to the hotel for this song. With his address, of course. And what applause I had in Wilno! A real storm. And in Kraków there was also success."

"Fairly cheap these earrings".

"I got a standing ovation many times!"

"Standing? It's inconvenient. Better on a couch."

"You're always thinking about the bed. I think about art."

"I said couch. Not a bed. And if you fall for every Romeo, you'll never play Juliet. Remember that. But to the point. Things are like this: You don't interpret. You're making a fool of yourself. You make faces, you squirm, you shake your butt, you wave your arms, you roll your eyes, you pull your mouth into a chicken asshole and you make the last moron out of yourself. All that is in bad taste! That's good for some little town! Here is the capital."

"There is no place for me in Warsaw anymore? In my Warsaw? I'm from Warsaw!"

"You're not yet. You have to earn the name of a Lady from Warsaw. Here you have to soap it all up, wash it off, throw it off like worn underwear. Here you have to play more discreetly, quieter, calmer. Replace literalness with allusion. A rude joke with a subtle joke. A thick line with three dots."

"Will you help me?"

"I'll help you. But I have also better news for you too. You improved your voice."

"Really? Is it better? Can you hear it? I took voice classes!"

"It's better. You have a good deep pit. An interesting high climb. You need to work on the midrange."

"Are you talking dirty again, or are you serious?"

"I'm as serious as the gravedigger in *Hamlet.* Call me Bajkosia."

"So you think I'll get into some cabaret, Bajkosia?"

"You will. Just be careful to not follow a certain debutante. She was hired in a cabaret. The next day, a friend asks her: 'Do you know all the members of the ensemble already?' And she replies, 'It's hard, my dear, to get to know everyone in one night'."

Because, ladies and gentlemen, what is a cabaret? Where did cabaret come from? What are the features of a good cabaret?

Cabaret is a theatre production composed of several small pieces. It uses acting, dancing, singing, and spoken word. It draws on literature. Mostly comedy. But not only, because often, for example, it uses political satire. It also likes improvisation and provocation. In one cabaret show, these small parts can be many and very different. So, cabaret is also a medley. But it cannot be arranged arbitrarily. The whole structure must be united by one style, one atmosphere.

I will not tell you the whole fascinating history of the cabaret—from the Parisian "Chat noir," through Berlin's "Schall und Rauch" and Cracow's "Michalik's Dent", to Jan Pietrzak's "Pod Egidą." What?

Pause.

What did you say, sir? *Pause.* Don't be afraid. I will not lecture you on the whole history of the cabaret, although I really know something about it. I'll just say this: cabaret, well, good cabaret, uses mental and visual shortcuts, allusions, and thin lines. When the line becomes thick—the cabaret dies, turning into a prank or pornography, it falls down into vulgarity, trash. It is not worth talking about a bad cabaret, or about what illegally uses this noble name, and is not a cabaret at all.

The essence of a good, let me repeat, a good cabaret, is subtle theatricality, great literature, catchy music, direct and spontaneous contact between the actors and the audience. Cabaret acting can be comical, but it can't be funny. In a cabaret, in a good, real cabaret, there is a balance between laughter and seriousness, between art and entertainment, between detachment from everyday worries and the up to date message—political, social, ethical. So cabaret is a combination of what is low and what is high. A combination of a fairground shack and a temple of art.

Pause.

Okay, okay, I'm going back to Ordonka. I worked with her for two weeks. Several hours a day. I wrote a song for her. I made Boczkowski listen to her again. He was already the king of "Qui Pro Quo" by then. He took her! It was 1922. And she was barely twenty.

"Qui Pro Quo" was the top class. What am I saying. League leader. One of the best cabarets in Europe. It was about to become the very best with Jarossy. I'll tell you about him in a moment. Songs for "Qui Pro Quo" were written by Tuwim and Lechoń, then Hemar, me... "Qui Pro Quo" was the pinnacle of every entertainer's dream. Who wasn't there, or rather who was there: Zula Pogorzelska— the best legs in Warsaw, Mira Zimińska—a spark of wit, Adolf Dymsza—the pure gold of natural comedy, Eugeniusz Bodo—deadly handsome lover, Konrad Tom—a master of schmonces... Then Stefcia Górska, Zosia Terné, Loda Halama, Tola Mankiewiczówna, Kazio Krukowski— once the announcer introduced him like this: Now Mister Krukowski will sing—if this person can be called "mister", and what this person does can be called "singing"... Krukowski was adorable!

I got excited, huh?! Suddenly I remember everything! All names. Hanka watched them from behind the scenes. She learned from them. She performed with them. But still as a partner. As a plug-hole when one of the stars couldn't come that night. And traditionally, in the finale, when the whole ensemble entered the stage, her place was always the last one on the left. That went on. She had already rid herself of her bad habits. But she wasn't Ordonka yet. But it got better from song to song.

♪ *ORDONKA sings **"On the first sign."***

> It's hard to lie to the heart
> 'Cause it's smarter than you.
> It's hard to resist the heart
> When it breaks free and shakes.
>
> You don't know who he is
> Your someone, this your dear.
> But already love gives signs,
> That something happened in life.
>
> The first sign when the heart shakes,
> Barely twitches, yet you know
> That this one is the one.
> The second sign is sweet fear
> The third sign is song's tune
> It weaves into a dream, golden dream.
>
> And only show me your misty eyes,
> Then I know for sure that you love me.
> The first sign when heart shakes,
> Barely twitches, yet you know
> That this one is the one.

She foretold herself singing this song... She didn't know "who is he..." She would soon find out that "That this one is the one." *Pause.*

Do you want more about "Qui Pro Quo"? Ah, what a great cabaret it was.

Pause.

I should ratehr speak about Ordonka? Good, good. So "Qui Pro Quo" was an excellent cabaret, but her position in the company was still marginal. It probably would stay that way. But Jarossy showed up. In Warsaw. In the cabaret. In her life.

Pause.

Jarossy. You know, of course.

Pause.

Shall I tell? Do you want such a postmodern digression on Jarossy?

Pause.

OK, why not. But how to speak about him? He, himself, each time told a different story about himself.

"I am Hungarian, Prince of Wallachia, de Jarossy. I am Ferdynand Jarossy, former ambassador of the Austro-Hungarian Empire to the court of the Emperor of the Russian Empire. I am Jarossy, the star of the cabarets of Vienna, Paris, and Berlin. I am Jarossy, the poet, novelist, playwright. I am Jarossy, a doctor of law, which I studied in Dorpat, at the Sorbonne, and at the Humboldt Universität zu Berlin.

Each time there was part truth and part falsehood in his stories. In fact, he was Hungarian, but not a prince, and before the war, not an ambassador, but an Austrian cultural attaché in Petersbug. It was known that he had a wife and two children. But he also talked about this wife in various ways—that she betrayed him with somebody, that after living through the revolution in Russia she went crazy.

It was from Russia that he had to flee from the reds and landed, like masses of whites, in Paris. He became an annoucer in the cabaret "Sinaja ptica"—"The Blue Bird" created by Russian emigrants in Paris. With this cabaret he came to Warsaw in 1924. "The Bluebird" was a hit. Jarossy conquered Warsaw. Within a few days, he mastered his lines in Polish—with a terrible, but charming accent, which greatly amused and touched the audience. After a special production for theater people, at a dinner in Bristol Hotel, Jarossy was seated next to Ordonka. I was sitting opposite. I saw. I heard, well, I listened.

Pause.

He stunned her—a scrag, a goose, an eternal debutante. She fell in love during that one dinner. And he was amorous too. He drove her home in a carriage. I'm sure she would invite him to bed right away. But he liked dose the tension, stage the romance. He said goodbye at the door. The next morning he sent a huge bouquet of roses. The next evening he invited her to dinner. And drove her home again. This time he went up the stairs with her. *Pause.*

She told me everything in detail. I won't tell you. You would cut it anyway. When the performances of the "Blue Bird" in Warsaw ended and the company was leaving for Paris, Jarossy stayed. He quickly became half-Pole. He chose freedom in Poland. Or rather, he chose Ordonka. Jarossy...

Pause.

Yes, I know, I'm supposed to talk about Ordonka. But you can't talk about Ordonka without talking about Jarossy. When it became necessary to treat her for suspected TB and to give her a good, long rest—they went to southern Europe together. Nice. Monte Carlo. She feels better. So he takes her to Paris. He shows her the city, theaters, cabarets. He arranges an audience with the great Comedie Française star, Cecile Sorel, and even a few lessons with the cabaret legend, Yvette Gilbert. They were old ladies then. Sorel in his sixties. Gilbert in his seventies. I don't disrespect old ladies...— By the way, it's scary when a woman realizes she's getting old. But it's even scarier when she doesn't notice that. Jarossy knew both of these ladies. They liked him. They agreed to listen to Ordonka. There must have discovered some spark in her. They gave her some advice. They let her enter the circle of their legends, shine with the glow reflected from them—the glow of great stars. And that was a lot.

Pause.

When she came back to Warsaw, it turned out that she was a star herself. Every evening she sang *The Executioner's Daughter*, which was polished by her Parisian older colleagues—stars.

♪ *ORDONKA sings "The Executioner's Daughter."*

> Every day at dawn,
> I can hear grind of the chains.
> Every day a cry sounds from the gloomy dungeons.
> Every night I wake up from my dreams
> And I recognize again
> That one voice out of all sobs.
> Every day I see through the window in the wall
> How silent prisoners are led by the guards
> And I can't hear anything anymore, I can't see anything anymore,
> Just this one pale face.
>
> My dearest, I love you,
> I kiss your dark eyes.
> I madly kiss your lips.
>
> My father is deaf as wood's block.
> He won't know that every night,
> In every dream you come to me!
>
> Every day when I wake up
> I am praying to God
> And I believe strongly through the bloodiest tears,
> That our pain will end,
> That the king will give you grace,
> You will stay with me—forever.
>
> Yes! The king will give you to me!
> My father will open the dungeon's door.

He won't know anything, he won't hear anything.
You will whisper to me every night:

My dearest, I love you.
I kiss your dark eyes.
I madly kiss your lips.

My father is deaf as wood's block.
He won't know that every night,
In every dream you come to me!

But if the cruel king
Would not allow my lover live?
With fear trembles my heart,
When there's no mercy for you—
They will take you to the scaffold.

I will go with you, I will stand in the crowd.
And I will stare into your eyes,
And I will give you the sweetness of dream graces,
You won't hear anything, you won't see anything,
Only my eyes last glow.

My dearest, I love you.
I kiss your dark eyes.
I madly kiss your lips.

My father raises the ax,
Ah, look in my eyes! One thing only hear:
After death, come my lover to me.

Everything about her seemed to have grown, gained class. With a few steps and raising her arms, she transforms herself into a character. With a small, as if unfinished gesture, tilting the head, a glance, a smile, like a great actress, she creates in the viewer's imagination a partner who does not exist next to her, some object—a key, a mirror, an envelope with a love letter. Her strangely broken voice captivates, touches, surprises, attracts attention. It swells with melodic cascades, it turns into a whisper directed as if to the ear of each spectator. Her interpretations capture the hearts, take them to some mysterious lands of memories, to the world of dreams. She transformed herself from a dancer-singer into a stage star. A star of the first magnitude. Now she is the biggest attraction of the cabaret evening. Spectators come to see her. Applause does not let her go off stage. The whole house calls for encores. She receives uncountable invitations to recitals, for recordings, for radio broadcasts—live then! Movies will come. She is no longer just a star, but a phenomenon! A dazzling phenomenon.

Jarossy no longer has to push her up. Maybe he considered his mission fulfilled and his debts paid? Or was it just a coincidence? He suddenly fell in love with Stefcia Górska, much younger than Ordonka. She was tiny. Sleek but very low. She reached Jarossy's armpit. There was a joke about her: An empty cab pulls up in front of "Qui Pro Quo". Stefcia Górska gets out of it.

The crisis came when all three of them were with the cabaret on tour in Lwów. Hanka found out about their trysts. She called them both into her dressing room. She acted like a queen. Majestically and cruelly.

"Stefcia, I understand that Mr. Jarossy made you dizzy with love. I happened to me onece too. Though you could have been more careful, what I recommend for the future. I'm not cutting my acquinatance with you, younger friend. But I demand that you refrain from any non-professional contacts with Mr. Jarossy in the theatre. After leaving the theatre you can, of course, do whatever you want. Though if I were you, I wouldn't flaunt the old man's patronage." Ah, how she bit him! "I don't feel sorry for you, Stefcia. I only feel sorry for Mr. Fryderyk".

"But… My dear…" He tried to interject.

She didn't let him speak.

"Yes. I only feel sorry for Mr. Fryderyk. He should set himself a higher age limit for conquests. And don't go after underage girls. And if he wanted to break up with me, he should have said it to my face. He behaved unworthily."

"You never told me about your love affairs either"—he burst out.

"I was informed"—she continued—"that you greeted Miss Stefcia at the train station in Lwów with a huge bouquet of red roses. Publicly. This is how you insulted me. That's too much."

"The heart is not a servant."

"If the heart is not a servant—then get out. Before you get hit in the face."

He ran out. He took his things from the room at George Hotel were the stayed together. They would reconcile later on, remain friends, perform together, write letters to each other. But the romance was finished.

She is alone again. A woman suffers more in love than a man, but she can hide it better. And at the same time, she entered the most beautiful decade of a woman's age—from 25 to 28 years old. I hope I'm counting correctly... She can't waste it on looking back. She can't stand the role of an abandoned lover. She can't stand gossip about her. She consoles himself with some Georgian aristocrat, a fugitive from the Bolsheviks like Jarossy. She comes up with something even better.

She persuades an impresario, recently met in Paris, to organize a tour of Europe for her. It worked very well. She goes to Paris, Vienna, Berlin. She sings in Polish, French, Spanish, German, and Russian. I helped her to prepare these songs. She gets great reviews everywhere. In Paris, they compare her with Yvette. In Vienna, they write about her that she is an excellent actress who also sings wonderfully. In Berlin, she brings the reviewers to their knees and the viewers to long standing ovations. She's a big star now. Not only of Warsaw, but also of Europe.

When she returns to "Qui Pro Quo" she is the biggest star there. Ten years ago, when the whole ensemble appeared on the stage for the final curtain calls, she was the last on the left. Now her place is right in the center. What else she needs? What else can a beloved singer, a famous star achieve? What's even higher?

You know what? Stop the camera. I need a sip of water. *Without waiting for an answer, she gets up and exits.*

At the end of the song, Bajkosia comes back and sits in her chair. Listens.

I know a street in Barcelona—
The scent of apple tree in blom.
I like to walk on it
When I'm tired of the crowd.

There I hear my footsteps sound
And the wind blowing the leaves.
Nothing disturbs the peace
Of my street. That's its charm.

God, how old are the times
When I was here day by day,
To meet secretly in dark
In some corner of this street

With first master of my dreams.
Only the apple tree saw
How much did I kiss,
Not regretting tender words.

Because I loved like never before,
With all my soul and all my heart,
With joy of spring and my youth breathe.
But everything comes to an end.

Today I come for old memories
Under an apple tree which knows
That I lived trough in her shadow
So many beautiful moments.

Today it doesn't make me sad
That my beloved abandoned me.
But I still dream that he'll comes back
Visit this quiet corner one day.

'Cause today turns into yesterday
Whenever on my sweet dreams
Shines a memories' ray
Taken from that little street.

Still I want in secret meet
At the corner of this street

With first master of my dreams.
Only the apple tree saw
How much did I kiss,
Not regretting tender words.
How much did I kiss
Not regreting tender words.

Ordonka exits.

This song was written for her by Count Michał Tyszkiewicz. He was a regular at "Qui Pro Quo". He wrote song lyrics sung more than once on stage. He used to come every night for some time. Night after night he sent her a bouquet of red roses to her dressing-room with his business card. One day he added this song about a street in Barcelona to the bouquet. Ordonka took it to Boczkowski. He liked it. He immediately wrote the music, or, perhaps, he pilfer it from someone.

Such a joke was told about Boczkowski: Boczkowski and Wars are sitting in a cafe. Someone is playing the piano. Wars asks: "Is that your tune?" Boczkowski listens for a moment and says: "No, not mine yet."

The very next evening Hanka sang *Little Street in Barcelona*. Count Tyszkiewicz, the author, was clapping like crazy. Already madly in love. Tall man, handsome. Aristocrat. High official in the Ministry of Foreign Affairs. He invited her to dinner after the show. As they entered the room, the heads at all the tables leaned towards each other in whispers.

Since then, he always waits for her in his car at the exit from the cabaret. When she appears, he gets out, greets her, kisses her hand, walks around the back of the car, opens the door on the right side inviting her into the seat, closes the door, goes around the back again, to his seat. Only the best-mannered gentlemen or professional chauffeurs do this.

They go to dinner. It turns out that they have a lot to talk about, that they have been in the same places—at Café aux Deux Magot in Paris, at the Alden restaurant in Berlin, at Zum Schwartzen Kameel in Vienna. They like similar French wines, especially Veuve Clicot champagne. They fit together and impress each other. He—the count. She—a star. She is full of temperament, but at the same time subtle delicacy. There is still a dormant shyness in her.

One night, after the show, she comes to see me. Excited, dreamy.

"He proposed to me! He asked for my hand..."

"Are you sure that for the hand? When a man asks for a hand, he usually means not the hand, but..."

"For the hand!"

"Because if it was anything else, he wouldn't have to ask, would he? You would give it to him instantly. What?"

"Do you want to say something dirty again?"

"What I'm saying is that a woman with a past shouldn't marry a man with a future. It won't do any good."

"He has formally proposed! He knelt. High culture. He asked me for my hand. He offered me this diamond ring. Look! I will be a countess!"

"Did you accept his proposal? Without thinking? Without delaying decision?"

"Are you crazy? Such an opportunity! I couldn't let it pass! Count. Diplomat. Lord on great estates. He has impeccable manners, he is educated, intelligent, kind, gentle, knows all languages, stands on the threshold of a great diplomatic career. I'm sure I'll be an ambassador's wife soon. I will be a lady!"

"Anyway, the family will forbid him from having a misalliance with Marysia Pietruszyńska."

"I am Hanka Ordon. A star. European celebrity."

"The fact that you've already been run over, and a good few times, he must know well."

"I've never been married. And he is free too!"

"Oh, yes—how free a young and rich man can be! You're right. You are worth each other. In what is bad and what is good. This should be a new, better chapter in your life for both of you. Learn manners from him. And teach him how..."

"Don't say it! I'm sure you wanted to say something dirty, while this is so romantic!"

"I meant to say... It's no use. The accident looks hopeless. It is known that the stupidity of a man can be the reason for a proposal. The stupidity of a woman can be the reason for marriage."

They get married in the church of the Holy Cross in Warsaw, but quietly, without the press and photographers. Only a group of the closest friends from the theater, the bride's mother, the groom's brother. Then a modest party at the English Hotel. Ordonka, already the countess, becomes the landlady of the large estate, called Orniany—the Tyszkiewiczs' family domain near Wilno, where they went for a few days. From there, they set out on their honeymoon to Italy.

Do you know this? The bride and the groom are traveling by train to Italy for their honeymoon. A tunnel every now and then. This one is very long. After living the tunnel, he leans over to her and whispers, "Honey, if I had known the tunnel was so long, I would have taken advantage of it." And she: "So it wasn't you?"

They return to the Poland. Or rather, she's back in the spotlights. Because they agreed that despite her marriage to a rich aristocrat, she would not abandon the stage. She gives a recital at the Lutnia Theater in Wilno. Solo, she fills the whole long evening. The audience doesn't want to let her off the stage.

♪ *ORDONKA sings **"Saint Anthony..."***

> Saint Anthony, Saint Anthony,
> I lost my heart in that grass.
> Oh, what will happen, oh, Saint Anthony,
> When all the neighbors find out.
>
> These nights are so very hot
> And the nightingales do not let me sleep.
> And through windows of my bedroom
> Some strange shapes appear at night.

The stars are hiding somewhere
And the moon drowned in the pond.
So I escaped from the stuffy room
And I run on the wet grass.

Then the misfortune happened
Oh, this night, this June's night.
My heart has gone somewhere
In that tall and so soft grass.

Saint Anthony, Saint Anthony,
Fear has been creeping on me,
My temples burning, my ears are ringing.
The village sure talks about it.

Yet, it wasn't my own fault.
That my heart was pounding strong.
Scared of darkness of that night,
As if to escape from my chest.

Well, it is not even surprising
That I was wrong, oh, I was wrong.
And in that tall, wet grass
I lost my poor heart, I lost it.

We both lost it, we both lost it
Among chamomile and mint.
But you shall not understand
For these things are not for saints.

Saint Anthony, Saint Anthony,
I lost my heart in that grass.
Oh, what will happen, oh, Saint Anthony,
When all the neighbors find out.

Manager of the Lutnia Theatre in Wilno… What was his name? We drank more than once. Empty in an empty head. In any case, dazzled by her performance, and when counting the money from the box office, he comes up with a "brilliant", as he modestly puts it, idea. Let the cabaret star become a theatrical star. Yes! He offers Ordonka a role. He brings her "in the teeth" and offers "on his knees"—as he told me himself—a copy of *Fredena's Marriage*. It is a trifling and silly French comedy. I forgot the author. It deserves to be forgotten. But the main role, the role of a cabaret actress, is indeed for her. Ordonka senses many similarities to her own fate in this character.

She will perform this role! She will play herself. She will add a few of her own songs, including also the latest one composed especially for her by Antek Żuliński. I knew him well, I remember his slender figure, his long, noble face, the pianist's long fingers. He wrote a beautiful, moody tango under the melodramatic title *It's Nothing*. Hanka had made friends with this young composer from

Kraków a long time ago, and now she invited him, along with her husband, for vacations in Orniany—their estate and palace. There Antek Żuliński wrote this tango for her. She sang it in *Fredena* and then included it in every recital.

♪ *ORDONKA sings **"It's nothing."***

> I still think it is a dream.
> The song flows like violets' scent.
> I see the unfathomable depth
> Looking straight into your eyes.
>
> This mood sets for me today
> A fantastic thoughts dense swarm.
> Next day gray shall engulf me,
> Next day dream shall come to its end.
>
> It's nothing.
> Just started sketch.
> Unfinished.
> Lilacs are fading.
> A withering bush.
> These tears from where?
> It's nothing.
>
> Tomorrow day again shall rise.
> Just an ordinary, gray.
> Clouds cast shadows into space
> Flowing somewhere far.
>
> Crying shadow of the tree
> Sends a farewell to its leaves.
> And around, instead of sun,
> Fog spreads wide just like grey smoke.
>
> It's nothing.
> Just started sketch.
> Unfinished.
> Lilacs are fading.
> A withering bush.
> These tears from where?
> It's nothing.

The stage role opens a new phase in Ordnoka's career. Theater! Theater! She does not leave the cabaret, however. She performs again in "Qui Pro Quo" in Warsaw. And count Tyszkiewicz has to return to work in his ministry.

The great Juliusz Osterwa, the legendary creator and leader of the Reduta Theatre, found out about Ordonka's theatrical debut, and now, without resigning from running the Reduta in Warsaw, he also takes over the management of the Słowackiego Theater in Kraków. He invites Ordonka to the role of Viola in Shakespeare's *Twelfth Night*. He will make her a real actress. He, himself will, naturally, play Prince Orsino. These two characters unite a romance on stage. These two people unite a romance in life.

Pause.

I did not follow them to Kraków. I didn't look under their cover. If they slept under one. The count did not follow her either. He did not ask about Osterwa. He had a too good taste.

Pause.

Certainly, Ordonka and Osterwa had feelings for each other. Yet, he already treated theater less as an art and more as a religion. He saw himself as the spiritual father of his actors—the theatrical prior of the Reduta Order. Maybe he made it his mission to turn the singer into an actress? To convert her? To lead her on the path of religious faith? I don't know. She certainly was very impressed by this great, famous, charismatic actor, an experienced director, and theater manager—manager of theaters—not cabarets! And, after all, he was still a handsome man, for whom whole flocks of young and not so young ladies sighed.

Well, I don't know exactly what happened between them. In any case, their collaboration, and for others a love affair, lasted a good couple of years. She performed under his directorial baton, and with him as a partner, several roles. I remember that. I don't know how, but I remember everything about her. Not so much about myself. I don't even remember the titles of my songs. I have long forgotten my age. I don't wish to remember.

Pause.

So what I wanted to recall? Ah! Her roles. I remember that. Shakespeare's Viola, Psyche in Żuławski's play *Eros and Psyche* – he was, of course, Eros. Daughter of the Mayor in *The Bird* by Szaniawski. The climax of this role was that in the finale—they kiss. The young girl with the Student. This role was, of course, performed by Osterwa. This is how the author wrote it—with this kissing. It wasn't Osterwa who invented it. So, there was kissing between Osterwa and Ordonka on stage. I heard that people came to the theater with binoculars. To see exactly how they kiss. Then she acted Catherine in *The Taming of the Shrew*. With him as Petruccio. Like every time they performed together, *The Taming of the Shrew* became the subject of café jokes: *Un-taming the Shrew*, *The Untamed Shrew*, *She-shrew and He-shrew*. And so on.

In any case, Osterwa made Ordonka an actress—conscious of her means of expression, controlling the character's emotions, opening the depths of the character's psychology. It was Boy Żeleński who cracked an aphorism about her: "In the past, an actress tried to be a star—now a star tries to be an actress." She remained a cabaret star, and at the same time became an excellent theater actress. They made a good deal. He greatly improved and enriched her as a performer. She gave him moments of great emotions on and off stage. And also she brought him, as a manager of the theatre, huge financial success of all the productions in which she performed.

But Osterwa did not keep Ordonka in the theatre. He didn't drive her away from the cabaret. On the contrary, it strengthened her position as a cabaret's star. After the experience of working with him, her singing became more mature. This was revealed very soon when she performed in her first sound film, *Spy in the Mask*. She sung in it *Love will forgive you everything*. Her biggest hit.

This time she sings the whole song. While Ordonka sings, the light on Bajkosia dims and she exits.

> Love forgives anything,
> Turns your sadness into laughter.
> Love explains so beautifully:
> Betrayal, and lies, and sin.
>
> Even if you've cursed her in despair,
> That she's cruel and evil, and bad,
> Love forgives anything
> Because love, my love, is me.
>
> When you love as much as I do—
> So tenderly, fervently, you know—
> To the last, to the madness, to the bottom—
> Then betray me and sin as you wish.
>
> Love forgives anything
> Turns your sadness into laughter.
> Love explains so beautifully:
> Betrayal, and lies, and sin.
>
> Even if you've cursed her in despair.
> That she's cruel and evil, and bad,
> Love forgives anything
> Because love, my love, is me.
>
> *Bis*
> Even if you've cursed her in despair.
> That she's cruel and evil
> Love forgives anything
> Because love, my love, is me.

► INTERMISSION ◄

Bajkosia returns to her chair. The light turns on.

BAKOSIA Where did I interrupt? What was her last song? Any of you remember? Please help me. I forgot. *Pause.*

Yes. Yes of course. Thank you. *Love forgives anything*. Her biggest hit, a killer hit, her signature song. So she's already with Tyszkiewicz. She's already performed with Osterwa.

In a nutshell, it could be summed up like this. I made her a Lady from Warsaw. Of course, she was born in Warsaw, went to school there, made her stage debut. But she was still a girl from some apartment block. I brought her downtown. What was I talking about?

Pause.

So one more time. I made her a Lady from Warsaw. Jarossy the singer. Tyszkiewicz the countess. Osterwa the actress. The ware made her a true human being. And you achieve that through pain. Through suffering.

Pause.

War? About it already? Talking about it now, I can see these clouds rolling in. But we didn't have a bad feeling back then. We were "Strong, tight, ready"—as the state propaganda tries to convince us. "If there's a war, we'll crush the enemy in no time!" It didn't even occur to us that the world we live in could fall apart. Gone with the wind. Fall into nothingness. Or rather, turn into some kind of a nightmare, and not into a bed dream from which you can wake up, but into a new reality so monstrous that even the most vivid imagination could not construct such a thing.

Pause.

What? OK. So, not about the war yet. There are still crazy years. Joy over regained independence. Life is beautiful, easy, fun. Dance. Singing. Laughing. No one knocks on the door at night yet. Neither the Gestapo nor the Soviets. The sky is still clear—no German bombers. The sun is at its zenith. And at night, at the zenith the brightest star is that of Ordonka. She is the epitome of these independent twenty years—years of joy, hope, carefree. Lofty and noble years; hardworking and stubborn; naive and short-sighted; reckless and dissolute. It doesn't occur to her that soon she will descend from the stage to a ground plowed by bombs and soaked with blood, that she will no longer perform in cabaret medleys, but in the truest, real national tragedy.

So she still sings, dances, plays. She has another affair with the deadly handsome actor Igo Sym. He was soon to turn out to be a German creature. The underground eliminated him—again the black wing of the night erases the memory. Still time, still time. Still day.

Pause.

♪ *ORDONKA sings "**Blue Expres.**"*

> You're looking me in the eye and talk about love,
> About love and it sounds strange.
> Stop lying and talk to me simply.
> You say love but it is the lust indeed.
>
> I don't despise this beautiful bliss.
> Blood has the right to experience such flash.
> Why cover it with a shadow of lies?
> You don't understand? So kiss me and go.
>
> Faithfulness is such a favorite word.
> Be faithful to me! And what I'll get back?
> From idle phrases you will weave me a crown—
> You have talent to twirl woman's head.

In the Blue Express I'm journeying to life.
Non stop, no destination, throu the world.
I could lose this life with a twist,
But you won't steal my moments from me.

For ten minutes I'll stop where I want.
For ten minutes, then away again.
Ten minutes—and everything in them:
My joy, my sadness, my grief.

Ordonka gives recitals all over the country—back then you used to travel by train, hence that "Blue Express". In addition, three times she goes on a multi-week tour of Europe. In 1938 she travels to America, making a big tour of all major Polish communities. For a moment, she plunges into yet another crazy affair— with some super handsome first officer on the passenger ship *Batory*, Overwhelmed by passion, she cares nothing for loyalty to her husband, for reputation, even for appearances. But he returns to his Tyszkiewicz, to "Qui Pro Quo". The applauses are getting louder. The songs are getting dumber.

We became more and more carefree. We didn't know that we were dancing on too thin, fragile ice.

Pause

After the first German bombardments, Ordonka puts on a military uniform, mobilizes—literally, mobilizes—a colleague, singer Fog, who takes the accordion and they sing together for the soldiers at the Warsaw main railway station. They still think they're going to outsing this war. Again, like a long time ago, she serves the soldiers patriotic songs, adding to them her cabaret hits.

♪ *ORDONKA sings "**Its hard…**"*

Gentlemen are maybe right in thinking
That I'm a little unsettled—
Like someone dazed and absent-minded.
It just means that I'm simply in love—

That memory, that head, that deeds, that words,
That everything is different than it was.
And my mind tells me stop! Common sense tells me no!
And the heart does what it wants.

It's hard—when a man is in love,
He's like drunk.
And everywhere he sees one figure—precious, brilliant
.It's hard—when this longing comes

And entangles your heart,
And you can't do a thing.

During the day you see her on the face of the sun,
At night you see her among the stars.
You would stare and stare endlessly
In her face so bright,
So beautiful, so wonderful.

It's hard—it's the power of love,
That once she has grabbed you—
You won't be able to do anything.

Bis.
It's hard—it's the power of love,
That once she has grabbed you—
You won't be able to do anything.

This is how she sang under the bombs. The raids became more and more frequent. Military transports stopped coming. She had to run away from the station. The capital was surrounded. Siege. After four weeks of war and three weeks of a heroic defense, Warsaw fell.

Germans in Warsaw. Ruins. Broken windows in the houses that survived. A cold wind blows. It's autumn already. Many people desapeared. Many died. Many left the country. Theaters and cabarets are closed. Empty shelves in stores. In cafés, some chicory liquid instead of coffee.

Suddenly I got the news: They took her! Arrested by Germans. She is sitting in the Pawiak Prison. Nothing is known about her. Almost half a year. Finally, I find out that the they released her. Count Tyszkiewicz, who happened to be in Wilno just before the war and stayed there, obtained her release through some of his aristocratic, international connections. *Pause.*

She comes to me unexpectedly. Haunted, emaciated, with unhealthy flushes on her face. She talks chaotically as I prepare her bath, brew her tea, serve some scraps of food. She got sick in prison. The stuffiness of the cell, hunger, dirt, vermin, cold, night-time interrogations caused a recurrence of the tuberculosis. She had fever. She thought it was over of her. She managed to send a secret message to her husband.

"Why did the Germans arrest you? What were they accused you of?"

"I don't know. Someone allegedly accused me of being Jewish. Because I used to sing a song *Die Idische Mame*. Then I heard that someone reported to the Germans that I was a spy. I had a part in the movie *The Spy in the Mask*, I traveled many times to Germany and Austria."

"You? Spy? Nonsense. It's just that someone got back at you out of jealousy that you were better, more beautiful, richer, applauded louder, more loved."

"I don't know. I don't know. Until recently, I was surrounded by so much good. So much evil now."

No one has ever discovered the reason for her arrest. Anyway, in that terrible time, both the Germans and the Soviets would grab people, imprison them, kill for no reason. She was afraid to go back to

her apartment. Again, as before, I invited her to my place. I tried to feed her, which was made possible at that time of famine by the dollars, gold, and furs she had hidden at various friends. I traded them for food. She desperately wanted to go to her husband. She wrote to him. Again, his connections made it possible for her to travel from German-occupied Warsaw to Lithuanian-governed Wilno. They settled down there.

There were tens of thousands of Poles, former residents and refugees, in Wilno at that time. The Tyszkiewiczs ran an open house, helping people. They have lost their great estates, but they did have currency. This was that short period of Lithuanian rule in the city. Between the first Soviet occupation, and the second Soviet occupation. The first was since their attack on Poland, September 17, 1939. Oh, I remember that date! After a few weeks, the Soviets handed over Wilno to the Lithuanians. But they occupied the whole of Lithuania again in July 1940.

In this window, less than a year long, Poles, though persecuted and harassed by Lithuanians, still felt at home in Polish Wilno. They didn't understand what had happened. They did not allow the thought that Wilno would never again be Polish. Despite the difficulties, despite strict censorship, Polish cultural, artistic, and literary life continued.

Pause.

Immediately after arriving in Wilno in the spring of 1940, Ordonka prepared a concert of Polish songs and poetry. The whole of city—as they say—the whole of Polish Wilno came to the Pohulanka Theater. There wasn't enough room for everyone. Ordonka had to repeat her concert many times. It was an amazing event. Unbelievable applause. Endless encores.

♪ *ORDONKA sings **"Happiness smiles only once"**.*

> Beloved, happiness can pass us so close—
> Just reach out with your hand and you catch it.
> Yet we don't see that we're losing everything,
> While this happiness was so easy to get.
> And if you don't go after it in haste,
> And if you won't stop it when there's still time,
> It's already gone, it won't come back a second time,
> Because happiness in life comes once.
>
> Happiness smiles only once,
> Once it gives us its priceless gift.
> We are waiting for this moment
> For many, many, many
> Tired days and sleepless nights.
>
> Happiness smiles only once,
> I gives hand also only once.
> When you miss this opportunity
> You are lost, you will die
> For happiness came—you could have had it.
> Throughout whole life you dream about somebody,
> You long for someone and call him aloud.
> And suddenly you meet him and you read in his face:
> It's me, your destiny and your fate.
> Bravely approach him—throw yourself in his arms.

Don't let him go—heaven, earth call for help.
Because if he leaves—you're lost, you're gone.
And you'll never fix it again in your life.

Love smiles only once,
Once it gives us her priceless gift.
We are waiting for this moment
For many, many, many
Tired days and sleepless nights.

Love smiles once
It gives her hand only once.
When you miss this opportunity
You're lost, you're dead
'Cause love came, you could have it.

She sang about loving someone, some man. And people listened to it as if she was singing about love for Poland, about the lost happiness of independence, they cried...

She was still not well. But she was volcanically active. Besides this concert, repeated every week—you can imagine what an effort, physical and nervous—she performed in some Polish, of course Polish, cabaret. She appeared in the lead, of course on the lead, in *Madame Sans-Gêne,* at the Pohulanka Theater— the character of a washerwoman who became a duchess, while she, Ordonka, a poor girl, became a countess. A role for her! She returned to Viola in *Twelfth Night,* now staged especially for her.

I remember! I remember everything! Ovations and emotions! Polish hearts are beating with ecstasy. Polish hands are clapping frantically. In Polish Wilno under the Lithuanian and then Soviet rule a Polish woman sings in Polish for Poles.

But all this is to be swept away soon: the language, the people, and any signs of Poland. Arrests and deportations are mutiplying. In April 1941, Soviet NKVD officers come at dawn to arrest count Tyszkiewicz.

Ordonka searches for him in vain in Wilno. He was supposedly transported to Grodno. She goes there. She learns that from Grodno he was taken to Moscow, to the notorious, terrible prison in Lubyanka. So she goes to Moscow. How did she do it? Apparently, it was facilitated by some Red Army commissar who fell in love with her. He followed her to Moscow. He wanted to take her to bed. She hit him in the face. Two days later, she was arrested. Swift trial behind closed doors in the prison building. Sentence: Eight years for... For what? Probably simply because she was a Pole, a Polish artist, or even worse, a "graphini", as the Soviets called her, a "graphini", who did not want to become the mistress of the Soviet commissar.

She was sent to Uzbekistan. Transport in a padlocked freight car. Crowd, hunger, thirst, misery, vermin, stench, dirt. For weeks. Some good Polish souls carried her out of the carriage completely exhausted. In the middle of the steppe, a few cottages. I don't even know how that place was called. Straight to a road construction. Stacking and carrying and stones. She tries. Pride won't let her give in. But the body refuses. Again, some good souls move her to a barrack, which is pompously called the hospital. Another acute flare-up of tuberculosis. There also is a good soul, a Russian woman-doctor, a prisoner like all of them, who feeds her with her portions of bread and milk, saves her life.

When Ordonka was still in Moscow, the German-Soviet war broke out. When she was already in the gulag, she heard, delayed for several weeks, the news about Sikorski's deal with Stalin, which provided for the formation of the Polish army on the Soviet territory. Amnesty. All Poles can join!

To get to the piece of free Poland—to the head quearter of the army created by General Anders, she first had to fight her way through crowded train stations, get into crowded trains, tremble on the dirty floor of a cattle car for weeks—constantly hungry, in dirt. But finally she reaches her own.

Exhausted, sick, but happy, she immediately throws herself into work. In Tock, she calls together professionals and amateurs actors. She prepares a show—a patriotic cabaret, and then a production of the *Nativity play*. In Buzuluk, she reports to General Anders, who knows her, of course, and tells him that she is ready to take care of Polish refugees. The General gives her the mission of creating help centers for the masses of Poles coming from prisons and labor camps. Many people recognize her. For them she is the personification of Poland that was and which—these people steadfastly believe—will again stand tall. She works tirelessly.

Who would have thought a few years ago that this woman—leading a selfish, loose, and prosperous life, fulfilling all her whims—would grow up like this, that she would be able to take responsibility for others. To devote herself completely to others.

Ordonka devotes herself especially to caring for children—orphans. I have to... I have to quote what she wrote about it herself. She published a beautiful and touching book entitled *Wandering Children*, under the pseudonym "Weronika Hort"—Hort, because: H, for Hanka, or, for Ordonka, and t, for Tyszkiewicz.

Bajkosia reaches for the book.

She wrote: "The most painful fact was that there were children in this Dantesque hell. Their tragic fate would move even stones. The little martyrs wandered through the snows, hungry, devoured by lice, decimated by diseases, dying on the way like candles blown out by the wind. Orphans, completely lonely..."

Pause.

This book should be read on TV. Whole. It depicts the epic of Ordonka's efforts to rescue these wandering orphan children and her care for them.

She organized an orphanage in Tashkent, then Jangijul, constantly arguing with Soviet officials for a roof over childrens' heads, for food, clothing, and finally for permission to transport them to India. In Tashkent, some nasty Soviet woman with the rank major was the supervisor of the Polish refugees.

"Grafini again with some complaint? She doesn't like it again? And our country is so beautiful!"

"Your authorities allowed six hundred Polish children to go to India. But I have to gather them here first, prepare them for the journey. Hotel Nacional is the best place for this. What a hotel, a shack where the wind blows. But there are beds. I've already placed the first hundred children there."

"It's a luxury hotel. Children are not allowed there! Forbidden."

"Why—forbidden?

"Because not allowed! Nie lzia."

"Why not allowed?"

"Because forbidden!"

"Why—forbidden?

"Because not allowed! The children must be removed immediately."

"All right. I will take all the children out into the cold. Even those with typhus. I'll take them to the railway station. Let them infect all travelers."

"You are not allowed to go to the station! Nie lzia."

"Why—not allowed? I was just picking them out from the train station, where they were camping in the cold."

"Because it's forbidden."

"Why is it forbidden?"

"Because it's not allowed."

"Then the children will stay at the hotel! I will also lodge the teachers and the priest there."

"Priest? Forbidden!"

"Why is it forbidden?"

"Because—not allowed."

And so on, over and over again. Overcoming countless difficulties, Ordonka prepares children for the journey to India, from under the Soviets, to the free world. She goes with them. This weak woman, struggling with the disease that consumes her, manages to act energetically, unyieldingly. She shows bravery. Heroism. And at the same time, when asked, she sings to people who recognize her as the famous, pre-war Ordonka. Listening to her, they return to the lost country.

♪ *ORDONKA sings* **"I sing songs."**

> My darling, don't be so harsh
> Because my heart faints from fear.
> Why, dear, are you sad?
> Ah, hush your heart, hush it.
> The night looks at us with stars,
> We are, my dearest alone.
> Lilacs smell sweeter and sweeter.
> Let this night reconcile us.
>
> I sing my songs—
> Their tender sounds
> Bring solace to all of us.
> They listen with joy
> Both mighty and poor
> They feel some stir in their hearts.

And if in someone's eye
I really don't know why
Sometimes a tear emerge—
It's for this one pure tear,
Forgive me Lord, me—poor,
Forgive the greatest sin.

When the time comes
To stand at heaven's gate,
To stand in front of God—
The Lord with mercy will look.
I will tell Him: My God,
I come here humble and meek,
I am asking for your grace,
Just look at me, and judge.

I sing my songs—
Their tender sounds
Bring solace to all of us.
They listen with joy
Both mighty and poor
They feel some stir in their hearts.

And if in someone's eye
I really don't know why
Sometimes a tear emerge—
It's for this one pure tear,
Forgive me Lord, me—poor,
Forgive the greatest sin.

During these works, concerts, struggles, travels—she accidentally finds her husband. Count Tyszkiewicz, who, like her, went through the hell of the gulag, is now a Polish diplomat again. He works in the Far East on behalf of the Polish government.

When the mission of saving at least this handful of children—because there were thousands of such Polish orphans in the inhuman land—was successful, Ordonka, again seriously ill, agrees to undergo the lungs treatment. First, Mr. Tyszkiewicz places her in a mountain sanatorium in India. But she's no better. So, he comes with a new idea: the Mediterranean climate should help her. So they both go— again thousands of kilometers along terrible roads—to Palestine.

They settled down in Jerusalem, then British, crowded with Polish troops. Ordonka immediately starts giving concerts for the soldiers. There were originally supposed to be ten of them. The demand is so great that their number reaches forty—she sings in garrisons, on parade grounds, in canteens, from the platforms of military trucks, in hospitals. And all this without a microphone! She sings her old songs that bring back Poland to the listeners in Polish uniforms.

This incredible effort results with a recurrence, or rather intensification of the disease. She ends up in bed—first in Jerusalem, then in a hospital in Jaffa, then in a villa in Beirut, which the count rented after being appointed Polish consul general in Lebanon. There she recieves the joyful news of the Polish victory at Monte Cassino. Inspired by it, she writes a song— words and music—which she immediately performs for the crowds of Poles in Beirut.

♪ *ORDONKA sings **"Until we get there"**.*

> Looking at the homeland away,
> We keep moving forward and forward.
> Our soldier's step will not become quiet,
> Until we'll get there, we'll get there, we'll get there.
>
> Through snow, through mud, through sand,
> Through cities where no one waits for us,
> Marchig strange road, which is lost in the fog,
> Once so close, then still very long.
>
> There are not many of these roads left—
> Unmarked by our footprints yet,
> Bloody poppies are blooming under our feet,
> White crosses rose behind us.
>
> And although the step was hard,
> and the voice in vain calls our own,
> We go to defeat bad fate,
> Full of faith in the victory of Man.
>
> We go to defeat bad fate,
> Full of faith in the victory of Man

When she feels better, she returns to Jerusalem. She told me everything in detail as I nursed her for hours afterwards.

Pause.

Why am I in such a hurry? I'm in a hurry because now I remember and in a moment I might forget again.

So Jerusalem—a huge hub of Poles. Ordonka gives a recital in the Beth-Am Theater, which is filled to the brim, or rather overcrowded. People are packed on the stairs, in the hallways. The young sit around her on the stage floor. She sings old hits and new military songs. Again, she personifies Poland for these people. Free Poland. Again, great emotions, abundant tears, unending applause.

In the Soviet prison, in the gulag, and when she was taking care of the orphans, she went through a great spiritual transformation. Now she treats his singing as a service. Service to her compatriots, to Poland.

Again, it was an effort beyond the possibilities of her weakening body. And immediately after that came another blow that had a terrible impact on her health: the news of the collapse of the Warsaw Uprising and the total destruction of Warsaw. Her Warsaw. She will never sing in Warsaw again. She will never sing again at all. She doesn't have enough strength for it. She paints a few pictures—she discovered this new talent in herself. She writes some poetry. She writes letters. She writes her book, *Wandering Children.*

Cout Tyszkiewicz takes her back to Beirut, puts her to bed and organizes permanent medical assistance. He writes to me.

After the Warsaw Uprising, as a Home Army soldier I found myself in a POW's camp in Oberlangen in Germany. Our camp was liberated by Poles, by General Maczek's armored division. What incredible joy.

Pause.

No, I won't speak about it. From there to England. Count's Tyszkiewicz's letter, re-addressed several times, found me in Glasgow—he was asking me to come to accopany his wife. I got on a British ship that was sailing to Palestine to pick up British soldiers.

Pause.

Don't be afraid. I won't tell that story either. I arrived to Beirut. To my little friend. I used to sit by her bedside for hours. I took the role of a nurse—on duty 24 hours per day. After all, I was a trained a nurse of the Home Army. She told me her war story, and I told her mine. With all the details—we had a lot of time. We were both emigrants then. We both couldn't go back home. After Yalta. After the Allies betrayal.

This was the return of friendship. Great friendship—real, calm, true, purified from the noise of worldly life, which so often does not allow people to meet in truth. She knew she was leaving. She took it calmly and bravely. And I've calmed down too. I didn't mess up every sentence with dirty words anymore. The war cleansed me too. We were very close.

Mr. Tyszkiewicz also brought spiritual help to his sick wife—the old priest Kamil Kantak, not long ago a prisoner in the Soviet gulag, and now the chaplain of the Polish community in Beirut. They, Ordonka and he, met briefly in Tashkent, when he, homeless, was looking for a place to live. Ordonka pushed him into the only one overcrowded hotel.

The priest would sit with her for long talks. I could see that she was smiling more and more.

She told me: "You know, Father Kamil told me that good always triumphs over evil in the end, and dirt becomes whiter than snow." I asked him: "So all my stains will be removed? How is this possible?" He replied: "Because God is merciful."—"I sang so many very stupid, just immoral songs. Now I see it clearly."—"But your singing was beautiful. And it is God who is the creator of all that is beautiful, including your singing. Beauty is an expression of God's goodness. God allows us to participate in the creation and distribution of good. He does it out of love."—"I've been singing about love all my life."—"You sang about love, daughter, but you didn't know what you were really singing about. Now you'll find out what love is. Now you will sing about a love infinitely greater, one that does not pass away."—"Then I'll keep singing?!"—"Yes, you will sing."

She was happy like a child: "I will sing again! Sing again!"

On the morning of September 8, 1950, in the full Lebanese, sunny, hot summer, the doctor found that the patient's heart rate was declining, and the patient's breathing was shortened and shallow. Father Kantak was hastily brought in. The priest with great sincerity and delicacy proceeded to prepare her for her journey. He asked the husband, the doctor and me to leave the room. He confessed the dying and gave her the last rites.

Then he opened the door. He invited us inside. Alarmed friends and acquaintances were already pouring into the villa. She was still fully conscious. The priest celebrated Mass for her and gave her Communion. She was breathing with increasing difficulty. But her eyes still sparkled with a smile.

The guest were asked to say goodbye to her. They came individually and in families to bed. They laid flowers at her feet. They bowed their heads. They touched her hand. They left in silence.

Then Father Kantak sat at the head of the bed and took out his rosary. The husband sat on the other side. I crouched in a corner of the darkened room. We started praying the rosary aloud.

Suddenly she began to breathe more rapidly, with some terrible effort, her head lifted. We interrupted. The doctor ran in from the adjoining room, tried to administer oxygen, but at that moment she sighed deeply, spasmodically, and then her head fell on the pillow.

Pause.

I can't talk about it...

♪ *ORDONKA sings **"Love will forgive you everything"**, the second part of the song.*

> Love forgives anything
> Turns your sadness into laughter.
> Love explains so beautifully:
> Betrayal, and lies, and sin.
>
> Even if you cursed her in despair—
> That she's cruel and evil, and bad,
> Love forgives anything
> Because love, my love, is me.
>
> *Bis*
> Even if you cursed her in despair—
> That she's cruel and evil, and bad,
> Love forgives anything
> Because love, my love, is me.

► THE END ◄

Buffalo - Warszawa 2010

213.

► ABOUT THE CHARACTERS OF THIS PLAY ◄

Zofia Bajkowska (1881-1972), known in the theater milieu as "Bajkosia" (Bajkowska + Zosia = Bajkosia), was an actress, poet, author of song lyrics. She was born and raised in Warsaw. During World War I and the Polish-Bolshevik War of 1920, she was one of the organizers of theater companies performing for the army and acted herself. In the interwar years, her songs were sung in Warsaw's cabarets, among other singers, by Ordonka. She published poetry and appeared in the movies. During World War II, she stayed in Warsaw and joined the Home Army. She was a nurse in the Warsaw Uprising. Wounded, she survived, and was sent by Germans to the POW camp in Oberlangen. Liberated, from there she went to England. She lived in London working various jobs, before moving to Glasgow. From there she went to Beirut to nurse Ordonka, and when Ordonka died, she returned to Scotland. She died in solitude.

Hanka Ordnonówna, actually Maria Pietruszyńska (1902-1950) was was a dancer, singer, and actress. Born in Warsaw, she came from a poor family—her father was a railroad worker. In 1908-1914, she was a student at the Ballet School at the Grand Theater in Warsaw, where in 1915, she made her debut in the corps de ballet. In 1916, she began performing in cabarets in Warsaw, as well as in Lublin, Kraków and Wilno. In 1924, while in the Warsaw cabaret "Qui Pro Quo", she became involved with Fryderyk Jarossy, a Hungarian-born actor and director. He helped her in her career. Visits, and then performances, in Paris, as well as in Berlin and Vienna, and later also in the USA, consolidated her position as the most outstanding Polish cabatret singer. In 1931, she married Count Michał Tyszkiewicz, a diplomat. From 1932, she also performed in theatres, including as a partner and under the direction of Juliusz Osterwa. She gave numerous singing recitals on stage and on the radio, appeared in the movies, recorded dozens of albums.

During the war, she was imprisoned for half a year by Germans in Warsaw (at the turn of 1939/1940), and then by the Soviets in Moscow (in the summer of 1940), where she went in search of her husband, previously arrested by the NKVD. Sentenced to 8 years for "espionage", she was sent to a gulag camp in Uzbekistan. She got out of it as a result of the so-called "amnesty" in the autumn of 1941, and joined the Polish army created by General Władysław Anders. She devoted herself to caring for Polish refugees. She saved several hundred Polish children by transporting them from the Soviet Union to India. In 1943, she found herself in the Middle East, being treated for tuberculosis, which she had already suffered from before the war, and which was aggravated by prison and labor camp. Despite this, she performed tirelessly for Polish military and civilian audiences in Palestine. After the end of the war, she settled down in Beirut, where her husband was Consul General of the Republic of Poland in Lebanon, until he was expelled from this post by the Warsaw communist regime. She painted, wrote numerous poems and a memoir, *Wandering Children*. She died of tuberculosis in 1950 in Beirut.

► ▼ ◄

▶ ORDONKA'S SONGS INDICATED IN THE TEXT ◀

The original Polish lyrics of Ordonka's songs are to be found in the Polish text of the same play in this volume. The melodies of all songs are available on line or on CDs.

▶ *Love Will Forgive You Everything.* Music: Henryk Wars, lyrics: by Julian Tuwim.

▶ *Lancers Arrived at the Window...* Music and lyrics—undetermined.

▶ *I Really Want...* Music: undetermined, lyrics: Michał Tyszkiewicz.

▶ *At the First Sign.* Music: Henryk Wars, lyrics: Julian Tuwim.

▶ *The Executioner's Daughter. Old French Ballad.* Music and lyrics—undetermined.

▶ *A Street in Barcelona.* Music—undetermined, lyrics: Michał Tyszkiewicz.

▶ *Saint Anthony....* Music: Henryk Wars, lyrics: Artur Maria Swinarski.

▶ *It's Nothing...* Music and lyrics: Antoni Żuliński.

▶ *Blue Express.* Music and lyrics—undetermined.

▶ *It's Hard...* Music: Tadeusz Müller, lyrics: Emanuael Schlechter.

▶ *Happiness Smiles Only Once.* Music: Henryk Wars, lyrics: Emanuel Schlecher

▶ *I Sing Songs.* Music—undetermined, lyrics: Julian Tuwim

▶ *Until We Get There.* Music and lyrics: Hanka Ordonówna

▶ ▼ ◀

► AMERICAN DREAMS ◄

► A DRAMA IN TWO ACTS ◄

CHARACTERS

Mother—middle-aged actress

Daughter—a young actress

PLACE

A theatre stage in America. Two spotlights on stands; one on the floor. A table, a few chairs. Curtains and theater costumes are scattered in the corners.

TIME

1990s

► ▼ ◄

► ACT 1 ◄

Even before the action begins, muffled music is heard: well-known American songs and orchestral hits from the post-war years. Later this kind of music will be called "American Dreams."

♪ The light goes out. The music continues. In the darkness, the Daughter appears lighting her way with a lighter. She carries two heavy bags in his hand and over his shoulder. She wanders around the dark stage for a while. She's tripping over something. She curses bluntly, though indistinctly. Se calls:

DAUGHTER: I can't find a contact!

MOTHER *from the outside*: And I'm stuck in a cluttered hallway. *The noise of objects falling over.* Help me!

DAUGHTER: There are stairs. Be careful.

MOTHER: You could have told me earlier. *She is barely visible in the dark. She also carries two big bags and a large radio with a tape recorder. She is in a coat and hat.* I think I sprained my leg.

DAUGHTER: Wait. Do not move. I'll help you.

MOTHER: No. Probably not this time. All old bones still unbroken. Although the rot is already falling apart.

The music fades away.

DAUGHTER: Don't you have a flashlight or a candle?

MOTHER: Sure! I'm going on a kayaking trip right now. I have an electric torch, a Candlelight candle, a gas cooker, and two flashes of my thundering eyes. What do you choose?

DAUGHTER: You're so funny, as Stan used to say.

MOTHER: What Stan? Did you picked up someone again?

DAUGHTER: Stan Wyspiański. In his play *November night*. You acted in it, didn't you?

MOTHER: I haven't acted! I've never acted anything! I'm a cook, not an actress. Remember that. You're the actress.

DAUGHTER: I am a cleaner. Don't try to outbid me. But now you have a chance to become not only an actress, but also a Hollywood star.

MOTHER: Me? It was you who were called for this audition, for this interrogation, I would say. You're supposed to show off today. Rather tonight.

DAUGHTER: But I am not talented. You will prompt me and immediately you'll draw attention to yourself:

> Who is this dark and beautiful stranger?
>
> Her masked face project a mystery.
>
> Her very look forebodes big danger
>
> I beg you—tell me! I'm so jittery.

They will ask you for a monologue. You'll make excuses, but you'll finally agree and slap your Lady Macbeth on them. You will eclipse me immediately. They will fall flat before you. They will cast you. And I'll go back to my toilets and floors.

MOTHER: They clearly told you they were looking for a young one, not an old one.

DAUGHTER: You know what, old mom? I'm not that young either. And when it comes to the body, you have more of it.

MOTHER: But not where it should be.

DAUGHTER: Don't eat so much. Look at me.

MOTHER: I keep telling you that this insane weight loss is not good for you. Anorexic. You'll only be able to play famine victims in Africa, wearing black face. You will lose your "emploi", at the French say.

DAUGHTER: Emploi? If I only wouldn't lose my employment. I have to be at work at midnight and I can't be a second late.

MOTHER: In the artistic spheres, its not employment but "engagement".

DAUGHTER: But I don't belong to them anymore.

MOTHER: You'll catch on. I've always believed in you. Give me that lighter.

DAUGHTER: Take the torch!

MOTHER: Hestia has been found. Straight from that other Wyspiański's play, *Liberation*.

♪ *She takes the lighter and sets out to find the contact. The music of "American Dreams" is heard again. Mother trips over something, trips something.*

I have it! I have it! Oh, no. It seemed to me. Shit. I think I really sprained my ankle this time. It is! It is!

Suddenly, the stage is flooded with bright light, catching Daughter adjusting her tights.

DAUGHTER: Could you warn me when you light the lamp, oh... you... you are so impudent... you'd like to see me naked... All men are the same...

MOTHER: Are you sure it's here?

She is looking around. The stage is empty. A few pieces of furniture lie in disarray. Some curtains in the corners, some theatrical costumes.

DAUGHTER: Certainly here. I checked the address three times. *She checks the card.* Here. Correct. Yes, I have a card from him. Studio number D-4. There is a D-5 studio next to it and a sign "Do Not Enter"—"Auditions for the musical *Melodies from those years.*" Do you hear? *They both listen for a moment.* The melodies of your youth. This is how you imagined America.

MOTHER: American Dreams. Dreams. Dreams of America. Haven't you had dreams like that? Admit it.

DAUGHTER: I listened to Cohen.

MOTHER: And what? Is America what he sang?

DAUGHTER: You know.

MOTHER: I know. But especially that's why it's good to dream sometimes that she's different.

♪ *The music fades away.*

So it's definitely here?

DAUGHTER: The key fit anyway. "I'll send you a letter and a key." As if he saw you in the rof of Rachel in *The Wedding*.

MOTHER: Wyspiański again? Not rich here.

DAUGHTER: He said that at the last minute it was the only studio he could rent for this audition. Anyway, he proposed the hotel first. I'm sorry I didn't agree.

MOTHER: If you agreed, he'd fuck you and then wouldn't give you the role.

DAUGHTER: Exactly. So, I did not agree. But we're way ahead of the time. I've always told you that you leave the house too early for the show and only waste your life in the dressing room waiting for the bell. Now we'll wait soundly.

MOTHER: You'll get changed and do your makeup precisely on time. Get to work!

DAUGHTER: Slow down. We're too early, and he'll be late for sure.

MOTHER: But you must be ready the moment he arrives. He'll be in a hurry, I expect. He's a great man. He must be very busy.

DAUGHTER: It is very unhealthy to hurry. I've always liked to drag...

MOTHER: It's good in bed. Not in the theater. Sit down. This will be my first role tonight. I'll play a wardrobe girl. No, hairdresser first. Sit down.

DAUGHTER: And I'm supposed to play a star? Yes?

MOTHER: I am generous. I'm giving you the star part for this evening. Come on, change into a make-up robe.

DAUGHTER: *Speaks as she undresses and then puts on her bathrobe.*

Buit I not fit it. I'm not up to anything anymore. You're the one who got it into your head to push me in front of the camera again. To make me an actress again. Why did you even send my photo to this contest? Look at my hands. I work in rubber gloves all the time, and yet, see? You've succeeded in promoting me in the country. Mommy, professor at the acting school, arguing with other teachers for good grades for her student-daughter. While they had always problems with me. I know. That I'm oversensitive. That I'm performing you. And that I think too much. Why did you send me to the theater? You were a star after all. One in the family is enough. Don't protest. You were. You had a great position. So why? Want to raise a partner? A rival? A successor? Or was it about control? To keep an eye on me? Admit it.

MOTHER: *Doesn't answer. She wipes the dust off the table, takes out of his bag and sets up a mirror. She also takes out a lipstick case and a makeup bag. She arranges everything in front of the mirror. She pulls out two spotlights on stands from a corner and plugs them in. Turns off the main light. She puts on her bathrobe, etc.*

DAUGHTER: *She continues.*

I've always been fascinated by this process of undressing from the private clothes and putting on a costume of a charcter. Taking off your dress, underwear, everything until you're naked and then wearing someone else's. From everyday life, through emptiness, to the world of theatre. As if I was taking off my own "I" and then layering the "I" of the character on myself, piece by piece. But was— what I was taking off—my real self? Was I naked? Gombrowicz would say—yes. Just then. But I performed Albertine in *Operetta*, and I know that naked I was much more untrue than clothed. So maybe it wasn't until I put on the character's costume that I became real? I don't know. Wardrobe psychoanalysis. Rather actress' self-analysis. And sometimes it seemed to me, as I was getting ready in the dressing room to play a part, that I was coming back to you. Yes, to your maternal belly. I become an anonymous embryo, then I grow in you, I grow, you give birth to me, after all, it was you who taught me acting, and then ... I become an adult ... I transform myself into a stage character ... And then my father stands in the dressing room door. He takes me gently by the hand and leads me to the stage… I dreamed so.

MOTHER: Father? You dreamed that your father would lead you to the stage...

DAUGHTER: Yes. Father. Why?

MOTHER: He... Nothing. Nothing. Don't talk so much, just come to the mirror.

DAUGHTER: I'm coming. Wait a minute... And when I was dressed up and made up, I was walking towards the stage... Led by my father... Towards the stage where the light...

MOTHER: *Suddenly she rips off her bathrobe and runs for her coat.*

I have enough of this. I can't hear about the theater anymore. About the roles. About this, this… I'm sick of you. I'm fed up with myself. Do your make up yourself. You dreamed that your father would lead you to the stage. After everything I've… I'm going. I hate. I hate. *She cries hysterically.*

DAUGHTER: Mom… Mom…

MOTHER: What do you want?

DAUGHTER: Mom, won't you help me?

MOTHER: *Goes back to the mirror, puts on a bathrobe. Combs the Daughter.*

You know what they used to say about you in drama school?

DAUGHTER: Did they tell the professor on me?

MOTHER: Naturally. They said: so pretty and so smart, it's a pity.

DAUGHTER: "Too much thinking hurts your acting", yes?

MOTHER: Many actors think so. And you know what they said about me?

DAUGHTER: I know. I will not say.

MOTHER: I know too. You may not say it. Long ago.

The theme of "American Dreams" is heard again.

Do you hear? It's this great, beautiful, rich, generous America opening its arms. It tempts with wealth, announces a sweet life, promises success, the fulfillment of the American Dream...

♪ *The music ends. Pause.*

DAUGHTER: It's so bad for you here?

MOTHER: Don't ask trivial questions.

DAUGHTER: Simple.

MOTHER: I came here to help you with the children, right?

DAUGHTER: Is this help or manipulation? Willingness to lead me safely through the present shallows of my life, or to impose on me your lifestyle, your faith. On me and on my children? Trying to bring me back home or setting me up overseas?

MOTHER: So I'm not helping you?

DAUGHTER: You help, you help. I couldn't have done it without you.

MOTHER: I'm trying my best.

DAUGHTER: Don't play that for me.

MOTHER: What are we doing here? What are we here for? Foreigners. Without a skill useful in this country. This is not our country. At the beginning, when someone asked me what's my profession, I replied: actress. Great surprise. Well, because here, at my age, an "actress" is either unemployed or a millionaire. At your age, it's even simpler: an actress?—Waitress or hooker, if you understand me. I don't look like a millionaire. So I stopped acknowledging that I'm an actress. Now I am either a professor at the Jagiellonian University on a scholarship, or a Member of the Polish Parliament from Wrocław participating in an international feminist seminar, or a program director at Warsaw television on my way to a congress of journalists in Los Angeles, or the Mayer of Rzeszów, establishing commercial relations with Quebec.

Initially, when someone told me that I had a Slavic accent, so I must be Polish, Russian, Czech or Ukrainian, I proudly said that I was Polish. But over time, these questions started to annoy me. When someone told me I had a "funny accent", I said I was Hungarian, Dutch or Finnish, depending on my mood. Finnish!

And it's a pity for the children. One language at school, another at home. But the former also with their friends, in cartoons on TV. More often, easier. The children also speak English among themselves. And the other language, Polish, loses. It is often the case that my grandchildren speak to me in their own way, and I answer them in my own. But they forget Polish faster than I learn English.

You were needed in the country. You are not needed by anyone here. You had a wide circle of friends back home. Here you only have a few acquaintances. Local people not know what to expect from you, a stranger. Immigration office thinks you got here on a fraudulent visa, maybe you were smuggled in the stinking hatch of some boat, or you crossed the border river from Mexico at night. For the tax office, you are a potential cheater. You are embarrassment for your boss because you work illegally. You won't get a loan in a bank. You're suspicious to the police. You constantly have to explain yourself to someone. You are only driven by self-preservation instinct. You haven't read anything for a long time. You think less and less. You don't even have time and energy for evening prayer with your children. What for?

DAUGHTER: Do you want to do my hair or to confess me?

MOTHER: Don't pretend. You ask yourself these questions. Maybe it's time to sort things out. So who are we? Two immigrants? Two runaways? Two former actresses? Or the two present—who? You have to call it by its name...

The sharp ringing of the telephone. Both women look around for where the phone might be. (This was back in the era without cell phones!).

DAUGHTER: It's perhaps for me?

MOTHER: Perhaps. But where is the phone?

They are nervously looking for the phone all over the place.

DAUGHTER: Yes! There, in the wings.

She runs backstage. The ringing stops. Daughter returns with the handset, carrying the phone on a long cord. Mother tries to put her ear to the receiver.

DAUGHTER: *She whispers to Mother:* You won't understand anyway. Don't push! *To handset:* Yes. I'm so happy that you're calling. Yes. I'm waiting. I'm ready. In five minutes? Great. See you. Bye!

She runs out carrying the phone, calls out:

It's him, the producer. He'll be here in five minutes. He is close. He was calling from his car. Quick. My dress.

♪ *The fast piano music like from the silent movie-theatre. Daughter is hasty dressing up. She wears an elegant dress taken from the bag. This scene should be grotesque— like from a silent film, based on Daughter's fight with individual pieces of clothing. Mother tries to clumsily help her. During rehearsals for the production of this play, a dialogue should be improvised with the use of such words as e.g.: "belt"—"not that"— "hurry up"—some cursing. Finally, Daughter stands in the center of the stage, ready.*

♪ *The music fades away.*

DAUGHTER: Ready.

MOTHER: You are beautiful. What role is this supposed to be?

DAUGHTER: Role?

MOTHER: Well, the one you'll audition for?

DAUGHTER: I don't know. But I want him to know he's dealing with a star.

MOTHER: He will have no doubts. Dressed like this, you can appear at the press conference at Cannes airport, right after your arrival at the festival. Great.

Pause.

DAUGHTER: He should be here.

MOTHER: Come down. We'll sit modestly in the corner. And when he appears at the door, only then will you get up and meet him. You will make a great entré. And I will stay in the shadows. We are waiting.

They sit on chairs in the shade.

DAUGHTER: Do I look good?

MOTHER: Great. Quiet.

Long pause.

DAUGHTER, *in a whisper:* When he comes in, should I be the first to say "Hello", or wait for him?

MOTHER: You'd better say it first and go over to him so he knows it's you.

Long pause.

DAUGHTER: *Suddenly loudly*: He's coming!

MOTHER: *After a while*: I can't hear anything.

Pause. She drops to her knees: Zosia, Zosia, ask Lord God! He's coming! Throbbing! Coming! It will be a hundred, a hundred horses! Nearer, nearer! All kneel! He stopped! He is here! Oh, if it was an Archangel!

MOTHER: Wyspiański again?

Daughter rises from her knees.

You know what, mom, we're waiting here like two idiots, for some producer or director. Like for an archangel. It's a shame. I'm sick of it. I'm not waiting anymore. I'm going. If you want you can stay. He will definitely cast you. Bye.

MOTHER: Hasn't life in exile taught you patience yet? Not enough yet have you experienced humiliations, affronts? You don't know yet that you can't never be late and you always have to wait, not the other way around?

DAUGHTER: Exactly. I'm sick of it.

MOTHER: And me? What do you think?

DAUGHTER: Sorry. But you know what…

She directs the spotlights on the door.

Now he will have a royal entrance.

MOTHER: But at once he will go blind and will not see the beauty of your face. Not to mention the rest.

DAUGHTER: *Moves one of the spotlights*. That's better?

Pause.

MOTHER: He's coming! I hear footsteps in the hallway. *She gets up and tiptoes to the door.*

DAUGHTER: *She finds in her bag sunglasses, which she will use as a microphone.*

She runs to Mother, whom she treats as a director whom she interviews.

Director, you're flying straight from Los Angeles, from Hollywood, from the Oscars.

Our listeners would like to know how you felt when your name was called?

She pretends to listen to the answer.

You've put it insanely well. Brilliant. Director, what is the purpose of your visit

in our beautiful city?

Listens.

Really? You found out that this famous Polish actress performs here? And what? Do you want to cast her in your next movie?

MOTHER *Refuses to play for a moment. Suddenly she puts on his coat and hat, grabs*

lipstick, and using it like a cigar, begins to perform the director. She changes her voice.

Yeah. My agents found here a young, fantastically talented actress from Poland.
I've received numerous reports about her. I decided to call her for an audition. I am ready to use force if resistance is encountered.

DAUGHTER: Force? It's extremely exciting. Handcuffs? You always do this with young actresses?

MOTHER: Always. Force before the law. This is my motto. Right before left. Left before…
Oh, something's wrong with me... Let's take it easy...

DAUGHTER: Please, keep going! Director, please tell us more about this actress from Poland.

MOTHER: I don't know much about her. However, it has been reported to me that she's reluctant to come to auditions, that is interrogations, film test shots. However, if her talent and skills match the notoriety she enjoys, I am willing to put up with any whims of her to get her in my movie.

DAUGHTER: She's here for guest appearances? In what theater can she be seen?

MOTHER: She keeps the strictest incognito. She only appears in deeply secret, underground, and, frankly, illegal productions. As I heard, she brought this habit from Poland. You can see her here and there nightly in various offices, in the back rooms of shops, and in the kitchen of one bar. But I'll get her in front of the spotlights, the cameras...

DAUGHTER: So you will find Cinderella like the prince in a fairy tale. Wonderfully! And what role does the prince envisage for her, prince?

MOTHER: Hm, hm, hum. I don't like giving away my palace secrets. But it will be the role of the first naive combined with the last lusty. Something like Juliet crossed with Cleopatra…

For some time now, the ringing of the telephone has been heard.

DAUGHTER: Wait a minute… Phone! *She runs backstage. Her voice is heard.*

Yes. It's me. Juliet, sorry, no, no, it's me. Yes. Yes. No problem. I'll wait. Yeah. Not at all. *She returns.*

He won't come.

MOTHER: Oh, no! At all?

DAUGHTER: I mean, he'll be late. He vaguely explained to me that he had received an urgent call in the car, must have stopped somewhere along the way. I did not understand. But I have to wait for him. He says he will come for sure. Just not right away.

MOTHER: I mean—when?

DAUGHTER: I don't know.

♪ *Pause. "American Dreams" music. Both actresses listen for a moment.*

Come on, let's get out of here. America is not for us.

MOTHER: You told him you'll be waiting.

DAUGHTER: But I don't want to. And nothing will come of it.

MOTHER: Let's give him one more chance.

DAUGHTER: To him?

MOTHER: To you. And if we have to wait, maybe we should repeat your scenes. The ones prepared for him.

DAUGHTER: Nonsense. My English will only make him laugh.

MOTHER: If he's a professional, he'll judge your acting regardless of language. So that you don't have to regret! Are we working? All your three pieces. Just as he told you to prepare. One classic and sad, the other modern and funny, right? And for the dessert, a dance-song. Yes?

DAUGHTER: Yes. If I understood him correctly over the phone. And each piece should be no longer than two minutes. What can you show in two minutes?

MOTHER: I'll check you. I'll be looking at my watch.

DAUGHTER: I haven't been on stage for so long... I don't feel the space... I can't do it.

MOTHER: You can. You can. First Juliet. Just wait. I will make the lights.

Mother moves both spotlights to the center of the stage. She goes down to the audience, from where she will observe. She claps her hands twice.

DAUGHTER: Should I begin, Professor?

MOTHER: Please! *Claps.*

DAUGHTER: *Mumbles.* I swear, like in the drama school. And on top of that, my immortal monologue. I performed it at school. Then at the theater. About a hundred times in total. I won't surprise anyone.

MOTHER: They did not see you here. Please! *Claps.* I'm giving you the cue—Romeo says: "That I might touch that cheek!"

DAUGHTER: Ay me. O Romeo, Romeo, wherefore are you Romeo?

MOTHER: You are not focused! It was completely superficial. Focus and start again! Please!

♪ *The music stops.*

Well, a moment of silence. I always told you: before you begin, you have to focus inwardly, then get into the character, then identify your partner, make contact with him or her, and only then start talking to him or her.

DAUGHTER: Yes, Professor. I'm terribly sorry, Professor. Please don't be angry with me, Professor. 'Cause I'm about to cry, Professor.

MOTHER: Don't be silly. Once again. Turn your back. Close your eyes. Focus. Then slowly open your eyes and slowly turn around. See the partner. In this case—imagine the partner. Then talk. *Claps.* "That I might touch that cheek!"

DAUGHTER: Ay me.

O Romeo, Romeo, wherefore are you Romeo?
Deny thy father and refuse thy name,
Or if you wilt not, be but sworn my love,
And I no longer be a Capulet.
'This but thy name that is my enemy.
Thou art thyself, though not a Montague.
What's Montague? It is nor hand, nor foot,
No arm, no face, nor any other part
Belonging to a man. O, be some other name!
What's a name? That which we call a rose,
But any other word would smell so sweet.
So Romeo would, were he not Romeo called,
Rather that dear perfection which he ows
Without that title. Romeo, doff thy name,
And for thy name—which is no part of thee—
Take all myself.
What man art thou that, thus bescreenned in night
So stumblest on my counsel?

MOTHER: You were within two minutes. Good.

DAUGHTER: Well, how?

MOTHER: Shall I tell you?

DAUGHTER: You want to discourage me from acting forever?

MOTHER: It was great. You are truly a capable beast, baby girl. And you have to get back on stage. You have to!

DAUGHTER: Was it really good, mom? My English…

MOTHER: It was very good. Interior and expression. It cuts through in every language, every accent. Now your contemporary number.

She lights up an additional spotlight on the floor in front, which will cause Daughter's shadow to appear on the back wall. Daughter takes off the top part of the costume and remains only in a light blouse. She goes to the back of the stage. She focuses for a moment. Then she moves sharply forward, stands in the light. She is a completely different character from the delicate and moody Juliet. She is now contemporary, edgy, vulgar, determined.

DAUGHTER: I've already worked the second and the third shift, so I know what the real labor is. No one is going to tell me. That was when I worked in a record factory. You know, music records. Cheep ones. Not those High Tech, Hi Fi, CD toys. Regular stuff. Eight hours with a lunch break. That is eight and half, because you had to make up for lunch. Moving all the time. There is no kidding at a factory here. No fun.

Well, easy work is available too. A call girl. Go-go dancer. Stripper. Drug pusher. Escort. Porn star. I didn't want that. So, the factory. Non-stop sweat. Back-cracking swing. Machine imposed pace. To scratch, I had to time it well. It was winter. Windows wide open and still hot like hell. Some girls worked only in their bras. Some without. The boss liked that.

It goes like this. I'm in the middle. At the back is the machine which passes the mesh in sort of a lump. On one side a machine for pressing, the press. On the other side, second press. In front, a cutting machine, the cutter. Above it, a shelf for the ready records. Below, labels and covers. Working gloves on. Go.

Down for the label. The label on the right press. Back for the mash. Mash on the label. Down for the label. Label on the mash. Close the press. Down for the label. Label on the left press. Back for the mash. Mash on the label. Down for the label. Label on the mash. Close the press. This is the left pressing machine. So, immediately move to the right machine. Open. 'Cause the record is ready and if you live it for too long, it'll burn. Record on the cutter. Close cutter. Open the cutter. Down for the cover. Up to the shelf. And rush to the other press, 'cause the record may burn. Open. Take out. On the cutter. Close. Open. Down for the cover. Record in the cover. Up to the shelf. And again. Again. Again. Up. Down. Up. Down. Up. Down.

MOTHER: Exactly two minutes. Excellent. Just do not spare yourself and the movement must be energetic all the time. And try sometimes to scratch your nose as if a fly would sit on you, or wipe the sweat from your forehead with the back of your hand. Naturally without falling out of rhythm. Want to repeat?

DAUGHTER: Oh no. I've had enough. It's no use anyway. He won't come.

MOTHER: He will come. We'll wait. And your dance number?

DAUGHTER: Give it a rest.

She extinguishes both headlights on the stands, and the one standing in front on the floor directs straight up. She stretches her hands above the light.

Do you remember how we used to warm ourselves over a fire on the Dunajec River, after capsizing in a kayak? Everything wet. Chill to the bone.

MOTHER: I remember.

She stands next to Daughter, also as warming her hands over the fire.

DAUGHTER: Mom, why didn't father go kayaking with us?

MOTHER: You know.

DAUGHTER: I didn't know then. I so much wanted him to be with us.

MOTHER: Then?

DAUGHTER: Then. Now.

MOTHER: And your husband?

DAUGHTER: It's over. And you?

MOTHER: What, me?

DAUGHTER: Would you like him to come back?

MOTHER: Yes. No. But now you know how it was. That's how it remained. That's how it is. So, no.

DAUGHTER: I know. And yet I wish so much that he would show up in the doorway, in the shadows. Instead of some director or producer.

MOTHER: Who? To show up?

DAGHTER: Father.

MOTHER: Quiet.

DAUGHTER: You're still waiting.

MOTHER: For whom?

DAUGHTER: Don't pretend.

MOTHER: No. Yes. But I am afraid that it might happen. He would come here. And then?

DAUGHTER: So you're waiting for him after all. Just like me.

MOTHER: Are you waiting for your father?

DAUGHTER: More than anyone else in the world.

The phone rings. The women don't react at first. Then Mother speaks reluctantly.

MOTHER: Pick it up.

DAUGHTER: I don't want to.

Mother goes to the phone.

DAUGHTER: Leave it. I'll go.

She goes. The phone stops ringing. We can hear her talking indistinctly. She comes back.
Mistake.

MOTHER: I'm sure he'll call or come. Soon.

DAUGHTER: Who?

MOTHER: Who? Your producer prince.

DAUGHTER: You've always been more stubborn than me. That's why you came up with something.

MOTHER: You will come too. Just wait a few more minutes. He will come for sure. He'll recognize your talent. Will cast you. If you can't handle the language, they'll get you dubbed. But you'll learn quickly. You are so talented. They will shower you with offers. You will buy a villa in Bel Air. You will be choosing roles. We will hire a nanny for the children. And I'll be going an eighteen-foot white chauffeur-driven limousine to go shopping. I will run your house. Home of a great movie star. You'll be rich and famous. And I will be the mother of a rich and famous movie star...

DAUGHTER: Garbage. You know it's not that easy. You know, right?

MOTHER: Anyway, we must wait. Such an opportunity cannot be passed up.

DAUGHTER: Are you still deluded?

MOTHER: I know. I know for sure. I believe. Now—your third number ! For this fateful audition slash interrogation. Get to work.

DAUGHTER: I don't have the energy. I'm tired.

MOTHER: You need a warm-up before a decisive battle. Come on!

DAUGHTER: Unless in a duet with you.

MOTHER: With me? All right. I've practiced it with you many times.

She goes to the tape recorder. Finds the right tape. The lively sounds of the cancan are heard. At this time Daughter changes into a cabaret costume: a white shirt with a bow tie, a short tailcoat, red panties, a top hat, and a cane. She puts on his tap shoes. Mother puts red filters in the headlights. She remains in her bathrobe. The actresses join hands and begin to dance. Daughter tap-dances.

DAUGHTER: Hopla! Higher legs! Hopla!

MOTHER: I can't do it anymore.

DAUGHTER: Come on!

MOTHER: No. Enough.

She stops dancing. She's breathless heavely. She turns off the tape.

We must rest now. We need to get some fresh air. Just don't forget to take the key.

Turns off all headlights.

They leave.

▶ INTERMISSION ◀

▶ ACT 2 ◀

♪ *Same space. The muffled music of "American Dreams". The stage is dark. Mother enters.*

She sits down in the corner and reamins motionless in the darkness for a long time.

♪ *The music fades away. Mother suddenly gets up. She turns on of the headlights. She tries the acoustics of the room with her voice.*

MOTHER: Yes, yes, I just want to tell you something. Don't run away, director! Don't hide yourself. I know you are there. Behind the chair? Under the seat? On the balcony? Or maybe you've already sneaked out and are standing outside the door. And you're afraid to come in. But you're ready to eavesdrop, aren't you?

Well, listen to me, if only through a crack. I'm sorry, but I won't listen to you stupid acting notes! You're too young for that. You don't understand acting at all. I've been on stage for thirty years! Well, twenty-five. Or even thirty-seven. So, what? Or even forty. You think I don't understand your modern theater? Time has stopped for me? And you will explain to me what great passion is? Me? Sir, when I performed the passion of Fedra, my partner who played Hipolit had an orgasm on the stage. Yes, sir. I was able to perform with the alienation effect before you read all those Brecht's books and plays put together, you—a librarian. I don't need books for acting like this, because I have an instinct and I know where to press and where to let go. I performed Maria's monologue in *The Warsaw Song* in absolute ecstasy before you went to Africa to take trance lessons from Negro shamans. When I had a whisper, the curtains on the door of the third balcony were waving!

Now, you may enter. So, you wanted me to appear from the left? Fine. It does not bother me. But did you mean left from you or from me? All right. All right. I know which one.

She goes backstage. She enters. He performs a silent skit: surprise, fear, amusement, until an outburst of laughter, which she suddenly stops. She says in an indifferent voice:

I'll perform it for you at the opening night.

She walks to the side of the spotlight so that the light falls on her face, cutting it out of the darkness.

I have to add something else... Father... But I don't know how to say it... I... killed... No... You misunderstood me. No. Rather I misspoke it. I didn't kill her. My mother died herself. It's a terrible disease. To this day, I can't pronounce its name. It dragged on… And that's when I got a big role in a movie. First time in my life. But I didn't want to leave my mother. I sat with her for hours in the hospital… I told her about this offer. And she said that I should take it. That role. That these are the laws of life...

Pause.

That day... On the location somewhere in the mountains... The producer didn't tell me that there was a call from the hospital until after the shooting was over. I was driving at night. Too late. I came back in the morning. *Pause.*

I wanted to stop the shooting. Everyone was compassionate and caring, they gave me their condolences, your mother died, I'm sorry, accept my words ... At the same time, it turned out how selfish, insensitive, cruel they were. My older colleagues lectured me that since she had already died and I was an actress, acting was my first duty. There was a big set, dozens of actors from all over the country. The location could fall apart. People would lose money. So I agreed not to cancel the shooting even for the day of the funeral. Just drive me there and bring me back.

Among the actors there is such a thing as a professional sense of duty to the company. I couldn't let all of them down.

On the day of the funeral, I was shooting from dawn. They annoced a very long break, but they didn't let me wash my make-up or take of the costume. The long white dress of the bride, which I performed, was fastened with safety pins by the dresser and she put over it a black coat taken from the costume shop. Hot. July. They drove me straight to the cemetery. The car was waiting outside the gate.

Pause.

Large linden trees grew around the chapel. In bloom. Bees in them. Midsummer... Honey harvest... The coffin was already closed, high, lined with candles. Bees chirping in the linden trees could be heard through the open windows. I was so hot in that black coat, but I couldn't even unzip it because that white dress...

I tried to pray for my mother's soul... I thought... Who am I? An imaginary movie character playing fake mourning? Or the daughter of the woman who was dead—there among the candles? The appearance of acting collided with the reality of life. And the falsehood of my life, against the truth of her death. How could I take this film when my mother was dying? And while I was filming, why didn't I take a tough stance and stop shooting for the day of the funeral?

At one point, I saw a bee walking on the coffin. Maybe she took the wrong path? Maybe she got tired of the heat. As I. Maybe she burned her wings in a candle? Suddenly she came down and started crawling across the floor towards me. And I'm afraid of bees, wasps, hornets, vermin. I did something terrible. I put my purse on it.

Then there was a hurried Mass and burial under the lindens. The production manager asked the priest not to preach or talk over the grave. The whole ensemble was waiting. As soon as I threw a lump of earth on the coffin, they took me to the car. A long way in the heat.

And I was shooting again. Scene at a country wedding. I—the bride. Laughing loud. Dancing. Smiling. And I just felt like I was running out of breath. And this bee... It kept walking towards me on the stone floor of the cemetery chapel... I killed it.

She sits in the chair. After a while:

So this role is no longer for me, madam artistid director? Thank you for being honest. I can't deny that it surprised me. When I read the casting announcement today, my first thought was that there had been a mistake. Because my name wasn't on it next to Lady Macbeth, at the head of the cast. My name was somewhere at the bottom. I couldn't believe my eyes. I thought it was some cruel prank. Whose? And that this announcement will be replaced with another. And the secretary will apologize to me. I went to the casting board three more times. But the annoucementen was the same. I cracked even a joke that this cast seems to be turned on its head. Or something like that. Nobody was laughing. I went to my dressing room and locked the door.

Pause.

Funny, but until today I didn't really know how to calculate the age of an actress. And it's very simple. It's not the years that count, but the roles. Girls, women, old ladies. When the repertoire for this season was announced, everyone was sure that I would play Lady Macbeth again, as I had done twice before. Twenty years back and not so long ago. Under the previous management. I understand that you may have your vision of the production in which I don't fit. "Old age is not childhood" as Master Solski used to say.

Pause.

So it doesn't matter that I played Ranievskaya on throat instillations, with angina, so as not to cancel the production? So it's already forgotten that before every *Midsummer Night's Dream* I got a spinal shot and went crazy as Robin, the puck, on your famous trapezes? And no one cared what my nights were like when the shot stopped working. You don't remember that I performed The *Queen of the Suburbs* until I was eight months pregnant, squeezing my belly with an elastic bandage and dancing like crazy every night, because the play was a success, full houses.

Pause.

Why am I saying all this? So how is it? I don't have a place in this cast? There's no place for me in this theater, is there? So maybe there's no place for me in this country anymore? In any case, I will not play the Waiting-Gentlewoman in *Macbeth*. I don't accept this "role". I can also resign of all other roles in the current repertoire. All of them.

The daughter comes in and starts packing things furiously. The music, "American Dreams", from behind the wall plays again.

DAUGHTER: The children were left alone.

MOTHER: They'll be fine.

DAUGHTER: I always worry about them when they have to be left unattended for so long. They wake up at night. They have some fears.

MOTHER: They are brave and wise.

DAUGHTER: They're getting more and more wild and thoughtless. All those computer games.

MOTHER: They have to do something while we're not at home. But they understand the situation. And today they know that the mother is passing an important exam.

DAUGHTER: I'm sorry but I don't understand. And I don't have any exam. The professor is late.

MOTHER: You have until eleven? Have you? So wait. More than once you had to wait your turn for the exam, like in the drama school.

DAUGHTER: But when I passed my master's thesis, professor, I thought that there would be no more exams.

♪ *The music behind the wall stops.*

I think they've finished their auditions in that neighboring studio. The end of their pursuit of the American Dream. *Pause.* Let's go home too.

MOTHER: We'll wait until the last minute. You've got a summons for an audition, then wait.

DAUGHTER: Summons? Fine. Then listen...

She moves one chair in the center of the stage, and sets one light next to it. She sits in light. She speaks through tears, hysterically, violently.

No. I was not a press carrier. Those leaflets you found on me must have been given to me by someone without my knowledge. Or somebody put them in my bag in the streetcar? That evening, when I came back from classes at the drama school, I didn't leave the house at all. What? I don't know such a name. No, I wasn't there at eleven o'clock at night. This address? I see it for the first time. I do not know where it is. I didn't print anything. Don't threaten me. Don't scare me. I don't care. I will go to jail—so, what? Yes. I know this one. He's a friend from school. Friend. Nothing more. No. I don't sleep with him. I won't be with you either. Yes. This is his photo. I don't see him handing out flyers. Maybe he's feeding the pigeons? I will not say. No. No.

She changes position. Now she's upset, lost.

I'm in no rush to get on stage. What are you saying? That Porębski wants to cast me in his new movie? I wouldn't accept it anyway, because we don't work with him. I don't know about any boycott. Nobody told me anything about Porębski. I just don't like him as a director. The leading role? And Mr. Gustav the main male part? You are the one who mentions names. I never mention names. The rule is not to mention names. I'm sure you've read *The Little Conspirator* as carefully as I have. There it says: no names. Is this the illegal printing? Well, I haven't read it. I retract that. And you know the joke about one minister of culture. I won't say which one. Someone gives him a book as a gift for his birthday. And he says: "Thank you very much, I already have one book my library, now, I'll have two." Not funny? Sorry. Anyway, what I meant by that was that I had already performed a lead in a movie once, so, I don't need another one. TV series? Oh, that would be interesting. But I got hoarseness of throat in your basement. So I can't accept this offer either. Yes, I can think about it. Stipend abroad? I don't like traveling. Well, OK, I'll think it over. Yes, I have time.

She changes position. She speaks in a hushed, monotone voice.

Kosecki gave me these leaflets. Kosecki Zbigniew. They were printed in Jan Koperwas' shack. His home address: 12 Garncarska Street. Kosecki gave these leaflets to me at the bus stop in front of the department store on the corner of Kościuszko and Red Army. Jaworski Maciej, Bako Szczepan, Zimmel Wiktor, and Olchowska Barbara were with me. They were distributing leaflets too. Yes. I recognize them in the photos. I recognized them in the video too. And this is me. Yes. It's me. I hand over the leaflets. When I escaped from there, I spent the night at Bartosik Helena, 35 Narutowicza street, apartment 9. Kosecki came there in the morning and said that they were rounding up everyone because they were taking photos and had a video. So I can't go home and I have to hide. And that he too goes underground. And he stayed with us, at Bartosik's, where the three of us lived for five weeks, going out shopping after dark, one at a time. Bartosik slept with him. Me too. Then he went I don't know where. I moved to Zimowiec Jolanta, 13 Pocztowa Street, apartment 83. I stayed with her for two months without leaving the house. Then, at the Zbigniew Kosecki's telephone order, at night I went to Przodowników Pracy 18, apartment 117, where I was supposed to get a housing at the unknown people. I called. Nobody opened for me. When I came out of the stairwell… *Pause.* Zbigniew Kosecki was standing by the door. I threw my arms around his neck and we started kissing. Then someone put a hand on my shoulder. I turned sharply. There were militiamen around.

Drunk.She laughs.

If you knew what Lutek said yesterday at the theater cafeteria during the show? Lutek Zając, you know, I've told you about him many times. So he said that everything was cracking down in the country. After all, you know that Lutek rules the underground Solidarity in the theater as he wants. Even the manager has to listen to him. Literally. He stands at attention in front of him. You can burst out laughing. No thanks, I've had too much drink anyway. But if you're nice, I can tell you more about Szafrańska. About Zdunecki. About everyone of my colleagues. About my mom? Yes, I can… I can do a lot…

MOTHER: *Screams*: Stop now! Stop! It's not true. You couldn't do that.

DAUGHTER: I could.

MOTHER: You never told me that.

DAUGHTER: I wouldn't get the passport for free. I couldn't afford a dollar bribe.

MOTHER: Did you inform? On the colleagues? On me? It is impossible. My little daughter... Say no...

DAUGHTER: No. No, mommy. No. Certainly not. You know, when I was caught with these leaflets, I was terribly afraid of one thing: that I would start talking, that I would sign something for them and go down to the drain. I dreamed it in my cell. Many times. Even here I still have dreams like this.

But—no. Don't worry. They were dreams. I did not do it. You finally got me out of the jail. Your name, beautiful eyes, connections. You've always been good to me.

Pause.

I guess we'll go home now, good?

MOTHER: Not good.

DAUGHTER: How long do you want to wait for him?

MOTHER: Until the end.

Pause.

To be honest, I haven't been on stage for a long time. Since I quit—in the country. After the clash about Lady Macbeth. *She looks around.* It's a lousy studio. Not like our old big theater. But still… A stage… Maybe we could rent a studio like this one day and produce something in it. There's some pretty good acoustics here. We would invite friends.

DAUGHTER: That's an idea. Remember how we were together in Shakespeare's *Twelfth Night.* You—Olivia. I—Viola. My first big role with you.

With quick movements, she improvises a Renaissance costume: she stays in tights only, wrapping himself with a sweater as short trousers. She goes to the center of the space. She calls:

DAUGHTER: The honorable lady of the house, which is she?

MOTHER *reluctantly takes up the game, covering her face with a scarf.*

Speak to me, I shall answer for her. Your will?

DAUGHTER: Most radiant, exquisite, and unmatchable beauty—I pray you, tell me if this be the lady of the house, for I never saw her. I would be loath to cast away my speech, for besides that it is excellently well penned, I have taken great pains to con it. Good beauties, let me sustain no scorn; I am very 'countable, even to the least sinister usage.

MOTHER: Whence came you, sir?

DAUGHTER: I can say little more than I have studied, and that question's out of my part. Good gentle one, give me most modest assurance if you be the lady of the house, that I many proceed in my speech.

MOTHER: Are you a comedian?

DAUGHTER: *Leaving the role.* I'm not a comedian. I'm not an actress. I am nobody. But you, you are an actress. A few lines—and already a character.

MOTHER: I remember Olivia's character very well. I still remember all the old roles. Only towards the end of, you know what, I was learning hard. But now I don't need memory anymore. There will be no more roles.

DAUGHTER: They will be. They will be for sure. The old ones. And new. I remember running to the theater after classes at the drama school to watch you from the backstage as you performed the scene of madness in *Macbeth.* The porter let me through. The stage manager allowed. I was looking at you. And it always stuck with me. Then I would sneak away so you wouldn't see my tears when you left the stage...

MOTHER: I didn't know… Did you really come to see me? Did you cry? You never told me that...

DAUGHTER: I was ashamed. I didn't want you to know how much I'm learning from you, how much I'm trying to imitate you... I wanted you to think that I am more talented than I was... Mom, play this scene for me. Your great Lady Macbeth's scene. See, now I'm not ashamed to ask for it. Maybe one day I'll play Lady Macbeth like you...

MOTHER: You'd play better. Yes. We will return to the country. You return on stage. You will play Lady Macbeth. And I will direct you.

DAUGHTER: Yes. Yes. We will be back. I'll play it. But now you.

MOTHER: So many years...

DAUGHTER: Well, please. *She prompts*: Yet, here's a spot… Watching you so many times, I've already learned the whole scene by heart. Well… Yet, here's a spot…

MOTHER, *with a few movements, she improvises a costume and a headgear.*

Yet, here's a spot… Out, damned spot; out, I say. One, two—why, then 'tis time to do't. Hell is murky. Fie, my lord, fie, a soldier and afeard? What need we fear who knows it when none can call our power to account? Yet who would have thought the old man to have so much blood in him? What, will these hands ne'er be clean? Here's the smell of the blood still. All the perfumes of Arabia will not sweeten this little hand. O, O, O! Wash you hands, put on your nightgown, look not so pale. I tell you yet again, Banquo's buried. He cannot come out on's grave. To bed! To bed! There's knocking at the gate? Come, come, come, come, give me your hand. What's done cannot be undone. To bed! To bed! To bed!

Long pause. Mother comes back to reality. She sits down and starts crying. Daughter runs to her. She stands helpless for a moment. Then she sits at the Mother's feet.

DAUGHTER: Mom, mom? I didn't mean to hurt you by asking for this scene. I don't want you to hurt. You are a great actress. You are. You were and you are. And you always will.

MOTHER: I'm a crybaby, huh? And for what? That I'll never play Lady Macbeth again? It's okay... I stop. You see? I promise. I clench my teeth. You know what I had at work today?

She breaks through the sobs still shaking her and gradually turns them into laughter.

Today I received an order from my mistress not to go with the boy to school or shopping, she will drive him herself, and from there straight to work, while I'm to wait at home for the piano crew. They recently bought for the boy a huge concert piano, even if he barely started to strum on the keyboard. They probably think that the bigger the piano, the faster the child will learn. Well, just two days ago, a team of four bulls brought in a piano and placed it in the living room. But my mistress later decided that it was too close to the wall, so it had to be moved. She called the company and explained where and how to position it. Why not. Enough room. The space of this one living room is larger than our entire apartment in the country. I say one living room, because there is another, in addition to the family room, the dining room, the kitchen, the bar, the entrance hall, the two downstairs bathrooms, the four upstairs, and all those bedrooms. So I have to wait for the team.

Well, let's get to work. When I set the dishwasher, I recall a poignant line from Wesker's *Kitchen*: "At home, you can rule—Not in my kitchen." I played Berta, the cook, and I directed these words to a young waiter. And now it applies to me, for the kitchen I work in is not mine.

When I pack the laundry into the washing machine, the words of the Washerwoman, whom I listened to as Joyce's Anna Livia, ring in my ears: "Fuck, don't splash, wash, don't whine. Look at the stench of it! Look at the dirt of it!"

When I take the garbage to the container next to the house, the leaves from the *November Night* whisper to me: "The roses are gone, the roses have died, the stems of the flowers are dry, the winds have blown them to dust."

When I scrub the bathrooms, one after the other, six in total, this reminds me of my line of Różewicz's *Old Woman*: "Toilet waters have merged with springs. The streams have dried up. Rivers, lakes, seas and oceans have been polluted."

And when cooking, from the same role: "We must cook, sweeten, give birth. Continuously. Cook, sweeten, give birth." Also Różewicz. A sage.

Bell. First, naturally, I look at the monitor with the image from the camera above the gate. Four guys. Including two blacks. I ask them who are they? Piano crew. Ah. I press the button and let them in. They're on the porch in a moment. I'm looking through the window. They look menacing. But I have to open. I stand at the door like Joan of Arc before the battle. But they are polite. They smile, take off their shoes and, wearing socks so as not to stain the carpets, go to the living room. They know the way. I follow them. They immediately start moving the piano. They move it like a feather. The white takes a bill out of his pocket and asks for my signature. I take the bill from him with the gesture of Lyubov Andreyevna Ranievskaya, who never counted money at all. Nice amount. The mistress will pay. I sign.

At this point, the bell rings. "Forgive me, gentlemen, but I was just waiting for an important news from Odessa." They did not get it of course.

I'm going to the hallway. Three Martians in the monitor. Literally. In white overalls and white helmets. In the background, behind the gate, a white van with the words "Extermination Company". Will they exterminate me? But one of them says that they are for the ants. They were supposed to poison the ants today. The lady called them. She found one ant in the pantry. House in the woods, so the ants come. "I know absolutely nothing about it"—I say with pure astonishment, as Eichlerówna in the role of Empress Agrippina. "I shall call my mistress", I say.

"Let them in" says the mistress. I let the ants' men in. I let go the piano guys. There is also a Chinese man who came to clean the gutters. A team of gardeners drives into the garden on lawn mowers. They had the key to the gate. I go out on the deck to see if they mow evenly. The roar of their engines increases. They're getting closer.

But they are not gardeners! I see three Polish militiamen in long winter coats, in helmets, with gas masks on their chests, with submachine guns on their shoulders, same as they patrolled the streets during martial law. And I don't have an ID! They'll arrest me.

Suddenly, the alarm goes off in the house. A pulsating howl. It signals that someone has broken the gate or jumped over the fence into the garden. Suddenly, a second alarm wails. This is a sign that the network controlling the house has been broken. A monstrous howl for two voices. The high-pitched screech of the fence alarm and the low hum of the house alarm. I run to the porch to see what's going on.

At that moment, two deer slowly enter the front lawn, oblivious to all this monstrous noise. They came often. Their calmness is fascinating.

Outside the gate, a police car appears with its siren and flashing light. They must have come because of the alarm. The phone rings at home. I'm running. It's the master from across the continent from his branch office in California who says, in a nervous voice, that he had a call from our residential aeria headquarters about our fence and house alarms going off.

"What's going on there?"—"I don't know!" I just don't know. I am hopeless. Both alarms howling. The phone rings. I don't answer anymore. So it keeps calling.

Now the gate's bell. Two policemen in navy blue uniforms. At the same time, through the window, I see three militiamen in blue-grey coats appearing around the corner of the house. They're on the porch! They start pounding on the door. A crowbar appears in the hand of one of them!

What should I do? Open the gate to the cops? Open the door to the militiamen? Barricade myself in the kitchen? I work illegally. I don't have a Polish ID card with me. I don't have an US insurance card. They arrest me twice. Banging on the door. Howling. Ringing. Arrest. Prison. Deportation, Extermination.

DAUGHTER: Mom, stop! Stop!

MOTHER: In the street, I can see through the window, another police car pulls up with a flashing light on the roof. Two more officers get off. With dogs! They run towards the gate. Alarm. Alert to all illegals. Alert to all immigrants! Hide yourself! Alarm! Alarm! Howling. Ringing. Banging on the door. Alarm!

DAUGHTER: Mom, stop! Stop! Stop!

She runs to Mother and embraces her.

Are you affraid? Such fears ... I am also afraid every evening when I go to my night shift. Everyone is afraid ... Well, it's okay ...

They hug each other.

MOTHER: Do you remember that… *Humming*:

The bunny was sleeping in the field.

A distant shot woke him up.

Guardian Angel all children shields.

My baby—take a good nap..

DAUGHTER: I remember…

MOTHER: And this? *She hums:*

Sleep—safely sleep,

Close you gray eyes...

Sleep sound and deep

Until sun rise…

DAUGHTER: Protect me. Cover me, mother.

MOTHER: Sleep—safely sleep…

The phone rings sharply from the backstage. The women look at each other for a moment, then Daughter reluctantly goes backstage. We hear:

DAUGHTER: Yes… Speaking… Well… What should I say? You bloody bastard! You asshole!

There's a noise in the backstage. Daughter returns carrying two broken legs of a stool in her hands.

He got someone else.

She kneels down and starts banging the pieces of wood on the chair like on a drum.

Bastard! Bastard! Pig! He won't come at all.

MOTHER: Impossible…

DAUGHTER: *Still beating out a furious rhythm.*

He was late because he had auditions at another studio. Floor below. Of course, he lied about calling from his car and coming to us. He had other candidates. Certainly speaking good English. And, apparently, I was just in reserve. As if none of them fit him. But he found what he was looking for. And he doesn't need me anymore. He didn't even apologize. Boor.

MOTHER: Just don't cry. Calm down.

DAUGHTER: Oh, I won't. I will not. *She still strikes the beat.*

MOTHER: You know what... You performed that so well... *She runs to the make-up box and fetches a black lipstick-sponge. She paints dirt on Daughter's face. Daughter keeps banging on the chair.*

Do you remember!? We were in it together. I, Mutter Courage, have been waiting backstage for my entrance, watching you perform that famous scene of Catherine on the barn roof. I remember the lines of soldiers and peasants. Come on, play your Catherine! Bang the drum! Strong! Alarm! Alarm!

Mother now shouts out the lines of soldiers and peasants from the eleventh scene of Brecht's "Mother Courage". She moves in a circle around Daughter, who responds to her lines, listens to them, pausing for a moment pounding the chair, and picks poundingt again.

MOTHER:
    * Jesus Christ, what is she doing?
    * There, on the roof of the barn!
    * She must be crazy!
    * Hurry, get her down!
    * Stop drumming! Now!
    * Soldiers are already running here.
    * What is that noise? I'll rip the guts out of you!
    * Your lordship, it is she! There, on the roof. It's not us. We're innocent. That's her. Foreigner!
    * She is a drifter, officer. Stranger! We are innocent.
    * I order you to stop drumming immediately!
    * Look, I give you my officer's word of honor that you'll be fine if you come down!
    * It can't go on like this, because with this drumming she'll wake up the whole city. They'll close the gates and we won't be able to take them by surprise.
    * Stop! Stop!

* Look, she's laughing!
* Give me the musket!
* Load! Load the musket!
* You, there, I'll have you shot if you don't stop now!
* Keep on! Keep on! Keep drumming! We have to save the city!
* Aim! Aim! Fire!

Daughter performs Catherine's death: She is hit by a bullet, she tries to keep drumming but the chopsticks fall out of her hands. She falls to the floor.

Mother runs in and performs the scene of Mother Courage recognizing Catherine's corpse. She arranges her neatly on the floor. She smooth her dress, combs her hair, wipes her face.
She takes her on his knees creating the "Pieta". She rocks her for a moment. She whispers:

MOTHER: I think she's already fallen asleep.

She gets up leaving Catherine on the floor.

This is burial money.

Pause. Daughter slowly sits.

DAUGHTER: How was it?

MOTHER: You were great. No one in the world has ever performed this scene like you today. Nobody.

DAUGHTER: And I will never perform it again. *Pause.* What is it again? Telephone?

MOTHER: No. Nothing.

DAUGHTER: *Speaks slowly, as if considering something.* Yet I think I heard the phone. It needs to be picked up.

She picks up a non-existent handset.

Hello? Yes. It's me. It's you? Really? Will you come? Will you take us home? We are waiting. I'll tell mom right now. *Pause.* Mom, it was dad who called.

MOTHER: Father? Impossible.

DAUGHTER: My father. Your husband.

MOTHER: What are you talking about?

DAUGHTER: Mom, I'm telling you, it was father who called. He said he would come pick us up—to take us home. You understand?

MOTHER: No.

DAUGHTER: So—understand. Father. He called. My dad. Your husband. It has happen. It's he.

She goes to the mirror and begins to hastily cleanse his face of black spots.

MOTHER: What are you saying? About whom?

DAUGHTER: About him. About father.

MOTHER: Him?

DAUGHTER: Yes.

MOTHER: If... If so, we must prepare ourselves somehow. Festivity.

DAUGHTER: Exactly.

MOTHER: How shall we receive him here? Dust, mess everywhere. It's been so many years.

She runs to the mirror and starts fixing her make-up.

Hurry up. My makeup… He hasn't seen me for a long time. Will he even recognize me? Will he recognize you?

DAUGHTER: He will. For sure. You haven't changed much. But I... He last saw me when I was a kid... I don't remember him at all. I won't recognize him... If he comes in—you have to tell me that it's him. Just whisper: Yes, it's the one.

MOTHER: How do you know I'll be sure it's him? How do you know I'll identify him? After all, I haven't seen him for so many years. He could have changed. Grow a beard, mustache, start wearing glasses, go lame, I don't know...

DAUGHTER: Well, maybe he will introduce himself when he comes in. He had such good manners. At least that's what you told me.

MOTHER: Oh yes! But even if he introduces himself, how will I know he's telling the truth? In a classical comedy, he would have had a scar on his cheek or a birthmark on his back by which he could be unmistakably identified.

DAUGHTER: You just have to believe. You have to believe it's him.

MOTHER: Believe? In such serious matter?

DAUGHTER: There's no other way. That's the only thing that can give your life meaning. And I have no other choice too. Even... Even if he didn't come here now... We have to believe...

MOTHER: Don't say that. He will come!

DAUGHTER: What if... on the way... something happened to him...

MOTHER: He must, must come.

DAUGHTER: Yes. He will come for sure.

MOTHER: We must give him a royal welcome...

DAUGHTER: Yes. Yes… Royal welcome… Royal…

Both of them finished wearing makeup. It turns out that their faces are completely white— like white masks.

MOTHER: Our court robes…

DAUGHTER: Our court robes…

She runs to a corner and pulls out some golden sheets of fabric. She brings them. They wear them as robes.

DAUGHTER: Your queen mother's gown…

MOTHER: Your princess infant's gown…

DAUGHTER: Throne! Throne! *She covers the chair with a piece of red curtain.*

MOTHER: Orchestra! Court orchestra!

♪ *She inserts a tape into the tape recorder. The Baroque music plays. Mother begins to dance around the throne to the beat. Daughter joins her. They bow before the throne. They dance for a while.*

♪ *At one point they stop and look at each other eyes. Both, almost simultaneously, slide off the sheets in which they were draped. Daughter rips the red curtain off the chair. They pack their things into bags. They take everything, including the still playing tape recorder. The music still sounds.*

They exit.

► **THE END** ◄

Buffalo —Toronto 1994

► ▼ ◄

Kazimierz Braun jest reżyserem, pisarzem, historykiem teatru. Reżyserował w kraju i za granicą. Był dyrektorem teatrów w Lublinie i we Wrocławiu. Wykładał na Uniwersytecie Wrocławskim oraz uczył aktorstwa i reżyserii w PWST Kraków-Wrocław. Zwolniony z pracy przez władze komunistyczne w 1984 roku z powodu działalności opozycyjnej, reżyserował w Stanach Zjednoczonych, Irlandii i Kanadzie oraz wykładał i uczył reżyserii na uniwersytetach amerykańskich. W jego dorobku znajduje się reżyseria ponad 150 przedstawień teatralnych i telewizyjnych oraz publikacja ponad 80 książek, w tym powieści, dramatów i poezji oraz prac naukowych. Jego teksty dramatyczne – sztuki i adaptacje – wystawiane były w Polsce, Irlandii, Kanadzie i USA.

► ▼ ◄

► **NOTE ABOUT THE AUTHOR** ◄

Kazimierz Braun—director, writer, and theater historian. He directed in Poland and abroad. He was General and Artistic Director of theaters in Lublin and Wrocław. He lectured at the University of Wrocław and taught acting and directing at the School of Drama Kraków-Wrocław. Dismissed from work by the communist authorieties in 1984, due his opposition activities, he directed in the United States, Ireland and Canada, and lectured and taught directing at American universities. His theatre, litterary and scholarly output include directing over 150 theater and television productions, and publishing over 80 books—novels, dramas and poetry, as well as scholarly studies. His dramatic texts—plays and adaptations—have been staged in Poland, Ireland, Canada, and the USA.